Salicorne

Salicorne

Tome 1 : Le livre d'Ygrenne

Françoise Berr

Éditions Alter Real, 2018
www.editions-alter-real.com

Illustration : Thierry Nicolson
ISBN : 978-2-37812-016-0
Dépôt légal : juin 2018

Sommaire

Préambule

Petit précis de mythologie à l'usage du lecteur

Salicorne est une terre de Sortilèges. Le berceau de créatures magiques qui ont pour mission de maintenir l'équilibre de l'univers. Mais le potentiel de la planète n'est pas appréhendé de la même manière par les deux civilisations qui l'habitent et n'en sont pas originaires.

Les Ashanti, gouvernent Salicorne. Ce sont des mutants venus d'une autre galaxie. Ils règnent en tyrans sur ce monde qu'ils ont conquis à la pointe de leurs armes. Ils ne croient ni au Merveilleux ni en un Au-delà habité par des divinités et des esprits célestes tout puissants. Pragmatiques avant tout, ils ignorent la véritable nature de Salicorne et ne cherchent qu'à en piller les ressources. À leurs yeux, seules comptent la suprématie de leur race et la force d'une technologie qui les a conduits à édifier un empire englobant une multitude de planètes. Ils sont mus par une « pulsion d'essaimage » irrépressible, qui les porte à sillonner inlassablement l'espace en quête de nouveaux mondes à conquérir. Ils considèrent cet objectif expansionniste comme une priorité ayant valeur de dogme. Mais il s'agit plus d'une idéologie visant à pérenniser leur suprématie que d'une véritable religion.

S'ils n'ont pas édifié de système religieux à proprement parlé, ce besoin de maintenir leur race au sommet de la hiérarchie des espèces a pourtant débouché sur la fondation d'une organisation militaro-religieuse : l'Ordre des Gardiennes de la Loi, qui fonctionne comme une secte et en possède de nombreuses caractéristiques. Répartie en Commanderies et en Temples construits comme des bastions fortifiés, cette congrégation est dirigée par une Mère, ou Supérieure, qui dirige l'Ordre d'une main de fer. Cette dernière jouit d'une influence considérable au cœur de la société Ashanti parce qu'elle détient un droit de regard sur la reproduction de l'espèce et qu'elle défie le pouvoir politique. Mais les buts poursuivis par l'Ordre n'ont rien de spirituel. Ils ne visent qu'à rechercher le moyen de plus sûr d'améliorer le patrimoine génétique Ashanti, dans sa plus grande pureté, en vue de les rendre invulnérables.

La population humaine en revanche, deuxième race en présence sur Salicorne, possède un bagage spirituel important, basé sur la croyance en un Au-delà et la pratique de la Magie. Une magie qu'elle maîtrisait jadis, lorsqu'elle a colonisé la planète, mais qu'elle ne sait pratiquement plus invoquer à l'époque où commence le roman. Des siècles d'esclavage et le poids de l'oubli en ont presque effacé toute trace, même si quelques-uns de ses membres en conservent quelques parcelles dans leur sang.

Les êtres humains vivant sur Salicorne croient en un Espace Éthérique, peuplé de divinités souveraines, où se retrouvent les esprits de leurs Anciens et de leurs plus grands Sages après leur décès. Mais leur système religieux n'est pas structuré. Il n'a donné naissance à aucune doctrine et s'il possédait, en des temps reculés, des lieux de culte où officiaient Oracles et Pythies, l'invasion de la planète par les Ashanti les a détruits.

Les humains de Salicorne ont des origines terrestres et celtiques. Ils en ont gardé un profond respect pour la nature et ses sortilèges. À l'inverse des Ashanti, ils savent que Salicorne est un lieu de magie et ont noué certains liens avec les entités qui protègent la planète depuis toujours. Ils pensent que la stabilité de l'Univers repose sur l'énergie dispensée par l'Arbre Cosmique, ou Arbre Primordial, grand pourvoyeur de Vie et unique source d'Immortalité.

Les fondements de ces croyances sont connus de tous, dès l'enfance, grâce à une tradition orale qui les transmet de génération en génération, au travers de légendes et de récits qu'on se raconte à l'école ou en famille.

Précisions géographiques

Sur Salicorne, l'ensemble des terres habitées se répartit entre trois zones continentales distinctes :

Tirfo Thuin, appelée aussi l'île de la relégation, parce que c'est à cet endroit que les humains sont assignés à résidence. Ils y vivent dans des villages disséminés le long du littoral. C'est un territoire de landes et de tourbières dans sa partie sud, au climat froid et pluvieux. Le centre est essentiellement occupé par la forêt des Gaedhills, du nom de la chaîne montagneuse qui forme un barrage naturel entre la partie la plus septentrionale de la région, inexplorée, et le reste de l'île. La garnison Ashanti se trouve à l'est.

Mag Mor est le continent le plus important et le plus étendu de Salicorne. C'est sur ces terres au climat plus doux que les Ashanti ont construit leur capitale : **Nazkat**. Les grands domaines Ashanti s'y trouvent aussi, et exploitent les terres autour de la capitale. La plus importante garnison Dho' de la planète se trouve à l'extrémité sud de ce territoire.

Garth est la région la plus aride et la plus méridionale de Salicorne. Séparée de Mag Mor par un détroit, c'est là que se déroulent les **Rites d'Initiation** des jeunes mâles Ashanti, sous la direction des Gardiennes de la Loi qui y possèdent une Commanderie. À côté de la Commanderie, s'étendent les domaines Annuur' et Rhul'. Mais la plus grande partie de ce continent est occupée par un désert.

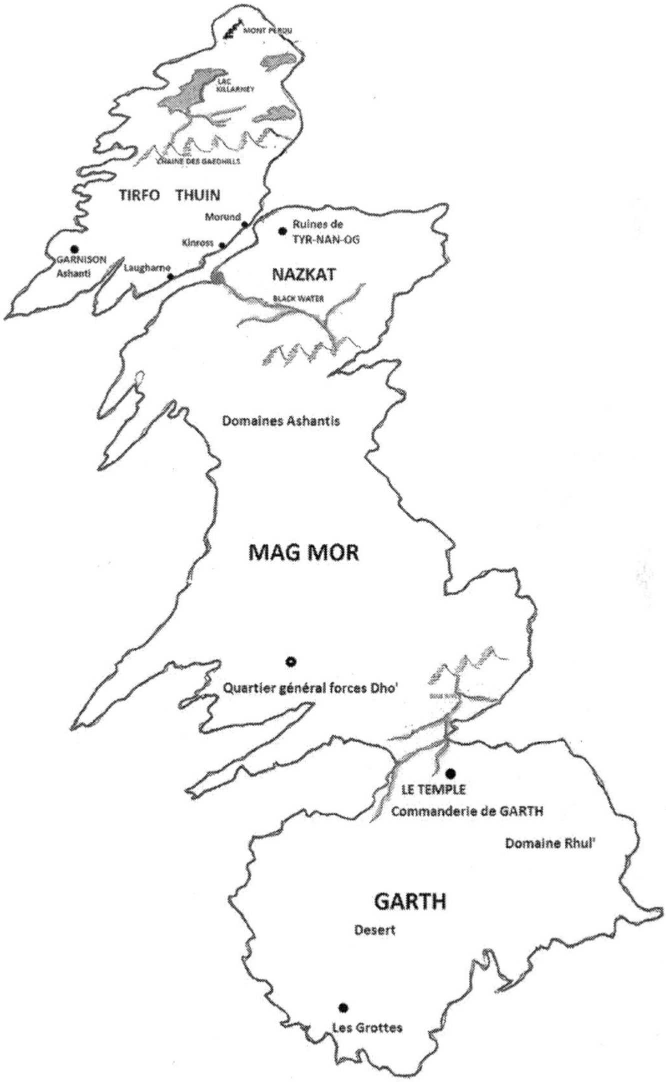
MONT PERDU
LAC KILLARNEY
CHAINE DES GAEDHILLS
TIRFO THUIN
Morund
Kinross
GARNISON Ashanti
Laugharne
Ruines de TYR-NAN-OG
NAZKAT
BLACK WATER
Domaines Ashantis
MAG MOR
Quartier général forces Dho'
LE TEMPLE
Commanderie de GARTH
Domaine Rhul'
GARTH
Desert
Les Grottes

Les principaux personnages Ashanti

Le Khan Ekktre Bror : Empereur actuel régnant sur l'empire Ashanti.

Maar Ikkuut Rhul' Hani : Supérieure de l'Ordre des Gardiennes de la Loi.

Akkaat Ash' Zolt (dénomination signifiant littéralement : Akkaat veuve de Zolt) : également désignée sous le titre **d'Akkaat Llam' Ekktre' Bror'** (en référence à son appartenance à l'Ibr' et au lien de Llamashi qui l'unit à l'Empereur). Elle remplit des fonctions d'ethnologue et dirige la grande bibliothèque de Nazkat.

Rorsh Ser' Riis : Ambassadeur et ministre des Affaires étrangères Ashanti, c'est un proche de l'Empereur qui l'emploie pour exécuter des missions confidentielles.

Kkaar' Im' Seth : Général en chef des forces spatiales.

Errhan' Var' Anuur : Administrateur en chef de Garth.

Zork' Rhul' Han : Administrateur adjoint de Garth. Ennemi du Khan.

Raul' Im' Klynee : commandant en chef de la garnison Dho' située sur Tirfo Thuin.

Thu' Han' Llaar : dirige la garnison centrale de Nazkat, la capitale.

Thu' Han' Pian Var' : directement placée sous les ordres du Khan, elle dirige l'ensemble du corps armé en poste sur Salicorne. Son quartier général est situé à l'extrémité sud de Mag Mor.

C.I.M: Consortium intergalactique des Mondes. Instance politique consultative qui réunit les chefs des plus puissantes planètes-mères de l'Univers où sont conclus, traités, accords commerciaux et alliances.

Toutes les races vivant sur Salicorne et sur les planètes appartenant à la **C.I.M.** parlent un **langage standard**, largement répandu dans l'Univers.

Les principaux personnages humains

Ygrenne. Jeune îlienne élevée par la famille d'Urisk Mac Allister. Ce premier Tome de Salicorne raconte son histoire.

Eamon, fils d'Urisk.

Caerphilly, femme d'Urisk, membre du Cercle des Mémoires.

Ymir : timonier à bord de la *Licorne,* la gabare construite par Urisk. Ami d'Ygrenne.

Dermot : matelot à bord de la *Licorne.*

Sil : instituteur exerçant sur Tirfo Thuin.

Tara : épouse de Sil.

Emrys : fils aîné de Sil.

Giraldus : ancien forgeron de Tirfo Thuin.

Instances humaines :

Le Cercle des Mémoires : groupe rassemblant des femmes de Tirfo Thuin, entraînées à mémoriser l'histoire et les traditions des humains.

Le Conseil des Anciens : institution consultative, regroupant des hommes dont la sagesse est écoutée. Ses décisions ont force de loi au sein de la communauté.

Prologue

SALICORNE. Constellation d'Andromède.

Archives du Temple, an 1000 de l'ère. Récit de la Pythie sur la chute du Royaume.

« *Les yeux brûlés par la vision, je me penchai une dernière fois sur la vasque des Oracles. Dehors, au pied de la Tour que je m'apprêtais à déserter, la cité royale s'effondrait lentement, dans une flamboyante orgie de gerbes crépitantes.*

Dernier bastion de résistance face à une invasion venue de l'espace, elle avait tenu de l'aube jusqu'au soir. Mais, alors que les ténèbres s'étendaient sur la terre, ce n'était plus qu'une immense fournaise dont la lueur sanglante embrasait l'horizon.

La porte d'airain qui protégeait le Temple s'était mise à vibrer : il ne me restait que quelques minutes. Un ultime délai... Puis il me faudrait quitter ce lieu béni où j'avais passé ma vie.

D'une main tremblante, j'ai brouillé le vortex d'images qui tourbillonnait à la surface de l'eau et laissé apparaître le réseau tortueux des venelles anciennes. Ce n'était qu'une vision brumeuse des bas quartiers de Tyr-Nan-Og, mais j'y concentrai mon esprit enfiévré.

Parmi les fuyards qui tentaient d'échapper au massacre, une haute silhouette se détachait des autres. Entièrement vêtu de noir, l'homme arborait le masque de cuivre propre aux serviteurs attachés à mon service. Dix ans auparavant, je l'avais arraché au gibet en prévision de ce jour. Sa mission était claire : atteindre les remparts avant que l'aube ne se lève, et sauver ce qui lui avait été confié au péril de sa vie.

Je l'ai vu s'arrêter et appuyer son lourd fardeau contre le mur qui l'abritait. L'œil aux aguets, il évaluait la distance qu'il lui restait à parcourir, avant d'être cerné par le feu, ou rattrapé par les tueurs qui l'avaient pris en chasse, avant que la dernière porte de la ville ne se ferme à jamais...

Il connaissait ce quartier. Il y avait passé son enfance, avait grandi dans ces rues mal famées où le crime et la rapine étaient monnaie courante. Une zone de non-droit où ses poursuivants allaient rencontrer une nouvelle forme de résistance qui les ralentirait, lui donnant une chance d'échapper à leurs griffes.

Lorsqu'il atteignit la porte, les gueules rougeoyantes des vaisseaux ennemis achevaient de détruire la cité condamnée. Noyé dans un nuage de poussière et de feu, il en franchit le porche et se fondit dans la pénombre.

J'ai replié ma conscience et laissé mon souffle s'apaiser. La première partie du plan avait été menée à bien. L'homme avait honoré sa dette. La suite dépendait maintenant des Immortelles.

Au pied de la Tour, le bruit des combats s'intensifiait, il me fallait partir. Le cœur déchiré, je gagnai l'escalier dissimulé derrière l'autel. Il plongeait dans les entrailles de la colline où s'adossait le Temple et s'obstruerait après mon passage.

À l'orée de Bryn Ellylon, la forêt séculaire surplombant la cité, la silhouette de la licorne se détacha de la masse sombre située derrière elle. Une dernière fois, mon esprit fusionna avec le sien. L'ère du Chaos s'abattait sur Salicorne, mais sa race n'y succomberait pas. Elle allait s'effacer dans les brumes du temps, jusqu'à ce que son souvenir se confonde avec les légendes.

Sa fine tête blanche s'est penchée vers le sol, et sa corne y a tracé l'Ogham de l'Oubli. Comme en réponse, le bruit d'un éboulement massif a roulé dans l'atmosphère et des abîmes ont lézardé la surface de la terre, remodelant à tout jamais son paysage.

L'Immortelle a poursuivi son trajet d'une allure erratique. Ses perceptions s'obscurcissaient. Le Pouvoir la quittait. Aux confins de sa conscience, le lien qu'elle maintenait encore avec Celle que nous voulions sauver se délitait déjà.

Avant de s'enfoncer sous le couvert des arbres, elle s'est retournée une dernière fois vers la plaine en contrebas. L'immense étendue encore verdoyante quelques heures auparavant n'était plus qu'un vaste charnier. Seules les fumées des derniers combats s'élevaient vers le ciel, comme pour témoigner du drame qui se jouait plus bas.

Au nord de Tyr-Nan-Og, elle vit que mon émissaire atteignait enfin l'entrée du premier village. Une charrette l'y attendait, à peine visible dans le petit matin grisâtre. Le conducteur, dont la silhouette disparaissait sous une houppelande à large capuche, courut à sa rencontre et l'aida à se décharger de son précieux fardeau.

La licorne a laissé échapper comme un soupir. L'agonie ne serait plus très longue maintenant, elle le savait.

Il lui restait pourtant une tâche à accomplir. Une tâche qui devait être menée à terme avant que le lien ne se rompe. Un dernier effort qui allait consumer la vie de sa Dédiée.

Ce qui était encore en germe devait voir la lumière en ce jour de carnage. Pour que les enfants de Salicorne aient un futur. »

1

Rivages

Salicorne n'était plus qu'un satellite secondaire,
perdu au sein de l'immense Empire Ashanti.
L'invasion avait bouleversé les lois de notre univers.
Notre destinée ne nous appartenait plus.

Extrait des « Sentiers de la Mémoire », Emrys le Sage.

Trois siècles plus tard.
Mag Mor. Jour 1.

Ygrenne regardait les côtes de Mag Mor émerger lentement à l'horizon.

C'était le moment de la journée qu'elle aimait le plus, cette heure de traversée en bateau qui lui permettait de quitter l'île où elle avait grandi. Non pas qu'elle désirât s'en éloigner pour toujours. Tirfo Thuin était sa patrie, la terre de ses ancêtres. Ce « pays-sous-les-vagues » dont elle aimait chaque pouce de terre, malgré l'austérité de ses paysages et la rudesse de son climat.

En comparaison, Mag-Mor était un pays de cocagne. Il ne connaîtrait jamais la violence des vents du nord qui balayaient la lande ni l'exubérance des pluies qui la transformaient en tourbière. Ses collines arrondies, ses plaines blondes, étaient courtisées par le soleil d'un bout à l'autre de l'année et conservaient en toute saison cette légèreté propre aux régions méridionales. Mais Mag-Mor avait une face plus sombre aussi, qui recelait bien des dangers. Car en dehors de Tirfo Thuin, l'être humain n'avait plus aucun droit de cité et ses moindres déplacements étaient surveillés en permanence, quels que soient ses motifs ou sa destination.

Cette heure matinale, passée à contempler le ciel balayé par l'aurore, était donc pour la jeune fille un instant de grâce. Une fraction de temps qui gardait la saveur douce-amère de la liberté perdue.

La brise qui soufflait en rafales depuis la côte s'engouffra violemment sous sa cape qui se mit à claquer au vent. D'une main distraite, elle en rassembla les pans et se rapprocha du bastingage pour jouir du spectacle qu'offrait la mer à cet endroit. Les vagues moutonnantes, qui commençaient à former des rouleaux aux abords de la côte, paraient de blanc la surface des eaux glacées.

Elle aimait les regarder partir à l'assaut du brise-lames qui protégeait la rade comme s'il s'agissait d'un combat à l'issue incertaine. Mais l'audace tumultueuse des flots ne pouvait rivaliser avec l'impassibilité granitique des pierres. Les rouleaux explosaient chaque fois à leur contact, en répandant des gerbes d'écume sur lesquelles venaient danser les embarcations.

Elle essuya les gouttes qui éclaboussaient son visage en riant. Son regard embrassa une dernière fois la scène, puis se posa sur la silhouette vigoureuse des trois marins qui composaient l'équipage. Leurs yeux reflétaient la passion qu'elle éprouvait pour la mer et ses rivages. Seule la bouche perpétuellement contractée de son oncle révélait d'autres préoccupations. Comme si l'idée même de plaisir était incompatible avec la condition humaine.

Une bouffée de tendresse l'envahit en voyant son vieux visage, tanné par l'âge et les embruns.

Urisk était un pêcheur compétent mais bourru, dont la conversation se limitait d'ordinaire à quelques phrases laconiques, formulées du bout des lèvres. L'amour qu'il éprouvait pour ses proches excluait les manifestations bruyantes. Il se méfiait des mots trop vite prononcés, des phrases creuses qui ne signifient rien. Mais ses regards avaient une éloquence qui se passait de paroles. Ils savaient approuver ou désapprouver avec autant de force qu'un long discours.

Au sein de la confrérie des maîtres pêcheurs où ses avis comptaient, certains jugeaient son attitude revêche ou même discourtoise. Ygrenne ne les comprenait pas. Elle l'aimait tel qu'il était, avec ses airs ronchons et ses silences.

Capitaine à bord de la « Licorne », la petite gabare qu'il avait construite de ses mains, il était secondé depuis quelques années par Ymir et Dermot, les deux matelots formés par ses soins au dur métier de la pêche en haute mer.

Ymir était leur timonier. Solide gaillard de vingt-deux ans aux yeux bleus, il avait une stature imposante qui intimidait ceux qui le croisaient pour la première fois. Mais la chaleur de son sourire ne laissait aucun doute sur la bonté de son âme. Ygrenne appréciait son caractère conciliant, la qualité de son amitié, franche et directe comme ses manières, et le considérait comme un membre de sa famille.

Voyant qu'elle se tournait vers lui, le jeune homme ôta son bonnet et la salua bien bas, une main posée sur le cœur et une lueur espiègle dans les yeux.

– Que dis-tu de notre record aujourd'hui, Ygrenne ? Moins d'une heure pour faire la traversée !

– Je dis qu'il n'y a pas meilleur barreur que toi et que nous avons beaucoup chance de te compter parmi notre équipage ! s'exclama la jeune fille, en pouffant de rire devant son rond de jambe.

Lâchant le bastingage, elle traversa le pont en adoptant la démarche chaloupée des vieux loups de mer, ce qui renforça son hilarité.

Gagné par sa bonne humeur, Ymir la regarda s'approcher d'un œil appréciateur. Bien qu'habitué à la voir déambuler d'un bout à l'autre du bateau avec la grâce d'une ballerine, la sûreté de son pas et la tranquille détermination dont elle ne se départait jamais, quel que soit le temps ou la force du roulis, forçaient son admiration. La fragilité de sa silhouette, petite et menue, n'arrivait pas à masquer la force de son caractère qui se devinait à la manière dont elle relevait fièrement le menton. Mais ce qu'il préférait chez elle, c'était son visage à la beauté mutine. Seul le gris de ses yeux y déposait une ombre, une note plus grave qui laissait entrevoir la profondeur de sa personnalité.

Ce jour-là néanmoins, c'étaient les boucles folles de ses longs cheveux noirs qui accentuaient sa singularité. Constellés de perles d'eau, ils la nimbaient de fils d'argent, chatoyants dans la lumière.

On dirait un farfadet ! se dit-il, attendri, alors qu'elle s'arrêtait à ses côtés et lui pressait l'épaule d'un geste affectueux.

La flottille en provenance de Tirfo Thuin venait d'atteindre le rivage et se faufilait au travers des brisants jusqu'aux quais de Nazkat, la capitale située au nord de Mag Mor, où les bateaux resteraient au mouillage toute la journée. Face à eux, les hautes structures d'acier formant les entrepôts donnaient au port l'allure d'un bastion fortifié ouvrant sur la mer. Quant aux docks encombrés de marchandises, ils ressemblaient déjà à un gigantesque bazar où poissons et articles d'Outremonde allaient se négocier de l'aube jusqu'au soir. Dans cet Outremonde, situé au-delà de l'orbite où gravitait Salicorne, de puissants astronefs sillonnaient inlassablement les routes de l'espace, pour collecter les biens les plus précieux en provenance d'autres galaxies, et les revendre sur les quais des grandes métropoles marchandes comme Nazkat. La cité était considérée comme un carrefour commercial incontournable dans la Constellation d'Andromède et l'on y trouvait tout ce dont on pouvait rêver. De l'objet le plus rudimentaire fabriqué sur place, aux créations les plus insolites, venues de mondes situés à des centaines d'années-lumière.

Ygrenne se laissa submerger par l'atmosphère exubérante de la vie portuaire. Dans le cliquetis des vergues agitées par le vent et le chuintement des coques glissant vers leur mouillage, les cris des marins s'entrecroisaient d'un bord à l'autre en une brouillonne cacophonie.

Elle s'écarta d'Ymir, concentré sur la manœuvre d'accostage, et se tourna vers la silhouette trapue de Dermot qui déroulait les aussières en pestant comme à son habitude. Sans vraiment saisir ce qu'il marmonnait dans sa barbe, Ygrenne savait qu'il s'emportait contre le poids des câbles d'amarrage, l'encombrement des quais, le poisson à décharger ou la couleur du ciel !

Dermot était comme ça : râleur, imprévisible, colérique.

Déconcertée par son humeur ombrageuse, elle ne recherchait pas sa compagnie et se méfiait de son goût immodéré pour la provocation. Un penchant qui l'amenait trop souvent à défier l'ordre public et pouvait à tout instant le faire jeter en prison. Mais il paraissait s'en soucier comme d'une guigne !

Il savait pourtant que depuis l'invasion de la planète par les Ashanti, trois siècles plus tôt, nul être humain n'était assuré d'y faire de vieux os. L'espérance de vie de chaque îlien s'était réduite de façon drastique et dépendait de son degré d'obéissance aux lois implacables instaurées par les nouveaux maîtres de Salicorne.

Comme chaque matin avant de quitter le bord, elle tenta de jauger son état d'esprit et ressentit un soulagement intense en l'entendant répondre d'un ton cordial au salut d'un équipage qui s'arrimait à leur côté.

– Il n'a pas l'air d'être trop à cran ! murmura-t-elle à l'adresse d'Ymir qui approuva d'un air complice.

– Mouais, tu as raison, je crois qu'il est plutôt bien disposé aujourd'hui !

Rassurée, Ygrenne lui planta un baiser sur la joue puis se dirigea vers l'échelle de coupée où Urisk commençait à rassembler les caisses de poissons destinées à la vente. Le vieux pêcheur se releva à son approche et, sourcils froncés, lui fit ses dernières recommandations :

– Ne traîne pas jusqu'à la bibliothèque, Ygrenne, et tâche de ne pas revenir trop tard ce soir, d'accord ?

D'un mouvement souple, la jeune fille enjamba le garde-corps et se laissa glisser sur l'appontement en formulant sa réponse habituelle :

– J'essaierai de rentrer le plus tôt possible, dès que j'aurai fini mon travail, oncle Urisk. Ne t'en fais pas, tu sais que je suis toujours prudente !

Après un dernier signe de la main en direction de la « Licorne » et de son équipage, elle tourna les talons et s'éloigna d'un pas rapide vers la zone des échoppes situées au nord des docks. Elle y salua les marchands qui la connaissaient et s'arrêta à un comptoir pour acheter les deux petits pains fourrés à la viande qui constitueraient son seul repas de la journée.

Les domestiques au service des grandes maisons Ashanti commençaient à envahir le port pour venir y marchander les poissons apportés par les gabares de Tirfo Thuin. L'endroit allait devenir encore plus bruyant qu'il ne l'était et, pour ne pas se retrouver bloquée dans la cohue, elle s'empressa de gagner l'avenue qui menait au cœur de Nazkat en mordant à pleines dents dans le pain croustillant.

2

Esclavage

La mainmise des Ashanti sur Salicorne
était le reflet des méthodes qu'ils appliquaient
dans l'ensemble de leur Empire intergalactique :
leur main de fer s'abattait sans discernement
sur les nuques de ceux qu'ils dirigeaient.

Extrait des « Sentiers de la Mémoire », Emrys le Sage.

Érigée à la gloire des nouveaux maîtres de Salicorne, Nazkat était à leur image. Grandiose mais sans âme, effrayante dans sa perfection glacée. Ygrenne ne s'attardait jamais sur le chemin qui menait à la bibliothèque où elle travaillait, car sa beauté austère ne la fascinait pas. Elle connaissait la face cachée de sa superbe architecture, faite de tours gigantesques et d'avenues rectilignes, où le danger restait présent à chaque coin de rue.

Comme tous les relégués de Tirfo Thuin travaillant sur Mag Mor en journée, elle évitait de se faire remarquer et s'écartait des secteurs où patrouillaient les Dho'. Ces guerrières irascibles, en charge de la sécurité de la ville, n'étaient pas réputées pour leur sens de la mesure. Pour elles, la planète entière était un terrain de chasse et les humains des cibles privilégiées.

Elle zigzagua adroitement entre les passants et pressa le pas, en espérant rejoindre le centre avant que l'encombrement des rues ne devienne trop dense. Si l'Ashanti pour laquelle elle travaillait était plutôt conciliante, un retard l'obligerait à rester à son service jusqu'à une heure indue et l'idée de se retrouver à la tombée de la nuit dans des rues désertes lui donnait la chair de poule.

Il n'en est pas question ! se dit-elle, en forçant l'allure pour atteindre l'avenue où se dressait la bibliothèque. Le souffle court, elle y déboucha en trombe et heurta de plein fouet un groupe d'îliens qui transportaient des caisses. Sous le choc, elle perdit l'équilibre et faillit s'étaler au sol.

– Attention jeune fille ! lui murmura l'un des hommes, en lui saisissant un bras pour l'aider à se redresser. À deux rues d'ici, un bataillon s'amène. Méfie-toi !

– Merci, lui répondit Ygrenne avec reconnaissance, je change de trottoir !

En traversant la rue, elle aperçut l'escouade, armée jusqu'aux dents, et sentit son estomac se nouer d'appréhension. Au nombre d'une dizaine, les guerrières avançaient les mains crispées sur leurs désintégrateurs et faisaient claquer le talon de leurs bottes pour accentuer la menace qu'elles représentaient.

Les Dho' se voyaient comme le fleuron de la race Ashanti. Comme tous leurs compatriotes, elles possédaient une silhouette imposante, dont le squelette flexible et la musculature puissante conçue pour la chasse, rappelaient qu'elles appartenaient à une race de félins parvenus au seuil de la conscience. Ygrenne savait que parmi toutes les espèces mutantes peuplant l'univers, on la considérait comme la plus ancienne. Sans doute parce son histoire remontait aux origines de la création et qu'il n'était pas rare de voir ses membres atteindre les trois siècles d'existence. Aguerries par leur entraînement aux armes qui en faisait de véritables machines de guerre, les Dho' ne faisaient pas exception à cette règle : elles franchissaient le cap des deux cents ans en pleine possession de leurs moyens physiques, sans que le temps semble capable de les amoindrir.

De l'endroit où elle se trouvait, Ygrenne distinguait l'ensemble de leur corps massif drapé de noir, la fourrure rousse ou brune qui couvrait leur épiderme, et leur visage au mufle large, qui s'encadrait d'une crinière somptueuse.

Nattée ou simplement retenue par un cordon de cuir, selon des critères de grade qu'elles occupaient au sein de l'armée, cette parure était considérée comme l'apanage de leur race, au même titre que les vibrisses ornant le dessus de leur bouche et leurs yeux aux pupilles fendues à la verticale.

Afin d'éviter d'être repérée par leur regard dont la fixité lui donnait des sueurs froides, Ygrenne se rencogna dans l'ombre opportune d'un porche, en s'efforçant d'ignorer les griffes qu'elle voyait poindre sous la fourrure de leurs mains noueuses.

Ces attributs ne laissaient aucun doute sur leurs origines, de même que les canines acérées qui retroussaient leurs babines. Elles ne se privaient d'ailleurs jamais de les exhiber chaque fois qu'elles jugeaient nécessaire d'intimider un adversaire, et la jeune fille savait qu'elles constituaient des armes terrifiantes dans un combat au corps à corps.

En voyant avec quelle violence désinvolte les Dho' repoussaient les groupes d'îliens qu'elles croisaient, elle songea une fois de plus au paradoxe de la race Ashanti. À l'inverse des autres espèces, les femelles ne représentaient pas son maillon le plus faible, mais en formaient au contraire la classe la plus dangereuse. Guerrières nées, elles faisaient leurs armes à bord des vaisseaux interstellaires connus sous le nom des « Ailes de la Mort » et assuraient la stricte application de la loi impériale sur les mondes qu'elles avaient conquis.

Leur constitution, alliant puissance et vélocité, en faisait des combattantes redoutables dont la réputation dépassait les limites de la constellation d'Andromède. Elles occupaient à peu près tous les grades de l'armée, du simple troufion au commandant d'escadre, et rivalisaient avec les plus grands mâles de leur espèce.

Ces derniers gardaient malgré tout une préséance sur leurs consœurs : ils ne venaient jamais grossir les rangs de la piétaille. Les grades les plus élevés leur revenaient d'office, par droit de lignage et selon l'importance du clan auquel ils appartenaient.

Cependant, malgré le rayonnement de cette armée qui attirait bon nombre de vocations, Ygrenne savait qu'une partie non négligeable de la population Ashanti optait pour une voie moins glorieuse et se dirigeait vers les postes de l'Administration. Et il était de notoriété publique que les lignées guerrières ne se battaient jamais pour les obtenir, les considérant comme des fonctions subalternes obscures, des voies de garage dépourvues de tout prestige.

Seuls les scientifiques formaient une caste à part, discrète mais non moins inquiétante. La jeune îlienne n'en avait jamais rencontré personnellement, mais avait entendu parler de leur rôle déterminant au sein de l'empire. À l'origine de la formidable évolution de leur espèce, sur les plans génétiques et technologiques, ils ne recherchaient pas la notoriété, calfeutrés dans les quartiers qui leur étaient réservés. Retranchés dans les laboratoires de recherche placés sous la protection des garnisons Dho', leur nombre et leur influence restaient un mystère.

Les membres des clans guerriers étaient ceux qu'elle croisait le plus fréquemment sur le chemin qu'elle empruntait chaque jour : il lui était difficile de les éviter, car ils étaient largement représentés sur Salicorne, comme sur toutes les planètes où s'exerçait leur hégémonie. Les victoires qu'ils avaient accumulées au fil des siècles leur avaient assuré la mainmise totale sur le pouvoir politique et leur puissance s'étendait à tous les secteurs d'activité. Elle connaissait peu de choses sur la hiérarchie Ashanti, mais n'ignorait pas que les maisons Bror', Var', Rhul' et Im' en étaient les figures de proue et que le Khan, leur souverain, en était issu.

Dans cette société largement dominée par les armes, un seul clan paraissait occuper une place secondaire. Au cœur du pouvoir administratif, les Ser' assumaient la gestion des territoires conquis. Considérés comme l'équivalent d'une bourgeoisie bureaucratique, ses membres aux capacités guerrières indéniables n'étaient pas directement engagés dans la phase active des combats, même s'ils constituaient une classe de réservistes pouvant à tout instant être rappelée sous les drapeaux.

Les îliens n'avaient de contacts suivis qu'avec ce dernier clan, qui veillait à les maintenir dans l'état de servitude imposé par leur statut d'esclaves. Il contrôlait le développement de leur population et les assignait à des tâches jugées indignes d'être accomplies par leurs maîtres.

Parvenue à l'âge adulte, Ygrenne n'avait pas attendu qu'on l'intègre de force à la domesticité d'un domaine Ashanti. Devenir femme de chambre, cuisinière ou fille de ferme était le destin courant de toute jeune humaine de sa condition. Mais elle n'aimait pas l'idée de côtoyer ces créatures féroces et inconstantes dans leur intimité. Les *accidents* n'étaient pas rares parmi celles qui remplissaient ce genre de fonctions et elle ne voulait pas se retrouver marquée à vie, à la suite d'une punition trop lourdement assénée par un patron agressif.

Afin d'éviter une nomination arbitraire, la jeune fille avait présenté sa candidature lorsqu'un poste s'était ouvert à la grande bibliothèque de Nazkat. L'annonce, stipulant qu'on recherchait une îlienne docile et travailleuse pour s'occuper de la paperasse, avait été largement diffusée sur Tirfo Thuin mais n'avait pas intéressé grand monde. La somme de travail exigée était considérable et supposait une disponibilité totale, incompatible avec le maintien d'une vie de famille harmonieuse.

Sa parenté avec Urisk, qui remplissait la fonction de porte-parole de la population humaine auprès de l'administrateur de Tirfo Thuin, avait facilité son embauche. Elle travaillait donc depuis un an déjà au sein de cet établissement, sous la direction de la toute puissante Akkaat' Ash' Zolt (Akkaat veuve de Zolt, en langue standard universelle), ethnologue et directrice du département des Antiquités.

Au nord de l'avenue où elle se tenait encore, Ygrenne regarda le bataillon Dho' filer vers les docks et reprit sa course vers le centre de la capitale, en espérant rattraper les précieuses minutes perdues sous le porche où elle s'était tapie. Elle se réinséra dans le flot des passants qui préféraient marcher plutôt que survoler la ville, mais ne put s'empêcher de lever le nez en entendant le bruit familier des machines volantes qui sillonnaient Nazkat.

À cette heure matinale, le ciel de la capitale commençait à être encore plus encombré que ses trottoirs. La jeune îlienne y aperçut les ornithoptères de combat pilotés par les Dho' et se crispa instinctivement. Armés de leurs lance-feux, ils se jetaient dans les couloirs aériens à grande vitesse, comme si leur mission de surveillance les maintenait dans une urgence perpétuelle. En voyant la folle sarabande qu'ils engageaient avec les ornicabs, ces petites capsules ovoïdes réservées aux civils, elle se dit qu'ils ressemblaient à ces sauterelles affamées qui fondent sur les cultures pour les ravager. Traçant dans l'atmosphère de longues arabesques, leurs corps fuselés s'acharnaient à courser tout ce qui se trouvait sur leur route. Frôlant, repoussant ou bondissant par-dessus les appareils de moindre importance, ils continuaient leur trajet sans jamais ralentir, dans le vrombissement sourd de leurs tuyères chauffées à blanc.

Arrivée au pied de la bibliothèque, une tour de dix étages qui se proclamait pompeusement Centre Culturel, Ygrenne reprit son souffle et emprunta l'escalier monumental qui menait à l'entrée.

Sa peur d'être arrêtée s'estompait... Jusqu'en fin d'après-midi, elle savait que rien ne viendrait la perturber dans l'enceinte du bâtiment où sa fine silhouette était bien connue. La gorge moins serrée et le pied plus léger, elle s'engouffra dans le tube ascensionnel qui la propulserait au dernier étage.

3

Le grimoire

L'invasion Ashanti avait plongé les îliens
dans l'ignorance de leurs origines.
Trois siècles plus tard, il n'en restait
que des légendes sur lesquelles
couraient les plus folles spéculations.

Extrait des « Sentiers de la Mémoire », Emrys le Sage.

En ouvrant la porte de la salle des Antiquités quelques secondes plus tard, Ygrenne aperçut l'Ashanti, penchée sur son bureau. Akkaat' Ash' Zolt (Akkaat', veuve de Zolt en langage standard) était plutôt petite pour une femelle de son espèce dont la taille dépassait habituellement les deux mètres standards. Elle avait le corps élancé et puissant qui caractérisait sa race, mais sa musculature assez discrète ne dégageait pas l'impression de cruauté latente qu'on ressentait d'ordinaire face à ses congénères.

Comme toujours, elle portait la tenue traditionnelle de son peuple. Tissée dans un matériau en provenance d'Outremonde qui la protégeait des variations de température, elle épousait ses formes comme une seconde peau.

Ygrenne savait que les propriétés de cette sorte de combinaison ne s'arrêtaient pas à son extrême fluidité. Aussi fine soit-elle, elle gardait une dureté incomparable qui entourait le corps d'une véritable carapace, extrêmement dure à transpercer. Il fallait au moins un désintégrateur de poing pour en rompre le maillage. Conçu pour résister aux attaques à l'arme blanche comme aux tirs des armes à feu conventionnelles, ce vêtement était la pièce maîtresse de la garde-robe Ashanti. Les Seigneurs la portaient dans la vie quotidienne pour se garantir de toute agression et l'uniforme des Dho' n'en était qu'une version plus sophistiquée. Seuls les couleurs et les ornements au col et aux épaules variaient d'un individu à l'autre dans la société civile. La tenue de combat en revanche, apanage exclusif des Dho', était invariablement d'un noir absolu qui absorbait la lumière, et mettait en exergue le côté sinistre de leur nature.

Baignée ce jour-là dans les flots de lumière qui se déversaient des grandes baies situées derrière elle, la délicate fourrure cuivrée couvrant l'épiderme d'Akkaat accentuait son allure féline. Elle eut un mouvement fluide de la tête lorsqu'elle entendit la porte s'entrouvrir et ses grands yeux aux pupilles oblongues vinrent se poser sur l'arrivante.

La jeune fille s'inclina avec déférence, les mains croisées sur la poitrine, et attendit la permission d'entrer en refrénant la gêne que ce regard provoquait en elle.

– Ah ! Te voilà enfin...

La voix au timbre rocailleux contenait cette pointe de condescendance propre aux échanges entre un maître et son esclave. Ygrenne y était habituée et ne s'en formalisait pas. Contrairement à beaucoup d'autres, Akkaat avait plutôt bon caractère et n'avait jamais fait preuve de brutalité à son égard, ce qui permettait de la côtoyer sans éprouver de crainte particulière.

– Ne reste pas plantée là ! lui ordonna celle-ci, en lui faisant signe de la rejoindre d'une main impatiente. Il est grand temps de nous mettre au travail.

La jeune fille ôta sa cape et secoua les plis de sa robe de laine brune pour lui redonner un semblant de forme. L'humidité en avait alourdi le poids durant la traversée, elle avait l'impression d'être enveloppée dans une chape de plomb. Elle frissonna et ne put s'empêcher de jeter un regard d'envie à la tenue confortable que portait l'Ashanti.

Si seulement je pouvais me procurer quelques mètres de ce tissu incroyable ! se dit-elle, en retenant le soupir qui lui montait aux lèvres.

Mais bien sûr, une telle idée était irréaliste. Les combinaisons Ashanti n'étaient pas fabriquées sur Salicorne et si elles l'avaient été, un esclave n'aurait jamais pu en avoir.

Elle refoula son envie et s'approcha en souriant de la grande table de travail où papiers et ouvrages aux couvertures jaunies se trouvaient entassés.

Depuis qu'elle travaillait au département des Antiquités, elle avait beaucoup appris et commençait à se familiariser avec les techniques d'archivage par hologrammes qui permettaient de réduire et stocker des milliers d'ouvrages, dans des compartiments aussi minces que des feuilles de papier. Les murs de la bibliothèque *absorbaient* ces projections en trois dimensions et les faisaient apparaître ou disparaître par simple subvocalisation.

Celui qui entrait pour la première fois dans ce sanctuaire n'y voyait qu'un bureau circulaire anonyme, ayant pour seule particularité d'être entouré de parois métalliques d'une hauteur vertigineuse. Mais pour consulter un document, aussi haut soit-il archivé, nul besoin de grimper sur une échelle pour l'atteindre : il suffisait à l'ethnologue de prononcer mentalement son titre pour qu'il se matérialise aussitôt devant ses yeux.

Ce trésor de technologie se doublait d'une autre particularité toute aussi incroyable aux yeux d'Ygrenne : il disposait de ses propres systèmes de défense contre toute tentative d'intrusion, et ne répondait qu'aux impulsions émises par le cortex d'Akkaat.

La jeune îlienne se souvenait de la stupéfaction qui l'avait saisie lorsqu'elle avait découvert comment fonctionnait cette salle grandiose et mystérieuse. Le degré de civilisation qu'elle révélait lui avait fait comprendre le fossé qui existait entre la société Ashanti et la rusticité de son propre peuple, qu'on pouvait qualifier sans peine de sous-développé. Au début, elle avait même eu beaucoup mal à croire que ces moyens hors normes ne servaient qu'à la conservation des documents réunis par Akkaat.

Mais si sa patronne s'était lancée dans un projet ambitieux concernant le passé de Salicorne et la population humaine, il ne rencontrait qu'indifférence. Quant au niveau de sécurité dont il était entouré, celui-ci correspondait aux règles en vigueur dans toute l'Administration Ashanti. C'est pourquoi Ygrenne en avait finalement déduit que les protections utilisées dans l'enceinte de la bibliothèque étaient certainement considérées comme ordinaires par une race habituée aux prouesses technologiques.

Au fil des mois, elle avait deviné que le travail d'Akkaat n'était qu'une manière comme une autre de tuer le temps. L'Ashanti entamait son troisième siècle d'existence et n'occupait plus aucune fonction militaire, ce qui équivalait presque à une rétrogradation dans l'échelle sociale. Toutefois, si elle n'avait plus l'âme combattante, elle ne paraissait pas être reléguée à ce poste d'ethnologue pour y faire de la figuration. Sa liberté d'action montrait qu'elle disposait toujours de privilèges considérables, lui donnant toute latitude pour satisfaire le moindre de ses caprices. Des prérogatives accordées par son statut de membre de l'Ibr', l'organe le plus puissant de l'empire, où l'on ne comptait que des proches du Khan.

À la mort de son compagnon, Zolt' Ser' Kush, qui avait exercé les fonctions d'Administrateur sur l'île de Tirfo Thuin, Ygrenne savait qu'Akkaat avait regagné Mag Mor sans déplaisir, pour prendre la direction de la grande bibliothèque dont les buts étaient encore à définir. Intriguée par le passé obscur de Salicorne, sur lequel aucun de ses contemporains ne s'était penché, l'Ashanti s'était lancée dans un vaste programme de recherches destiné à en dresser un panorama aussi complet que possible.

Les conclusions qui commençaient à en émerger se révélaient plus passionnantes qu'elle ne l'avait imaginé et lui apportaient un éclairage nouveau sur les premiers occupants de ce monde, dont les descendants n'étaient autres que les relégués de Tirfo Thuin.

Cette population méprisée possédait en fait une histoire mystérieuse, bâtie sur les récits évoquant la chute de Tyr-Nan-Og, l'ancienne cité royale détruite aux premières heures de l'invasion. Ses vestiges, situés au nord de Nazkat, recelaient des informations précieuses aux yeux d'une ethnologue comme Akkaat dont l'intérêt pour Salicorne et ses légendes ne cessait de croître.

Dirigée par Eamon, le cousin d'Ygrenne, l'équipe d'ouvriers humains qu'elle avait recrutée pour en fouiller les décombres y travaillait sans relâche, exhumant tout ce qui était susceptible de la faire avancer dans ses recherches.

Ce matin-là, l'Ashanti venait de découvrir les fruits de leur dernière expédition et s'apprêtait à les étudier.

– Jolie trouvaille, n'est-ce pas ? s'exclama-t-elle, en croisant le regard brillant d'intérêt que lui jetait Ygrenne.

Une fois de plus, et bien que son esprit se rebellât contre une telle comparaison, Akkaat s'interrogea sur les capacités intellectuelles de sa jeune compagne, au demeurant moins éloignées des siennes qu'elle ne l'aurait cru.

C'était là une pensée perturbante, qui remettait en question les préjugés admis en la matière. Pour sa race en effet, les peuples conquis étaient toujours des espèces inférieures, dotées de facultés médiocres. Mais le travail qui l'amenait à côtoyer les humains n'était pas loin de la faire changer d'avis !

Il faudra qu'un jour j'en soumette quelques-uns à des tests, se dit-elle, alors qu'Ygrenne commençait à lui faire passer un document après l'autre. *Il pourrait être intéressant de leur confier d'autres tâches que celles qu'ils exécutent à l'heure actuelle.*

D'un geste machinal elle établit un premier tri, en fonction de l'importance qu'elle accordait à chaque volume, et ne s'arrêta que lorsqu'elle eut en mains un vieux grimoire dont l'aspect tranchait sur les autres. Plus volumineux, il s'en distinguait par un état de conservation hors du commun. Sa couverture de cuir fauve, ornée de l'écu royal à deux licornes dressées, était même d'un grain tout à fait exceptionnel.

– Regarde ! s'écria-t-elle d'un ton enthousiaste, en le tournant vers Ygrenne. Cet ouvrage me paraît nettement plus intéressant que les autres.

La jeune fille y jeta un bref coup d'œil et acquiesça avec enthousiasme.

– Effectivement ma Dame, il est beaucoup mieux conservé !

– Pourtant, rétorqua Akkaat, en désignant d'un geste large tout ce qui se trouvait sur la table, toutes ces pièces étaient rassemblées au même endroit. Ce qui laisse supposer qu'elles datent de la même époque et proviennent d'un fonds commun de conservation. Le seul élément qui puisse me faire penser à une découverte sortant de l'ordinaire, c'est plutôt ce que ton cousin, Eamon, m'a signalé au sujet de la malle où elles étaient entreposées. Il paraît qu'elle dégageait une espèce « d'aura » lorsque son équipe a mis la main dessus.

– Une *aura* ? répéta Ygrenne, les yeux écarquillés par la surprise.

– Une aura, oui ! réaffirma Akkaat, d'une voix agacée. Ou quelque chose qui s'en rapproche. Je pense pour ma part à un champ de force, probablement mis en place pour la protéger des ravages du temps. Mais il m'a été impossible de découvrir de quoi il s'agissait car je n'ai rien ressenti en sa présence. Va donc la voir, ajouta-t-elle, en pointant du doigt le fond de la salle, et dis-moi si tu perçois un phénomène particulier à son contact.

La jeune fille entrevit le grand coffre ouvert adossé au mur, et s'en approcha avec curiosité. Il était lui aussi en parfait état, malgré son évidente ancienneté. Ses parois intérieures, entièrement damassées, avaient même gardé leur éclat d'origine. Machinalement, elle passa sa main sur le tissu orné des traditionnelles spirales du Triskel et ressentit comme un picotement qui courut le long de ses doigts en dégageant une vague lueur bleutée. Le fond de la malle s'illumina brièvement, puis s'obscurcit à nouveau lorsqu'elle recula sous l'effet de la surprise.

Une bouffée de nostalgie la traversa en songeant à tout ce que les hommes avaient perdu au fil des siècles : la magie avait coulé dans leurs veines autrefois, ce coffre en était une preuve ! Il n'avait certainement pas été protégé par un champ de force comme le suggérait l'Ashanti, car ce genre de technologie n'avait jamais été en possession de la race humaine, mais plutôt par un sortilège qui venait de se dissiper pour une raison inconnue. Les sorts de protection étaient monnaie courante à l'époque où ce coffre avait été caché. Tous les récits conservés par les îliens à propos de l'ancienne royauté faisaient état de ce genre de pratique. Mais bien sûr, l'envahisseur ignorait ce qu'il en était et Ygrenne ne serait pas celle qui dévoilerait cette particularité de leur passé. De surcroît, si le coffre témoignait bien de la maîtrise que possédaient ses ancêtres en matière de magie, il n'en restait rien aujourd'hui. Quelques traces en subsistaient dans certaines familles, mais rien qui vaille la peine de s'y attarder. Rien qui puisse leur faire espérer recouvrer un jour leur liberté…

Réprimant sa rancœur, elle se baissa une fois encore pour scruter les moindres recoins de la malle. Mais, hormis cette curieuse sensation qui se reproduisait chaque fois qu'elle frôlait le tissu, force lui fut de constater que rien ne la distinguait d'un coffre ordinaire. Légèrement désappointée, elle rejoignit le bureau où Akkaat la fixait d'un air interrogateur.

– Durant quelques secondes, tu m'as paru bien songeuse, jeune fille ! Alors, que penses-tu de notre trouvaille ?

– C'est vraiment une découverte extraordinaire ! s'emballa Ygrenne. Et j'ai effectivement ressenti quelque chose de bizarre en l'effleurant. Comme si elle dégageait des vibrations légères…

– Ah ! Alors toi aussi, tu perçois des vibrations ? rétorqua l'ethnologue en levant les sourcils. C'est justement le terme de « vibrations lumineuses » qu'a employé Eamon. Pour ma part hélas, rien de tout cela : ni vibrations ni phénomène lumineux ! La différence qui existe entre ta race et la mienne explique sans doute mon manque de réceptivité face à un procédé qui ne relève pas de notre technologie. Mais ce genre d'explication me rend perplexe… Car les champs de force, de quelque nature qu'ils soient, ne laissent pas de traces résiduelles lorsqu'ils sont désactivés. Et pour tout te dire, je ne vois pas pourquoi, s'il s'agit d'un système de protection inédit, vous y seriez plus sensibles que moi !

L'Ashanti grimaça. Elle ressentait du dépit à l'idée qu'un être humain puisse avoir des compétences supérieures aux siennes, et considérait cela comme un affront à son intelligence. Mais elle se retint de faire un commentaire acerbe.

– Quoi qu'il en soit, l'extraordinaire préservation de cette malle me porte à croire que les documents rassemblés sur cette table ont plus de valeur que tout ce que nous avons eu en main jusqu'à présent. J'espère qu'ils pourront nous éclairer. Tant de questions restent encore sans réponses au sujet de vos anciennes souveraines et de leurs pouvoirs ! Sans même parler de leur titre mystérieux !

– Le titre de Reynes-Licornes ne veut rien dire, ma Dame ! se défendit Ygrenne, en songeant aux doutes qu'elle entretenait elle-même à propos de ce titre. Aussi prestigieux soit-il, il ne suffit pas à prouver l'existence des licornes. Chez nous d'ailleurs, personne ne croit que de telles créatures aient jamais existé. Même si elles apparaissent dans la plupart de nos légendes, elles sont considérées aujourd'hui comme faisant partie d'un bestiaire imaginaire. C'est tout !

– Inutile de me rappeler ce que les tiens pensent de tout cela ! maugréa l'Ashanti en levant les yeux au ciel. J'ai bien conscience qu'en trois siècles, nos patrouilles ne seraient pas passées à côté d'une espèce comme celle-là. Si elle existait encore, nous l'aurions dénichée depuis belle lurette... Pourtant, avant de classer cette histoire dans la rubrique : *contes et merveilles* d'un monde oublié, je voudrais savoir si toutes les légendes qui courent à ce sujet n'ont pas un fond de vérité... Il me plairait assez de conclure ma carrière par la découverte de ce qui a donné naissance à de telles fantasmagories !

L'Ashanti s'interrompit, comme si elle cherchait une manière de préciser son point de vue, et resta quelques secondes le regard perdu dans le vague. Sans oser intervenir, Ygrenne attendit patiemment qu'elle reprenne le fil de la conversation.

– Comprends-moi bien, petite ! les récits traitant de magie et de phénomènes surnaturels peuvent masquer une réalité plus prosaïque, mais tout aussi intéressante. Peut-être que ces créatures auxquelles vous prêtiez tant de pouvoirs possédaient en fait des capacités que votre race ne pouvait saisir. Je connais moi-même quelques espèces d'Outremonde dont l'aspect extérieur ne trahit en rien le véritable niveau de développement !

Comme si des images amusantes lui venaient à l'esprit, elle ponctua ses paroles d'un grondement sourd qui pouvait s'apparenter à une sorte de rire.

Sensible à la griserie affichée par sa maîtresse, Ygrenne esquissa un sourire, sans pour autant parvenir à réprimer une pointe d'inquiétude. Son esprit restait en alerte, guettant le moindre signe annonciateur d'un changement dangereux dans le comportement de l'ethnologue.

Comme tous les humains, elle ne pouvait oublier que les Ashanti étaient de redoutables prédateurs à l'équilibre psychique particulièrement instable. Une situation mal vécue pouvait à tout moment les faire basculer dans un état proche de la folie. Un stress, une surexcitation, une simple toquade débouchaient trop souvent sur un véritable déchaînement de violence. Mais alors qu'elle s'écartait d'un pas, Akkaat se contenta de marmonner quelque chose d'inintelligible et reprit son étude du vieux grimoire en oubliant sa présence.

La jeune fille en profita pour se rapprocher des grandes baies qui donnaient sur la ville et laissa courir son regard sur le panorama offert par la capitale.

4

Menaces

La race Ashanti ne contenait pas
la moindre trace d'humanité.
Son seul élément constitutif était
l'aptitude qui la poussait à tuer
lorsqu'elle se trouvait défiée.

Extrait des « Sentiers de la Mémoire », Emrys le Sage.

Du haut de la bibliothèque, le panorama était à couper le souffle. Nazkat-la-Sombre étendait son architecture glacée aussi loin que portait le regard et ses hautes tours d'obsidienne s'élevaient vers le ciel comme un défi lancé aux dieux. L'orgueil suintait de ses pierres comme s'il s'était agrégé à la matière et en imprégnait la ville : tout y était d'une grandeur oppressante. Ygrenne sentait d'ailleurs que c'était précisément le but recherché par ses bâtisseurs. L'architecture Ashanti reflétait l'âme de cette race dominatrice et conquérante. Seule la prédominance de l'espèce comptait et l'impression de puissance démesurée qui s'étalait ici en était un témoignage supplémentaire.

Elle laissa dériver son regard vers le nord de la capitale, là où s'étendait la zone portuaire, et pensa aux hommes de son équipage qui y vendaient le produit de leur pêche. Peut-être pourraient-ils en tirer assez pour acheter non seulement des provisions, mais aussi une de ces babioles bon marché importées d'Outremonde qu'on trouvait dans les bazars. Disséminées le long des docks, ces petites échoppes regorgeaient d'amulettes et de gris-gris qu'elle adorait transformer en bijoux !

Elle retint à grand-peine un soupir d'envie et s'apprêtait à regagner sa place, quand le calme de la grande salle d'étude fut brutalement rompu. Le claquement sourd de la porte qu'on enfonçait résonna à ses oreilles comme un avertissement.

Armes au poing, quatre Dho' firent irruption dans la pièce et la balayèrent d'un regard suspicieux. Leurs silhouettes massives gainées de noir, leurs pognes griffues serrées sur leurs désintégrateurs, ne laissaient aucun doute sur leur capacité à exterminer tout ce qui pouvait se dresser en travers de leur chemin.

Le bruit sec que fit Akkaat en refermant l'ouvrage qu'elle tenait toujours en main exprima la colère que cette intrusion provoquait en elle.

– Thu' Han' Skaar' - le nom de l'officier claqua dans sa bouche comme un coup de fouet -, je ne crois pas vous avoir entendue frapper ! je préférerais croire qu'il s'agit d'un malencontreux oubli... Ou dois-je vous rappeler que l'exercice de votre autorité s'arrête au bas de cette tour ?

Un rictus de haine à peine voilée déforma le visage de l'interpellée dont les oreilles se couchèrent sous l'algarade. L'impression de danger qui émanait de toute sa personne s'accentua et l'affrontement physique qu'elle envisageait sans déplaisir s'inscrivit en clair dans son regard aux pupilles dilatées.

Consciente de la tension qui montait, et de sa vulnérabilité face à des créatures capables la réduire en charpie d'un simple revers de main, Ygrenne se glissa dans le dos de sa maîtresse pour tenter de disparaître de leur vue. Le feulement inquiétant d'une Dho', qui venait de dépasser la Thu' Han' et la fixait d'un air féroce, interrompit son mouvement. Elle recula en toute hâte, le cœur au bord des lèvres.

– Attention à ce que vous faites, Dho' Pschent ! reprit Akkaat d'un ton glacial, en s'adressant à la guerrière qui visait son apprentie. Vous pourriez *me* blesser... Involontairement sans doute, mais ce serait fatal pour votre carrière !

Frémissante d'indignation, la vieille Ashanti plongea son regard assombri par la fureur dans les yeux de l'officier qui ne faisait aucun geste pour modérer le zèle de sa subordonnée.

– Vos sbires manquent singulièrement de sang-froid, Thu' Han' ! Dois-je en conclure que leur formation laisse à désirer, ou pensent-elles vraiment avoir assez d'autorité pour se permettre de défier un membre de l'Ibr' ? Un conseil cependant, avant de me répondre : faites bien attention à ce que vous allez me raconter !

Sans se départir de sa morgue, son interlocutrice fit un pas dans sa direction et se campa face à elle dans une attitude de défi.

– Nous sommes à la poursuite d'un relégué, Votre Grâce - l'officier cracha ce titre comme s'il l'écorchait. La créature doit être reprise avant le coucher du soleil et tous les quartiers seront passés au peigne fin, sans exception...

Sidérée par le culot de la guerrière, qui ne semblait faire aucun cas de ses avertissements, Akkaat déploya ses griffes en rugissant et, d'un seul bond, franchit le bureau derrière lequel elle se trouvait encore. Dans le déplacement d'air qui accompagna son mouvement, les documents empilés sur la table s'écroulèrent, et le grimoire vint s'écraser au sol.

Le bruit de son impact sur les dalles résonna comme une claque à ses oreilles. Elle feula longuement et ses babines se retroussèrent à l'idée qu'il puisse être endommagé. Alors qu'elle se ramassait sur elle-même, ses canines affûtées comme des rasoirs jaillirent en pleine lumière.

– Je crois que vous ne mesurez pas tout à fait la portée de vos actes, Thu' Han', siffla-t-elle d'une voix que la colère rendait sourde. Je ne vous laisserai pas faire un pas de plus. Et ne croyez pas que votre insolence restera sans conséquence. J'en avertirai le Khan aujourd'hui même. Je suis Llamashi, sa sœur-de-nid, vous ne pouvez l'ignorer ! Les liens du sang et la position que j'occupe ne vous autorisent donc pas à m'adresser la parole sans que je ne vous y invite ! Un *seul* mot de moi, et vous vous retrouverez à jamais exilée sur la planète la plus inhospitalière qu'on puisse trouver dans tout l'univers... Est-ce là *vraiment* ce que vous désirez ?

Un grondement ponctua ses paroles et ses griffes se contractèrent de manière spasmodique, au rythme de sa respiration qui s'accélérait.

– Sortez, Thu' Han' Skaar. *Immédiatement...* Vous avez épuisé toute ma patience ! *Sortez,* vous dis-je, avant que je ne puisse plus me contrôler...

Le long frémissement qui secoua sa carcasse ne laissa plus aucun doute sur l'imminence d'une attaque qui promettait d'être sanglante.

S'éloignant du bureau qui constituait un rempart trop fragile à ses yeux, Ygrenne recula jusqu'au mur du fond, en espérant que la distance ainsi gagnée lui épargnerait un mauvais coup. Au coude à coude avec leur chef, les Dho' s'étaient momentanément désintéressées de son sort et concentraient toute leur attention sur les mouvements d'Akkaat.

Si elle saute sur les Dho', se dit-elle, en essayant d'évaluer la distance qui la séparait de la porte d'entrée, *je pourrai peut-être atteindre la sortie et m'enfuir par le tube avant qu'elles se souviennent de moi !*

Mais après un dernier instant d'hésitation, durant lequel l'officier parut soupeser les conséquences d'un combat où l'honneur du clan impérial serait en jeu, l'ensemble du groupe finit par reculer avant de faire volte-face.

Sur un ultime regard de défi lancé à l'ethnologue écumant de rage, la Thu' Han' franchit le seuil de la bibliothèque en fulminant contre les abus de pouvoir qui l'empêchaient de faire son travail. La porte claqua derrière elle et ses récriminations se perdirent dans le couloir.

Durant quelques secondes, des ondes de haine s'attardèrent dans la pièce silencieuse. Ygrenne sentit ses nerfs vibrer comme des cordes pincées. Malgré le départ des Dho', elle demeurait sur le qui-vive, persuadée que tout danger n'était pas écarté. Acculer un Ashanti dans ses derniers retranchements, comme venait de l'être Akkaat, réveillait toujours le côté le plus dangereux de sa nature. Et même si l'ethnologue semblait contenir sa fureur, il n'était pas certain qu'elle puisse échapper à cet instinct de prédation qui la poussait à tuer lorsqu'elle était défiée. La jeune fille se pétrifia en songeant qu'elle restait l'exutoire idéal sur lequel pouvait se déverser sa rage.

Mais la silhouette de la vieille Ashanti émergea lentement de l'état second où elle était plongée et les spasmes qui l'agitaient s'atténuèrent. Immobile et comme centrée sur sa violence, elle se donna le temps de récupérer une parfaite maîtrise d'elle-même avant de se retourner vers Ygrenne.

Plaquée contre le mur du fond, l'humaine ressemblait à un papillon qu'on aurait épinglé avant de le disséquer. Elle était d'une pâleur de craie et son regard, habituellement d'un gris à peine soutenu, était devenu plus sombre qu'un ciel d'orage. Sa fixité le vidait de toute expression. Mais elle ne pleurait pas et se mordait les lèvres jusqu'au sang pour ne pas hurler.

Elle a du cran cette gamine, au moins autant que certains d'entre nous ! s'étonna Akkaat, en prenant conscience du courage qu'il lui avait fallu pour ne pas céder à la panique. Devant tant de maîtrise chez un être si jeune et si fragile, ses griffes et ses crocs disparurent et sa voix prit un ton rassurant :

– Calme-toi, jeune fille. La Thu' Han' Skaar n'a aucun pouvoir ici. Je ne l'aurais pas laissée porter la main sur l'un de mes affidés, crois-moi ! Tu ne risques plus rien.

Ygrenne déglutit pour chasser la boule qui contractait sa gorge et s'accorda quelques secondes supplémentaires pour récupérer le contrôle de ses nerfs. Puis elle se rapprocha à pas lents du bureau, convaincue qu'une certaine prudence était encore de mise. Elle venait de toucher du doigt le feu qui couvait derrière le masque de tranquille assurance affichée par sa patronne. En ranimer les braises était ce qu'elle craignait le plus à cet instant et, malgré l'envie de prendre ses jambes à son cou, elle continua d'avancer en évitant tout mouvement brusque.

Devant elle, l'Ashanti se détendait : les dernières contractions de ses muscles se dissipaient et les traits de son visage retrouvaient leur placidité naturelle. Sur un ultime geste d'encouragement de sa part, elle la rejoignit enfin et ramassa les documents qui gisaient au sol.

Un climat de fragile confiance s'installa de nouveau, bien que la jeune fille se sente encore incapable de prononcer le moindre mot. Mais elle comprenait que seule une attitude courageuse lui apporterait le respect d'une créature qui faisait des efforts manifestes pour juguler sa férocité, au moins en sa présence.

Résolue à lui prouver qu'elle était capable de surmonter le traumatisme qu'elle venait de subir, elle reprit son travail avec une ardeur renouvelée.

5

Prophétie

Une prophétie n'est qu'une porte
ouverte sur une possibilité d'avenir.
Son accomplissement dépend
des capacités mises en œuvre
par celui qui devra la réaliser.

Extrait des « Sentiers de la Mémoire », Emrys le Sage.

Au fil des heures qui s'égrenaient, l'atmosphère de la bibliothèque retrouvait la sérénité qu'elle dégageait habituellement. Akkaat se concentrait sur le tri des documents et indiquait à Ygrenne ceux qui lui semblaient dignes de figurer dans leur banque de données.

La plupart n'étaient que des comptes-rendus de textes sans grande valeur historique. Il devint vite évident que seul le vieux grimoire se démarquait des autres, tant par sa présentation que par le sujet dont il traitait. Entièrement consacré à l'évocation des anciennes souveraines de Salicorne, il était illustré de somptueux dessins représentant toujours la même scène du couronnement, à des époques différentes.

L'événement se déroulait dans la plus grande salle du palais de Tyr-Nan-Og. Entourée de ses pairs, la reine siégeait sur son trône d'albâtre, une main posée sur le cou d'un animal fabuleux couché à ses pieds.

Une licorne ? s'interrogea Ygrenne, interdite. À ses côtés, elle entendit le souffle d'Akkaat s'accélérer et comprit que l'Ashanti partageait sa surprise.

– Regarde la finesse de ces dessins ! s'exclama cette dernière d'un ton vibrant, en tournant lentement les pages pour qu'Ygrenne puisse en admirer les détails. Je ne savais pas que ton peuple possédait des artistes capables de composer de tels tableaux !

– Moi non plus ma Dame, rétorqua la jeune fille en secouant la tête. Si l'art de l'enluminure existait à cette époque, il s'est perdu depuis bien trop longtemps maintenant pour qu'un des miens puisse réaliser de tels chefs-d'œuvre ! Seul notre instituteur dessine parfois, pour illustrer les leçons qu'il donne à ses élèves, mais ce qu'il fait n'a aucune valeur artistique. Ce sont des croquis dénués de toute fioriture. De telles activités ne peuvent plus s'exercer de nos jours : le papier est bien trop rare pour le gaspiller de la sorte. Quant aux pigments pour les couleurs...

Un éclair de compréhension traversa le regard d'Akkaat qui se mit à ricaner.

– Je comprends ta déception, petite ! hélas, mon peuple accorde trop peu d'intérêt aux arts en général pour mettre à votre disposition les outils nécessaires au développement de telles compétences. De surcroît, je pense être l'unique représentante de mon espèce sur Salicorne à s'intéresser aux œuvres laissées par une civilisation comme la tienne. La carrière d'ethnologue ne figure pas en tête des professions recherchées par mes pairs, et les seuls que je connaisse préfèrent étudier l'histoire de nos origines à celle des autres. Mes recherches actuelles sont critiquées par bon nombre de mes contemporains, qui me considèrent au mieux comme une originale, et au pire comme une déviante, minée par quelque faiblesse honteuse !

Ygrenne eut un mouvement de recul en entendant ces derniers mots, mais se garda d'émettre le moindre commentaire. Elle ne savait pas si l'avis d'une esclave pouvait avoir une quelconque valeur aux yeux de sa maîtresse. Elle se contenta donc de montrer qu'elle n'approuvait pas ces critiques en pinçant les lèvres, ce qui fit sourire Akkaat.

– Oh, tout ce qu'on peut dire à propos de ma conduite m'importe peu, Ygrenne ! J'adore ce que je fais ici et n'ai besoin d'aucune approbation pour continuer. Mais l'utilité de mon travail n'est pas le sujet de mes préoccupations à cette heure, s'esclaffa-t-elle, en posant le doigt sur la page qu'elle venait d'ouvrir. C'est ce que ce vieux grimoire peut nous révéler !

D'une griffe légère, elle effleura les contours du dessin comme pour en souligner la maîtrise du trait et Ygrenne, captivée, suivit son geste du regard en sentant son cœur se dilater devant la beauté de la licorne. De petite taille, l'animal ressemblait plus à une biche qu'à un cheval. Sa robe était d'un blanc pur, lumineux, et le grand front tourné vers la souveraine s'ornait d'une corne unique, légèrement spiralée. À la base de cette dernière scintillait une gemme du rouge le plus profond. Un bijou dont l'éclat rappelait celui de la pierre de feu qui brillait au front de la reine. Au fil des pages, la jeune fille nota que chaque gravure était accompagnée d'une légende évoquant l'époque d'un règne et le nom d'une souveraine.

Mais le plus surprenant, elle le découvrit lorsque Akkaat parvint à la fin du grimoire. Jusque-là tous les dessins se ressemblaient, à l'exception des personnages qui changeaient selon l'époque. La seule différence, presque une anomalie, venait d'un ex-folio ajouté en fin de volume : la même scène y était reproduite, mais des détails nouveaux en altéraient l'atmosphère.

En haut de la page figurait le nom de la dernière reine salicornienne : Thuata, qui devait disparaître mystérieusement quelques années plus tard. Aux premières heures de l'invasion Ashanti, alors que la cité royale s'écroulait dans les flammes.

La licorne n'était plus présente dans ce nouveau tableau et une goutte de sang sourdait au front de la souveraine, à l'endroit où aurait dû se trouver le rubis. À la droite du trône, un homme habillé en Fou tenait une couronne d'une main et le sceptre royal de l'autre. Son visage sillonné de rides profondes reflétait autant la ruse que l'insolence.

En exergue figurait la phrase suivante : « Thuata, dont le sang affaibli sera versé en expiation pour Salicorne l'oublieuse ». Et un texte plus obscur encore s'y trouvait adjoint :

Il est vrai, sans mensonge, certain et très véritable : ce qui est en bas est comme ce qui est en haut, et ce qui est en haut est comme ce qui est en bas. Toutes choses sont et proviennent de la médiation unique entre l'âme du principe et l'âme du réceptacle. Tu auras par ce moyen toute la gloire du monde et toute obscurité s'enfuira de toi. Elle est la force, forte de toute chose, car elle vaincra toute chose.

La blanche bête est ton âme. Ô toi qui l'as perdue, n'oublie pas d'implorer son pardon à l'heure du trépas. Car il ne sera de renaissance que par son seul secours.

– Que peut donc bien signifier tout ce charabia ? murmura Akkaat, d'un air perplexe. Cela ressemble à une annonce prophétique concernant la fin de Thuata, bien sûr... Mais tout le reste est incompréhensible !

Sourcils froncés, elle se tourna vers Ygrenne dont les pupilles dilatées montraient un étonnement comparable au sien.

– Que sais-tu de cette période, enfant ? As-tu déjà entendu parler d'une prophétie concernant votre dernière souveraine ?

– Les adultes n'évoquent pas volontiers la reine Thuata, ma Dame, répondit la jeune fille, en haussant les épaules. Sans doute parce que beaucoup de choses ont été oubliées depuis ce temps-là. Et puis, je ne crois pas que les réfugiés de Tirfo Thuin soient venus de Tyr-Nan-Og. Presque tous ceux que je connais descendent de gens modestes, qui vivaient déjà sur notre île au moment de l'invasion. Oh, bien sûr ! Il y a des récits concernant l'incendie du palais et le massacre des nobles, mais on les évoque toujours avec réticence. Comme s'il existait un secret entourant la reine...

– Ah ! s'exclama Akkaat d'un ton dépité, en refermant le grimoire avec soin. Chaque fois que nous découvrons un morceau du puzzle, il semble qu'au lieu de s'éclaircir, le mystère s'épaississe un peu plus !

Jetant un coup d'œil rapide sur l'horizon qui commençait à s'assombrir au-delà des fenêtres, elle étira ses épaules douloureuses.

– Mais cette journée nous a apporté suffisamment d'interrogations pour me tenir éveillée durant toute la nuit, il me semble. J'en ai assez ! Il est temps que tu rentres chez toi. Essaie de glaner quelques renseignements au sujet de cette prophétie, veux-tu ? Certains d'entre vous en ont peut-être entendu parler.

– Oui ma Dame, acquiesça Ygrenne, le regard brillant d'excitation à l'idée de se voir confier une telle mission. J'interrogerai ma tante Caerphilly. Sur l'époque du Royaume, elle détient sans doute des informations et peut-être arriverai-je à la convaincre de m'en parler. Après tout, les Anciens peuvent maintenant s'exprimer librement devant moi : je vais avoir dix-neuf ans !

Akkaat laissa échapper un grognement ironique :

– Sais-tu que, pour mon peuple, vingt ans n'est même pas considéré comme l'âge de raison ?

Ygrenne se raidit imperceptiblement et, devant son air vexé, l'Ashanti consentit à sourire.

– En disant cela je ne voulais pas offenser la fierté de ta race, ton Kha', petite ! J'oublie parfois que je ne dois pas raisonner comme un membre de mon espèce lorsque tu me parles de ton âge. Vos vies sont si courtes ! Peut-être est-ce d'ailleurs pour cette raison que vos légendes parlent d'immortalité et de pouvoirs surnaturels. Et les licornes sont toujours au cœur de ces histoires, n'est-ce pas ?

– La plupart du temps, rétorqua la jeune fille, d'un air peu convaincu.

– Cependant, il nous faut plus que de vagues rumeurs : tu as carte blanche pour mener ta propre enquête. Et si tu penses que ta tante peut nous aider à y voir plus clair, je ne vois aucun inconvénient à ce que tu l'interroges.

Elle s'écarta d'Ygrenne pour se rapprocher de la baie vitrée et la congédia d'une main distraite.

– Laisse-moi seule maintenant. Tu peux t'en aller !

Heureuse de pouvoir s'éclipser enfin, Ygrenne esquissa une petite révérence et récupéra sa cape à la hâte. Puis elle franchit le seuil de la salle silencieuse et s'engouffra dans le tube, l'esprit préoccupé : elle ne devait pas traîner sur le chemin qui menait au port. Malgré la promesse qu'elle avait faite à son oncle le matin même, elle n'avait pas réussi à se libérer plus tôt que d'habitude. Le bateau devait déjà l'attendre depuis longtemps pour la ramener sur Tirfo Thuin !

Lorsqu'elle déboucha sur le trottoir, les derniers rayons du soleil embrasaient l'horizon. Les ombres s'étiraient en longueur dans les immenses avenues encombrées de véhicules. À cette heure tardive, les Ashanti se hâtaient de regagner leurs domaines situés à la périphérie de la ville, aux commandes de leurs ornicabs ou simplement à pied, entourés d'une cohorte de domestiques.

Seuls des engins plus exotiques aux couleurs bigarrées révélaient la présence de quelques délégations d'Outremonde, en visite sur Salicorne pour y conclure des affaires. Hormis ces extraterrestres, qui se dirigeaient vers le quartier réservé aux visiteurs, le centre de la métropole allait se vider d'un instant à l'autre. Les tours du centre-ville ne contenaient que des bureaux dont les portes fermeraient jusqu'au lendemain, laissant les Dho' prendre possession du territoire. Ygrenne n'avait aucune envie de se retrouver seule dans ces rues désertes et elle pressa le pas pour atteindre les quais le plus vite possible.

À son arrivée à l'embarcadère, Urisk et Dermot commencèrent à détacher l'amarre sans même lever les yeux vers elle.

– Monte vite, Ygrenne ! Il est déjà bien tard, bougonna son oncle.

– Ymir n'est pas encore là ? s'étonna-t-elle, en fouillant les environs du regard pour tâcher d'apercevoir sa silhouette familière.

– Ymir ne reviendra pas avec nous ce soir, répondit le vieil homme en calant une dernière nasse vide sur le pont du caboteur d'une main rageuse. Les Dho' l'ont embarqué ce matin…

Ygrenne revécut en un éclair la scène qui s'était déroulée en fin de matinée, à la bibliothèque. Son cœur sombra. Elle demeura un instant immobile, sans pouvoir articuler le moindre mot, le regard rivé sur son oncle.

Les yeux d'Urisk s'étrécirent.

– Ne me regarde pas comme ça, ma fille ! Oui, je suis allé fouiner du côté de la caserne centrale, si c'est ce que tu te demandes… Mais je n'ai même pas pu l'apercevoir et on m'a chassé du secteur ! Nous n'avons plus qu'à rentrer chez nous maintenant, grogna-t-il. L'Assemblée doit être mise au courant.

Ygrenne sursauta. L'angoisse contenue dans la voix de son oncle augmentait la terreur qu'elle ressentait à présent. Elle se détourna du spectacle animé qu'offraient encore les docks et grimpa se blottir au fond de la gabare pour cacher les larmes qui lui brouillaient la vue.

Ymir ne peut pas avoir disparu, lui aussi ! se dit-elle, atterrée par tout ce que pouvait signifier sa disparition.

Bien sûr, son allure de géant avait quelque chose d'intimidant. Mais il n'avait jamais commis la moindre infraction. Et tous ceux qui le connaissaient savaient qu'il était l'homme le plus doux de la terre ! Révoltée, elle serra les poings jusqu'à s'en faire blanchir les articulations.

En elle, une colère familière s'éleva à la pensée des innombrables enlèvements qui émaillaient leur quotidien. Des actes aveugles exécutés sans motif apparent, mais qui répandaient consternation et horreur. Car on ne revoyait jamais ceux qui étaient ainsi appréhendés : ils disparaissaient tout simplement, sans laisser de trace. Et même si à chaque fois des recherches étaient entreprises, par l'intermédiaire des îliens qui travaillaient à Nazkat ou sur les domaines Ashanti, aucune d'elles n'aboutissait jamais.

Elle refoula l'impression d'étouffement qui menaçait de la submerger et préféra taire l'incident qui s'était déroulé à la bibliothèque. Elle devait réfléchir. Peut-être qu'en parlant avec Akkaat, elle pourrait apprendre quelque chose. Après tout, se dit-elle en tâchant de reprendre confiance, l'Ashanti lui témoignait une certaine bienveillance. Elle l'avait même protégée aujourd'hui, ce qui prouvait sans doute qu'elle ne lui était pas hostile.

Alors que les derniers rayons du soleil se couchaient sur la mer, elle s'assoupit, en pensant au meilleur moyen de la convaincre.

6

Questions

Les Ashanti utilisaient les populations
comme ils exploitaient les ressources.
Avec désinvolture et cupidité,
sans se soucier de l'avenir.
Semant terreur et désolation sur leur passage.

Extrait des « Sentiers de la Mémoire », Emrys le Sage.

Ygrenne se réveilla en sursaut. Le bruit familier de la coque heurtant le ponton délabré du petit port de pêche indiquait qu'ils étaient arrivés sur Tirfo Thuin. Devant elle, Dermot sautait déjà par-dessus le bastingage et s'engageait sur le chemin qui menait à Laugharne, le hameau où ils habitaient. Elle s'empressa de renouer les cordons de sa cape qui avait glissé dans son sommeil, rabattit sa capuche pour se protéger du froid, puis descendit à son tour sur l'embarcadère.

À cette heure tardive, le paysage disparaissait dans le brouillard qui tombait en lourdes nappes sur la lande. C'est à peine s'ils pouvaient distinguer les toits de chaume des maisons basses, si caractéristiques des villages implantés en grappe le long du littoral. Tirfo Thuin était réellement une terre d'ombre et de pluie, peu appréciée des nouveaux dirigeants de Salicorne qui l'avaient délaissée au profit des contrées plus chaudes de la planète. Ils détestaient cette île baignée de brumes, où la lumière paraissait toujours sur le point de disparaître.

Mais si la vie y était rude, Ygrenne en aimait l'isolement qui allait de pair avec la relative sécurité dont ils jouissaient. Car les Dho', retranchées dans leur forteresse au sud-ouest de la région, ne se risquaient que rarement au creux des tourbières et préféraient oublier leur présence aussi souvent qu'elles le pouvaient. Seuls les raids auxquels elles se livraient parfois étaient à craindre, mais les îliens savaient en deviner les signes avant-coureurs. Passés maîtres dans l'art de se fondre dans la nature lorsque leur vie en dépendait, ils jouaient à cache-cache avec les drones et restaient insaisissables. Malgré tout, le danger demeurait présent et le quotidien aléatoire, quelle que soit l'époque de l'année. Le pouvoir Ashanti ne faisait que tolérer leur existence et leur interdisait toute activité susceptible de leur procurer plus que le strict nécessaire.

Parce que la fabrication des métaux était proscrite, les métiers qui en vivaient avaient depuis longtemps disparu. Quant à l'agriculture et à l'élevage, ils s'étaient progressivement réduits à l'entretien des lopins de terre qui entouraient leurs petites maisons et aux quelques troupeaux de moutons éparpillés dans la lande, dont la laine servait à confectionner les vêtements. La pêche était donc leur seule véritable ressource. Abondante ou pas, elle constituait la base de leur alimentation et générait un petit commerce avec le continent.

Alors qu'Ygrenne allait s'élancer sur le sentier pour rattraper Dermot, Urisk la rappela en lui montrant les deux paquets qu'il avait laissés sur le pont de la « Licorne ».

– Ygrenne, veux-tu en prendre un, s'il te plaît ?

La jeune fille revint sur ses pas et saisit les rames de papier jaunies qu'il lui tendait. Elles avaient été trouvées dans les sous-sols d'une ancienne imprimerie de Tyr-Nan-Og, dont les bâtiments à moitié écroulés venaient d'être fouillés par l'équipe d'Eamon. Soucieux de les récupérer avant qu'elles ne soient totalement inutilisables, les hommes les avaient échangées contre une bourriche d'étrilles qui avait atterri dans les cuisines de l'ethnologue. Le paquet sentait le moisi et les rongeurs en avaient entamé les bords, mais il restait utilisable et ferait la joie des Anciens chargés de la rédaction des Registres de la Mémoire.

Le deuxième paquet était d'une tout autre nature. Il contenait de magnifiques bougies blanches, faites à partir d'une cire si translucide qu'elle semblait retenir la moindre parcelle de lumière. Ygrenne ne put s'empêcher d'y jeter un coup d'œil extasié tant elle raffolait de tels objets qui restaient d'un luxe rare, presque inaccessible.

Sur Tirfo Thuin en effet, on ne s'éclairait qu'avec des lampes à huile, dont le principal inconvénient était de répandre dans l'atmosphère une forte odeur de poisson. Malgré l'hygiène la plus rigoureuse, cette odeur collait à la peau, s'immisçait à l'intérieur des maisons, imprégnait les vêtements, et son fumet désagréable accompagnait le moindre de leurs mouvements.

Si les bougies étaient utilisées avec parcimonie, se dit-elle, en se tournant vers le village, elles pourraient bien leur durer trois mois ! Trois mois de répit, durant lesquels seul le parfum iodé des embruns flotterait dans l'atmosphère... À cette pensée, un sourire lui retroussa les lèvres et elle parcourut les derniers mètres qui la séparaient de la maison en courant.

Préoccupé par l'arrestation d'Ymir, Urisk ne demeura qu'un bref instant dans la cuisine inondée de chaleur où sa femme, Caerphilly, leur avait préparé un repas. Bravant l'humidité poisseuse de cette nuit d'automne, il entraîna sa famille vers la longue bâtisse voûtée située au cœur du village, où l'ensemble de la communauté avait coutume de se rassembler.

Les mauvaises nouvelles dont il était porteur imposaient plus que jamais cette réunion où chacun avait le droit de s'exprimer. Un débat aurait au moins le mérite de clarifier les problèmes qui s'accumulaient au-dessus de leurs têtes, du moins l'espérait-il…

Porte-parole des îliens auprès de l'Administrateur Ashanti en poste sur l'île, le vieux pêcheur n'était pas à proprement parlé un chef mais plutôt un sage. Il faisait partie du Conseil des Anciens dont les décisions étaient écoutées par l'ensemble de la population et tous le respectaient pour son sens de l'équité.

Lorsque la totalité des familles, hormis les plus jeunes enfants, se fut entassée dans la salle chichement éclairée, le vieil homme gagna l'estrade collée contre le mur du fond et attendit que la porte soit fermée pour prendre la parole. Ygrenne, qui l'avait talonné jusque-là, s'accroupit sur l'estrade juste derrière lui afin de ne pas perdre une miette de ce qu'il allait dire.

– Bonsoir à tous et à toutes ! commença-t-il, d'une voix assez forte pour être entendue à l'autre bout de la salle. Votre attention s'il vous plaît ! J'ai des nouvelles importantes à vous communiquer.

Devant sa mine sombre et son regard soucieux, chacun interrompit la conversation qu'il avait entamée avec ses voisins et les murmures s'éteignirent.

– L'heure est grave, mes amis ! Une nouvelle arrestation a eu lieu ce matin. Il s'agit d'Ymir cette fois-ci…

Quelques exclamations choquées s'élevèrent de part et d'autre, mais ceux qui voulaient entendre les détails de l'affaire réclamèrent le silence. D'une manière aussi précise que possible, Urisk leur raconta alors tout ce qui s'était passé à Nazkat, le matin même. L'arrivée du bataillon Dho' sur les quais, l'attitude agressive des guerrières, l'inspection soupçonneuse dont ils avaient fait l'objet et le geste malheureux d'Ymir, qui avait fait tomber une caisse de poissons sur les pieds de la Thu' Han' au moment où elle le croisait...

– Bien entendu, il ne s'agissait pas d'une provocation ! tint-il à souligner. Mais la Thu' Han' en a jugé autrement et exigé sa mise aux arrêts sur le champ ! Depuis ce moment-là, impossible de savoir ce qu'il est devenu, nous ne savons pas où il est passé...

Ygrenne vit les épaules de son oncle se voûter et, bouleversée par le chagrin qu'il éprouvait, entendit à peine la première question qui fut posée.

– Vous êtes-vous renseignés à la caserne centrale ?

L'homme qui venait de s'exprimer était un des plus vieux amis d'Ymir. Il avait grandi avec lui et partagé un rêve commun. Celui de s'embarquer bientôt sur leur propre bâtiment : une solide barcasse dont ils peaufinaient la construction depuis des mois.

– Bien sûr ! lui répondit Urisk. Nous sommes allés plusieurs fois rôder autour de la garnison, mais on nous a repoussés sans nous donner d'explication. La seule chose dont nous soyons certains, c'est qu'Ymir n'a rejoint aucun des bateaux ayant quitté Mag Mor dans la soirée.

Le vieil homme s'interrompit une seconde et balaya l'assemblée d'un regard circulaire :

– Parmi ceux qui travaillaient à Nazkat aujourd'hui, quelqu'un aurait-il des informations qui pourraient nous aider à y voir plus clair ?

Un cri s'éleva au-dessus du brouhaha qui suivit cette question, mais la vague d'exclamations qui fusaient dans l'atmosphère noya cet appel. Urisk eut un froncement de sourcils agacé et dut attendre que le vacarme diminue avant de s'adresser à l'homme dont il devinait à peine la silhouette.

– Giraldus ? C'est toi qui viens de demander la parole ? Saurais-tu quelque chose au sujet d'Ymir ?

L'homme qui cherchait à se faire entendre était l'ancien forgeron de Tirfo Thuin. Dans la force de l'âge, son caractère ombrageux et ses manières frustes en faisaient un solitaire, peu apprécié des habitants de Laugharne et des environs, malgré son habileté à travailler les métaux. Autrefois adolescent agréable, il avait profondément changé en atteignant la maturité lorsque la forge créée par son grand-père avait été détruite au cours d'un raid mené par les Dho'. Bien qu'aucune arme ne sortît plus de ses foyers éteints, les guerrières l'avaient rasée sans se donner la peine de justifier leur geste. Sa destruction n'avait donc été qu'un acte de vandalisme gratuit, qui avait eu pour conséquence de précipiter la mort de son aïeul, l'unique membre de sa famille qui lui restait. Depuis, il était devenu cette espèce d'ours maussade, vaguement rétameur, qui participait de loin en loin à la construction des bateaux.

S'il avait décidé de rejoindre la salle communautaire ce soir-là, ce n'était pas pour retrouver la chaleur des contacts humains. Il fuyait depuis longtemps tout ce qui lui rappelait son appartenance à une race d'esclaves, et ces réunions, faites en catimini, n'étaient rien d'autre à ses yeux qu'une manifestation supplémentaire de leur incapacité à imposer leurs droits. Mais il avait appris un fait curieux concernant les Ashanti et ressentait comme une urgence à le diffuser, même s'il ne voyait pas très bien en quoi il pourrait être utile.

Intrigué par sa présence au rassemblement, Urisk sentit que le forgeron ne serait pas déplacé sans une bonne raison et tempêta pour qu'on lui laisse la parole :

– Bon sang, vous ne voyez pas que Giraldus a quelque chose à nous dire ? Dégagez-lui le passage pour qu'il vienne jusqu'ici, s'il-vous plaît ! je vous promets que tous ceux qui ont une information à nous communiquer pourront le faire. Mais à tour de rôle, et dans le calme !

Après avoir joué des pieds et des mains dans la cohue, l'homme parvint à ses côtés et put enfin s'expliquer.

– Je ne sais rien au sujet d'Ymir en particulier ! Mais son arrestation coïncide avec un événement inquiétant qui vient de m'être rapporté. Un habitant de Kinross, qui travaille sur les terres des Oogarth en semaine, m'a dit avoir été témoin d'une étrange altercation entre plusieurs Ashanti. Lors d'un banquet donné sur le domaine la semaine dernière, certains invités ont évoqué des « procédés regrettables », qui auraient lieu sur Garth et concerneraient une espèce inférieure. Des propos qui ont éveillé sa méfiance, sans pour autant lui permettre de deviner la race dont il était question. Quant à la mention de Garth, elle n'a fait qu'augmenter mon inquiétude. Nous savons tous qu'il s'agit d'un site interdit, même pour certains Ashanti ! Alors...

Giraldus haussa les épaules comme pour mieux souligner son embarras puis se tut, laissant l'assemblée digérer cette information.

Dans la salle, chacun tenta de se remémorer ce qu'il savait sur Garth. À vrai dire, l'endroit restait tellement mystérieux que les îliens l'avaient baptisé le *continent noir*. On ne savait ni le situer avec précision ni indiquer ce qu'y faisait l'envahisseur. Certains pensaient qu'il s'étendait au-delà des limites sud de Mag Mor, d'autres qu'il s'agissait en fait des grandes plaines centrales de ce même continent. En fait, l'endroit cristallisait les peurs collectives de la communauté sans que rien de tangible ne vienne les confirmer. Il se disait néanmoins que c'était une terre d'initiation pour les jeunes Ashanti qui devaient obligatoirement s'y rendre avant d'atteindre leur premier siècle d'existence. Ceux qui en revenaient se trouvaient alors investis de nouvelles responsabilités. La permission de s'insérer dans la vie active ou de fonder un clan accompagnait toujours leur retour sur Mag Mor. Mais aucune allusion à ce qui s'était passé durant leurs quelques semaines d'absence ne filtrait jamais. Les îliens en étaient donc réduits à n'émettre que des conjectures à ce sujet.

Giraldus, qui voyait toute une palette de sentiments allant de l'inquiétude à la terreur, traverser les visages tendus vers lui, se mit à évoquer le malaise qu'il ressentait face à cette histoire.

– C'était déjà si incroyable que Garth soit mentionné en présence des domestiques que les gars de Kinross présents à cette soirée ont d'abord pensé à des expériences menées sur certaines espèces d'Outre-monde. Celles que les Ashanti capturent à la chasse, sur les planètes-réserves qu'ils ont créées. Quelques-unes de ces races sont précognitives et devraient être protégées au lieu de servir de gibier. Mais il n'en est rien. C'est pourquoi il n'est pas impossible que l'une d'entre elles soit impliquée ! Malgré tout, cet incident me laisse perplexe : je ne sais qu'en penser et bien des interrogations me hantent depuis qu'on m'en a parlé. Je ne cesse de me demander si nous ne sommes pas concernés par ce qui se passe là-bas...

Des commentaires angoissés recommencèrent à fuser et la tension s'accrut. Une femme à la chevelure rousse, qui se trouvait coincée près de la porte de sortie, profita de ce moment pour se frayer un chemin vers l'estrade. Ygrenne reconnut Morgane Caunaught, l'épouse d'un pêcheur disparu un mois auparavant, dans des circonstances troublantes.

– Je voudrais que Sil nous rappelle tout ce qu'on sait déjà à propos du continent noir ! s'exclama-t-elle avec véhémence. Jusqu'à présent, je croyais qu'il était interdit à toute race étrangère. Sous peine de mort, n'est-ce pas ? Alors quel lien pourrait-il avoir avec les arrestations ?

L'assistance fit écho à ses paroles et demanda bruyamment à entendre Sil Clansey.

Ce jeune père de famille d'une trentaine d'années faisait office d'instituteur à Laugharne et dans les villages alentours. Avec Urisk, il représentait aussi la population humaine auprès de l'Administrateur Ashanti en poste sur Tirfo Thuin et tenait les Registres de la Mémoire, des documents qui relataient l'histoire de la relégation depuis ses origines. Légèrement plus petit et plus mince que la plupart de ses compagnons, sans doute parce qu'il ne passait pas sa vie en mer, il était respecté pour son intelligence aiguisée et sa faconde communicative.

Sa réponse, prononcée avec le même ton ferme et posé qu'il employait avec ses élèves, résuma tout ce que les textes rapportaient sur Garth :

– Il est vrai Morgane, que Garth reste officiellement interdit aux races étrangères. C'est un endroit tabou, une espèce de sanctuaire religieux. D'après un récit consigné dans les Registres de la Mémoire du siècle dernier, il existerait un corps spécial parmi les Dho', considéré par l'ensemble de leurs pairs comme une secte. Des femmes à la fois prêtresses et guerrières, à la réputation sulfureuse, qui étaient l'objet d'une admiration fanatique à cette époque. Il est rapporté qu'elles auraient quitté la capitale pour se rendre sur Garth. Cependant, jamais rien d'officiel n'est venu confirmer ces affirmations. C'est pourquoi le Conseil des Anciens n'a pas jugé bon de diffuser ce genre d'allégations qui peuvent être totalement erronées...

– De toute façon, il faudrait contacter ceux qui travaillent pour le Clan Oogarth, cria quelqu'un dans l'assistance, et essayer d'en savoir un peu plus à propos de l'incident qui s'y est produit.

– Bien entendu ! Sil se rendra demain matin sur le domaine pour rencontrer les gars de Kinross, acquiesça Urisk, en se tournant une fois encore vers la foule.

– Quelqu'un aurait-il autre chose à nous communiquer ?

– Oui ! s'exclama quelqu'un, d'un ton assez clair pour retenir l'attention.

Urisk eut un sourire en reconnaissant la tignasse blonde de son fils qui se tenait au fond de la salle et, d'un geste de la main, lui fit signe de le rejoindre.

– Viens ici Eamon, que tout le monde puisse te voir et t'entendre !

Comme l'assistance s'écartait sur son passage, Ygrenne put apercevoir son cousin qui se rapprochait lentement de l'estrade. Les battements de son cœur s'affolèrent et son sang se mit à battre violemment à ses tempes. Pour dissimuler son émoi, elle posa la tête contre ses genoux. Sa gorge était sèche, ses mains moites. Une fois de plus, malgré la discipline de fer qu'elle s'imposait, elle avait failli se trahir et montrer les sentiments qu'elle nourrissait à son égard et qui n'avaient rien de fraternels.

Calme-toi. Respire. Calme-toi ! se répéta-t-elle en boucle, jusqu'à ce que le nœud dans sa poitrine se desserre et qu'elle parvienne à reprendre pied avec ce qui l'entourait.

Elle releva lentement la tête. La salle était devenue presque silencieuse. Tous les regards convergeaient vers Eamon et ne paraissaient pas s'être attardés sur elle.

Elle poussa un soupir de soulagement et réussit à prendre un air détaché lorsque le jeune homme lui adressa un petit sourire. Malgré ses vingt et un ans à peine, il avait déjà une silhouette imposante, dégageant cette aura d'autorité tranquille propre aux leaders. Économe de ses gestes comme de ses paroles, il ne parlait jamais pour ne rien dire, préférant écouter les autres avant de donner son opinion. À l'approche de l'âge adulte, il était même devenu un des membres les plus écoutés de leur communauté, qui suivait sans peine ce grand gaillard au regard d'acier, passionné par la mer et son métier de pêcheur.

En se tournant vers la foule aux côtés de son père, le jeune homme fit preuve de sa réserve habituelle et prit le temps de laisser s'éteindre les derniers murmures avant de s'exprimer à son tour :

– Certains détails me tracassent aussi à propos des enlèvements. Jusqu'ici, on a toujours pensé qu'il n'y avait aucun point commun entre une arrestation et une autre. Sauf peut-être le fait que seuls des hommes en font l'objet…

Ses yeux s'attardèrent sur la foule suspendue à ses lèvres comme pour donner plus de poids à ses paroles.

– Pourtant, deux choses ont attiré mon attention : la première concerne l'époque des disparitions, qui coïncide justement avec le départ des jeunes Ashanti pour leur initiation. Sur Garth ou ailleurs, peu importe… Ce que vient de nous raconter Giraldus m'a remis ce détail en mémoire. La seconde se rapporte au *profil* des hommes qui sont capturés. Tous sont relativement jeunes, particulièrement grands pour notre race, et surtout très costauds ! Ymir, comme tous ceux qui se sont fait enlever, était réputé pour sa force et bien peu étaient capables de le battre à la lutte. N'est-ce pas, Sil ?

L'instituteur fronça les sourcils et Ygrenne vit son visage se vider de toute couleur.

– Hum… Oui. En effet ! L'histoire de la taille des disparus m'avait aussi effleuré. Mais je n'avais jamais pensé à faire un rapprochement quelconque avec Garth… J'imaginais plutôt un enrôlement forcé pour effectuer des travaux pénibles !

L'homme se tut et l'effroi se répandit sur tous les visages. Quelques femmes se mirent à pleurer.

– Allons, allons ! s'interposa Urisk, d'un ton qui se voulait apaisant. Ne cédons pas à la panique. Les éléments dont nous disposons à l'heure actuelle ne sont pas irréfutables, même s'il est vrai qu'un lien peut exister. Ce qui nous a été rapporté par Giraldus est beaucoup trop vague pour l'instant. Attendons que nos camarades de Kinross aient donné leur témoignage. Peut-être nous apporteront-ils de nouveaux détails qui nous permettront de comprendre ce qui se passe ? Enfin, dites-vous que s'il existe vraiment un rapport entre Garth et les enlèvements, il peut effectivement être question de former des équipes appelées à travailler sur un chantier en cours de réalisation. Comme l'a suggéré Sil !

– Ouais, mais alors pourquoi recourir aux enlèvements comme méthode de recrutement ? Et que veut dire le Clan Oogarth en parlant de « procédés regrettables », s'écria Morgane d'un ton venimeux. Jusqu'à présent, les Ashanti ne se sont jamais préoccupés des conditions de travail de leurs esclaves !

– Nous devons quand même nous assurer de l'exactitude de ces propos avant d'en tirer des conclusions, insista Urisk, qui ne souhaitait pas entrer dans une polémique sur des soupçons aussi minces. Si Garth est bien le lieu dont nous avons entendu parler, il n'est pas pensable qu'ils y emmènent des membres d'une autre race ! Nous attendrons donc le rapport de Sil et convoquerons le Conseil des Anciens, qui aura peut-être d'autres suggestions à nous faire. Mais pour l'heure, tout a été dit, il me semble. Je vous invite donc à regagner vos maisons !

L'estomac retourné, Ygrenne se redressa et regarda les membres de sa communauté sortir lentement de la salle. La plupart discutaient âprement du danger qui planait au-dessus de leurs têtes et de ce qu'il convenait de faire pour s'en protéger. D'autres au contraire, le visage sombre, préféraient s'enfermer dans un mutisme rageur. Tous cependant, partageaient la peur qui lui tordait les entrailles, elle en était certaine.

Écartant délibérément les idées noires qui menaçaient de la submerger, elle sortit à son tour et se hâta de rejoindre sa tante qui avait déjà atteint l'extrémité nord de la ruelle. Il lui restait encore une chose importante à faire ce soir : convaincre Caerphilly de lui parler des licornes.

Demain, elle demanderait l'aide d'Akkaat au sujet de la disparition d'Ymir, et voulait disposer d'une monnaie d'échange en contrepartie de son intervention.

7

Talents

Contrairement à ce qui s'est dit plus tard,
ma naissance n'a donné lieu à aucun sortilège
et ne fut annoncée par aucun présage.

Extrait des « Sentiers de la Mémoire », Emrys le Sage.

Sil attendit que tout le monde soit sorti de la bâtisse pour commencer à se diriger d'un pas pressé vers Kinross, le village où il habitait, à deux kilomètres de Laugharne. Sa femme devait être impatiente qu'il revienne. Elle n'avait pu venir avec lui ce soir, à cause du mauvais état de santé de leur plus jeune fils, et s'était résignée à le laisser partir avec Emrys pour seul compagnon.

Leur aîné s'était donc vu accorder la permission d'accompagner son père du bout des lèvres, non sans avoir promis solennellement de ne pas le quitter d'une semelle. Mais le jeune vaurien s'était évaporé !

Les lèvres crispées de contrariété, l'instituteur ralentit un instant et tenta de repérer parmi les groupes qui se dispersaient, la petite silhouette couronnée de cheveux roux.

Son fils était exaspérant : jamais où il aurait dû être ! Aussi vif qu'un furet et tout aussi imprévisible, il ne tenait pas en place et avait la fâcheuse manie de disparaître aux moments les plus inopportuns.

Ce soir-là par exemple, il savait que son père ne voulait pas traîner dehors plus que nécessaire, mais avait encore dû « oublier » cette recommandation. Une, parmi toutes celles qui figuraient dans le catalogue des préceptes paternels n'ayant aucune prise sur lui, et qu'il s'était sans doute empressé de classer dans son esprit comme une tracasserie anodine. Sil ravala sa colère et pensa qu'il le retrouverait à la porte de la maison. Ou encore, perché sur le rebord de la fenêtre de sa chambre, à contempler la course de la lune dans le ciel obscurci…

Depuis le muret derrière lequel il était accroupi, Emrys regarda son père s'éloigner sur le sentier. Sa silhouette à peine éclairée par la lanterne qu'il tenait à la main serait bientôt happée par l'obscurité. Le jeune chenapan de treize ans, jamais à court d'idées lorsqu'il s'agissait de s'éclipser, n'avait qu'à attendre.

Il s'assit, le dos calé contre les pierres froides, et patienta jusqu'à ce que le bruit des pas se fonde dans le murmure feutré de la vie nocturne.

Lorsque la nuit eut repris ses droits et que le halo dégagé par la lanterne ne fut plus qu'un point lumineux dansant dans l'obscurité, il sortit enfin de sa cachette. Lui n'avait pas besoin de lumière pour se diriger dans le noir, car il jouissait d'une vision nocturne exceptionnelle. Il eut un petit sourire en pensant au bon tour qu'il venait de jouer à son père et se réjouit de ces quelques minutes de liberté volées à la vigilance paternelle.

À la croisée des chemins entre Kinross et Laugharne, il tendit le cou vers le sommet du vieil arbre qui se dressait devant lui. Le piaillement affamé des petites hulottes qui appelaient leur mère résonnait à ses oreilles comme une invitation. Prenant une profonde inspiration, il jeta un regard prudent vers Laugharne pour s'assurer que personne ne venait de son côté puis repéra les courants ascendants de la brise qui balayait la lande.

À ses yeux, l'air possédait une véritable épaisseur. Il se déployait dans l'espace sous des formes différentes. Quand le temps avait cette langueur océane annonçant les beaux jours, il avait l'apparence délicate des cheveux de sa mère. Emrys aimait y entrelacer les doigts pour jouer avec ses rubans où dansait la lumière. Mais, lorsque la houle grondait au large et que les nuages s'amoncelaient au firmament comme ce soir, il tressait de lourds écheveaux qu'il était facile de chevaucher si l'on savait s'y prendre !

Un vague remords traversa sa conscience lorsqu'il se remémora les lois draconiennes qui entouraient l'usage de la magie. Même si cette dernière ne subsistait plus que sous forme de talents résiduels chez quelques îliens, sa pratique restait interdite. Par mesure de prudence, afin de ne pas éveiller les soupçons des Ashanti et provoquer des mesures de rétorsion, le Conseil des Anciens avait depuis longtemps décidé qu'il fallait en réprimer toute manifestation. Mais Emrys ne pouvait s'empêcher d'y recourir de temps à autre. La magie apportait des couleurs à son existence et lui donnait l'impression d'être plus vivant. Elle bouillonnait en lui comme un torrent tumultueux difficile à maîtriser. Et puis, il n'aimait rien tant que prendre des risques et faire un pied de nez aux autorités. Les défier faisait partie des joies qu'il s'accordait lorsque personne n'était là pour le surveiller et qu'il se sentait en sécurité, comme c'était le cas aujourd'hui. À cette heure avancée en effet, les drones se trouvaient bien plus au nord. Autour de la forteresse Ashanti où ils se regroupaient en essaim pour assurer la sécurité des Dho'.

Presque inconsciemment, son pied aguerri accrocha la couche d'air qui flottait devant lui et il se laissa porter jusqu'aux branches les plus hautes de l'arbre. Tapies au fond d'un trou creusé dans le tronc, les trois bébés chouettes hurlaient leur impatience et leur faim.

– Attendez mes jolies ! chuchota-t-il, en leur distribuant les petits insectes qu'il avait dissimulés un peu plus tôt au fond de ses poches

Les gosiers happèrent la manne inattendue avec avidité et les oisillons, un instant calmés, se recroquevillèrent au fond de leur nid.

Emrys tourna la tête vers Kinross et aperçut le point lumineux qui paraissait flotter à l'entrée du village. Son père allait bientôt atteindre la maison ! Il devait se dépêcher maintenant s'il ne voulait pas que sa mère constate son absence. Il frémit en pensant à l'algarade qui s'en suivrait, si d'aventure il n'arrivait pas au village en même temps que lui, et se hâta d'adapter sa vue.

Les voies aériennes lui apparurent une fois encore, semblables à de longs rubans verdâtres qui se détachaient sur le fond sombre de la nuit. Il étudia un instant leur direction et sauta sur celui dont l'épaisseur lui parut apte à supporter son poids. L'air se mit à battre furieusement à ses oreilles tandis qu'il prenait de l'altitude et il se laissa submerger par l'ivresse qu'il éprouvait toujours lorsqu'il pouvait voler.

Rien d'autre au monde ne lui procurait autant de joie que ces chevauchées nocturnes dans le ciel de Tirfo Thuin. Même si elles étaient beaucoup trop rares à son goût pour satisfaire sa soif de liberté ! Quand il caracolait sur les nuages, il se sentait presque pousser des ailes. Son esprit s'élançait vers le ciel et s'aventurait dans les étoiles jusqu'à perdre toute attache avec le monde d'en bas. Il en était convaincu : courir sur la terre ferme ou naviguer en pleine mer ne pourrait jamais lui réserver d'émotions aussi fortes !

Un rire silencieux dans la gorge, il se laissa porter vers son village et atteignit le porche de sa maison quelques secondes seulement avant que son père ne débouche dans leur ruelle. Le cœur battant à tout rompre, il se posa sur la plus haute marche de l'escalier et afficha un air détaché :

– Salut Pa' ! Je suis passé par la lande pour aller plus vite !

Sil fronça les sourcils et maugréa :

– Tu aurais dû m'attendre, Emrys ! Tu sais que je n'aime pas te voir courir les chemins une fois la nuit tombée !

Le visage du jeune garçon se renfrogna.

– J'ai fait attention Pa' ! Y a pas de drones à cette heure-ci !

– Pour cette fois, je ne dirai rien à ta mère, mais veille à ce que cela ne se reproduise plus. Sinon il ne sera plus jamais question que tu m'accompagnes où que ce soit, c'est bien compris ?

Le jeune galopin hocha la tête et retint un soupir de soulagement.

D'un air distrait, son père ébouriffa ses boucles rousses et monta les deux dernières marches du perron pour ouvrir la porte. Le fumet puissant de la soupe d'étrilles leur chatouilla les narines.

Certains soirs, rentrer chez soi avait quand même quelque chose de bon, se dit Emrys, en prenant brutalement conscience de sa faim.

8

Révélations

Bien qu'arrivés au sommet de leur évolution,
les Ashanti restaient de redoutables prédateurs.
Portés par leur technologie et la puissance de leurs armes,
Ils sillonnaient l'espace en quête de nouvelles proies.

Extrait des « Sentiers de la Mémoire », Emrys le Sage.

Apercevant le rai de lumière sous la porte de la chambre d'Ygrenne, Caerphilly s'arrêta sur le palier. La jeune fille n'était pas encore couchée malgré l'heure tardive, ce qui n'était pas dans ses habitudes. L'îlienne fronça les sourcils et comprit que les révélations faites au cours de la soirée devaient la tenir éveillée. Pour s'assurer que tout allait bien, elle entrebâilla la porte et, voyant que sa nièce n'était même pas encore déshabillée, en franchit le seuil. L'atmosphère brouillonne de la petite mansarde lui arracha un sourire. Comme toujours, elle contrastait avec l'ordre dépouillé des autres pièces de la maison et reflétait la personnalité exubérante de son occupante. Dans cet espace réservé à son usage personnel, la jeune fille avait rassemblé tout ce qu'elle chérissait en ce bas monde. Poussé contre le mur du fond, un grand coffre ouvragé contenait l'essentiel de sa garde-robe : trois robes de laine, autant de tuniques de lin brodées à porter en dessous, des tabliers, deux tuniques plus simples pour la nuit, quelques sous-vêtements, et de gros bas qui montaient jusqu'aux genoux pour garantir du froid.

La décoration de la malle, toute en arabesques délicates et en feuillage stylisé, avait été réalisée par Urisk qui en avait reproduit les motifs sur les étagères encadrant le lit. Ces dernières étaient remplies des souvenirs que la jeune fille accumulait depuis sa prime enfance. Cailloux et coquillages y voisinaient avec une multitude de figurines sculptées à la main par Eamon. Fabriquées avec du bois flotté récolté sur le rivage de Tirfo Thuin, ces petites statuettes représentaient les différentes espèces d'oiseaux qu'on trouvait sur l'île. Disséminés parmi des bouquets de fleurs séchées, les puffins, macareux, sternes et cormorans étaient si réalistes qu'ils paraissaient sur le point de s'envoler. Et le grand lit, où le vert de la couverture se mêlait au brun des coussins éparpillés, renforçait l'impression qu'on se tenait au bord d'un hallier lorsqu'on pénétrait dans la chambre.

Nichée au cœur de cet antre, entourée de ses trésors, Ygrenne la regarda avec une expression indéfinissable. Plus tendue que d'ordinaire, elle semblait partagée entre le désir de poser une question et la crainte de recevoir une réponse qui ne lui conviendrait pas.

Intriguée, Caerphilly s'adossa à la porte qu'elle venait de refermer, et, croisant les bras sur sa poitrine, l'invita à parler :

– Qu'est-ce qui se passe, ma chérie ? As-tu besoin de quelque chose ?

Ygrenne posa les yeux sur le visage de sa tante et s'étonna d'y trouver autant de marques d'inquiétude : son teint était brouillé et de fines ridules y creusaient des ombres qui ne devaient rien à son âge. Bien qu'ayant dépassé la cinquantaine, Caerphilly dégageait d'habitude une impression d'assurance tranquille, que traduisaient la fermeté de son regard et la simplicité de ses manières. Or, la sérénité dont elle faisait preuve en toutes circonstances paraissait l'avoir désertée à cette heure, ce qui prouvait combien elle était bouleversée par la disparition d'Ymir.

– Fais-moi plaisir. Assieds-toi, s'il te plaît ! commença la jeune fille, en se poussant au bord du lit pour lui faire une place. Je dois te parler ! Même s'il est tard et que ça risque d'être un peu long, j'aimerais que tu me dises tout ce que tu sais...

– Tout ce que je sais à propos de quoi ? l'interrompit l'îlienne, en s'asseyant de bonne grâce à ses côtés.

Ygrenne glissa vers elle, et, prenant ses mains entre les siennes, les pressa avec tendresse.

– Des licornes d'abord, mais surtout de Thuata.

– Et pourquoi spécialement de Thuata ?

– Parce qu'aujourd'hui Dame Akkaat et moi, nous avons découvert un texte obscur dans un vieux grimoire. Une espèce de prophétie qui évoquait la destinée de cette reine. Je voudrais que tu me dises si tu la connais et que tu m'aides à la comprendre.

Ygrenne se tut, persuadée que Caerphilly allait lui répondre, mais contrairement à ses attentes, cette dernière demeura silencieuse. Son visage s'était fermé et ses yeux se dérobaient, comme si la question la plongeait dans le plus grand embarras. Déconcertée par son attitude, la jeune fille resserra la pression autour de ses mains et tenta de se faire plus convaincante.

– Oh ! Tu dois te dire que certaines choses ne doivent pas être abordées avec les plus jeunes d'entre nous. Mais je ne suis plus une enfant... J'ai dix-neuf ans, ne l'oublie pas !

– Crois-moi, je ne l'oublie pas ! répliqua son aînée, en dégageant ses mains pour rajuster le châle qui couvrait ses épaules d'un geste nerveux. Simplement…

– Simplement quoi ? tu sais pourtant que je suis sur le point de demander mon admission au Cercle des Mémoires. J'apprendrai alors tout sur notre passé, y compris l'histoire de Thuata. Mais je n'obtiendrai pas de réponses à mes questions tout de suite si j'attends jusque-là, alors qu'il me les faut ce soir. C'est très important !

Caerphilly secoua la tête en pinçant les lèvres.

– Il est bien tard pour aborder de tels sujets ! tu ne peux vraiment pas attendre un jour de plus ?

– Non, s'exclama Ygrenne, d'un ton catégorique. Tu dois m'aider à comprendre ce que la destinée de Thuata avait de si particulier. Demain, je voudrais demander à Dame Akkaat d'intervenir en faveur d'Ymir. Je crois qu'elle m'apprécie assez pour m'écouter. Si je lui donne des informations au sujet de la prophétie, elle acceptera peut-être, en contrepartie, de nous aider à le retrouver.

Quelques longues secondes s'écoulèrent, durant lesquelles Caerphilly demeura murée dans son silence, le regard braqué sur sa nièce, puis elle finit par capituler en maugréant :

– D'accord, je vais te parler de Thuata puisque tu insistes ! Car ton idée de solliciter l'intervention de Dame Akkaat est excellente et j'y souscris sans réserve. Mais en ce qui concerne ton admission au Cercle des Mémoires dans quelques semaines, c'est une autre histoire, il n'est pas question que nous en discutions ce soir !

Ygrenne eut un mouvement de recul devant ce ton sans appel et son cœur se serra. Intégrer cette confrérie à laquelle appartenait Caerphilly était un de ses rêves les plus chers et les réserves de sa tante à son égard la mettaient sur des charbons ardents. Elle n'aurait jamais imaginé que sa candidature puisse être contestée ! Les femmes qui entraient dans cette académie jouissaient d'un grand prestige au sein de la population humaine. Sélectionnées très jeunes pour leur capacité à mémoriser l'histoire de leur communauté, elles devenaient les Gardiennes de leurs Origines. Or elle était convaincue de répondre à ce critère indispensable : sa mémoire était excellente et elle l'entraînait tous les jours, depuis des mois, en prévision de son admission.

Lors de la destruction de Tyr-Nan-Og par le feu, les archives conservées dans le Temple des Savoirs dirigé par la Pythie avaient été détruites. La grande prêtresse, réfugiée parmi les survivants de Tirfo Thuin, avait alors recruté et formé les premières Mémoires chargées de devenir les réceptacles de ses connaissances. Le passé de la planète, des humains, leurs traditions et leurs croyances ne s'étaient pas évanouis dans les couloirs du temps, au moment de l'invasion. Ils reposaient désormais dans ce formidable cercle d'esprits qui en gardait le souvenir.

– Penses-tu que je suis déjà trop vieille pour devenir une Mémoire ? reprit Ygrenne d'un air anxieux.

– Ne mélangeons pas tout, veux-tu ? Une chose après l'autre, protesta Caerphilly, en arrangeant les plis de sa robe autour de ses jambes pour se donner une contenance. Je vais plutôt te dire tout ce que je sais sur Thuata. Il y a des choses que tu dois comprendre avant de parler avec Dame Akkaat.

Ygrenne se sentit soulagée de la voir céder, même s'il était évident que c'était à contrecœur, et une partie de la tension qui l'habitait s'évanouit.

Elle me considère enfin comme une adulte ! Se dit-elle, en se calant plus confortablement contre les oreillers de son lit pour l'écouter.

– Vas-y, je suis tout ouïe !

Mais, alors qu'elle s'attendait à un récit plus ou moins long sur la vie de Thuata, Caerphilly lui posa une question déroutante :

– Qu'est-ce que tu connais exactement des origines de notre peuple, ma chérie ?

Ygrenne fouilla dans sa mémoire et se mit à débiter tout ce qui lui venait à l'esprit :

– Oh ! rien de plus que ce que nos cours d'histoire et nos légendes en disent. D'abord, que cette planète n'est pas notre terre d'origine. Venus d'une autre galaxie, nos ancêtres l'auraient découverte au terme d'un très long voyage intersidéral. Si mes souvenirs sont bons, ils fuyaient leur monde ravagé par une apocalypse et cherchaient une terre d'accueil. Salicorne était la première planète qu'ils rencontraient ayant une atmosphère et une gravité comparables à celles qui existaient sur leur monde. Ils s'y sont donc établis, en espérant prendre un nouveau départ. Tu confirmes ?

– En partie, approuva Caerphilly. Mais le Cercle des Mémoires possède d'autres détails au sujet de cette époque lointaine. D'après le témoignage de la Pythie, nos ancêtres étaient en majorité des scientifiques et des mages au moment où leur astronef s'est posé sur Salicorne. Des hommes de grand savoir, disposant d'une technologie hors normes, dont il ne reste malheureusement plus rien aujourd'hui !

Ygrenne songea au fossé qui séparait leurs conditions de vie actuelles et celles qui avaient dû exister lorsque les humains s'étaient implantés sur la planète, un millénaire plus tôt, et fronça les sourcils. L'invasion de la planète lui paraissait beaucoup trop récente - trois siècles à peine en arrière - pour expliquer une telle différence !

Devinant la tournure de son raisonnement et les interrogations qu'elle se posait, Caerphilly lui jeta un regard compréhensif et poursuivit ses explications :

– Si tu te demandes quelles sont les causes de notre régression, je peux t'affirmer que notre niveau de vie n'a pas seulement pâti des exactions commises par les Ashanti. Nous savons que des conflits et de véritables guerres avaient déjà provoqué le recul de notre civilisation. Bien des siècles avant leur arrivée !

– Des guerres ? N'était-ce pas déjà une guerre qui avait détruit leur terre d'origine ?

– Oui, et ce sont de nouvelles guerres, menées par des nobliaux avides de pouvoir, qui ont fait régresser la population humaine sur Salicorne. Cet âge reste encore dans nos mémoires comme celui du Chaos : une ère sombre, durant laquelle des générations entières d'hommes jeunes et braves furent décimées dans des combats stériles, sans qu'aucune suprématie n'arrive à s'imposer.

Ygrenne se retint d'exprimer tout haut ce qui lui venait à l'esprit.

Nous ne sommes certainement pas plus sages aujourd'hui !

Ymir, Urisk et Eamon étaient des personnages bienveillants, toujours prêts à éviter disputes et conflits comme la plupart de leurs compatriotes. Mais des gens comme Dermot ou Giraldus, qui se bagarraient pour un oui ou un non, combien y en avait-il ?

Il y aura toujours des têtes brûlées parmi les hommes, le temps et les époques n'y feront jamais rien ! se dit-elle songeuse.

À ses côtés, Caerphilly étira ses épaules en grimaçant puis se leva pour aller prendre l'unique chaise de la chambre.

– Ce sera nettement mieux pour mon dos, fit-elle, en se réinstallant face à Ygrenne. Mais reprenons ! Où en étais-je ?

– Tu me parlais de l'ère du Chaos.

– Ah, oui ! C'est à cette époque que quelques hommes, des mages en particulier, se réunirent au cœur de la forêt des Gaedhills. Loin du vacarme des armes, ils formèrent le premier Conseil des Anciens et adoptèrent des mesures désespérées pour sauver notre race menacée par sa propre folie.

– Quel genre de mesures ? demanda Ygrenne d'une voix captivée. Machinalement, elle releva ses jambes pour les serrer entre ses bras et y posa le menton pour mieux écouter.

Devant elle, Caerphilly s'animait : une flamme nouvelle éclairait son regard.

– En fait, je devrais plutôt parler d'une décision capitale. Une décision qui devait changer notre destinée puisqu'il s'agissait de contacter les Immortelles. C'est le nom qu'on donnait alors aux Licornes, tu t'en souviens, n'est-ce pas ?

– De ce nom ? Pas vraiment ! répondit la jeune fille d'un ton évasif. Je me rappelle seulement que les contes de mon enfance parlent des licornes et de leurs immenses pouvoirs. Mais jusqu'ici, je pensais que ce n'était que des légendes !

Fascinée par ce qu'impliquait l'hypothèse de leur existence, elle se remémora la discussion qu'elle avait eue avec Akkaat le matin même et s'exclama d'un ton vibrant d'excitation :

– Alors, le grimoire serait loin d'être un faux ?

– Certainement ! Mais nous discuterons de ton grimoire un peu plus tard. Revenons plutôt à notre histoire, et à ce moment où les mages parvinrent à contacter les licornes. Contre toute attente, ces dernières acceptèrent de les aider, sous certaines conditions malgré tout, et un Pacte fut scellé. La population humaine se laissait guider et en contrepartie, ces êtres de grande sagesse s'engageaient à les protéger. En signe d'allégeance, une femme leur fut consacrée. Elle devint la première Dédiée de notre histoire.

L'esprit en ébullition, Ygrenne l'interrompit.

– Dédiée ? Que veux-tu dire exactement ?

– Que son esprit fut lié à celui d'une licorne de manière permanente, *immergé* dans son essence. C'est à partir de là que notre monde retrouva son équilibre. Salicorne prospéra enfin, gouvernée par les femmes de cette lignée qui portèrent le titre prestigieux de Reynes-Licornes. La profondeur de leur discernement devint vite légendaire, ainsi que le lien qu'elles entretenaient avec ces créatures qui les conduisaient sur le chemin de la Sagesse.

– Ah ! Je comprends mieux maintenant l'impression que j'ai ressentie ce matin, face au grimoire, reprit Ygrenne, en repensant à l'émotion qui l'avait étreinte lorsqu'elle avait étudié les gravures. Les tableaux qu'il représentait dégageaient tous une sorte d'équilibre, de perfection, à l'exception du dernier. Celui où l'on voit Thuata.

– Rien de très étonnant à cela !

Caerphilly haussa les épaules et précisa sa pensée :

– Lorsque Thuata est montée sur le trône, il était impossible de croire qu'elle bénéficiait encore de conseils avisés. Elle était inconstante, capricieuse, influençable. Sa faiblesse était telle que de nouveaux périls menaçaient la planète. Des conflits renaissaient un peu partout et l'équilibre instauré par les générations précédentes s'évanouissait.

– Serait-ce aussi pour cette raison que nous n'avons pas été capables de repousser les Ashanti ? Parce qu'elle n'était plus guidée par sa licorne ? avança Ygrenne.

– Sans doute, mais aussi parce que la couronne n'était plus aux mains de la reine. Oberon, son époux, s'était emparé du pouvoir en prétextant être plus qualifié pour régner. Or, selon l'ancien pacte, seule une reine désignée par les licornes pouvait gouverner. Opter pour une autre voie équivalait à s'affranchir de leur tutelle et à remettre en cause leur alliance. L'invasion Ashanti n'a fait que mettre un point final au désastre initié par Thuata. Car Oberon ne s'est pas montré meilleur monarque qu'elle ! on l'a même soupçonné, à tort ou à raison, d'avoir livré Salicorne à l'envahisseur.

Dégoûtée par cette trahison ayant entraîné la mort de milliers de personnes, Ygrenne ne put retenir un sarcasme :

– Il espérait sauver sa peau ?

Caerphilly fit un petit geste d'ignorance.

– Qui sait ? Mais ça n'a pas été le cas ! Il n'a fait que précipiter sa chute et celle de Thuata, qui n'a pas été épargnée à l'heure de l'épreuve. Ils ont payé leurs erreurs au prix fort et le peuple aussi, malheureusement. Aucun pouvoir ne les a sauvés. Les licornes avaient disparu et, depuis cette époque, plus aucune d'entre elles ne s'est manifestée.

– Tu veux dire qu'elles existent toujours ?

Une ombre obscurcit le regard de Caerphilly.

– Certains affirment que la race s'est éteinte. D'autres au contraire, pensent qu'elles se sont tout simplement retirées sur Hy Breasail, le berceau de leur race.

Ygrenne ne put contenir sa surprise et s'écria :

– Hy Breasail ? C'est quoi ? Une région ?

– Probablement, répliqua l'îlienne sans conviction. Mais personne ne sait plus où pourrait se situer un tel endroit ! De grands bouleversements géologiques ont accompagné la disparition des licornes et l'invasion de la planète, vois-tu. Comme si les éléments eux-mêmes avaient participé à l'effondrement de l'Ancien Monde. Seule une chanson l'évoque encore : cette berceuse que nous fredonnons au chevet des petits.

Ygrenne ferma les yeux pour se rappeler l'antique mélodie et les mots franchirent ses lèvres sans qu'elle y prête attention, emportée par la vague de ses souvenirs.

Hy Breasail, île des nuages d'où s'échappent les rêves.
Petit, suis les boucles du vent qui soufflent à ton oreille,
Elles murmurent des mots qui tissent ton sommeil.

Petit, écoute bien, les rêves ont un pays,
Où naissent tous les chants, les danses et les rondes,
Qui glissent et chuchotent sur les chemins du monde.

Écoute encore petit, écoute bien le chant
Qui roule sur les vagues et emporte tes peines,
C'est le chant des licornes qui souffle sur les plaines.

Laisse-le te mener au bord du Killarney,
Le lac aux eaux d'argent où vient dormir la lune,
L'amante des Élues de toute éternité.

– Malheureusement, Hy Breasail, le Killarney, ont disparu de nos mémoires, comme de nos parchemins, avoua Caerphilly avec tristesse.

– Alors, nous ne les retrouverons jamais ?

Ygrenne se sentit tout à coup bizarrement transie. Comme dépossédée. Elle serra plus étroitement ses genoux contre sa poitrine pour tenter de retenir la chaleur de son corps.

L'îlienne la regarda d'un air absent et se leva pour gagner la fenêtre. La nuit était claire et le ciel derrière la vitre se constellait d'étoiles. Elle le contempla un instant, puis se retourna vers Ygrenne qui, recroquevillée sur le lit, était maintenant silencieuse. D'une toute petite voix, comme si elle redoutait les conséquences de ce qu'elle allait dire, elle poursuivit :

– Il nous reste malgré tout, un tout petit espoir, bien mince, mais réel... Le Vieux Sang n'est pas mort, Ygrenne. Il ne s'est pas éteint là-bas, à Tyr-Nan-Og, le soir de l'incendie. Le Sang Royal a survécu. Il coule dans tes veines, ma chérie, car ta mère appartenait à la Lignée. Et tu en es la dernière représentante !

Abasourdie, Ygrenne ouvrit la bouche pour répliquer, mais Caerphilly la fit taire d'un geste avant qu'elle puisse prononcer le moindre mot.

– Laisse-moi finir, sinon, je crains de ne pouvoir aller jusqu'au bout de cette conversation. Car cette révélation n'est pas la plus importante, hélas ! Ce que je dois ajouter maintenant est beaucoup plus dur à dire comme à entendre. Tu vas vite comprendre pourquoi je ne voulais pas en parler avec toi ce soir, pourquoi j'aurais préféré ne jamais avoir à le faire, et pourquoi j'ai différé ce moment le plus longtemps possible !

Les doigts crispés sur sa poitrine, elle se raidit et murmura :

– Depuis la mort de Thuata dans sa vingtième année, toutes ses descendantes s'éteignent au même âge, sans exception...

Ygrenne ressentit comme un choc violent au niveau de son plexus et ne put reprendre sa respiration. Elle hoqueta et, comme le temps paraissait se figer autour d'elle, son esprit sombra dans l'inconscience.

9

La malédiction

Lorsque Ygrenne découvrit son ascendance,
seuls sa force de caractère et son optimisme
lui permirent de croire qu'elle serait assez forte
pour surmonter la fatalité qui pesait sur elle.

Extrait des « Sentiers de la Mémoire », Emrys le Sage.

Le balancement de son corps, niché au creux des bras de Caerphilly, et les larmes de cette dernière ruisselant sur son visage, sortirent Ygrenne de son évanouissement. Elle souleva les paupières et entrevit Caerphilly, décomposée, penchée sur elle.

– Oh ! Ygrenne, Ygrenne ! chuchotait sa tante en la berçant comme une enfant, pardonne-moi, ma chérie !

La jeune fille ouvrit grand les yeux et la regarda un instant sans comprendre ce qui lui arrivait. Puis le souvenir des dernières paroles prononcées lui revint et elle s'écarta avec brusquerie, avant de retomber contre les oreillers, vidée de toute force. Elle avait l'impression d'avoir vieilli de plusieurs années en quelques secondes.

– Veux-tu que je t'apporte un verre d'eau ? Ou quelque chose à manger ?

La fébrilité de Caerphilly, qui se tournait déjà vers la porte, provoqua de l'agacement chez Ygrenne qui tendit la main pour l'empêcher de s'éloigner.

– Non, reste ici s'il te plaît !

– Nous devrions remettre la suite de cette conversation à plus tard, Ygrenne ! demain si tu veux, insista l'îlienne. Tu as reçu un grand choc et il vaudrait mieux que tu dormes maintenant.

Rabattant la couverture du lit sur les jambes de la jeune fille, elle tenta de la contraindre à s'allonger mais fut repoussée d'un geste rageur.

– Je ne dormirai pas avant que tu me dises tout ce que tu sais à propos de la Lignée Royale. Pas avant que tu m'expliques *pourquoi* je n'ai jamais entendu parler de ma filiation !

Caerphilly recula, comme si la colère qu'elle voyait flamber dans les yeux gris posés sur elle l'avait frappée physiquement.

– Ton ascendance est un de nos secrets les mieux gardés ! murmura-t-elle en baissant la tête avant de la détourner. Seuls quelques-uns d'entre nous sont au courant : les membres du Conseil, moi-même, et Urisk bien sûr.

Ygrenne grinça des dents et, partagée entre fureur et désespoir, poursuivit d'une voix coupante :

– Je vois ! un secret si lourd qu'on ne le confie à personne. Pas même à la principale intéressée qu'on laisse dans l'ignorance jusqu'à ses vingt ans, l'âge fatidique où elle doit disparaître. Belle mentalité !

Au tressaillement qui secoua les épaules de Caerphilly, la jeune fille comprit qu'elle venait de la blesser profondément. Fermant son esprit à toute espèce de compassion pour ne pas faiblir, elle puisa dans le flot de sa rancœur pour renforcer sa détermination et se fit plus implacable.

– Je *veux* savoir pourquoi la vie des Dédiées prend fin à l'âge de vingt ans !

Gardant la tête baissée sur ses mains qu'elle croisait et décroisait sans cesse, l'îlienne reprit ses explications embarrassées à mi-voix :

– Nos Anciens pensent qu'il s'agit d'une sorte de malédiction, qui aurait un rapport avec la rupture du Pacte et la disparition des licornes.

– Une malédiction ? répéta Ygrenne d'un air hébété, comme si elle se détachait de la réalité.

– En quelque sorte, poursuivit Caerphilly, en redressant la tête pour voir comment la jeune fille réagissait.

Voyant son air fermé et ses yeux fixes, elle se plongea à nouveau dans la contemplation de ses mains.

– Le pacte qui reliait les Reines aux licornes était un pacte de sang qui les unissait de manière irréversible. Avant d'atteindre sa vingtième année, chaque future reine répondait à un appel mystérieux et disparaissait pendant quelques semaines. On pense qu'alors elle gagnait Hy Breasail, où son initiation avait lieu. Lorsqu'elle en revenait, elle était accompagnée d'une licorne avec laquelle elle restait liée sa vie durant. La coutume dit qu'elles partageaient le même esprit ! Mais le lien qui les unissait était sans doute bien plus profond…

– Plus profond ?

Ygrenne ricana nerveusement, en tâchant d'imaginer ce qui pouvait être plus profond qu'un lien d'esprit à esprit, scellé dans le sang.

Se sentant de plus en plus coupable devant l'attitude affichée par celle qu'elle aimait plus que tout au monde, Caerphilly se mordit les lèvres et un sanglot lui échappa. Que n'aurait-elle donné pour revenir en arrière ! En quelques phrases, le bonheur qu'elles avaient partagé avait été détruit, piétiné. Bouleversée à l'idée de la perdre à tout jamais, elle serra les dents pour ravaler sa peine et redressa les épaules. Elle devait aller jusqu'au bout de ses explications maintenant, quoi qu'il lui en coûte. Car elle sentait que seule la plus extrême franchise pourrait lui faire regagner l'estime et le respect d'Ygrenne. S'il lui restait une chance de reconquérir son amour, elle ne devait pas la laisser filer en se montrant pusillanime !

– Certainement plus profond, reprit-elle, en s'efforçant d'ignorer le regard accusateur rivé sur elle. Les licornes étaient réputées immortelles et dans ces temps anciens, la vie des reines elle-même s'étendait sur plusieurs siècles. Quant à leur puissance, leur sagesse, elles paraissaient sans limites. Mais lorsque le pacte s'est délité, lorsque les Dédiées ont commencé à faire fi des conseils qui leur étaient prodigués, la puissance du lien s'est atténuée et la longévité des reines s'est progressivement raccourcie. Les licornes se sont faites plus rares aussi. Le sort des humains ne les intéressait plus, c'est évident ! Et à l'époque où Thuata est montée sur le trône, lorsque le pouvoir a été abandonné aux mains d'Obéron, elles ont définitivement disparu et le pacte s'est rompu.

Devant les efforts déployés par Caerphilly pour lui répondre en toute honnêteté, Ygrenne se sentit brusquement mal à l'aise et une pointe de remords commença à percer la carapace de dureté derrière laquelle elle s'était réfugiée.

– Alors, c'est pour ça qu'on n'en a plus rencontré ?

– Oui, soupira l'îlienne avec tristesse. Et les conséquences de leur disparition ont bouleversé l'avenir de la Lignée Royale. Car c'est certainement à cause de la rupture du pacte que l'enfant, née durant la nuit où Tyr- Nan-Og fut détruite, l'enfant de Thuata agonisante, n'a jamais reçu l'appel. Ni aucune autre ensuite. Et pour chacune, la vie s'est brutalement interrompue dans sa vingtième année. À l'âge où Thuata mourut...

Après avoir prononcé ces derniers mots, Caerphilly s'éloigna du lit pour revenir près de la fenêtre en se frictionnant les bras d'un geste machinal, comme si le froid de l'extérieur s'infiltrait dans ses os.

Sur le lit, Ygrenne s'était tassée sur elle-même mais continuait à la fixer avec intensité.

– Et comme je suis la dernière de la Lignée Royale, je suis aussi concernée par cette malédiction. C'est ce que tu n'oses pas me dire, n'est-ce pas ? s'enquit-elle, d'une voix moins sèche.

– Oui, ma chérie. Et c'est pour éviter de te faire souffrir que je me suis tue jusqu'à présent. Parce qu'il n'existe aucun lien de parenté entre toi et moi. Ta mère n'était pas ma sœur, comme nous l'avons toujours laissé croire pour te protéger. Si nous t'avons élevée comme notre propre enfant Urisk et moi, c'est pour répondre à une tradition vieille de trois siècles maintenant.

– Une tradition ?

La question d'Ygrenne contenait plus de curiosité que de colère et Caerphilly se sentit renaître. En regardant sa silhouette menue recroquevillée sur le lit, elle crut même discerner l'amorce d'une détente musculaire. Comme si la jeune fille commençait à comprendre pourquoi on l'avait laissée dans l'ignorance de sa destinée.

Elle est encore si jeune ! se dit l'îlienne, alors qu'en esprit elle revoyait le jour où, en accord avec Urisk penché sur son berceau, elle avait pris la décision de lui cacher la vérité le plus longtemps possible. Le cœur toujours serré, mais désireuse de ne plus rien laisser dans l'ombre, elle termina son explication :

– Une tradition s'est effectivement instaurée la nuit où les vaisseaux Ashanti ont envahi notre planète. Alors que l'incendie ravageait la cité royale, un homme a pu en faire sortir Thuata. La reine était grièvement blessée, agonisante et enceinte ! Cet homme était mon ancêtre. Mandaté par la Pythie, il avait pour mission de sauver l'enfant à naître. C'est pourquoi depuis cette époque, notre famille se consacre à l'éducation des descendantes de Thuata. En espérant qu'un jour, la malédiction prendra fin…

– Peux-tu m'expliquer alors par quel miracle la Lignée a réussi à se perpétuer jusqu'à maintenant ?

Ygrenne soupira longuement pour calmer sa respiration et évacuer les dernières bribes de sa colère, puis reformula sa question d'une voix plus posée, dénuée de ressentiment :

– Chaque descendante de Thuata aurait pu mourir mille fois avant d'engendrer une fille, n'est-ce pas ? Et la Lignée se serait éteinte. Mais ça n'est jamais arrivé ! Comment est-ce possible ?

– Je ne sais pas ! avoua Caerphilly. Au cours de ces trois derniers siècles, notre famille a toujours redouté que cela se produise, mais chacune de tes ancêtres a donné la vie à sa descendante avant de mourir. Comme si elle se sentait poussée à choisir un partenaire avant ses vingt ans ! Je ne saurais t'expliquer ce qui les motivait. Une sorte de *compulsion*, peut-être ?

En entendant cette dernière phrase, la jeune fille se sentit une nouvelle fois envahie par le dégoût.

Est-il possible que je sois manipulée depuis le premier jour ? Que les sentiments que j'éprouve pour Eamon me soient imposés par un sortilège ?

Cette pensée la révulsa au point qu'elle dut se contenir pour ne pas s'emporter une fois de plus. Elle avait la désagréable impression d'être trahie par celle qu'elle avait toujours considérée comme une mère. Car cette dernière avait l'air d'accepter sans rechigner le genre d'asservissement que ses propos suggéraient.

Pourtant, réalisa-t-elle, en refoulant les reproches qui lui montaient aux lèvres, elle était loin d'être la seule à être conditionnée dans cette histoire. Tous ceux qui connaissaient le destin de Thuata en étaient affectés au point d'en oublier leur libre arbitre. L'espoir d'un avenir meilleur, qui les délivrerait peut-être du joug de l'esclavage, les poussait à approuver une autre forme de dépendance.

L'ancienne Alliance qu'ils appelaient de tous leurs vœux ne parlait en effet que d'obéissance à un pouvoir censé les protéger. Plus écœurée que jamais, elle bloqua ces pensées déstabilisantes et attendit que le poids qui l'écrasait se dissipe. Quelques secondes s'écoulèrent ainsi dans un profond silence, avant que la voix consternée de Caerphilly ne la ramène à la réalité.

Toujours immobile devant la fenêtre, cette dernière paraissait plus désemparée que jamais.

– Je suis tellement navrée, ma chérie ! J'aurais voulu ne pas avoir à te faire ce genre de révélation. Te dire que tu n'étais pas concernée par tout ce que je viens de te raconter. Hélas, ta destinée et la nôtre semblent être définitivement liées à l'existence des licornes. Et à leur bon vouloir… Elles seules pourraient infléchir le cours du destin, j'en suis certaine. C'est pourquoi je souhaite de toute mon âme que leur race ne se soit pas éteinte et que leur cœur se laisse attendrir par notre sort. Si nous arrivons à renouer le contact !

Elle s'avança auprès d'Ygrenne et, saisissant sa tête, l'appuya contre sa poitrine. Tendrement, elle fit courir ses doigts dans la chevelure brune qui cascadait sur les épaules de la jeune fille et se pencha pour y déposer un baiser timide.

– Je ne peux pas vraiment t'en vouloir, finit par avouer celle-ci, en sentant ses griefs s'évanouir sous les caresses de ces mains qui avaient toujours eu le pouvoir de l'apaiser. Il fallait bien qu'un jour tu me le dises. Même si tes paroles volent toutes les certitudes que j'avais sur mon avenir, je réalise qu'il vaut mieux que je sache. Et puis, bien que tout cela m'effraie, je n'arrive pas à croire que ma vie risque de s'arrêter bientôt. Au fond de moi, quelque chose me dit que les temps sont en train de changer…

– Si seulement tu avais raison ! chuchota Caerphilly, une note d'espoir dans la voix. Il me semble alors que je me sentirais moins coupable de t'avoir fait autant de mal !

– Tu n'es coupable de rien ! l'assura Ygrenne, en se blottissant plus étroitement contre elle. Tu m'as élevée comme ta propre fille en me prodiguant tout l'amour qu'une mère doit à son enfant. Il me semble que je ferais vraiment preuve d'une grande ingratitude en te rendant responsable d'un état de fait qui t'échappe tout autant qu'à moi. J'étais en colère tout à l'heure, et les mots ont dépassé ma pensée, excuse-moi. Je préfère que ce soit toi qui m'aies appris la vérité. J'aurais détesté en parler avec un Ancien ou même avec Urisk… Et puis, je refuse de me laisser abattre !

– Tu as raison, ma chérie, reprit Caerphilly avec un sourire. Et je resterai à tes côtés quoi que tu décides !

– Les découvertes qu'on vient de faire à Tyr-Nan-Og me donnent de l'espoir, poursuivit Ygrenne, dont les pensées revenaient sans cesse à la découverte faite par Akkaat. Pourquoi n'a-t-on exhumé ce vieux grimoire que maintenant ? La malle qui le contenait était protégée par un puissant sortilège. Alors, pourquoi ce dernier n'a-t-il cédé qu'aujourd'hui ? Si les Dieux n'avaient pas voulu qu'il soit découvert, je crois que jamais nous n'aurions pu mettre la main dessus !

Caerphilly s'apprêtait à lui répondre mais y renonça, en réalisant que la jeune fille avait d'autres sujets à aborder.

– Ne parlons plus de cela maintenant, lui dit cette dernière. Je préfère me laisser le temps d'y réfléchir à tête reposée, lorsque j'aurai retrouvé mon calme. Revenons plutôt sur les dessins que j'ai vus ce matin. Tous montraient une sorte de bijou, incrusté sur le front des reines. Sais-tu ce qu'il signifiait ?

– Peut-être était-ce en rapport avec le lien qui existait entre elles et leurs licornes ? En fait, nous ne savons presque rien sur le rituel qui présidait à la fusion de leurs esprits. Je crois me souvenir qu'il en existe seulement quelques allusions dans les plus anciens Registres de la Mémoire. Si tu veux en apprendre un peu plus sur le sujet, tu devrais en discuter avec Sil et lui demander de te montrer les textes. Après tout, nul autre que toi n'est plus concerné par ce qu'ils disent à ce sujet. Mais, ajouta Caerphilly d'un ton bourru, en déposant un autre baiser sur son front, il y a eu suffisamment de révélations pour la soirée ! Il est temps de te coucher, ma chérie... Tâche de dormir si tu le peux. L'aube n'est plus très loin.

L'îlienne regagna la porte de la chambre et, après avoir jeté un dernier regard attendri sur Ygrenne, disparut dans le couloir.

Une fois seule, celle-ci tenta de mettre de l'ordre dans ses idées.

Demain, se promit-elle, *je demanderai le concours d'Akkaat au sujet d'Ymir. Elle est assez puissante pour obtenir des renseignements. En contrepartie, je lui expliquerai ce que signifie le dessin.*

Au sujet des licornes par contre, il fallait qu'elle se montre prudente : elle devait passer sous silence tout ce qui concernait leurs véritables pouvoirs. Il pourrait être dangereux de révéler aux Ashanti qu'une puissance était susceptible de se dresser un jour contre eux.

Pour le reste, se dit-elle alors que sa gorge se contractait : son appartenance à la Lignée Royale, la malédiction qui pesait sur elle, l'avenir sombre qui paraissait l'attendre, il était bien difficile d'accepter tout en bloc ! Même si elle ne pouvait mettre en doute les paroles d'une Mémoire. Sur la route périlleuse de leur devenir, elles étaient les gardiennes de leur histoire.

Sa raison vacilla un instant sous la pression de pensées contradictoires, mais elle se cramponna à son bon sens. Elle ne devait pas céder à la peur, mais s'efforcer au contraire de considérer les choses d'un œil froid. La faucheuse ne la saisirait pas si facilement entre ses griffes !

Elle avait un avantage sur les femmes qui l'avaient précédée : elle travaillait sur les fouilles de Tyr-Nan-Og et sentait qu'il ne lui faudrait qu'un tout petit peu de chance pour dénicher tout ce qui concernait Hy Breasail. Un indice, même mince, suffirait sans doute à indiquer une région où diriger ses recherches.

Et ensuite… Eh bien ! Elle partirait.

Un éclair de farouche détermination apparut dans son regard puis un sourire flotta sur ses lèvres. La révélation de ses véritables origines avait au moins un côté positif : puisqu'elle n'était pas la cousine d'Eamon, elle n'avait plus à se culpabiliser pour les sentiments qu'elle ressentait à son égard. Des sentiments qui la remuaient jusqu'au fond des tripes lorsqu'elle y pensait, et qu'elle s'était efforcée de refouler jusqu'à présent sans vraiment y parvenir !

10

Libération

La révélation de ses origines
jeta Ygrenne dans les bras d'Eamon,
sans savoir ce que le destin lui réservait.

Extrait des « Sentiers de la Mémoire », Emrys le Sage.

Eamon referma doucement la porte derrière lui, le cœur battant à tout rompre. Il s'était attardé quelques instants à l'angle de leur maison où Sil et Urisk bavardaient encore après la réunion, et n'avait atteint le palier desservant sa chambre et celle d'Ygrenne qu'au moment où Caerphilly entamait sa discussion avec celle-ci. Les accents passionnés de la jeune fille qui semblait accuser sa mère de dissimulation, les réponses embarrassées que cette dernière lui adressait, l'avaient poussé à s'arrêter et à tendre l'oreille pour comprendre ce qui se passait. Écouter aux portes n'était pourtant pas dans ses habitudes.

Il réprouvait ce genre de comportement sournois qu'il jugeait inacceptable, mais jamais auparavant les deux femmes qu'il aimait le plus au monde ne s'étaient trouvées ainsi en conflit.

Certes, lorsqu'Ygrenne et lui étaient enfants, ils s'étaient livrés à quelques tours pendables et avaient subi les foudres maternelles. Mais le sermon qui précédait les punitions était toujours prononcé d'un ton serein et jamais autrement qu'à voix haute. Caerphilly allait droit au but lorsqu'elle s'adressait à quelqu'un. Sa droiture, le sens de l'équité qui accompagnait toutes ses actions, n'avait aucune raison de s'exprimer en termes remplis de confusion et de gêne comme c'était le cas aujourd'hui.

Pour elle, une opinion devait s'énoncer clairement, en employant des mots simples et un ton ferme qui ne laissaient aucune place à l'équivoque. Or, la conversation qui se déroulait derrière cette porte lui paraissait en totale contradiction avec le caractère de sa mère. Et ce qu'elle racontait était plus incroyable encore !

Ygrenne n'était pas cette petite cousine orpheline de père et de mère que sa famille avait recueillie à cause du lien de parenté étroit qui les unissait. Elle n'était pas celle qu'il avait considérée comme sa sœur durant toute son enfance, avant que l'adolescence ne vienne compliquer leur relation.

L'esprit en émoi, le jeune homme se laissa tomber sur son lit en songeant à la place qu'elle occupait dans sa vie.

Petite, elle avait partagé tous ses jeux, n'avait jamais hésité à le suivre dans toutes les expéditions hasardeuses qui l'entraînaient à parcourir la lande, au mépris des dangers et des interdictions. En grandissant, elle était même devenue plus qu'une compagne de jeu : la complice qui partageait tous ses secrets, le second sur lequel il pouvait compter en toutes circonstances, son double au féminin…

Jamais à court d'idées lorsqu'ils se trouvaient dans une situation embarrassante, elle savait faire preuve d'un courage et d'une audace que n'aurait reniés aucun fier-à-bras de leur connaissance. Et lorsqu'il s'agissait d'affronter le courroux maternel si d'aventure ils se faisaient pincer, elle faisait front, assumant sa part de responsabilité sans jamais accuser quiconque de l'avoir entraînée.

Ce n'était qu'à l'époque de leur adolescence que leurs rapports avaient changé. En grande partie à cause de ce qu'elle devenait : une jeune fille à la beauté étrange, un peu sauvage, dont le port altier et le regard couleur de brume révélaient un caractère bien trempé. Sa silhouette mince et déliée tranchait sur celles, mal dégrossies, des camarades qu'ils fréquentaient à cet âge. Et sa chevelure rebelle, qui cascadait en lourdes boucles jusqu'au creux de ses reins lui donnait l'apparence d'une fée sortie tout droit d'un conte.

Il ne s'était pas rendu compte tout de suite à quel point elle avait évolué, tant il est vrai que plus grande est la proximité entre deux êtres, plus grand est l'aveuglement qu'ils nourrissent l'un envers l'autre. Il avait donc fallu que se produise toute une série d'événements apparemment sans lien, pour que ses yeux se dessillent enfin et prennent la mesure exacte de sa transformation.

D'abord il y avait eu l'attitude incompréhensible de leurs camarades de jeu. Les filles en particulier, qui jusque-là n'hésitaient jamais à inclure Ygrenne dans leurs conciliabules, s'étaient soudain détournées d'elle. En grande partie à cause de cette peste de Marge, une petite boulotte au teint couperosé, qui l'avait violemment accusée de « se donner des airs ». Personnellement, il ne voyait pas à quel genre d'airs elle faisait allusion, à moins que le fait de ne jamais minauder auprès des garçons puisse être interprété comme une attitude dédaigneuse...

Mais il y avait plus étonnant ! Les garçons eux aussi changeaient de comportement en présence d'Ygrenne. Certes, tous avaient toujours plus ou moins fait étalage de leur force devant les membres féminins de leur bande. Pour prouver son courage, pour se démarquer des plus petits et donner l'illusion qu'il est déjà un homme, un adolescent se livre volontiers à ce genre de rodomontades viriles qui fait frémir à peu de frais la gent féminine en herbe. Mais cette attitude typiquement masculine s'était accentuée à mesure que la beauté de la jeune fille s'affirmait : les rivalités et les défis qui étaient restés jusque-là anecdotiques s'étaient multipliés, causant rancœurs et divisions parmi leurs camarades. Sans s'en rendre compte, Ygrenne acquerait un nouveau pouvoir qui capturait les cœurs et enflammait les sens.

La puissance de son magnétisme s'étendait de jour en jour et provoquait d'autres phénomènes encore plus curieux. Ce gros balourd de Joe Finley soignait désormais son apparence alors qu'il avait toujours fui tout ce qui ressemblait de près ou de loin à de l'eau et du savon. Mordred leur voisin immédiat, dont la vivacité frôlait celle d'un gastéropode dans ses meilleurs jours, émergeait de son éternelle hébétude rien qu'à son approche. Quant aux autres, ils semblaient unanimement disposés à remplir le rôle de chevalier servant lorsqu'elle leur accordait son attention.

Étendu sur son lit et les yeux perdus dans le vague, Eamon esquissa un sourire ironique en repensant à ce qui lui avait enfin sauté aux yeux à cette époque : sa « petite sœur » ne laissait plus personne indifférent !

Mais ce fut le jour où il intercepta un regard masculin chargé de désir que la force de ses propres sentiments le percuta. Tout en le submergeant de honte.

La concupiscence qui transparaissait dans ce regard l'avait profondément choqué, le laissant un instant interdit. Plus encore, ce fut la violence de sa propre réaction qui lui avait ouvert les yeux : une jalousie brûlante, qui lui avait fait perdre son sang-froid et l'avait poussé à attaquer le jeune insolent. Après l'avoir copieusement rossé et exigé des excuses, il n'avait recouvré son calme qu'au prix d'un immense effort.

Ygrenne, qui n'avait pas compris l'origine de la rixe, l'avait fusillé du regard avant de le traîner jusqu'à la maison pour y soigner ses multiples ecchymoses, en pestant contre l'imbécillité chronique dont pouvaient faire preuve « certains garçons » en présence d'une fille.

Dès lors, la relation qui les unissait s'était trouvée entièrement bouleversée par les sentiments qu'il sentait naître à son égard. La fréquenter devenait même très compliqué : certains jours par exemple, sa présence l'enflammait tant qu'il lui venait des envies brutales de la serrer contre lui. Il fuyait alors leur maison avec son arc et son carquois et passait le plus clair de son temps à tenter de refouler ce qui lui paraissait être une inclination honteuse, indigne des principes moraux qu'on lui avait inculqués.

Un cousin n'était jamais qu'un frère de substitution et ne devait pas nourrir ce genre de pensées troubles envers celle qu'il était censé aimer d'une affection purement fraternelle. C'était ce qu'il se serinait chaque jour depuis cette époque, lorsque l'attirance qu'elle exerçait sur lui devenait trop forte.

Mais le summum des difficultés avait été atteint quelques mois plus tard, lorsqu'il s'était rendu compte que cette attraction coupable trouvait des échos chez Ygrenne, surtout lorsqu'ils se retrouvaient en tête à tête.

Ces moments assez rares, qu'il avait alors soigneusement évité de provoquer, avaient donné naissance à des conversations empruntées, dépourvues de la simplicité et du naturel qui les rendaient autrefois si aisées.

Jusqu'à ce jour, ils avaient donc esquivé tout contact physique, comme si le rapprochement de leurs corps risquait de les plonger dans un embarras encore plus profond. Et s'ils se frôlaient par inadvertance, elle reculait comme s'il l'avait brûlée. Son regard, d'ordinaire si direct, se dérobait de manière aussi subite qu'incompréhensible, et elle fuyait presque à son approche lorsqu'ils se trouvaient seuls à la maison.

Oui, ces dernières années, ses pensées avaient été hantées par ce tourment, délicieux et pourtant haïssable. L'idéal chevaleresque qu'il avait toujours nourri à l'égard des femmes ne pouvait coexister avec ce genre de pulsion débridée qui sapait sa volonté et lui donnait l'impression d'être un être faible, dominé par les impératifs de sa chair.

Pourtant, comme tous les jeunes îliens élevés au contact d'une nature sauvage, il n'était pas prude. La sexualité n'était pas un sujet tabou au sein de la communauté humaine qui admettait volontiers qu'elle s'exprime librement, à condition d'être découverte dans les meilleures conditions possibles, avec un partenaire respectueux des sentiments et des attentes de l'autre.

Si on désirait se mettre en couple et fonder une famille, aucun protocole n'était exigé : il suffisait d'en aviser le Conseil des Anciens qui se chargeait de vérifier si ce désir était bien partagé des deux côtés et si les familles n'exerçaient aucune contrainte sur la décision soumise à leur attention.

Bien sûr, il existait des traditions que chacun respectait avec plaisir : une fête rassemblant tout le village était organisée, durant laquelle les promis échangeaient des vœux. Mais ces derniers n'étaient pas synonymes d'engagement irrévocable et éternel.

La séparation intervenant au bout de quelques semaines, quelques mois ou quelques années ne donnait lieu à aucune critique et ne jetait l'opprobre sur personne. Communément admise, elle ne générait que peu de rancœur, car chacun était élevé dans l'idée que rien, pas même un sentiment aussi puissant que l'amour, ne pouvait prendre le pas sur la liberté. Ce droit fondamental était devenu l'axe qui régissait les relations entre humains, sans doute parce que toute autre expression du libre arbitre leur était interdite.

Mais si les mœurs étaient plutôt conciliantes dans ce domaine, la consanguinité des partenaires ne jouissait pas de la même largeur d'esprit. Surtout lorsqu'il s'agissait de cousins au premier degré ! Dans ce cas, le carcan des préjugés gardait toute sa force.

Il était de notoriété publique que de telles relations débouchaient trop souvent sur la naissance d'enfants souffreteux, présentant des handicaps si lourds qu'on ne pouvait les envisager avec indifférence. La liberté sexuelle dont jouissaient les jeunes îliens avait donc un cadre, dont les limites étaient définies par le degré de parenté qu'ils partageaient.

Un soulagement intense faisait presque trembler Eamon alors qu'il repensait à la révélation incroyable livrée par Caerphilly : Ygrenne n'était ni sa sœur ni sa cousine. Pas même une parente éloignée...

Qu'avait dit exactement sa mère à son sujet ? Descendante des Reynes-Licornes, elle était de sang royal.

Malgré la pointe d'inquiétude que cette origine faisait naître en lui, il écarta bien vite l'idée qu'elle puisse les éloigner l'un de l'autre. Certes, si les humains avaient encore toute leur indépendance, la barrière des classes aurait pu empêcher l'épanouissement de leur amour.

Mais le Royaume avait pris fin dans l'incendie de Tyr-Nan-Og, trois siècles plus tôt. Désormais, Ygrenne ne possédait plus de rang particulier. Il se releva d'un bond à cette idée et faillit danser de joie en réalisant qu'ils pourraient enfin s'aimer sans arrière-pensées.

11

La forteresse

L'instabilité mentale des Ashanti était légendaire,
elle révélait une aberration dans leur mutation génétique.
Sous des dehors policés, ils n'étaient que des bêtes féroces
ayant trop vite accédé à la conscience.

Extrait des « Sentiers de la Mémoire », Emrys le Sage.

Tirfo Thuin. Jour 2.

Les premières lueurs du jour coloraient à peine le paysage tourmenté du littoral lorsque Ygrenne et ses compagnons quittèrent le village encore endormi. Exceptionnellement, Sil accompagnait Urisk et Dermot qui se rendaient comme chaque matin sur le continent. L'instituteur avait pour mission de rejoindre au plus vite les terres du gouverneur et d'interroger les hommes qui avaient assisté à l'altercation entre les seigneurs Ashanti.

Pour tenter de recueillir des renseignements sur la disparition d'Ymir, les trois hommes devaient aussi faire un crochet par la forteresse de Tirfo Thuin. Ils essaieraient d'y rencontrer l'Administrateur afin de déposer une requête concernant son arrestation. Ce genre de recours, ayant pour but de réclamer justice, gardait un caractère exceptionnel. Reconnu par l'ensemble des membres du Consortium Intergalactique des Mondes comme un droit inaliénable, dont toute créature dotée de conscience ne pouvait être privée, son emploi était rarement suivi d'effet sur Salicorne. L'Administration Ashanti ne se donnait pas la peine d'y répondre, et il demeurait la plupart du temps lettre morte. Mais l'augmentation des arrestations et des disparitions qui décimaient la population humaine atteignait un tel niveau désormais que le Conseil des Anciens avait suggéré cette démarche. Par l'entremise d'Urisk, son porte-parole, la communauté voulait rappeler qu'elle disposait toujours de ce droit et qu'elle en faisait usage selon les lois en vigueur dans tout l'univers. Mais l'entreprise comprenait des risques.

Raul' Im' Klynee, qui avait succédé à Zolt' Ser' Kush, le compagnon d'Akkaat, ne faisait pas partie des Clans Ser' à qui revenait traditionnellement la fonction d'Administrateur de l'île. Apparenté à une lignée réputée pour ses prouesses dans les combats, il en avait suivi la prestigieuse destinée avant d'échouer sur l'île à la suite d'un scandale. Exilé sur ce bout de terre battue par les vents du nord, assigné à cette tâche ingrate qui le réduisait à n'être que le garde-chiourme des îliens, il s'était déjà fait remarquer par des actes d'une rare cruauté qui en disaient long sur sa personne.

Par prudence autant que par crainte, la population de l'île avait donc pris pour habitude de se tenir éloignée de son quartier général et ses représentants ne s'y risquaient qu'en cas de nécessité absolue, comme c'était le cas aujourd'hui.

Aux abords de la zone militaire, les quatre humains se retrouvèrent sous le regard des drones qui assuraient la sécurité sur l'ensemble du territoire. La présence insidieuse de ces sphères d'argent qui sillonnaient inlassablement le ciel de la planète leur rappelait qu'ils n'étaient que des esclaves, à peine mieux considérés que du bétail. Même sur Tirfo Thuin, leurs moindres déplacements étaient toujours étroitement contrôlés, surtout lorsqu'ils s'approchaient comme à cet instant d'un lieu stratégique.

Ygrenne leva les yeux vers ces ballons à l'allure apparemment inoffensive et ne put réprimer un frisson. Elle n'ignorait pas qu'un rayon mortel pouvait jaillir à tout instant de leur œil d'acier et redoutait l'attention dont ils faisaient l'objet. Mais, malgré la menace latente qu'elle sentait planer au-dessus de leurs têtes, leur lente progression dans la lande se poursuivit sans encombre et ils arrivèrent bientôt au pied de l'immense mur d'enceinte qui masquait la caserne.

Sa surface miroitait doucement dans la clarté naissante du petit jour et coulait comme un rideau sombre. Les dernières volutes d'une nuit brumeuse semblaient s'y accrocher avant de s'y fondre, comme happées par la noirceur de l'ouvrage.

Ygrenne eut un mouvement de recul devant ce rempart à l'apparence déroutante. Nul n'aurait pu dire en effet s'il était bien réel, car aucun matériau tangible n'entrait dans sa composition : le regard venait simplement buter sur un puits d'encre noire sans limites définies, comme s'il se tenait au bord d'un gouffre. Elle avait déjà observé un tel prodige dans le centre de Nazkat où se dressait une forteresse semblable à celle de Tirfo Thuin et savait qu'il en existait d'autres, disséminées un peu partout dans l'univers. Toutes présentaient la même succession de bâtiments comparables à ceux qu'on pouvait voir sur l'île. Toutes étaient protégées par un mur identique à celui qui se trouvait devant eux.

L'architecture de ces édifices témoignait de la maîtrise que les Ashanti possédaient sur la matière. Leur conception restait un mystère. Derrière cette façade noire et glacée, l'œil percevait une structure intelligente qui savait s'adapter. Il ne s'agissait pas à proprement parler d'un « esprit », mais plutôt d'un organisme hautement évolué qui se structurait en fonction de l'endroit où il était érigé, afin de remplir au mieux son rôle de protection.

Akkaat lui avait un jour parlé de cités entières, bâties sur ce même principe. Sur les mondes de leur Dispersion, elles étaient considérées comme les véritables Gardiennes. La mémoire de leurs bâtisseurs, celle de leurs dirigeants, disparaissait parfois dans la poussière du temps mais elles, demeuraient intactes et vigilantes. Parcelles d'éternité portées au témoignage de leur race et de sa grandeur.

Alors que son regard captivé courait sur la surface muette, une haute porte se matérialisa devant elle et les silhouettes de trois gardes armées se découpèrent sur le fond sombre. La plus gradée d'entre elles s'adressa directement à Urisk d'une voix glaciale :

– Que voulez-vous, Nas' ?

Ce terme n'était qu'un mot dénué de toute connotation injurieuse dans le vocabulaire Ashanti. Il désignait simplement une créature ayant statut d'esclave. Mais le ton méprisant sur lequel il venait d'être prononcé montrait l'intention qu'avait la guerrière d'humilier son interlocuteur.

– Voir l'Administrateur, Dho' Kktor, répondit Urisk, sans se laisser démonter par l'allure agressive de la guerrière qui le toisait de toute sa hauteur. Pour une affaire de la plus haute importance !

L'agent de la sécurité se contenta de ricaner et jeta un coup d'œil entendu à ses deux comparses qui arboraient une mine goguenarde. Un éclair de mépris traversa son regard, mais elle s'écarta pour les laisser entrer.

– Vous expliquerez tout ça à la Thu' Han'. Elle seule statuera sur la validité de votre demande. Toutefois, je doute qu'elle juge opportun d'en aviser l'Administrateur !

Un grognement réjoui vibra dans sa gorge et ses crocs retroussèrent les coins de sa bouche.

– On va vous escorter jusqu'au poste de commandement, puisque c'est ce que vous désirez ! N'est-ce pas soldats ?

Un éclat de rire secoua les deux autres gardes qui vinrent aussitôt encadrer les arrivants avant de les pousser devant elles.

Alors qu'ils s'enfonçaient au cœur de la forteresse, Ygrenne réalisa qu'il s'agissait d'une véritable ville. Plus dangereuse encore que Nazkat parce qu'habitée par des fauves uniquement entraînés à tuer. Bâtie comme toute cité guerrière derrière son mur d'enceinte, elle s'étendait sur un hectare, possédait ses rues rectilignes, ses baraquements alignés comme à la parade et dégageait une impression d'uniformité dépourvue de toute chaleur. La couleur dominante des bâtiments était un gris dur, qui les enveloppait d'une aura rébarbative et renforçait l'idée de se trouver au cœur d'une gigantesque toile d'araignée prête à se refermer sur ses proies.

La jeune fille tenta de refouler son inquiétude en déglutissant, mais sa gorge était bien trop sèche. C'était la première fois qu'elle pénétrait dans une caserne Ashanti et ressentait ce que la présence d'êtres humains avait d'incongru dans un lieu où les plus dangereux prédateurs de la galaxie étaient réunis en masse. Une nausée insidieuse menaça de la submerger et son cœur battit la chamade, au point qu'elle crut un instant en entendre les battements désordonnés. Mais elle pensa aussitôt au danger qu'elle ferait courir à ses compagnons si elle cédait à la panique, et s'efforça de recouvrer une partie de son sang-froid. En relevant la tête, elle s'aperçut d'ailleurs que leur présence n'éveillait aucun intérêt particulier et son malaise reflua. La plupart des combattantes qu'ils croisaient ne leur accordaient même pas un regard et, sans interrompre leurs conversations, poursuivaient leurs tâches comme s'ils n'existaient pas.

Que pourraient-elles donc craindre de quatre humains désarmés ? se chapitra-t-elle, en fixant le désintégrateur à canon court qui pendait à leur ceinture. Cette arme de poing pouvait pulvériser n'importe quelle cible dans un rayon de cent mètres et n'en laisser dans l'atmosphère que de fines particules de poussière.

Nous ne sommes rien à leurs yeux, rien d'autre que des moucherons dont l'existence peut à tout instant être balayée, d'un simple claquement de doigts !

Plus loin, au coin d'une ruelle, elle entrevit les ornithoptères que les Dho' pilotaient lors de leurs battues dans la campagne. Semblables à de longues sauterelles de métal aux flancs bardés de lance-feu, ces engins redoutables étaient capables de détruire un village entier en un claquement de doigts. Leurs rayons mortels n'épargnaient rien, ne laissant que cendres et poussière après leur passage !

En franchissant le seuil de la citadelle, ils avaient peut-être scellé leur destin ! la jeune fille en avait pleinement conscience et se mordit les lèvres pour ne pas hurler. Si d'aventure leur démarche déplaisait à la Thu' Han', il serait vain de chercher une échappatoire. Un vague relent de bile envahit sa gorge et ses yeux se brouillèrent. Elle trébucha, faillit heurter le dos de la guerrière qui ralentissait devant eux, mais réussit à l'éviter en s'appuyant contre Sil à la dernière seconde.

Ils venaient d'atteindre une espèce de carrefour et se trouvaient devant une bâtisse aux formes imposantes qui ne pouvait être que le poste de commandement. Leur guide prit d'ailleurs bien soin de réajuster sa tenue avant de s'y engouffrer, tandis que ses deux comparses resserraient leur étau sur les captifs. Les quatre compagnons se retrouvèrent épaule contre épaule, chacun tentant de dissimuler aux autres l'inquiétude qui l'agitait. Un malaise qui s'accentua encore lorsqu'un rugissement sourd accompagna la sortie de la Thu' Han' sur le pas de la porte.

La guerrière était plus grande encore que ses subalternes et son corps engoncé dans sa combinaison noire était un condensé d'énergie brutale prête à exploser. Pour souligner le déplaisir que lui causait sa présence, elle posa un regard brillant de malveillance sur Urisk tout en faisant crisser les griffes de sa main droite sur la crosse de son désintégrateur.

Ygrenne comprit à cet instant que leur démarche était vaine : la guerrière n'éprouvait que du mépris à leur égard. Et même si elle parvenait à contenir les pulsions de meurtre qui l'agitaient, elle ne leur fournirait aucune explication sur la disparition d'Ymir.

– Qu'y a-t-il de si important, Nas', pour que vous envisagiez de déranger notre commandant à une heure aussi indue ? s'enquit la guerrière d'un ton où perçait son exaspération. Est-il vraiment nécessaire de vous rappeler qu'il n'apprécie pas les visites inutiles ?

Elle toisa le vieux pêcheur puis détailla un à un ses compagnons avant de poser ses pupilles dilatées sur Ygrenne qui se sentit défaillir.

– Une jeune femelle ?

La question révélait l'intérêt qui saisissait l'officier face à une représentante du sexe féminin, fût-elle d'une espèce jugée inférieure. Elle sous-entendait qu'on pouvait lui prêter des capacités au combat supérieures à ses compagnons, comme c'était le cas dans sa propre race.

– Ma nièce, encore une enfant ! s'empressa de répondre Urisk, en s'interposant entre leur interlocutrice et Ygrenne, qui était tétanisée par la peur.

Retenir l'attention d'un Ashanti au-delà du simple échange de politesse pouvait éveiller l'instinct du chasseur qui sommeillait en lui. Tous les humains avaient appris qu'il valait mieux ne pas être considéré comme un adversaire éventuel et encore moins faire figure de proie. A l'idée d'être cataloguée comme l'une ou l'autre, la jeune fille sentit son visage se couvrir de sueur. Elle fit un pas de côté et, glissant derrière le dos du vieux pêcheur, pria pour que la Dho' oublie sa présence.

– Si nous nous sommes permis de venir aujourd'hui, enchaîna Urisk avec précipitation, c'est pour vous signaler une disparition, Thu' Han. Un de nos hommes a été interpellé hier matin à Nazkat. Nous vous serions reconnaissants de nous donner de ses nouvelles !

Son interlocutrice le fixa d'un air incrédule, comme si l'idée d'avoir à lui fournir une explication constituait une incongruité. Le vieil homme jeta un coup d'œil nerveux vers Sil qui se trouvait à sa droite, et termina sa phrase comme on se jette à l'eau :

– En conformité avec les lois intergalactiques qui garantissent à tout être doué de raison le droit à la justice, nous réclamons l'ouverture d'une enquête !

– Vous *réclamez* ? explosa l'Ashanti dont les vibrisses se mirent à trembler d'indignation. Nas', vous perdez la tête ! Raul' Im' Klynee ne gaspille pas son temps à ouvrir des enquêtes sur la disparition d'une créature de votre espèce. Un animal a plus de valeur à ses yeux !

Les trois hommes blêmirent sous l'insulte et Dermot, que son tempérament sanguin poussait trop souvent à la révolte, fit un pas en avant en serrant les poings

– Vous n'avez pas le droit…

– Pas le droit de quoi ? éructa l'officier, en le saisissant brutalement par le cou. Les yeux rivés sur lui, elle le souleva jusqu'à effleurer son visage de ses crocs dénudés.

Sidérée par l'attitude incompréhensible de Dermot qui leur faisait courir un danger mortel, Ygrenne ne put réprimer un gémissement. Révulsée d'horreur, elle vit les mains puissantes se resserrer sur la gorge du jeune homme comme des serres et la déchirer sans pitié. Le sang se mit à ruisseler en longues coulées écarlates, embrasant le regard de la Dho'.

Devinant que la guerrière était sur le point de perdre tout contrôle, Urisk tendit les mains vers elle en un geste de supplication.

— Thu' Han', je vous en prie ! Mon compagnon n'a pas voulu mettre votre autorité en doute. Il est jeune et bien trop impulsif ! Mais ne vous offensez pas de ses propos. Ce n'est qu'un Nas' après tout... Un esclave, rien de plus. Il ne peut se mesurer à vous. Vous ne retireriez aucune gloire en allant plus loin !

Comme si le mot « gloire » avait un pouvoir particulier, l'officier sortit de sa transe et se détourna de sa proie. Mais la dilatation de ses pupilles révélait la folie meurtrière qui courait dans ses veines. Un grondement sourd, vibrant d'une sauvagerie à peine contenue s'échappa de ses babines retroussées. La faim dévorante qu'il trahissait enflamma l'atmosphère et le vernis fragile de civilisation qui masquait l'instinct du prédateur se fissura...

La véritable nature de la race Ashanti reprenait le dessus.

Ygrenne sentit la présence des Dho' se renforcer derrière leur dos et comprit que l'altercation venait d'en attirer un nombre croissant. Sans avoir à se retourner, elle sut qu'ils étaient maintenant cernés de toutes parts et à l'idée du carnage qui pouvait se déchaîner, ne put réprimer un cri de terreur qui s'étira le long des ruelles. L'ensemble de la citadelle parut alors se pétrifier et le temps s'arrêter. Quelques longues secondes s'écoulèrent dans un silence absolu, durant lesquelles seules sa respiration saccadée et les pulsations de son sang martelèrent ses oreilles.

Autour du poste de commandement, plus personne n'esquissait le moindre geste, mais l'atmosphère se chargeait d'électricité, comme à l'approche d'une tempête. Alors qu'elle se sentait glisser dans une espèce d'état second où sa conscience s'annihilait, le claquement sourd d'un désintégrateur qu'on armait se fit entendre. L'insoutenable tension vola brutalement en éclats et la Dho', reprenant son souffle, exhala son mépris :

– Vous avez raison, Nas' ! Mon Kha' n'a rien à gagner dans cette ridicule démonstration ! Vous n'êtes que des chiens sans honneur. Je ne m'abaisserai pas à vous considérer comme des créatures dignes de relever le défi du Clan ! Mais je vous conseille de vider les lieux, et sans plus attendre, car je pourrais changer d'avis... Votre espèce n'est rien d'autre à mes yeux que du *gibier*, dont je pourrais fort bien m'accommoder aujourd'hui, à défaut d'autre chose !

Un peu de salive vint mouiller la fourrure de son menton comme pour souligner ses propos.

– Faites en sorte que votre chemin ne croise plus le mien, car je n'oublie jamais les offenses ! Il pourrait en effet me prendre l'envie de vous broyer définitivement, comme les vulgaires vermines que vous êtes ! Quant à votre « requête »...

Elle s'interrompit et les dévisagea un par un d'un air féroce :

– Priez vos dieux que je l'oublie, en même temps que celui-ci !

Elle repoussa violemment le corps inconscient de Dermot qui alla s'écraser contre le mur d'en face.

– Dehors ! rugit-elle. Et vous, oui vous, poursuivit-elle, en pointant un doigt accusateur vers les gardes qui se tenaient toujours à côté les îliens. À l'avenir, n'ouvrez plus *jamais* les portes à ces cloportes ou vous aurez affaire à moi !

Les guerrières rappelées à l'ordre sursautèrent. La rage de leur supérieure paraissait les inquiéter au moins autant que la menace sous-entendue par ses paroles. Avec une certaine fébrilité, elles reprirent leur chemin vers la porte extérieure, en poussant sans ménagement le petit groupe dont elles avaient la charge.

Sil et Urisk soutenaient Dermot, trop affaibli pour pouvoir marcher seul. Ygrenne fermait la marche, les yeux rivés sur la tête dodelinante du blessé et ses épaules affaissées qui lui donnaient l'air d'un pantin désarticulé. Les ruelles presque désertes à leur arrivée étaient maintenant bondées. Ils avançaient au milieu d'une masse mouvante de silhouettes hostiles où il était difficile de différencier une trogne d'une autre. Mais les regards flamboyaient d'une telle haine qu'il lui sembla en ressentir la violence jusque dans son estomac noué par la peur.

Consciente de la vague de férocité qui s'allumait sur leur passage, elle souhaita désespérément qu'aucun élément fortuit ne vînt rompre la paralysie qui avait saisi la forteresse. Une espèce de fascination morbide, qui tétanisait les regards attachés à leurs pas. Un rempart fragile, dressé entre eux et la vague de folie qui menaçait de les balayer.

Mais jusqu'à ce qu'ils atteignent la haute porte du mur extérieur, aucun geste ne fut esquissé, et c'est en tremblant de soulagement qu'ils en franchirent le seuil.

Alors que la citadelle disparaissait derrière son écran de ténèbres, la respiration sifflante du blessé les tira de la sidération où ils étaient plongés. Dermot venait de sombrer dans l'inconscience et Urisk l'étendit à même le sol pour tenter d'évaluer la gravité de son état. Son visage était d'une pâleur mortelle et sa gorge lacérée ressemblait à une bouche béante d'où s'échappaient des bulles sanguinolentes.

Sil dénoua son écharpe et l'appuya contre la plaie avant de l'enrouler autour du cou de son camarade. Le flot de sang parut diminuer mais continua à sourdre par à-coups.

Désignant Laugharne d'un mouvement de tête, Urisk posa la main sur son bras et lui dit d'un ton pressant :

– Je vais ramener Dermot au village, Sil. Tu ne peux rien faire de plus pour lui dans l'immédiat. Chez nous, il recevra les soins que nécessite son état, je te le promets. Ygrenne et toi devez me laisser maintenant et rejoindre Nazkat au plus vite !

– Je préférerais t'accompagner un bout de chemin, répliqua l'instituteur d'un ton inquiet. Dermot est une lourde charge dans son état et je crains…

– Non Sil ! Je reste persuadé qu'il est plus urgent pour toi de recueillir le témoignage des gars travaillant sur le domaine Oogarth. Tu dois t'y rendre aujourd'hui comme il était convenu. C'est peut-être notre seule chance de découvrir s'il y a un lien entre la disparition d'Ymir et Garth, puisque les Dho' refusent de nous dire quoi que ce soit à son sujet. De plus, Ygrenne ne peut se permettre de mécontenter Akkaat' Ash' Zolt ! Si elle prend ombrage de son absence, nous aurons un problème de plus sur les bras... Le chemin n'est pas très long jusqu'au village et je m'arrêterai si besoin est. Allez, inutile de s'attarder plus longtemps ici. Il faut qu'on bouge !

Voyant qu'aucun argument ne pourrait entamer la détermination du vieux pêcheur, Sil capitula et l'aida à se charger du blessé.

Ygrenne demeura un instant en arrière à regarder le vieil homme s'éloigner, puis rejoignit son compagnon qui prenait la direction du littoral.

Lorsqu'ils appareillèrent quelques instants plus tard, deux ornithoptères filaient au-dessus de la lande en direction de Laugharne.

– Sil, pourquoi sortent-elles maintenant ? murmura la jeune fille d'une voix blanche.

– Pour faire une ronde... Si elles avaient voulu nous tuer, elles l'auraient fait tout à l'heure, tu sais. Je ne pense pas qu'il y ait grand-chose à craindre maintenant. C'est simplement une manière de nous rappeler que le moindre de nos gestes est surveillé !

Ponctuant ses paroles d'un haussement d'épaules fataliste, il reporta son attention sur le gouvernail. Comprenant qu'il n'en dirait pas plus, Ygrenne se laissa glisser sur un côté du banc et s'absorba dans ses pensées alors qu'ils s'éloignaient du rivage.

12

Soupçons

La société Ashanti était
une construction pyramidale
Au sommet de laquelle trônait le Khan.
Maître d'un empire tentaculaire,
Il restait néanmoins vulnérable,
À la merci des convoitises de ses Pairs.

Extrait des « Sentiers de la Mémoire », Emrys le Sage.

La matinée était largement entamée lorsque Ygrenne atteignit enfin la grande Bibliothèque. Akkaat y travaillait depuis des heures, et sans nouvelles de son apprentie, son humeur s'assombrissait de minute en minute. Oscillant entre fureur et frustration, elle en était déjà à envisager un renvoi pur et simple de la jeune fille lorsque cette dernière fit son entrée.

Elle était hors d'haleine et ses cheveux humides, qui collaient à son visage en y dessinant de longues coulées sombres, creusaient ses traits jusqu'à la faire paraître plus âgée qu'elle ne l'était. Quant à son regard, il contenait tant d'inquiétude que l'Ashanti sentit sa colère fondre comme neige au soleil.

Allons, se dit-elle en s'exhortant au calme, *jamais cette fille ne s'est risquée à me défier ouvertement* ! Elle pouvait donc considérer son retard comme une erreur et non comme un affront. Montrer une certaine mansuétude à son égard pouvait même lui prouver sa grande largeur d'esprit...

Au contact des relégués de Tirfo Thuin, l'ethnologue s'était rendu compte que leur comportement parfois déplacé était dû en grande partie à leur ignorance des codes de la bienséance propres à la société Ashanti. En rien libérale, celle-ci était bâtie sur une stricte hiérarchie des pouvoirs où chacun occupait une place définie que nul n'aurait songé à remettre en cause. Les membres des clans mineurs s'effaçaient naturellement devant leurs supérieurs, et c'était loin d'être une question de courtoisie ! Plutôt l'adhésion à un ordre qui prévalait dans l'univers. Un ordre qui repoussait le chaos et permettait à la vie de se développer dans des limites acceptables par le plus grand nombre.

Au contraire d'un esclave ignorant, un Ashanti n'aurait jamais offensé un plus puissant que lui en arrivant en retard à un rendez-vous. Il se serait déshonoré en agissant de la sorte et son clan y aurait perdu une partie de son influence. Mais les humains avaient du mal à comprendre ce genre de subtilité, elle avait fini par l'admettre. Il convenait donc de les traiter comme des enfants dont toute l'éducation était à faire et non comme des adultes pleinement responsables de leurs actes.

Renonçant à toute idée de représailles, elle fit signe à Ygrenne de la rejoindre.

– Je commençais à croire que tu ne viendrais plus, jeune fille ! Que s'est-il donc passé pour que tu sois en retard ? Un problème dans ta famille ?

– Ma famille va bien, ma Dame, répondit Ygrenne d'un ton vibrant de soulagement, en déposant sa cape.

Être accueillie avec tant de bienveillance la rendait presque euphorique. Par son attitude magnanime, l'ethnologue lui prouvait une fois de plus qu'elle jouissait d'un capital-confiance rarement accordé à un être humain. Plongeant dans une révérence respectueuse, elle en profita pour évoquer la disparition d'Ymir.

– Ma famille n'est en rien responsable de mon retard, votre Grâce, commença-t-elle. En vérité, j'aurais été là bien plus tôt si mon oncle n'avait pas dû se rendre à la forteresse de Tirfo Thuin avant notre départ. L'un de nos camarades a été arrêté hier et il voulait déposer une requête à son sujet. Malheureusement notre démarche n'a servi à rien. Nous sommes repartis sans pouvoir la présenter...

– Une *requête* ? s'étonna Akkaat, en écarquillant les yeux.

Ygrenne rougit violemment et murmura :

– Nous sommes sûrs qu'il doit s'agir d'une erreur, ma Dame...

– Aucune arrestation n'est injustifiée de nos jours ! la coupa l'ethnologue d'un ton sec. Seuls ceux qui enfreignent nos lois sont pourchassés... Elle est là ton explication, petite !

– Je ne voudrais pas avoir l'air de vous contredire votre Grâce, s'entêta Ygrenne, les yeux rivés au sol, mais depuis quelque temps de nombreux humains disparaissent ainsi, sans aucun motif. Ymir n'est qu'un jeune pêcheur de vingt ans, avec qui j'ai grandi. Je le connais bien. Il ne s'est jamais fait remarquer par un comportement déplacé ! S'il s'était rendu coupable de quelque chose, je l'aurais su...

– Personne ne peut savoir ce qui se passe dans l'esprit de quelqu'un, déclara l'Ashanti dont les vibrisses frémissaient de contrariété. Un accès de folie n'est jamais prévisible... Crois-moi, j'en sais quelque chose !

– Mais nous avons fait la traversée ensemble hier matin. Il était tout à fait bien, je vous assure ! objecta la jeune îlienne, en se maudissant pour sa propre audace.

Malgré la maîtrise dont l'Ashanti faisait preuve, elle avait parfaitement conscience du risque qu'elle prenait en la contredisant. Mais elle sentait que l'occasion de s'expliquer ne se représenterait jamais. Or, la vie d'Ymir dépendait peut-être de son intervention.

Si je veux la convaincre de m'aider, je dois lui faire comprendre ce qui se passe ! se dit-elle, alors que sa respiration s'emballait sous l'effet de la peur.

– Sur le quai, il a secondé mon oncle avec son calme habituel, sans que son comportement laisse entrevoir l'ombre d'un dérangement... Dame, je vous en supplie, croyez-moi ! Son seul crime a été de laisser tomber une caisse de poissons aux pieds de la Thu Han' qui passait près de lui. Un geste qui n'était pas délibéré... Il n'aurait jamais risqué sa vie ni celles de ses compagnons en s'amusant à défier un officier !

— Les Dho peuvent être parfois terriblement susceptibles, je te l'accorde, concéda Akkaat du bout des lèvres. Mais elles n'arrêtent personne sans motif ! je te le répète... Ne perds pas ton temps à chercher des excuses à ton camarade. Son arrestation est certainement justifiée, même si tu en ignores la cause...

— Oh, ce n'est pas pour tenter de l'excuser que je vous en parle, ma Dame, se défendit Ygrenne en esquissant un geste de dénégation. Jamais je ne vous importunerais pour quelque chose d'aussi vain ! Mais pour vous dire combien sa perte nous inquiète !

Tétanisée par la crainte de faire sortir Akkaat hors de ses gonds, elle sentit son ventre se nouer d'appréhension, mais abattit sa dernière carte dans un souffle.

– Si l'arrestation d'Ymir était un fait isolé, nous pourrions admettre qu'elle corresponde à un délit, même si son origine nous est inconnue.

Mais elle ne fait que se rajouter à une longue liste de disparitions qui sèment la terreur dans notre communauté. Des disparitions qui ne cessent d'augmenter et qui ont toujours lieu à cette période de l'année.

Voyant l'air de profonde stupéfaction qui s'étalait sur le visage de l'Ashanti, Ygrenne s'interrompit, incapable de continuer. La certitude d'avoir commis l'irréparable la plongea dans un état proche de la panique.

Je suis allée beaucoup trop loin cette fois-ci !

Remettre en question l'attitude d'un soldat pouvait être considéré comme un acte d'insubordination caractérisé. Or, on allait en prison pour bien moins que cela ! Bouleversée par l'inconscience dont elle venait de faire preuve, elle baissa la tête et se tordit les mains.

– De quelle période parles-tu, enfant ? Que veux-tu dire par là ? s'enquit Akkaat, complètement désarçonnée.

Posant une griffe sous son menton pour la forcer à relever la tête, elle lui ordonna de s'expliquer :

– Allons, regarde-moi ! N'aie pas peur de continuer... Tu sais l'intérêt que je te porte. Je suis prête à t'écouter ! Et si je juge qu'un abus a été commis, je verrai si je peux faire quelque chose.

– C'est-à-dire... Commença la jeune fille en se mordant les lèvres, c'est au sujet de cet endroit que vous nommez Garth...

— Garth ? La voix d'Akkaat grimpa brusquement dans les aigus. Aucun d'entre vous ne peut...

Elle s'interrompit à son tour, comme si ce qui lui venait à l'esprit était trop choquant, puis reprit d'un air troublé :

– Il est vrai qu'à force de vivre à votre contact, sans jamais vraiment faire attention à votre présence, nous finissons sans doute par évoquer des sujets qui ne devraient en aucun cas être abordés... Oh ! ne te méprends pas sur le sens de mes paroles, ajouta-t-elle en voyant Ygrenne blêmir. Il ne s'agit pas d'une marque de mépris à ton égard...

Dis-toi simplement qu'il est des secrets qu'il vaut mieux ignorer. Ils ne peuvent ainsi devenir une menace pour nous-mêmes ou ceux qui nous sont chers.

Elle planta son regard aux pupilles dilatées dans les yeux de la jeune fille que la terreur transformait en statue et la saisit par les épaules.

– Tu dois aller jusqu'au bout maintenant. Plus question de tergiverser ! Il faut que je détermine si les informations que tu détiens ne peuvent pas te nuire, d'une façon ou d'une autre. Je ne veux pas qu'il t'arrive quelque chose, Ygrenne. Depuis que nous travaillons ensemble, j'ai appris à t'apprécier. Ta personnalité, courageuse et passionnée, me touche plus que je ne saurais le dire et, crois-le bien, c'est un phénomène totalement nouveau pour quelqu'un comme moi.

L'étonnement qui envahit le visage tourné vers elle lui arracha l'ombre d'un sourire.

– Oh, ne te méprends pas ! ce que je ressens à ton égard n'est pas ce que vous désignez sous le terme « d'affection » : les sentiments humains sont étrangers à ma race. Il s'agit plutôt une sorte d'instinct de protection. Chez nous, cette pulsion n'apparaît que lors de la gestation et se développe tant que notre progéniture en a besoin, puis elle disparaît. Tu as éveillé en moi quelque chose d'assez proche : je me sens *responsable* de toi. C'est le meilleur mot que je puisse employer pour t'expliquer que tu n'as rien à craindre de moi. Au contraire même, si un jour quelqu'un te menace, n'hésite pas à me contacter. Je ne permettrai pas qu'on touche à un seul de tes cheveux… Alors, n'hésite plus maintenant, je t'écoute ! Termine ton histoire…

À demi rassurée par ce qu'elle venait d'entendre, Ygrenne tenta de se ressaisir. Elle sentait, à travers le tissu fin de sa robe, toute la tension qui avait saisi l'Ashanti. La chaleur des longues mains qui pressaient le haut de ses bras. Le contact des griffes prêtes à jaillir à tout instant, sous le coup d'une émotion incontrôlable. Faisant appel à toute sa raison pour ignorer la menace d'un mouvement qui pouvait la broyer et pariant sur l'intérêt que lui portait Akkaat, elle se lança :

– Au sujet de Garth, nous ne savons rien de précis, ma Dame ! Nous avons simplement appris que c'était un lieu secret, où se rendent vos jeunes avant de fonder leurs propres Clans. Bien entendu, nous avons compris que nous ne gagnerions rien à essayer d'en savoir plus à son sujet... Mais, comme je vous le disais tout à l'heure, des membres de notre communauté ont remarqué que les enlèvements se produisaient toujours à l'époque des départs pour Garth. Et depuis quelques jours une rumeur est venue renforcer cette inquiétude ! Certains membres du Clan Oogarth' auraient parlé ouvertement de « procédés regrettables » ayant lieu à cet endroit. Des procédés qui concerneraient les races inférieures. Voilà pourquoi je tenais tant à vous parler d'Ymir, conclut-elle dans un souffle, il n'est que le dernier d'une longue liste de personnes disparaissant chaque année à cette période...

Akkaat demeura un instant sans rien dire. Seule la dilatation extrême de ses pupilles indiquait la stupéfaction dans laquelle elle se trouvait plongée. Elle desserra pourtant son étreinte et parut faire un immense effort pour répondre d'un ton mesuré, mais sans appel :

– Garth est strictement interdit, tu m'entends ?

Son regard atteignit une telle intensité qu'Ygrenne se mit à transpirer abondamment, persuadée que sa vie se jouait à cet instant précis. Mais l'ethnologue la lâcha et se contenta de faire un pas en arrière en secouant sa crinière.

– Non, les tiens ont dû mal interpréter ce qu'ils ont entendu ! Quant à la périodicité de ces arrestations, je n'y crois pas un seul instant... Tout cela n'a aucun sens !

Elle s'éloigna encore et alla se planter devant le panorama que lui offrait la capitale pour y trouver du réconfort. Dehors, les grandes avenues miroitaient sous le soleil et, d'une façade à l'autre, les bâtiments réfléchissaient sa lumière à la manière d'un gigantesque damier. Le jeu des couleurs qui paraissaient bouger suivant l'angle où l'on se plaçait rappela à l'Ashanti une maxime apprise dans son enfance :

L'univers n'est qu'un échiquier. Chaque créature y dispose ses pions en vue de gagner la plus grande partie de dupes qui puisse se jouer à l'échelle cosmique.

De qui était-elle dupe à cet instant ? Qui cherchait à la déstabiliser en manipulant son apprentie ?

Le silence qui régnait entre les murs de la bibliothèque accrut sa confusion. D'un mouvement brusque, elle haussa les épaules pour chasser l'impression désagréable qu'elle ressentait, puis se retourna vers Ygrenne en se contraignant à garder un ton affable :

– Je devine que tu attends beaucoup de cette conversation. Cependant il m'est difficile de t'aider dans l'immédiat, petite ! Mais je te promets quand même de faire quelque chose pour ton ami, dès que je le pourrai… Je chercherai à savoir pourquoi il a été arrêté et ce qu'il est devenu…

Voyant le visage de la jeune fille s'illuminer, elle l'invita d'un grognement à modérer son enthousiasme :

– Ne te fais cependant pas trop d'illusions ! Tu sais que le moment est mal choisi… Je t'avais dit que des obligations protocolaires allaient me retenir loin de mon travail, ces jours-ci. C'est pourquoi je risque de ne pas pouvoir obtenir tout de suite les renseignements que tu me demandes. Notre souverain, le Khan Ekktre' Bror en personne, vient nous rendre visite sur Salicorne. Or je suis Llamashi, sa « compagne de nid ». Même si tu ne comprends pas bien ce que cela signifie, sache que nous avons partagé plus qu'une vague parenté jadis : nous appartenons tous les deux à une lignée prestigieuse, qui remonte aux origines de la création. Une lignée de conquérants sélectionnée pour dominer l'univers, dont les membres se doivent soutien et fidélité... Le lien du Clan exige que je participe à toutes les festivités qui vont se dérouler en son honneur. Mais, si mon emploi du temps me le permet, j'essaierai de mener une petite enquête...

Devant la profonde gratitude exprimée par Ygrenne qui se courbait devant elle, elle réitéra ses réserves :

– Je reste néanmoins persuadée qu'il n'existe aucune « machination » à votre égard. Car il existe des lois extrêmement strictes en ce qui concerne les endroits comme Garth et aucun Ashanti ne songerait à les violer, ne fut-ce qu'en pensée ! Il n'en va pas seulement de notre honneur personnel, vois-tu : la stabilité de l'Empire en dépend aussi. Enfin, grogna-t-elle, en revenant vers le bureau pour reprendre en main le vieux grimoire, je ne veux plus discuter de cela pour l'instant. Le sujet est clos... Parle-moi plutôt des licornes. As-tu appris quelque chose d'intéressant à leur sujet ?

– Oui ma Dame. Répondit Ygrenne, en se remémorant la fable qu'elle avait mise au point à leur sujet. Tante Caerphilly m'a parlé des anciennes souveraines. Elle m'a dit que chacune avait été associée à une licorne en particulier. L'animal était considéré comme étant la plus haute incarnation de la royauté. C'est pourquoi, dans tous les portraits représentant les reines, on peut voir des licornes. Mais jamais personne n'a vraiment cru à leur existence !

– Toujours cette même rengaine, soupira Akkaat en faisant la grimace. Et sur Thuata ? As-tu découvert une explication concernant le dernier tableau ?

– En quelque sorte... On la juge responsable de notre défaite. Elle aurait confié l'exercice du pouvoir à son époux, Obéron. Un homme fourbe et ambitieux qui a accéléré la chute du régime. Certains ont même affirmé qu'il aurait livré Salicorne pour avoir la vie sauve, lorsque la planète a été investie par vos troupes...

– Ah ! Une histoire de trahison qui pourrait, en effet, expliquer l'atmosphère si sombre du dernier tableau, marmonna l'Ashanti. Et au sujet du bijou ?

– Tante Caerphilly n'en a jamais entendu parler. Quand je le lui ai décrit, elle a pensé qu'il s'agissait certainement d'un autre symbole de la Royauté.

– Oui, évidemment. C'est une explication qui en vaut bien une autre… Mais dans tout ce que tu me dis, rien ne peut être considéré comme certain. Ce ne sont jamais que des hypothèses, des rumeurs, de vagues souvenirs… Il nous faut d'autres preuves, nettement plus formelles ! J'espère que le travail d'Eamon et de son équipe nous apportera bientôt de nouveaux éléments, plus sérieux que ce que tu me racontes. Quant aux derniers documents qui sont ici, nous devrions peut-être nous y pencher avant de les écarter…

L'Ashanti se rapprocha de la table de travail et se mit à compulser nerveusement les parchemins, sans pour autant parvenir à se concentrer. Malgré son entêtement et sa bonne volonté, son agitation intérieure brouillait ses pensées. Comprenant bientôt qu'elle n'arriverait à rien, elle repoussa d'un geste brusque les feuillets amassés devant elle.

– Écoute, je suis incapable de continuer ce genre de travail après ce que tu viens de m'apprendre. J'ai besoin de réfléchir… Tu peux aller rejoindre ton équipage dès maintenant ! Et attends que je te fasse signe avant de revenir ici, d'accord ? Durant les fêtes données en l'honneur du Khan, reste chez toi.

Saisissant sa cape dans le compartiment qui s'ouvrait dans le mur à ses côtés, Ygrenne la salua une fois encore en s'inclinant avec respect.

– Merci encore pour ce que vous avez accepté de faire. Je vous suis très reconnaissante, ma Dame.

Sur un dernier signe impatient de sa maîtresse, elle se retira, laissant l'Ashanti seule à son bureau.

13

Souvenirs

On disait que Soortith-la-Blanche était le monde
Le plus dangereux de la nébuleuse d'Andromède.
Une terre aride, brûlée par un soleil implacable,
desséchée par des vents tourbillonnants.
Même si la vie s'y était développée,
elle restait aléatoire et menacée d'extinction.

Extrait des « Sentiers de la Mémoire », Emrys le Sage.

Dès que la porte de la bibliothèque se fut refermée sur Ygrenne, Akkaat se mit à arpenter d'un pas nerveux l'espace qui séparait le bureau des grandes baies vitrées. Les filtres puissants dont elles étaient dotées ne laissaient passer qu'une lumière agréablement tamisée, mais dans l'état d'excitation où elle se trouvait, elle les aurait volontiers arrachés pour sentir la morsure enivrante du soleil courir sur sa fourrure. Ses allées et venues ininterrompues, qui d'habitude avaient le pouvoir de dissiper toutes ses tensions, n'arrivaient pas aujourd'hui à la détendre. À chaque pas, elle sentait au contraire monter des pulsions violentes qu'elle croyait à jamais enfouies.

J'ai bien fait de congédier la petite humaine ! se dit-elle, en portant un regard désabusé sur la fragilité de sa maîtrise personnelle.

Avec une acuité des plus déconcertantes, elle se sentait osciller entre deux nécessités contradictoires : le besoin de dresser rapidement une analyse rationnelle de la situation et celui, beaucoup plus impérieux, d'étancher la soif de sang qui enflammait ses veines.

Alors qu'elle revenait une fois encore vers la fenêtre, elle s'arrêta, le regard dur, et planta rageusement ses griffes dans la structure changeante du mur contre lequel elle s'appuyait. Les sillons qui s'ouvraient sous ses coups répétés ressemblaient à de longues blessures béantes qui se refermaient aussitôt, ne laissant apparaître aucune cicatrice sur la surface miroitante.

Ce petit miracle de technologie, qui fascinait tant l'enfant qu'elle était autrefois, gardait encore à ses yeux fatigués un peu de la magie qui accompagnait toute reconstruction de la matière. Une magie qu'elle invoquait maintenant comme exutoire à la folie qui menaçait de l'emporter. La lutte était inégale elle le savait, car elle appartenait à cette race de prédateurs qui ne trouvait d'apaisement à son délire que dans des bains de sang. Elle rassembla pourtant les derniers lambeaux de sa raison, qu'elle sentait vaguement flotter aux confins de sa conscience, et y ancra toute sa volonté de résistance. Haletant sous l'effort qu'elle s'imposait, elle attendit que le tourbillon furieux de ses pensées reprenne un cours normal pour examiner le véritable problème soulevé par les paroles de la jeune îlienne.

En supposant qu'elles contiennent une part de vérité ! se répétait-elle inlassablement, pour se convaincre qu'il n'en était rien.

Car si minime que puisse être cette part de vérité, elle l'effrayait plus qu'elle ne voulait l'admettre. Elle recelait des conséquences incalculables. Des conséquences qui pouvaient ébranler jusqu'aux fondements de la société Ashanti, elle en avait la certitude.

Elle ferma les yeux et laissa le flot des souvenirs remonter à la surface de sa mémoire : son enfance sur Soorith, aux confins de la galaxie. À l'époque où les conflits entre clans rivaux se soldaient invariablement par des massacres au cours desquels s'assouvissait l'instinct primaire de la race. De longs épisodes sanglants, d'où n'émergeaient que les plus forts.

Soorith et ses vents dévorants...

Ses périodes de sécheresse interminables qui brûlaient jusqu'à la vie même...

L'Impérium ne s'était construit que sur les carcasses calcinées des plus faibles. Mais ce monde brutal ne leur avait laissé d'autre choix que la violence pour survivre ! Même si personnellement, elle n'avait pas eu à se plaindre. Sa naissance ayant coïncidé avec la période des grandes mutations où son peuple avait acquis la maîtrise de l'espace. Grâce à des découvertes technologiques sans précédent, il s'était affranchi des contraintes imposées par leur monde et s'était lancé dans la plus grande conquête spatiale jamais entreprise. Et dans le sillage de ses victoires, il avait lentement changé. Leur société avait laborieusement construit les bases sur lesquelles elle reposait aujourd'hui. Le temps avait fait son œuvre en érodant les instincts les plus violents. Il les avait contraints à évoluer. Et après avoir conquis l'univers, ils avaient pris conscience qu'un empire tel que le leur ne perdure que s'il est uni. Or, ils rêvaient d'éternité.

Les Clans avaient donc trouvé le difficile équilibre qui maintenait la cohésion. Mais Akkaat savait combien ce vernis de civilisation restait fragile ! Une surface policée, patiemment édifiée autour de codes implacables où l'honneur faisait loi. Toutefois, ce qu'Ygrenne venait de lui révéler pouvait en déchirer la trame, aussi facilement qu'elle tailladait celle du mur qui se trouvait devant elle. Mais contrairement à celui-ci, l'Impérium ne pourrait se reconstruire. Car son cœur brûlait encore de la même sauvagerie que Soorith. Il se détruirait de l'intérieur !

Une enquête était nécessaire. Mais en l'occurrence, il ne s'agirait pas de sauver la vie d'un simple Nas' ! Sa décision était prise. Elle jeta un regard troublé sur le bureau où s'entassaient tant de témoins muets d'une grande civilisation à jamais disparue.

L'Impérium ne pouvait risquer un tel destin, se promit-elle, en refermant chaque ouvrage. Et si pour l'empêcher elle devait déranger la tranquille assurance de l'Ibr, elle le ferait sans états d'âme ! Récupérant enfin une certaine sérénité dans cette détermination, elle interrompit ses réflexions et décida de rentrer chez elle.

Plutôt que de monter dans un des ornicabs qui étaient en permanence à sa disposition au pied de la bibliothèque, elle décida qu'une bonne marche lui ferait le plus grand bien. Elle l'aiderait à mettre de l'ordre dans ses idées et lui permettrait de concevoir un plan d'action qui, elle l'espérait, l'amènerait à découvrir toute la vérité sur ces histoires d'enlèvements.

Elle s'éloigna du centre-ville où se trouvaient la plupart des organes administratifs de Nazkat, et se dirigea d'un pas rapide vers les faubourgs.

Dans ces quartiers, l'architecture rompait définitivement avec le style futuriste des grandes tours formant le cœur de la cité. L'esprit de domination s'y exprimait toujours, mais de manière nettement moins verticale.

Il ne s'agissait plus de contrôler l'espace environnant en atteignant des hauteurs vertigineuses, mais d'étaler sa notoriété et sa puissance par la rareté des matériaux utilisés et la majesté des proportions. Les grandes demeures des clans Ser' implantées dans ce secteur paraissaient y lancer un véritable défi à l'aristocratie qui se partageait les territoires du sud. Ici, le luxe le plus vulgaire côtoyait le raffinement le plus recherché. Mais partout, s'étalait le même désir de puissance. Combien de fois Akkaat avait-elle souri en songeant à l'aspect puéril d'une telle attitude, bien trop courante dans la société Ashanti ? Et sa propre demeure n'échappait pas vraiment à cette règle, car son compagnon avait également cédé à cette tendance.

L'habitation en elle-même avait l'allure d'un véritable petit palais dont elle avait toujours apprécié le confort. Mais elle lui préférait de beaucoup le parc majestueux qui l'entourait. Il foisonnait d'espèces rares qu'elle avait fait venir d'Outremonde et dont elle avait supervisé la plantation. Les Clorynthes de la lointaine Glanyth regroupées en buissons chatoyants drapaient les fondations de sa demeure dans un nuage pourpre. Face à la porte d'entrée, les racines-échasses importées de Terra entrelaçaient leurs bras noueux jusqu'à former de gracieuses passerelles débouchant sur une forêt de cristaux chantants. Mais les végétaux les plus précieux à ses yeux étaient les vénérables cactées multicolores venues tout droit de Soorith.

Pour ces spécimens uniques, elle avait recréé des conditions climatiques idéales à leur développement au sud de la propriété. Et c'était là qu'elle aimait se retirer quand elle sentait monter en elle la nostalgie de son monde natal. Au creux de ces dunes mouvantes brûlées par le soleil.

Ce jour-là pourtant, plus inquiète qu'elle ne voulait se l'avouer, elle ne ressentit pas l'envie d'aller s'étendre sur le sable chaud en attendant le crépuscule. Elle se dirigea en hâte vers son bureau à l'intérieur de la maison, sans même toucher au repas que ses domestiques tenaient en permanence à sa disposition.

Dans cette pièce ouvrant sur le jardin, elle effleura du bout des doigts l'immense panneau de dermoplast qui couvrait tout un mur. L'atmosphère paisible qui régnait entre ces murs vola en éclats et les accents métalliques de l'Ordicom central s'élevèrent, avec ce ton légèrement railleur qu'il adoptait toujours en s'adressant à elle.

– Ô très Haute et Noble Akkaat Llam' Ekktre Bror, je suis ton humble serviteur. Que puis-je faire pour toi ?

Akkaat ne put réprimer un sourire devant l'emphase volontairement ironique des propos de la matrice. ZZ 32 était une Intelligence Artificielle de type « *émotionnel* », conçue pour réagir selon les standards psychosensoriels communs à toutes les races du système d'Andromède. Au fil du temps, une véritable complicité avait fini par réunir leurs cortex et il lui arrivait même parfois d'oublier, lorsqu'une conversation particulièrement animée les opposait, qu'elle ne s'adressait pas à une créature de chair et de sang.

– Peux-tu me dire qui est l'administrateur actuel de Garth, ZZ ? Ce devrait être Errhan' Var' Anuur, si mes souvenirs sont exacts.

– C'est bien lui en effet, ma Dame, répondit l'Ordicom, quelques secondes après avoir compulsé sa banque de données. Il occupe cette fonction depuis plus deux cents ans maintenant, mais compte se retirer bientôt sur ses terres. D'après mes sources, il est secondé depuis quelques années par un membre du clan Rhul'. C'est assez inhabituel pour un lieu comme Garth, mais l'empereur a donné son aval. Après avis favorable des Gardiennes de la Loi bien sûr, qui restent la seule véritable autorité en la matière. Il s'agit de Zork' Rhul' Han.

À cet instant, un hologramme apparut aux côtés d'Akkaat qui recula instinctivement en découvrant la silhouette massive du personnage. Outre une stature impressionnante qui dépassait la sienne de plusieurs toises, c'était la brutalité inscrite sur son visage balafré qui retenait l'attention. L'ethnologue frissonna malgré elle et cracha son dégoût.

– Zork' Rhul' Han ! Vraiment ? Que peut donc faire ce porc sanglant bouffi d'orgueil dans un site comme celui-là ?

– Je reconnais que le qualificatif « sanglant » convient tout à fait à ce triste personnage qui s'est honteusement illustré lors de votre entrée dans le système de Ganymède. Personne n'y a oublié ses exactions. Les planètes ravagées et les charniers laissés dans son sillage sont même devenus des exemples en matière de barbarie. Vos alliances intergalactiques en ont souffert pendant des décennies et il a fallu déployer des trésors de diplomatie pour atténuer la réputation déplorable que vous ont value ses actes. Depuis cette époque, un surnom déplaisant s'attache à sa personne. Outremonde on l'a baptisé « le Boucher des étoiles ». Une identité dont il n'a pas cherché une seconde à se défaire, jusqu'à ce que l'empereur le frappe de bannissement. Il est actuellement en disgrâce et ronge probablement son frein en occupant ce poste de simple assistant.

– Inutile de me rappeler à quel genre d'individu nous avons affaire, ZZ, commenta-t-elle, alors que sa fourrure se hérissait. Je n'ai jamais pu le supporter, même lorsque nous étions jeunes ! Essaie plutôt de savoir si sa nomination résulte d'un choix personnel ou d'une affectation arbitraire. Et donne-moi ta réponse avant la tombée de la nuit, veux-tu ? En attendant, je vais tâcher de me détendre un peu. Cette journée a été particulièrement éprouvante pour mes nerfs.

– Prenez le temps de vous relaxer, ma Dame. D'ici quelques heures vous aurez vos renseignements, je vous le promets. Sinon, vous aurez la permission de me faire entièrement reprogrammer. Mon efficacité légendaire n'a d'égale que ma modestie, n'est-ce pas ?

Des éclats de rire se mirent à ricocher en cascade sur les murs de la pièce alors qu'Akkaat en franchissait le seuil, une grimace accrochée aux lèvres : décidément, cette machine était d'une fatuité exaspérante !

En atteignant quelques secondes plus tard le palier du premier étage, elle fut soulagée d'y trouver Colleen, qui l'attendait avec un plateau chargé de viandes. L'îlienne lui servait d'intendante depuis des années déjà et l'avait suivie lorsqu'elle avait quitté Tirfo Thuin.

Âgée d'une cinquantaine d'années, cette femme discrète secondait l'Ordicom central dans tout ce qui concernait la bonne marche de la maison. Elle était les bras et les jambes qu'il ne possédait pas et si Akkaat l'avait préférée à un androïde domestique, c'était parce qu'elle se montrait plus efficace. En effet, elle s'était vite rendu compte qu'au contraire d'un de ces petits robots multitâches, increvables mais limités par leur programmation, l'îlienne savait *anticiper* le moindre de ses désirs avant qu'elle ne l'exprime. Plus encore, elle avait littéralement transformé ses habitudes culinaires, en lui faisant découvrir des mets autrement plus appétissants que ce que savait programmer ZZ ! Bien entendu, lorsque Akkaat avait fait part de ses préférences à celui qui se considérait comme le « Prince des Computers », ce dernier avait fait grise mine et l'avait boudée pendant plusieurs jours avant de condescendre à coopérer avec l'îlienne. Mais depuis, ce couple improbable formé par l'Ordicom à l'ego démesuré et la petite souris industrieuse qu'était Colleen travaillait main dans la main et lui était devenu indispensable.

Précédant sa maîtresse dans la chambre, l'humaine déposa le plateau sur une table basse située près de la fenêtre, puis se dirigea vers la porte en jetant un coup d'œil sur la pièce afin de vérifier que tout était en ordre.

– Colleen, l'arrêta Akkaat, alors qu'elle s'apprêtait à la laisser, aurais-tu entendu parler de disparitions inexpliquées chez les vôtres, ces derniers mois ?

La gouvernante ne put dissimuler la surprise que lui causait cette question. Elle sursauta et répondit d'un ton nerveux :

– Oui ma Dame, elles sont même en nette augmentation depuis quelque temps. Je connaissais certains jeunes qui ont disparu : des gars sans histoire. Des pêcheurs, préoccupés uniquement de leur travail et de la survie de leur famille. Nous n'avons jamais su ce qu'il leur était arrivé.

– Ah ! marmonna Akkaat, plus pour elle-même que pour l'îlienne qui attendait près de la porte les mains crispées sur sa jupe. Ainsi, toute cette histoire est peut-être vraiment sérieuse…

D'un geste distrait, elle congédia sa domestique.

– Laisse-moi maintenant.

Ses épaules s'affaissèrent lorsque la porte se referma. Le poids de ce nouveau témoignage venait alourdir l'angoisse qu'elle ressentait depuis le début de la matinée : il corroborait trop bien celui d'Ygrenne.

Elle devina à cet instant précis qu'elle s'apprêtait à déranger une toile d'araignée savamment tissée dont les auteurs restaient tapis dans l'ombre. Il lui fallait découvrir au plus vite ce qui se tramait derrière ces mystérieuses disparitions, car le but de telles manœuvres lui échappait totalement. Or, elle détestait l'impression d'impuissance qui l'étreignait à cette heure.

Cédant à la migraine qui lui déchirait les tempes, elle s'allongea sur le grand lit qui occupait le centre de sa chambre, ferma ses yeux douloureux et tenta de se détendre.

14

Contact

La plupart d'entre nous ignoraient
qui était Ygrenne de Laugharne.
Le secret qui entourait ses origines
fut sans doute le meilleur garant
de sa sécurité durant son enfance.

Extrait des « Sentiers de la Mémoire », Emrys le Sage.

Après avoir été congédiée par Akkaat, Ygrenne se dit qu'il était beaucoup trop tôt pour se rendre directement au port. Vraisemblablement, Sil n'y reviendrait qu'en fin d'après-midi, après avoir rencontré les gars de Kinross sur les terres des Oogarth. La perspective de l'attente qui en résultait lui arracha une grimace de contrariété. Poireauter durant des heures sur les docks où le bateau était amarré n'était pas une perspective alléchante. Elle préférerait essayer de le rejoindre et assister au rendez-vous.

Le côté aventureux de sa nature envisageait ce genre d'escapade avec plaisir, alors que la petite voix de sa raison la mettait en garde contre un projet comprenant bien des risques. À cette heure de la journée, aucun humain n'était censé arpenter les quartiers de Nazkat sans être accompagné d'un responsable. Elle soupira d'agacement en réalisant qu'il lui faudrait aussi parcourir cinq à six kilomètres, sans connaître le meilleur itinéraire à suivre, en évitant de se faire repérer par les patrouilles. Mais elle devait prendre une décision. Sa présence prolongée sous le perron de la bibliothèque ne se justifiait pas et risquait d'éveiller la curiosité.

Elle fit un pas en avant et tourna la tête en direction du carrefour qui se trouvait un peu plus bas dans l'avenue. Un groupe de soldats y débouchait, armé jusqu'aux dents. Plus question de tergiverser, se dit-elle en frissonnant : il ne lui restait que quelques secondes pour élaborer un plan. Si elle était repérée, elle serait interpellée, interrogée, peut-être même traînée jusqu'à la caserne d'où nul être humain n'était certain d'en ressortir indemne. Dans l'urgence, elle opta donc pour la seule solution qui lui vint à l'esprit : emboîter le pas d'un Ashanti, en espérant passer pour l'une de ses domestiques.

Enlevant le fichu qui couvrait ses épaules, elle le roula en boule pour donner l'illusion d'un paquet qu'on lui aurait confié, et s'élança derrière la première silhouette venue.

Le claquement sourd des lourdes bottes de combat qui résonnaient sur le pavé amplifia rapidement son malaise. Son projet lui parut soudain beaucoup trop simpliste pour être réalisable. Que ferait-elle si son stratagème ne fonctionnait pas ? L'idée d'une fuite éperdue dans les rues adjacentes la tenta, mais elle la rejeta aussitôt, sachant que cela ne ferait que les lancer à sa poursuite. Personne ne pouvait courir ainsi dans les rues de Nazkat sans risquer la désintégration pure et simple ! D'ailleurs, il était déjà trop tard : la troupe arrivait à hauteur de l'Ashanti qui la précédait. Sa haute silhouette, à demi tournée vers l'officier de tête, s'immobilisa et quelques mots furent échangés.

La jeune fille réalisa en un éclair qu'elle se trouvait maintenant dans leur ligne de mire. Elle devait faire demi-tour se dit-elle, l'esprit en déroute, alors que ses jambes lui paraissaient soudain incapables de se mouvoir. Clouée par la panique, elle se plia en deux, alors que son crâne était déchiré par une insoutenable pulsation.

Autour d'elle l'air se mit à bruire et à épaissir, l'isolant du monde. Son regard distinguait toujours le groupe qui discutait à quelques pas, mais son propre corps devenait flou, presque vaporeux. Comme s'il se dissolvait dans l'atmosphère. En quelques secondes, ses contours en devinrent même si imprécis qu'ils se réduisirent à une simple brume, légèrement scintillante. Déglutissant lentement pour reprendre sa respiration, elle comprit que si les regards étaient encore tournés dans sa direction, ils la traversaient pour fixer quelque chose situé bien au-delà de sa personne.

Ils ne me voient pas ! devina-t-elle, sans parvenir à s'en convaincre tout à fait.

L'énormité du phénomène percuta son esprit et la sortit de son hébétude. Elle esquissa un mouvement vers le côté de la chaussée et constata que la structure de l'air où elle semblait s'être évaporée en était à peine agitée. Le groupe, qui se séparait plus bas, ne parut même pas s'en apercevoir. Par ailleurs, même si elle ressentait toujours comme des battements au niveau de son front, la douleur refluait lentement, pour ne laisser place qu'à un simple tiraillement.

Qu'est-ce qui m'arrive ?

La question tournait en boucle dans sa tête et commençait à l'inquiéter.

La perspective de se retrouver coincée dans une espèce de néant la fit frémir. Elle tendit un bras, pensant échapper à la bulle qui l'enserrait, mais une image fulgura dans son esprit et arrêta son mouvement : deux grands yeux mordorés, inhumains mais bienveillants, la fixaient avec douceur. Sous le coup de l'émotion, sa respiration se fit haletante. Elle battit des paupières et l'incroyable apparition se dissipa.

Devant elle, les Dho' avaient repris leur marche et la dépassèrent. Elle demeura immobile, le regard attaché à leurs silhouettes, jusqu'à ce qu'elles ne soient plus que des points sombres, à peine perceptibles au nord de l'avenue. Plus bas, l'Ashanti qu'elle avait suivi bifurquait au carrefour. Il ne restait qu'elle. Ou plutôt l'ombre d'elle-même... Dans le silence qui l'entourait, elle s'efforça de redonner à sa respiration un rythme normal. Puis elle amorça un pas et son corps récupéra de sa substance.

Les dieux avaient été bons, se dit-elle, sidérée par le côté incroyable de ce qu'elle venait de vivre. La protection dont ils l'avaient entourée relevait du miracle !

Mais ce n'était pas le moment d'approfondir cette idée. Elle devait bouger avant qu'une nouvelle patrouille apparaisse dans l'avenue. Refoulant le sentiment d'irréalité où elle se trouvait plongée, elle se concentra sur ce qui l'entourait et continua en direction du palais du gouverneur. Les terres des aristocrates Ashanti étaient situées à proximité de ce dernier et il y avait encore du chemin à faire jusque-là. Certaine qu'il était dangereux de traîner plus longtemps dans cette artère trop exposée, elle courut jusqu'au carrefour, bien décidée à éviter toute nouvelle rencontre avec une patrouille. Elle n'avait aucune envie de tenter le sort deux fois de suite : la clémence des dieux pouvait quand même avoir des limites !

Au croisement, elle emprunta le réseau des ruelles anciennes offrant plus de sécurité que les larges avenues. Elle s'y égara à maintes reprises, perdit du temps en revenant plusieurs fois sur ses pas, mais réussit malgré tout à atteindre les faubourgs sud, à l'heure où le soleil commençait à décliner.

Lorsqu'elle arriva dans cette zone où l'on sortait de la ville, de larges allées pierreuses remplaçaient le revêtement scintillant des rues. Elle s'immobilisa un instant, essayant de se rappeler où se situaient les terres Oogarth. S'avancer plus loin signifiait pénétrer sur un domaine privé. Les risques d'y être arrêtée, ou même abattue sans sommation par des Dho' atteignaient un niveau beaucoup plus élevé qu'auparavant. Elle marcha donc plus prudemment, l'oreille et les yeux aux aguets, en se tapissant dans les buissons qui bordaient le chemin.

Une centaine de mètres plus loin, elle entendit un bruit de voix portées par le vent qui soufflait dans sa direction et tendit le cou pour mieux se repérer. D'un rapide coup d'œil, elle survola les prairies cultivées qui s'étalaient en contrebas, essayant d'évaluer la distance qui lui restait à parcourir avant de rencontrer âme qui vive. Puis elle se retourna vers la piste broussailleuse qu'elle suivait jusque-là, et eut un mouvement de recul devant le fouillis végétal qui lui barrait la route. La plaine offrait de grands espaces dégagés, faciles à traverser, alors que ce chemin n'était rien de plus qu'un lacet tortueux, où sa progression risquait d'être pénible et incertaine. Elle hésita un instant en pensant au temps qu'elle pourrait gagner si elle dévalait la pente. Mais l'idée du danger qu'elle courait ainsi en restant à découvert l'emporta sur son désir d'aller plus vite. Elle revint sur le sentier en traînant les pieds, écarta les branches qui l'encombraient et s'enfonça une nouvelle fois au cœur des taillis, vaguement guidée par le bruit de la conversation qu'elle entendait au loin.

Griffée, écorchée par les ronciers qui entrelaçaient leurs bras de manière quasi inextricable, elle poursuivit sa difficile avancée jusqu'à ce qu'elle distingue les silhouettes rassurantes de deux hommes occupés à ramasser du bois. Ils entassaient leurs fagots dans une charrette aux trois quarts pleine et paraissaient pressés d'en finir avec leur corvée.

Soulagée de les avoir rejoints avant qu'ils ne s'en aillent, elle se porta en avant et émergea des fourrés derrière leur dos. Le plus jeune d'entre eux, un gringalet d'environ seize ans, alerté par le bruit des feuilles qu'elle écrasait sur son passage, se retourna d'un bloc et la découvrit avec stupéfaction.

– Qu'est-ce que tu fais ici ? souffla-t-il, et d'où viens-tu à cette heure de la journée ?

– Je suis Ygrenne, de Laugharne, lui répondit-elle d'un ton embarrassé, trop consciente de l'allure dépenaillée qu'elle devait avoir. Je cherche à joindre Sil, l'instituteur, qui doit être sur le domaine Oogarth en ce moment. D'habitude je reste à la bibliothèque où je travaille jusqu'au soir, mais aujourd'hui j'ai été renvoyée plus tôt...

– Et tu as pu faire tout ce chemin sans encombre ? rétorqua le jeune homme, d'un air incrédule.

Son compagnon, un colosse d'environ deux mètres, laissa échapper un hoquet de surprise :

– Moi, c'est Tom, lui dit-il, en s'avançant pour lui prendre la main. Pardonne notre étonnement, jeune fille, mais ce que Brad hésite à te dire, c'est qu'il ne se risquerait jamais à traverser Nazkat l'après-midi ! Et pourtant c'est le meilleur coursier que je connaisse. C'est à ces heures-là qu'intervient la relève des patrouilles ! Je ne sais pas comment tu as fait, mais parvenir jusqu'ici sans se faire prendre est un exploit !

Du bras droit, il désigna vaguement l'horizon et poursuivit :

– Nous sommes de Morund, le village le plus au nord de Tirfo Thuin et travaillons sur Oogarth en journée. Heureux de faire ta connaissance, Ygrenne.

– Heureuse aussi de vous avoir trouvés, répondit la jeune fille en rougissant. Je crois en effet que j'ai eu beaucoup de chance !

Le jeune Brad leva les yeux au ciel, mais se contenta de hausser les épaules en guise de tout commentaire, comme pour bien lui montrer que son aventure dépassait sa compréhension.

– Écoute ! reprit Tom, en lâchant la main d'Ygrenne pour se diriger vers la charrette. Sil est sans doute encore sur le domaine. Ce matin lorsqu'il est arrivé, les deux gars de Kinross qu'il voulait rencontrer étaient déjà partis aux champs. Il a dû certainement attendre qu'ils reviennent. Sinon, poursuivit-il en lançant un coup d'œil vers son compagnon, je suis sûr de trouver quelqu'un pour te ramener, n'est-ce pas Brad ?

Une lueur espiègle dans le regard, il se baissa pour ramasser le dernier fagot qui traînait au sol et le tendit à jeune fille.

– Tiens ! Prends ça dans les bras et garde la tête baissée au cas où nous croiserions un garde. Il n'y a pas grand risque, note bien. À cette heure-ci, les Dho' ne pensent plus qu'à se débarrasser de nous et à regagner leur caserne. Mais comme personne ne t'a jamais vue sur le domaine, il vaut mieux rester prudent !

Il grimpa le premier dans la charrette et se saisit des rênes.

– Allez Brad, aide Ygrenne à monter, mon garçon ! Il n'y a plus un instant à perdre.

La charrette s'ébranla dans le crissement torturé des vieilles roues de bois et gagna le chemin de terre qui commençait un peu plus loin, à la lisière du champ. Le vieil attelage, conduit par un robuste petit cheval, parcourut les quelques dizaines de mètres qui restaient en cahotant, puis déboucha sur une place bordée de longs baraquements. Tout autour, des hommes encadrés par quelques gardes s'affairaient encore en tenue de travail.

Tom s'immobilisa devant la première entrée qui se présentait à leur droite et ordonna à Ygrenne de se glisser discrètement à l'intérieur de la bâtisse pour y attendre leur retour. C'était un endroit où ils entreposaient le foin, lui expliqua-t-il à mi-voix. Elle devrait s'y cacher jusqu'à ce qu'on vienne la chercher ou que Sil la rejoigne. La jeune femme acquiesça silencieusement et se faufila dans le bâtiment où s'empilaient des dizaines de ballots de paille. La riche odeur de fenaison saturait l'atmosphère malgré le courant d'air assuré par les petites lucarnes du haut. Elle suffoqua un instant en entrant dans l'espace confiné, mais constata que la luminosité de l'endroit était suffisamment tamisée pour qu'on ne remarque pas d'emblée sa présence. Elle alla s'accroupir entre deux rangées de ballots et attendit patiemment le retour des hommes.

Lorsqu'elle entendit la porte glisser sur ses gonds et une voix familière l'appeler doucement, elle se redressa et découvrit l'instituteur. Sourcils froncés, il arborait une mine mi-figue mi-raisin qui trahissait l'embarras que lui causait sa présence.

– Ygrenne ! Je ne voulais pas croire ce que me disait Brad à ton sujet, mais je vois que j'avais tort ! Qu'est-ce qui t'a pris de risquer ta vie en venant jusqu'ici ?

– Pardonne-moi Sil, répondit la jeune fille en baissant les yeux, mais Dame Akkaat m'a renvoyée très tôt aujourd'hui. Je ne savais que faire. Traîner seule sur le port me paraissait presque aussi dangereux que tenter de te rejoindre. J'avoue ne pas avoir bien évalué les risques. C'est seulement maintenant que je me rends compte du danger que j'ai couru.

Sil parut sur le point de rétorquer vertement mais se força à conserver son calme.

– Bon ! Écoute, je n'ai pas le temps d'argumenter sur ce qui aurait pu t'arriver ou non. Je crois que l'essentiel est que tu sois indemne finalement. Comme je n'ai pas encore vu les gars de Kinross, tu assisteras à notre rendez-vous ! Mais reste bien dans ton coin pendant que nous discuterons. Inutile de révéler ta présence à plus de gens que nécessaire. Nous repartirons ensuite vers Nazkat, dès qu'ils m'auront fait leur rapport.

Ygrenne acquiesça sans mot dire et réintégra sa cachette juste avant que la porte d'entrée ne s'ouvre à nouveau, livrant le passage à deux grands gaillards qui saluèrent l'instituteur d'un ton cordial :

– Contents de te voir, Sil. Tu voulais nous rencontrer ? s'exclama le premier d'entre eux, un rouquin d'environ trente ans au visage constellé de taches de rousseur.

L'instituteur s'avança pour lui serrer la main puis se tourna vers son compagnon à qui il pressa amicalement l'épaule.

– Bonjour Sean. Bonjour Dan ! Je suis venu vous parler d'Ymir, le jeune timonier qui faisait partie de l'équipage d'Urisk. Je crois que vous le connaissiez, n'est-ce pas ?

– En effet, nous avons eu plusieurs fois l'occasion de le rencontrer, rétorqua Dan en hochant la tête. Mais pourquoi parles-tu de lui au passé ? Il lui est arrivé quelque chose ?

– Il a disparu après avoir été embarqué par les Dho' avant-hier, lui répondit Sil d'un ton sombre. Depuis, il nous a été impossible de découvrir ce qu'il était devenu !

– Les arrestations se multiplient depuis ces derniers temps ! s'écria Sean, que la colère faisait blêmir. Si on fait le compte, depuis le début du mois, pas un village n'a été épargné. Que ce soit à Nazkat ou sur Tirfo Thuin, les Dho' paraissent s'être lancées dans une véritable chasse à l'homme !

– Entièrement de ton avis ! opina l'instituteur, en fronçant les sourcils. Mais ce n'est pas seulement pour vous apprendre sa disparition que je suis là aujourd'hui. Au cours de la réunion où Urisk nous a appris l'arrestation d'Ymir, Giraldus nous a révélé que des domestiques avaient été témoins d'une étrange conversation il y a quelques jours, ici même. Il a dit que des Ashanti avaient parlé de Garth et de « procédés regrettables ».

– Exact ! approuva Dan avec véhémence. Ces fumiers ont bien évoqué des procédés regrettables en relation avec cet endroit ! Nous pouvons t'en parler d'autant mieux que nous avons assisté à la scène, Sean et moi !

Un éclair de satisfaction traversa les yeux de Sil qui se rapprocha plus près des deux hommes et poursuivit à voix basse :

– Et à propos de la race qui servirait de cobaye, vous auriez quelque chose à m'apprendre ?

De l'endroit où elle se trouvait, Ygrenne devina plus qu'elle n'entendit la question posée par Sil. Curieuse, elle rampa vers sa droite, de façon à entrevoir les trois hommes. Leurs silhouettes, à peine éclairées par les rayons du soleil qui filtrait à travers les lucarnes du haut, avaient un aspect presque fantomatique. Elle frissonna en pensant à ce que laissait entendre Sil, et tendit l'oreille lorsque Sean devança son camarade pour lui répondre :

– Je vais te raconter exactement ce qui s'est passé. Comme ça, tu pourras juger toi-même s'il y a lieu de s'inquiéter ou non ! C'était il y a une quinzaine… Quelques-uns d'entre nous avaient été désignés pour servir à table, à l'occasion d'un banquet. Une cinquantaine d'invités étaient présents, appartenant tous à l'élite Ashanti. Le repas traînait en longueur et la Malani, cette boisson forte dont tous ces beaux seigneurs raffolent, coulait à flots depuis des heures. À la tombée de la nuit, les esprits s'étaient suffisamment échauffés pour que les conversations deviennent plus débridées. Il était évident que l'alcool commençait à altérer les comportements ! C'est à ce moment-là qu'une altercation a opposé plusieurs convives. Le maître nous a fait signe de le suivre, Dan et moi, pour tenter d'apaiser les esprits en proposant de nouveaux plats de viande et nous nous sommes précipités vers la table où le ton montait. Une Ashanti y criait d'une voix aiguë qu'elle n'était pas du tout d'accord avec ce qui se passait sur Garth. Qu'il s'agissait de « procédés regrettables », en totale violation avec les traditions qui interdisent la présence d'une race étrangère en ces lieux. Elle a même ajouté qu'il était très dangereux de se livrer à de telles expériences. Mais à notre arrivée, un des mâles s'est levé et lui a violemment conseillé de se taire. Il l'accusait d'être complètement saoule et de ne plus savoir ce qu'elle disait. Aux tables voisines, tout le monde s'était tu. La plupart de ceux qui avaient entendu ses propos affichaient des airs furieux ou embarrassés. Mais le plus étonnant dans tout ça, c'est que le maître s'est brusquement retourné vers nous et nous a chassés de la salle sans explication !

L'homme se tut et Ygrenne vit sa silhouette se tasser sur elle-même.

Pourquoi s'interrompt-il ? Parce qu'il n'ose pas exprimer ses craintes à voix haute ? s'interrogea-t-elle, l'estomac noué d'appréhension.

– Hum ! marmonna Sil. C'est inquiétant, bien sûr... Mais ça ne nous donne aucun renseignement sur la race en question. Avez-vous entendu autre chose avant de partir ?

– Non ! affirma Sean, mais l'atmosphère autour de cette table était étrange : comme si cette Ashanti venait de briser un tabou. Je peux ajouter que, personnellement, je l'ai trouvée plus excitée que vraiment éméchée. Mais le mâle voulait la faire taire à tout prix et son attitude agressive montrait qu'il était bien près de recourir à la violence pour arriver à ses fins !

– Et les autres convives, ceux qui étaient à côté, quelle attitude avaient-ils ?

– Deux d'entre eux avaient déjà repoussé leur chaise et semblaient sur le point d'engager un combat avec celui qui menaçait la femelle. Les autres paraissaient stupéfaits : ils n'en croyaient pas leurs oreilles !

Mais j'ai remarqué un détail qui me trotte dans la tête, depuis. Un grand mâle, qui se trouvait à la table voisine, n'a cessé de parler à voix basse avec son voisin en nous fixant d'un air scandalisé, jusqu'à ce que nous ayons quitté la pièce.

L'instituteur se fit pressant.

– Tu penses alors que les humains étaient effectivement le sujet de cette conversation ?

– C'est ce que j'ai cru à ce moment-là ! Mais depuis, je suis revenu sur cette impression. Nous savons tous que les Ashanti n'admettent aucune présence humaine lorsque des sujets importants sont abordés. Or, parmi les relégués qui se trouvaient dans la salle ce jour-là, personne n'a été inquiété. Ils savent pourtant que nous avons entendu la fin de l'altercation. C'est pourquoi je doute maintenant. Il s'agissait peut-être d'une race extramondienne. Enfin, pour être tout à fait franc avec toi, je dirais que j'essaie surtout de m'en convaincre !

Sean souligna son impuissance en haussant les épaules

– C'est tout ce que je peux te dire. J'ignore si on peut faire un rapprochement entre ces propos et les enlèvements eux-mêmes. Sans compter que, comme on ne sait toujours rien sur Garth, je ne vois pas où tout cela pourrait nous mener ?

– Oui, tu as raison, et je partage ton opinion, déclara Sil. Il faudrait vraiment faire des recherches sérieuses de ce côté-là !

D'un air soucieux, il se passa une main dans les cheveux puis hocha plusieurs fois la tête en silence, comme s'il entrevoyait une manière d'obtenir des renseignements utiles.

Tapie derrière les ballots de paille, Ygrenne suffoquait alors qu'elle s'était sentie gelée quelques secondes auparavant : le poids des paroles non dites, des craintes que chacun dissimulait de son mieux, lui semblait alourdir l'atmosphère étouffante qui régnait dans la baraque. À moitié ivre de chaleur, elle tressaillit violemment en entendant le grincement d'une charrette qui passait devant la porte. Devant elle, Sil interrompit ses réflexions et prit congé de ses camarades à la hâte :

– Restons-en là les gars ! Ça fait déjà trop longtemps que je vous retiens et votre absence pourrait finir par être remarquée si elle se prolonge. Je vais contacter le Conseil des Anciens dès demain et lui raconter votre histoire. Ce sera à lui de prendre les décisions qui s'imposent. Je dois rentrer sur Tirfo Thuin maintenant, avant que les rues de Nazkat ne soient trop sombres. Merci pour votre témoignage et peut-être à bientôt !

Les deux hommes acquiescèrent en lui donnant l'accolade, puis se dirigèrent vers la sortie. Après s'être assurés que la voie était libre, ils franchirent le seuil de la porte qui se referma derrière eux dans un bruit sourd. Heureuse de pouvoir enfin se dégourdir les jambes, Ygrenne sortit de sa cachette et rejoignit l'instituteur sans attendre.

Pour quitter le domaine, il n'était plus question d'emprunter une charrette qui risquait d'attirer l'attention des gardes. C'est pourquoi le jeune Brad leur fit suivre des chemins de traverse jusqu'à l'extrémité nord des terres. Puis il leur indiqua le parcours le plus sûr pour atteindre la zone portuaire, avant de les quitter en leur souhaitant bonne chance.

15

Pistes

Les clans n'étaient que le fidèle reflet
d'un pouvoir hautement hiérarchisé.
Les plus puissants s'octroyaient des mondes,
anéantissaient des peuples et colonisaient les étoiles.
Les plus faibles étaient écartés sans pitié
avant d'être défiés et de mourir dans le déshonneur.

Extrait des « Sentiers de la Mémoire », Emrys le Sage.

À l'heure où Ygrenne et Sil se dirigeaient vers le port de Nazkat, Akkaat rouvrait les paupières dans sa chambre silencieuse. Elle comprit que le sommeil l'avait entraînée dans une espèce d'état comateux dont elle n'émergeait qu'à grand-peine, la bouche pâteuse et l'esprit toujours aussi confus. Espérant que l'IA avait disposé d'assez de temps pour collecter de plus amples informations sur Garth, elle se leva et, après s'être rafraîchie, redescendit en hâte vers le bureau.

En ouvrant la porte de la grande salle, elle entendit en sourdine le bourdonnement familier qui indiquait toujours une activité intense de la part de l'Ordicom. Effleurant d'une main légère le panneau de Dermoplast qui en dissimulait les organes sophistiqués, elle établit la connexion et la matrice commença son compte-rendu :

– Selon vos instructions, j'ai fouiné un peu partout, ma Dame. Dans toutes les banques de données existant sur Salicorne. Je dois avouer que ce ne fut pas une mince affaire : c'est fou ce que vos semblables peuvent être cachottiers dès qu'il s'agit de savoir qui tire les ficelles dans les arcanes du pouvoir ! Mais vous connaissez mes dons de persuasion, n'est-ce pas ? Et l'étendue de mes talents ? Je dois dire que la finesse tout à fait exceptionnelle dont j'ai fait preuve dans cette affaire devrait vous laisser sans voix. Voulez-vous que je vous explique comment j'y suis parvenu ou préférez-vous n'en entendre que les conclusions ?

– Je n'ai pas de temps à consacrer à ce genre d'enfantillages ZZ, répondit Akkaat avec agacement. Épargne-moi tes traits d'esprit pour une fois ! Je sais ce dont tu es capable, quand tu t'en donnes la peine. N'oublie pas que c'est moi le créateur de ta « superbe » intelligence : tu n'es donc que l'extension de mon propre esprit, rien de plus.

– Humm, je vois. L'humour ne sera pas au rendez-vous aujourd'hui ! rétorqua l'Ordicom, en soupirant de frustration avant de s'exécuter. Il semble avéré que Zork' Rhul' Han ait personnellement demandé sa mutation sur Garth et que pour obtenir le poste d'Administrateur adjoint, il ait fait jouer l'appui de la supérieure de l'Ordre des Gardiennes de la Loi. Une de ses lointaines parentes, dont vous avez certainement dû entendre parler si vous ne l'avez déjà croisée ?

– Humm… fit Akkaat en sentant ses poils se hérisser.

La mention de l'Ordre en lui-même ne risquait pas de la rassurer. Cette confrérie, qui regroupait des centaines de guerrières triées sur le volet, avait la charge des Sites d'initiation comme Garth. Crainte autant que respectée pour sa mainmise sur le pouvoir religieux, sa Supérieure, qu'on appelait aussi la Mère, était connue pour entretenir un fanatisme absolu lorsqu'il était question de défendre la pureté de la race Ashanti. Peu concernée par ses convictions, l'ethnologue ne l'avait jamais vraiment fréquentée. Mais si cette femelle toute puissante avait soutenu Zork' sans sourcilier, il convenait de s'interroger sur ses intentions. Akkaat fronça les sourcils en essayant de se rappeler son nom mais n'y parvint pas.

– De qui s'agit-il exactement ?

– D'Ikkuut' Rhul' Hani, qui a participé à la fondation de la Commanderie il y a plus de deux siècles maintenant. La même qui détient encore aujourd'hui la haute main sur les Sites d'initiation. Mais son appui n'a pas empêché le scandale qu'a provoqué la nomination de Zork' au poste d'administrateur adjoint. Et ce n'est pas tout : de nouvelles protestations se sont élevées lorsque notre « ami » s'est retrouvé une fois de plus au cœur d'une sombre histoire de combats illégaux organisés sur ses terres. Des combats où intervenaient des créatures du système Alpha qu'il faisait venir par avions-cargos entiers ! Ayant rencontré quelques petits problèmes au sujet du renouvellement de ce « cheptel » dont le commerce est interdit par les lois intergalactiques, il a été pris la main dans le sac. Mais avec l'aplomb qu'on lui connaît, il a nié se livrer à un trafic répréhensible, prétextant qu'il préparait de simples « distractions » sur ses terres. Distractions qui avaient parfois le malheur de tourner au drame… Il est vrai qu'il recevait alors beaucoup. Et du beau monde, croyez-moi ! Essentiellement des hauts dignitaires, appartenant à des Clans proches du pouvoir.

Akkaat ne put retenir un frisson en entendant ces derniers mots et se frictionna les bras pour en chasser la sensation désagréable.

– Voulez-vous que je hausse la température de cette pièce ? s'enquit l'Ordicom.

– Non, inutile ! le froid que je ressens n'est pas dû à l'atmosphère de ce bureau, mais à l'effet que me font tes paroles. Continue, s'il te plaît !

– Si vous voulez mon avis, je pense que Zork bénéficiait d'appuis politiques occultes extrêmement puissants, car l'affaire a duré plusieurs mois avant qu'elle ne s'ébruite. Il semble d'ailleurs avoir conservé en activité un réseau de contacts étroits avec certains protagonistes de ces petites « sauteries » ! C'est sans doute pourquoi il m'a été si difficile d'obtenir tous ces renseignements dont la plupart restent classés top secret. La liste des personnes ayant participé de près ou de loin à ses joyeuses agapes est d'ailleurs totalement verrouillée. Et, à moins de risquer une désintégration totale de mes connexions neuroniques, rien n'a pu me permettre d'en forcer les écrans protecteurs. Malgré tout, il me semble que l'ampleur de ces informations est déjà suffisamment explicite pour vous donner une idée des « trésors » de finesse qu'il m'a fallu déployer pour pénétrer dans ces circuits piégés !

– Comme toujours ZZ, je ne peux que m'incliner devant tes capacités intellectuelles ! ironisa Akkaat, alors qu'un ronronnement de satisfaction montait des profondeurs de l'écran. Hélas ! Ce que tu m'apprends ne peut que renforcer mon malaise vis-à-vis de Garth. Que peut bien vouloir y faire un individu aussi sinistre ? Tu n'as rien entendu dire sur un regroupement de relégués à cet endroit au moins ?

– Rien du tout ! Par ailleurs, Zork paraît y faire du bon travail. Sans dépasser le cadre de ses fonctions puisque Errhan' Var' Anuur, son supérieur, ne tarit pas d'éloges à son sujet ! Depuis sa nomination en effet, on peut constater une nette régression des échecs à l'Initiation et le taux de réussite en la matière y avoisinerait même les quatre-vingt-dix pour cent, à l'heure actuelle. Ce qui est très au-dessus des meilleurs résultats jamais obtenus jusque-là dans tout l'Impérium !

– À t'entendre, on se croirait presque dans un conte de fées ! murmura pensivement Akkaat, en laissant son regard errer sur les ombres qui s'étiraient au-delà des fenêtres. Le loup se serait donc changé en agneau ? Voilà sans doute ce qui est le plus inquiétant, car une telle attitude venant de sa part ne peut cacher que de mauvaises intentions.

D'une griffe impatiente, elle tapota l'écran de l'Ordicom.

– Je voudrais néanmoins que tu approfondisses tes recherches en direction du personnel appartenant au domaine d'Errhan' Var' Anuur. Vérifie si le nombre en reste stable ou s'il y a eu un accroissement notable des nouvelles recrues ces dernières années. J'aurai besoin de ce complément d'information demain, en fin de journée. Lorsque je reviendrai des premières festivités données en l'honneur de l'Empereur... Je te laisse donc à tes investigations, ZZ. Souhaite-moi simplement bon courage, car les prochains jours risquent d'être terriblement longs et ennuyeux pour moi !

L'Ashanti plissa le front en songeant aux cérémonies interminables auxquelles elle devrait assister dès le lendemain. La venue du Khan sur un de ses satellites, fut-ce le plus obscur de tous, donnait toujours lieu à une débauche de manifestations protocolaires où chaque clan rivalisait d'inventivité pour attirer l'attention et les faveurs du monarque. Mais elle avait toujours évité par le passé ce genre de joutes mondaines, et ne ressentait que dédain pour les courtisans obséquieux qui s'y complaisaient. Néanmoins, son appartenance à l'Ibr' et surtout sa condition de Llamashi, le titre qui la désignait comme sœur-de-nid de l'Empereur, l'obligeaient à assister aux événements les plus importants organisés à cette occasion.

– Mes vœux les plus sincères vous accompagnent, ma Dame ! rétorqua l'IA, de ce ton insolent qu'il employait lorsqu'il voulait dérider l'Ashanti. Permettez-moi de vous assurer que vous êtes encore fort agréable à regarder ! vos deux siècles d'existence passés sur cette planète n'ont en rien entamé la souplesse et la puissance de votre constitution, ce qui ne devrait pas déplaire à votre souverain !

Agacée par l'ironie de l'Ordicom et ses sous-entendus, Akkaat feula sourdement en retroussant ses babines, mais des éclats de rire fusèrent autour d'elle. D'une griffe rageuse, elle enfonça la touche qui établissait le contact avec la machine, et soupira de bonheur lorsque le silence remplaça la voix narquoise qui la défiait.

16

Ruines

L'oppression n'était jamais subtile.
Elle se manifestait à chaque instant et en tous lieux.
Sans s'embarrasser de faux-semblants.

Extrait des « Sentiers de la Mémoire », Emrys le Sage.

Ygrenne et Sil revinrent au port en traversant les quartiers les moins fréquentés de la métropole. Le chemin s'en trouva fortement rallongé et quand ils atteignirent enfin l'embarcadère, ce fut pour constater que leur gabare était la dernière à y être encore amarrée. Conscients de l'heure tardive et espérant rejoindre l'autre rive avant la nuit complète, ils levèrent l'ancre et gagnèrent le grand large au plus vite.

La légère brise qui soufflait nord nord-ouest leur était favorable et Ygrenne soupira de soulagement en pensant que la traversée en serait heureusement écourtée. Bercée par les mouvements réguliers du bateau, elle lâcha la bride à ses idées, essayant de se remémorer l'incroyable expérience qu'elle avait vécue dans l'après-midi. Mais son esprit avait du mal à se concentrer : elle était lasse et commençait à frissonner. La brume du soir tombait déjà en lourdes nappes et l'atmosphère devenait poisseuse. Elle resserra machinalement les pans de sa cape autour de ses jambes et souffla sur ses mains pour les réchauffer.

Elle pensait au bon feu de tourbe qui l'attendait dans la cuisine de Caerphilly, lorsqu'un mouvement brusque de la barque la fit basculer en arrière. Elle s'affala dans le fond de la coque et entendit Sil lâcher un juron.

– Bon sang ! Qu'est-ce que c'est que ça ?

Se redressant d'un bond pour s'agripper au bastingage, Ygrenne se mit à scruter les eaux noires. Un morceau d'étrave brisée dérivait à la surface et venait de heurter leur flanc gauche. Son cœur chavira :

– Sil, c'est... une épave ?

– On dirait bien, maugréa-t-il. La tempête du mois dernier a dû avoir raison d'une vieille embarcation et le courant en ramène probablement les débris. Nous ne sommes plus si loin de la rive maintenant !

Ils approchaient effectivement de la côte et, de temps à autre, lorsqu'un coup de vent chassait le brouillard, ils pouvaient même en deviner le contrefort. La jeune fille resta le buste légèrement penché en avant et sonda l'obscurité naissante en se disant que les barques de couleurs vives, amarrées en grappes le long du rivage, étaient sans doute encore masquées par le rideau de brume. Durant quelques minutes, attentive au moindre écho propagé par le vent, elle conserva cette attitude. Puis, réalisant finalement que sous un ciel si sombre elle n'en verrait pas plus, elle abandonna son poste et regagna sa place.

Sil s'était mis à chantonner à voix basse. Elle soupira en se pelotonnant du mieux qu'elle put dans l'épaisseur de sa cape et se laissa glisser dans une sorte de torpeur. Son esprit engourdi suivait le rythme cadencé des rames plongeant dans les eaux grises et les contours de la barque s'estompèrent peu à peu alors qu'elle se perdait dans un demi-sommeil peuplé d'images étranges.

La brume s'était encore épaissie. Elle marchait pourtant sans crainte et d'un pas assuré dans un monde végétal aux couleurs d'émeraude. Au-dessus de sa tête, de très vieux arbres entrelaçaient leurs bras noueux dans une étreinte étroite qui capturait la lumière. Lorsqu'elle levait le regard, elle avait l'impression d'avancer sous une voûte étincelante. Mais il lui était impossible d'apercevoir le sommet des frondaisons qui se perdaient dans des hauteurs vertigineuses. La forêt plusieurs fois millénaire possédait une âme, qui exhalait des soupirs feutrés et des bruissements de satisfaction, comme pour l'inciter à marcher plus vite. Ces murmures impatients l'accompagnèrent un long moment, puis se retirèrent enfin, lorsqu'elle déboucha sur une terrasse rocheuse surplombant une gigantesque nappe d'eau. Le clair de lune s'y reflétait en miroitant.

Ici résidait le cœur de Salicorne lui murmurait l'esprit de la forêt. Elle pouvait l'entendre palpiter sous la surface argentée des eaux captives et son propre cœur battait à l'unisson. Au centre du lac, une lueur nacrée émergeait lentement. Dans ses veines, le flot de la vie pulsait avec violence. Elle se sentit submergée par un désir poignant qui la poussa à faire un pas de plus et l'univers bascula…

Entraînée dans un tourbillon glacé où tournoyaient de longs serpents noirâtres, sa tête lui sembla voler en éclats.

La douleur la projeta brutalement hors du songe. Elle rouvrit les yeux alors que la barque s'immobilisait. Le brusque changement de rythme l'avait fait glisser du banc où elle était assise et dans sa chute, sa tête était venue heurter un casier de pêche situé à ses pieds. Elle se redressa péniblement, en essayant de se libérer d'une indéfinissable impression de danger. Le silence avait une densité inhabituelle, oppressante. Alarmée, elle se tourna vers Sil dont le visage était éclairé par la lanterne accrochée au bastingage. Toute couleur l'avait déserté et ses yeux exorbités contemplaient un endroit précis, à l'avant du bateau. Machinalement, elle suivit son regard.

La côte était bien là, mais les barques avaient disparu. À la surface des eaux glacées ne flottaient que des carcasses éventrées parées des premiers fils de givre, porteurs de la mort blanche.

Son estomac se retourna et le goût âcre de la bile envahit sa bouche. Elle dut lutter pour ne pas vomir. À ses côtés, elle entendit Sil reprendre la barre.

Lorsqu'ils atteignirent enfin le rivage et malgré la densité du silence qui l'enveloppait, Ygrenne sentit l'espoir lui revenir : apparemment, aucun corps ne flottait à la surface de l'eau. Preuve que les équipages s'en étaient peut-être mieux tirés que leurs embarcations.

Ils s'engagèrent sur le sentier qui menait à Laugharne à pas prudents, redoutant qu'un piège ne leur soit tendu un peu plus loin. La lande, d'ordinaire bruissante, semblait s'être pétrifiée. Seul le bruit de succion que produisaient leurs pas en s'enfonçant dans la boue résonnait à leurs oreilles. La nuit tombait maintenant et les derniers rayons du soleil donnaient au paysage une allure spectrale.

Au détour du premier muret qui ceinturait les jardins du village, ils aperçurent enfin les maisons. Seules quelques-unes d'entre elles étaient encore debout. On pouvait néanmoins discerner sur leurs toits, le reste des chaumes qui achevaient de se consumer. L'air était lourd de scories qui voletaient de-ci de-là, portées par un vent à l'odeur âcre des derniers brasiers mourants dans le soir.

Par mesure de sécurité, Sil ordonna à Ygrenne de rester en arrière. Il préférait s'aventurer seul dans le dédale des petites ruelles rendues dangereuses par les décombres et redoutait aussi ce qu'il pourrait trouver au-delà du premier pâté de maisons. Dans un murmure, il lui fit promettre de rejoindre Kinross à travers champs s'il ne revenait pas. Ygrenne ne parvint pas à lui répondre tant son cœur était lourd et se contenta de lui adresser un petit sourire misérable qui ne masquait pas sa panique.

Quelques minutes plus tard, alors qu'elle s'apprêtait à le rejoindre malgré la promesse qu'il lui avait arrachée, elle l'aperçut enfin. Il était accompagné d'Eamon dont les vêtements déchirés et le visage noir de suie accentuaient l'aspect lamentable. Le cœur d'Ygrenne sauta dans sa poitrine en voyant qu'il boitait bas. À l'idée qu'il ait pu être gravement blessé, elle courut à sa rencontre et se jeta dans ses bras, bouleversée.

– Eamon, dis-moi que tu vas bien ! Et tous les autres, que sont-ils devenus ?

Le jeune homme la serra contre lui et lui effleura le front de ses lèvres en murmurant :

– Ne t'inquiète pas ! Tout le monde est sain et sauf. Il n'y a que quelques blessés légers, à part Dermot qui était déjà bien mal en point quand Urisk l'a ramené ce matin.

– Que s'est-il passé ? Pourquoi les Dho' ont-elles incendié le village ?

Une ride de perplexité barra le front d'Eamon qui haussa les épaules.

– Comment savoir ce qui a motivé ce raid ? Tu sais bien qu'elles sont capables de tout ! Détruire fait partie de leur nature et elles n'ont nul besoin d'une raison pour le faire. Tout ce que je peux dire, c'est que l'attaque a eu lieu au retour d'Urisk et de Dermot. Deux ornis ont fait leur apparition au-dessus du village à l'instant où ils arrivaient. Au début, on a pensé que ce n'était qu'une ronde de surveillance : on ne s'est pas affolés. Mais, après nous avoir survolés deux fois de suite, les lasers ont commencé à tirer dans toutes les directions. Tout le monde s'est rué sur la route de Kinross pour échapper au feu qui embrasait les maisons. C'est le vent qui nous a protégés du pire. Lorsqu'il s'est mis à souffler, les flammes sont devenues si hautes qu'ils ont finalement rebroussé chemin, comme si l'enfer lui-même était à leurs trousses...

Ygrenne se mit à trembler. Elle releva le menton et les mots butèrent contre ses lèvres, comme si elle devait se forcer pour les prononcer :

– Elles ne désiraient pas seulement vous effrayer, n'est-ce pas ? Elles voulaient vous tuer !

Alors qu'il resserrait l'étreinte de ses bras, Eamon se rappela le soulagement qu'il avait ressenti à l'idée qu'elle ne figurerait pas au nombre des victimes, si le village était détruit. Il la couvrit d'un regard rempli de tendresse auquel elle répondit de manière instinctive, en se blottissant plus étroitement contre lui.

L'inquiétude qui la rongeait n'arrivait pas à amoindrir l'éclat qu'elle dégageait, se dit-il, remué au plus profond de son être par son abandon et la confiance qu'il lisait sur son visage.

O Dieux, donnez-moi toujours la force de la protéger ! s'écria-t-il mentalement, avant de s'écarter avec un petit rire de gorge destiné à la rassurer.

– Non, les Dho' n'en voulaient pas à nos vies, j'en suis sûr. Il s'agissait d'un simple raid, comme elles aiment à en faire de temps en temps. Si vraiment elles l'avaient voulu, personne n'en aurait réchappé ! Au contraire, on a pu fuir vers Kinross sans qu'elles s'acharnent à nous poursuivre.

Ygrenne continua malgré tout à frissonner et pointa du doigt son pantalon déchiré.

– Tu es blessé ?

Eamon soupira en grimaçant.

– Un pan de mur s'est presque écroulé sur moi, mais ce n'est rien de grave : juste une vilaine égratignure qui sera vite guérie, ne t'en fais pas. Allons ! dit-il, en faisant un geste de la main vers Sil qui était resté en retrait pour les laisser se retrouver, il va faire nuit noire maintenant et vous connaissez ma mère : elle ne vivra pas tant que nous ne serons pas arrivés à Kinross sains et saufs...

Prenant en main la lanterne que lui tendait l'instituteur, il affirma :

– Les drones ne vont sûrement pas tarder à se remettre en chasse, et cette fois, je ne donnerais pas cher de notre peau si nous nous trouvons encore à découvert !

Sans plus attendre, ils contournèrent le village en ruine et se fondirent dans la nuit.

17

Rencontres

Chez les Ashanti, l'instinct primait sur la raison.
Ils ne manifestaient que peu d'émotions, ignoraient la pitié,
considéraient toute faiblesse comme une tare,
et ne semblaient motivés que par leur désir de domination.

Extrait des « Sentiers de la Mémoire », Emrys le Sage.

Mag Mor. Jour 3.

Lorsque Colleen vint frapper à la porte de sa maîtresse le lendemain matin, elle la trouva prête à partir. L'Ashanti avait revêtu son costume d'apparat : une combinaison au maillage cramoisi sur laquelle elle avait agrafé la cape courte soutachée d'or appartenant à la famille impériale.

L'îlienne l'aida à relever sa lourde crinière fauve, ornée çà et là de quelques mèches blanches, en une haute tresse au sommet de laquelle elle fixa le soleil à sept branches. Ce bijou était le signe distinctif des Llamashi. Seuls les plus puissants membres de l'Ibr, anciens Compagnons de nid de l'empereur, étaient en droit de l'arborer.

Akkaat était d'humeur morose. Après une nuit agitée et la perspective peu engageante des cérémonies interminables qui l'attendaient ce jour-là, elle se sentait envahie d'une sorte de colère diffuse qui ravivait l'anxiété ressentie la veille. D'un mouvement rageur, elle se tourna vers le miroir mural et jeta un regard critique sur sa haute silhouette :

– Un cheval harnaché pour la parade, rien de plus ! soupira-t-elle avant de se retourner vers l'îlienne en grimaçant. Toutes ces simagrées protocolaires ne sont plus de mon âge, Colleen.

La femme acquiesça docilement, mais ne s'autorisa aucun commentaire. L'énervement d'un Ashanti ne devait jamais être pris à la légère, car il pouvait déboucher sur des actes d'une violence aussi incompréhensible que soudaine. Bien des humains avaient payé de leur vie un excès de trop grande confiance envers leur Seigneur. Même quand ce dernier était réputé pour son sang-froid. Un sourire figé sur les lèvres mais le regard vigilant, Colleen saisit une paire de gants noirs posée sur une console et la tendit à sa maîtresse en refoulant ses craintes. L'ethnologue les enfila avec une certaine rudesse, mais garda un ton courtois pour lui donner ses ordres.

– Fais préparer mon ornicab veux-tu ? Je devrais déjà être loin. Et ne m'attends pas ce soir, Colleen.

L'îlienne s'inclina avec déférence puis disparut dans l'escalier qui menait au rez-de-chaussée.

Quelques instants plus tard, Akkaat sortait enfin du domaine aux commandes de son engin, dans un nuage de poussière et de feuilles soulevé par sa conduite nerveuse.

En débouchant sur l'avenue qui desservait le quartier Ser', elle fut saisie par la fébrilité qui s'était emparée de la capitale. Les rues de Nazkat grouillaient de soldats armés jusqu'aux dents et les Dho', sur le qui-vive en ces périodes de festivités, multipliaient les contrôles à tous les carrefours.

Alors qu'elle prenait la direction du sud, elle s'interrogea une fois de plus sur la valeur réelle d'un tel étalage de force qui ne servait qu'à engendrer embouteillages et crispations. Quel genre d'intrus aurait pu mettre en péril la sécurité d'une métropole en état de siège ? Cette idée grotesque la fit ricaner et elle se sentit envahie d'une colère froide envers ses semblables et leur paranoïa. Rien ne la faisait autant fulminer que cette tendance à soupçonner l'univers entier des plus noirs desseins, alors que les véritables ennemis de l'empire se tapissaient peut-être au sein de ses plus hautes instances...

Mais le soleil à sept branches qui ornait les portières de son appareil lui permit une fois encore d'échapper à la mégalomanie paranoïaque des Dho'. Sans être inquiétée outre mesure, elle finit par atteindre le domaine Oogarth' sur les coups de midi.

Construit sur la plus haute colline du sud-ouest, le palais dominait la ville. Tranchant résolument sur le style architectural qui conférait à Nazkat son uniformité glacée, le gouverneur de Salicorne avait opté pour une construction relativement basse et un choix de matériaux d'un blanc pur, à peine veiné de quelques touches d'indigo. L'impression qu'il donnait était assez saisissante. Quels que soient l'heure ou le temps qu'il faisait, on pouvait l'apercevoir de n'importe quel point de la capitale : il se détachait du paysage environnant comme une gemme laiteuse posée sur un écrin sombre.

Akkaat aimait la forme épurée du bâtiment qui s'ouvrait en U sur un jardin plongeant jusqu'aux faubourgs de la cité. Un jardin devenu célèbre sur la planète entière, tant par la rareté des espèces florales qui s'y trouvaient rassemblées que par le nombre impressionnant de jardiniers affectés à son entretien. En été, ses fontaines iridescentes y maintenaient une agréable fraîcheur en noyant l'atmosphère sous une brume vaporeuse de fines gouttelettes. Et l'hiver, le procédé utilisant les champs de forces Gamma 4 conservait à l'endroit sa température printanière. Grâce à ces soins attentifs, le site passait donc pour être l'un des plus prestigieux de la galaxie.

Akkaat appréciait aussi le goût de Kisitch' Im' Oogarth en matière de décoration intérieure. Dans l'enceinte du palais lui-même, tout était agencé pour refléter ses préférences esthétiques alliant confort et sobriété. Ici, nulle couleur criarde, mais une succession de pastels qui appelaient au repos de l'esprit et du corps. Le visiteur qui s'aventurait dans l'enfilade des grandes salles de réception ne pouvait qu'en ressentir l'harmonieuse ambiance.

En fait, le gouverneur était un véritable esthète doublé d'un guerrier d'une rare intelligence. Sa personnalité complexe intriguait autant ses pairs que ses adversaires. Des siècles durant, il avait commandé la plus brillante unité de vaisseaux interstellaires jamais construite : ces « Ailes de la mort » qui sillonnaient inlassablement l'espace en quête de nouveaux mondes à coloniser. Puis, séduit par la perspective de terminer sa carrière en s'arrogeant la direction d'une planète entière, il avait demandé à l'empereur de lui confier le poste de gouverneur de Salicorne et l'avait obtenu. Sans que personne ne comprenne vraiment l'origine de son choix, car la planète ne jouissait d'aucun prestige et passait pour n'être qu'un monde primitif, aux ressources limitées.

En posant le pied sur l'héliport attenant au palais, l'ethnologue fut immédiatement prise en charge par une Dho' qui l'accompagna jusqu'au perron de la glorieuse demeure d'où elle entendait déjà filtrer les accents enjoués d'un orchestre en provenance d'Outremonde, sans doute réquisitionné pour l'occasion. La musique et plus généralement les arts, n'étaient pourtant pas des activités prisées par son peuple qui les jugeait inutiles, voire nocives, car favorisant le ramollissement de l'individu. Qu'il y en eût un à l'intérieur signifiait que des représentants d'autres galaxies s'étaient joints à la fête.

En pénétrant dans la salle des banquets où se pressait une foule composée essentiellement des membres des Clans majeurs, Akkaat remarqua tout de suite la présence de ces groupes d'extra planétaires invités par le gouverneur. Sans doute désirait-il conclure avec eux des contrats commerciaux qui accroîtraient son prestige auprès de l'empereur. Il n'était pas rare en effet qu'une de ses réceptions ne soit en fait qu'un prétexte à réaliser des affaires juteuses avec d'autres planètes. Alliées potentielles dans les conflits interstellaires qui agitaient l'univers ou simples partenaires en affaires, leurs émissaires se disputaient le privilège de lui extorquer de prometteuses ententes.

L'ethnologue laissa courir son regard sur la cohorte de domestiques humains qui passaient entre les convives pour leur proposer des rafraîchissements. Revêtus d'une livrée taillée dans une serge brune, ils gardaient la tête légèrement baissée comme il convenait, afin que leurs yeux ne puissent croiser ceux de leurs maîtres qui auraient pu interpréter leur attitude comme une provocation. Alors qu'inconsciemment ses pensées la ramenaient vers Ygrenne, pour la première fois de son existence, elle s'interrogea sur la valeur de l'esclavage appliqué à une race aussi intelligente :

Pourquoi ne pas les remplacer par des robots dans ces tâches domestiques ? nous ne les traitons pas mieux, et leur faisons délibérément courir le risque de nous provoquer par inadvertance ! songea-t-elle en voyant leurs visages fermés, dépourvus de toute expression et leurs épaules courbées. *Est-ce parce que nous sommes si fascinés par la chasse que nous ne résistons pas à l'envie de jouer avec eux comme des chats avec des souris ?*

Elle se sentit désarçonnée en constatant l'évolution de son attitude envers les humains, mais remit à plus tard une introspection plus poussée. Ce n'était ni l'endroit ni le moment pour se livrer à ce genre d'interrogations, elle avait beaucoup mieux à faire, dans l'intérêt même de ce peuple.

Comment faire avancer mon enquête sans dépasser le rôle qui m'est attribué par la bienséance et le protocole ?

Le fait d'appartenir à l'Ibr imposait en effet certaines contraintes dont elle se serait volontiers passée. Notamment lorsqu'il s'agissait de tenir son rang de façon à rendre évidente la force des Premiers-Nés. Au nombre de cinq en la comptant, ils avaient partagé l'utérus qui avait porté le Khan et possédaient presque autant de puissance que lui. Mais l'attitude de mépris hautain que supposait une telle parenté n'était pas un réflexe propre à la nature d'Akkaat, plutôt conciliante. Quant à son indépendance d'esprit, elle la poussait à se démarquer de ses frères-de-nid en affichant clairement ses opinions, même si ces dernières allaient à l'encontre de ce qui était considéré comme convenable. Un comportement frondeur, qui lui avait déjà attiré bien des critiques par le passé, mais dont elle ne voulait pas se départir.

Alors qu'elle se décidait enfin à franchir la porte, le gouverneur en personne se pressa à sa rencontre. Flanqué des inévitables courtisans qui espéraient accroître leur influence en côtoyant des proches de l'empereur, il s'inclina devant elle, un sourire aux lèvres. De grande taille, il arborait une somptueuse crinière relevée en queue de cheval à la manière des plus puissants guerriers, et portait une combinaison bleu acier qui tranchait sur le roux de sa fourrure.

– Akkaat' Llam' Ekktre' Bror, s'exclama-t-il avec déférence, bienvenue en mon humble demeure ! Puis-je vous présenter quelques-uns de mes hôtes ?

Désignant tour à tour trois personnes parmi ceux qui l'entouraient, il précisa :

– Kkaar' Im' Seth, général en chef des forces spatiales. La Thu' Han' Llaar, commandant de la garnison centrale, qui précède notre Empereur de quelques heures seulement, et Rorsh' Ser' Riis', notre ambassadeur chargé des relations Outremonde.

Akkaat répondit d'un petit signe de tête qui n'engageait à rien, et observa plus longuement le dernier nommé. Elle avait entendu parler de lui à plusieurs reprises, en termes flatteurs, mais ne lui avait jamais été présentée. Familier de l'empereur pour lequel il exécutait des missions exigeant discrétion et audace, on disait de lui que son entregent et sa grande intelligence lui avaient permis de conclure des traités avec les pires créatures existant dans l'univers. Il était très grand, presque dégingandé dans sa combinaison vert d'eau qui épousait ses membres longilignes. Sa silhouette avait presque quelque chose de déplacé dans cette assemblée où la majorité des mâles arboraient des carrures massives, soigneusement entretenues par des années d'exercices physiques intenses. Certainement plus jeune qu'elle, puisqu'aucune mèche blanche ne décolorait son abondante crinière brune, il paraissait tout à fait à son aise au milieu de cette faune cosmopolite.

Sans doute le fruit de sa longue expérience en tant que diplomate pensa-t-elle en répondant machinalement au gouverneur.

– Je ne pense pas avoir eu l'occasion de rencontrer notre ambassadeur, cher ami.

– Eh bien, ma Dame, je vous laisse faire plus ample connaissance ! rétorqua ce dernier en s'inclinant une fois encore avant de prendre congé. Pardonnez-moi, mais je dois aller accueillir mes autres invités.

Il s'éloigna en attirant le reste des courtisans à sa suite, non sans avoir adressé un signe aux domestiques qui s'empressèrent auprès d'Akkaat et de ses trois compagnons.

– Général Kkaar' ! Thu' Han Llaar ! Comment allez-vous ? reprit poliment Akkaat, en prenant la coupe de Malani brune qu'on lui tendait.

Cette boisson fortement épicée à base de sang de chevreuil avait supplanté les autres boissons prisées dans ce genre de réception. Sans doute parce qu'on disait à son propos qu'une seule de ses gorgées pouvait rendre sa vigueur à un mourant. Personnellement, l'ethnologue ne lui avait jamais trouvé d'autre intérêt que celui d'être un de ces apéritifs au goût intense, qui se laissait volontiers boire quand l'ennui vous menaçait. Elle l'acceptait d'autant mieux aujourd'hui car c'était justement ce qui risquait de lui arriver au contact de ses interlocuteurs, tant ces derniers étaient connus pour n'être que des raseurs pontifiants et bornés. Cramponnée à son verre, elle en but une longue rasade et se jeta dans la conversation comme on se jette à l'eau, en espérant ne pas se retrouver trop vite noyée dans un océan de platitudes mondaines :

– Quand donc aurons-nous l'honneur de voir sa Majesté ?

– Demain dans l'après-midi je pense, répondit le général, en se tournant vers la capitaine Dho' qui dévisageait Akkaat d'un air revêche.

Cette dernière était encore moins appréciée de l'ethnologue que son supérieur. Elle avait plusieurs fois eu l'occasion de la rencontrer lors de sa prise de fonction au centre culturel et s'était retrouvée confrontée à son esprit tatillon et terriblement susceptible. Lorsqu'elle lui avait signalé l'embauche d'Ygrenne à la bibliothèque, la guerrière s'était répandue en récriminations destinées à la persuader de n'en rien faire, arguant que l'initiative était dangereuse, et n'avait lâché le morceau que lorsque Akkaat l'avait priée de ne plus l'importuner. Se retrouver à converser avec cette virago imbue de sa personne n'était pas ce qu'elle aurait préféré et elle l'écouta d'une oreille distraite.

– Oui en effet, confirma la guerrière d'un ton où perçait la satisfaction de détenir des informations importantes, l'empereur inaugurera notre nouveau spatioport demain à seize heures. Il sera certainement heureux de vous revoir Akkaat Llam', comme je le suis moi-même.

Bien que son regard trahisse son peu d'intérêt pour la question, elle rajusta le col de son uniforme sombre et fit mine de s'intéresser au travail de son interlocutrice :

– Êtes-vous contente de votre nouveau poste au centre culturel ? Depuis que nous nous sommes rencontrées, je me suis laissée dire que vous vous étiez lancée dans un projet de recherches historiques ou quelque chose comme ça. Est-ce exact, votre Grâce ?

L'ironie qui perçait dans les propos de son interlocutrice ne put échapper à Akkaat qui retint un grognement.

– Le centre culturel m'offre en effet tout ce que je peux désirer ! Merci, Thu' Han'. J'y archive depuis des mois toutes les découvertes susceptibles de m'éclairer sur le passé de cette planète. C'est un travail vraiment passionnant, mais que vous ne sauriez comprendre, je suppose !

– Salicorne présenterait-elle des côtés mystérieux, votre Grâce ? demanda l'ambassadeur dont le frémissement des vibrisses plongea Akkaat dans la perplexité.

Serait-il intéressé par cette planète ou fait-il seulement semblant de l'être ?

– Plus que vous ne pouvez l'imaginer ! lui répondit-elle, en captant son regard. Salicorne était le berceau d'une civilisation fascinante, bien avant notre arrivée. Et même si elle ne disposait pas d'une technologie avancée, elle était néanmoins parvenue à un degré de développement élevé ! L'histoire de ses souveraines est passionnante. Mais, je n'en suis qu'au début de mon travail…

Elle s'interrompit pour boire une nouvelle gorgée de Malani puis reprit d'un ton volontairement désinvolte, en épiant la réaction de ses compagnons :

– Je suis aidée dans mes recherches par des relégués, dont je dois reconnaître l'efficacité et le dévouement. Travailler auprès d'eux m'a amenée à leur porter un nouveau regard et à les apprécier, tout compte fait ! Je peux même dire que je me suis réellement attachée à certains d'entre eux. Ils ont un « je-ne-sais-quoi » qui les distingue des autres peuples d'Outremonde. À tel point que je me demande parfois s'ils ne sont pas dotés d'une forme voisine de notre Kha.

– Akkaat' Llam', vos propos frisent l'hérésie ! s'écria la capitaine de la garde impériale d'un air profondément choqué, alors que ses griffes crissaient sur son verre. Ces *créatures*... sont à peine plus que des animaux ! Tout juste bonnes à remplir des tâches répétitives. Elles excellent peut-être dans certaines fonctions domestiques, j'en conviens. Mais, quant à leur trouver de la grandeur... Si vous avez le moindre doute à ce sujet, je vous invite à faire un tour dans nos forteresses. Les insoumis qui y sont emprisonnés pour des délits divers ne présentent pas le moindre intérêt ! Ils ont tôt fait de ramper à la moindre occasion. Leur lâcheté n'a d'égale que leur roublardise, croyez-moi !

Akkaat observa l'officier dont la bouche se tordait d'indignation et réalisa qu'il serait vain de continuer dans cette direction. Mais elle ne voulut pas capituler aussi facilement :

– Une population entière ne peut pas se résumer à quelques-uns de ses membres, les plus douteux ! Je comprends que votre charge vous porte à envisager la répression systématique, et qu'une attitude compréhensive vous paraisse être le comble du laxisme. Pourtant je vous assure qu'ils peuvent faire preuve de courage, même s'ils refusent toute confrontation directe avec nous... Et peut-on vraiment les en blâmer ? Après tout, nos méthodes d'annexion ne sont jamais tendres !

Babines retroussées sur un rictus, le général en chef des forces spatiales intervint alors pour donner le point de vue d'un guerrier dont l'expérience ne pouvait être remise en doute :

– Si vous voulez mon avis, je crois qu'il est parfaitement inutile de s'impliquer de manière trop personnelle auprès des populations locales.

Une telle attitude débouche souvent sur d'amères déceptions ! Que peut donc nous apporter ce genre de créatures primitives ? Des êtres qui ne savent même pas exploiter correctement les ressources de leur planète ne peuvent être considérés comme nos égaux ! Non, vraiment, en annexant leur monde, notre civilisation a prouvé sa supériorité. Je suis assez d'accord avec la Thu' Han' Llaar : il ne peut y avoir d'honneur dans la soumission et sans honneur, pas de Kha !

Akkaat réprima difficilement une réplique cinglante et préféra se tourner vers le chargé des affaires étrangères qui semblait quelque peu perplexe face à la tournure que prenait la conversation.

– Et vous Rorsh' San', que pensez-vous des îliens en général ? Le diplomate que vous êtes, partage-t-il le mépris qu'affichent nos compatriotes ici présents ?

L'Ashanti ricana en haussant les épaules.

– Ma Dame, jusqu'à présent, ma fonction ne m'a pas vraiment donné l'occasion de porter un jugement sur leur sens de l'honneur. Je reste rarement assez longtemps sur un de nos satellites pour pouvoir émettre un avis pertinent sur sa population. Mais les domestiques qui me servent lorsque je suis sur Salicorne m'ont paru quand même assez intelligents pour ne pas être assimilés à de vulgaires animaux.

Akkaat se détendit imperceptiblement en entendant ces paroles et allait poursuivre la conversation lorsque son regard fut attiré par un groupe situé un peu plus loin. Elle venait de reconnaître la silhouette voûtée d'Errhan' Var' Anuur', l'administrateur en chef de Garth, qui parlait à deux femelles Ashanti beaucoup plus jeunes que lui. Abandonnant sans vergogne le général et le commandant de la garde impériale sidérés par son attitude, elle saisit le bras de son voisin et l'entraîna dans cette direction.

– Connaissez-vous l'administrateur de Garth, cher ami ? C'est un homme passionnant, dit-on. Je suis sûre qu'il aura des tas de choses bien plus intéressantes à nous dire que ces deux-là ! Errhan' Var' Anuur ! s'exclama-t-elle d'une voix forte, alors qu'ils approchaient du groupe. Permettez-moi de vous présenter Rorsh' Ser' Riis, notre chargé des Affaires étrangères qui me faisait part à l'instant de son grand désir de vous rencontrer !

Ignorant le léger tressaillement qu'elle sentit courir le long du bras sur lequel elle s'appuyait encore, elle désigna son compagnon qui ne parut pas autrement désarçonné par l'affirmation qu'il venait d'entendre.

– Akkaat' Llam' Ekktre' Bror' ! Très chère, comment allez-vous ? se rengorgea l'administrateur, flatté par l'intérêt que lui témoignait un proche de l'empereur. Votre obligé, San' ajouta-t-il, en saluant l'ambassadeur qui arborait un sourire sibyllin.

– Errhan' San', figurez-vous que nous discutions à l'instant d'une nouvelle surprenante qui vient de nous être rapportée, poursuivit Akkaat d'un ton suave. Est-il vrai qu'un guerrier de votre expérience songe à se retirer de la vie publique ?

Le vieil Ashanti sentit croître sa satisfaction.

Se pourrait-il que l'Empereur lui-même soit au courant de mon départ à la retraite ? Songerait-il à récompenser ma loyauté ?

Une pointe d'orgueil traversa son regard alors qu'il s'inclinait.

– Hélas, ma Dame, j'arrive à un âge où la charge que j'occupe pèse lourdement sur mes épaules. Il faut du sang neuf à la tête de Garth ! Mais, vous avez certainement appris la nomination de mon assistant : Zork'Rrul' Han ? Un homme remarquable ! Sur lequel je peux me reposer entièrement, malgré les réserves dont il a fait l'objet.

– On m'a effectivement parlé de cette promotion inattendue ! Mais, reprit-elle d'un ton plus confidentiel, en lâchant le bras de son compagnon pour se rapprocher du vieillard, serait-ce trop vous demander de me recevoir avant votre départ ? Je garde en effet une profonde nostalgie de mon initiation et j'avoue que je caresse l'espoir un peu fou de me rendre dans un lieu comme Garth. Assister aux rites qui s'y déroulent aujourd'hui encore pourrait m'aider à revivre ce glorieux passé... Et je saurai me souvenir de celui qui m'aiderait à accomplir un tel vœu, bien entendu !

– C'est-à-dire... - l'administrateur se mit à bégayer d'embarras - c'est tout à fait... *Inhabituel.* Je n'ai même jamais été confronté à pareille demande durant toute ma carrière !

Remarquant alors l'air de profonde contrariété qui envahissait le visage de son interlocutrice, il capitula, en espérant lui faire oublier son moment d'hésitation.

– Mais, loin de moi l'idée de porter offense au Clan impérial, ma Dame ! À bien y réfléchir, je pense qu'il doit y avoir un moyen d'assouplir les règles. Je préviendrai moi-même les Gardiennes du Temple de votre demande. Ce sera un grand honneur d'intercéder en votre faveur ! conclut-il d'un ton obséquieux, en spéculant sur les avantages que son geste pourrait lui rapporter. Un titre qui accroîtrait le prestige de sa lignée ? Des terres supplémentaires ? Et même, pourquoi pas, une alliance avec l'ethnologue en personne ?

Après tout ! se dit-il en déglutissant, *si je manœuvre bien, je pourrai exiger sa coopération en échange de mon intervention. Car convaincre les Gardiennes de la Loi ne sera pas une mince affaire. Ces femelles paranoïaques sont capables d'aller jusqu'à se méfier de leur ombre, lorsqu'il s'agit de pénétrer sur leur territoire !*

– Merci Cher Errhan', votre geste ne sera pas oublié, souligna Akkaat, en lui décochant son plus beau sourire.

Reprenant le bras du ministre dont le regard pétillait de curiosité, elle fit rapidement demi-tour et se dirigea vers les portes-fenêtres ouvrant sur les jardins.

– Merci de votre soutien aussi efficace que silencieux, San' ! Dépêchons-nous de gagner l'extérieur maintenant pour que je puisse vous donner quelques explications...

Le ministre acquiesça d'un petit hochement de tête et accéléra l'allure jusqu'à ce qu'ils débouchent sur une terrasse surplombant la ville basse et les parterres de fleurs. L'endroit était désert et presque silencieux par rapport à l'atmosphère bruyante de l'intérieur. Akkaat en ressentit du soulagement et en profita pour se confier.

– Pardonnez-moi de vous avoir ainsi enlevé ! commença-t-elle, en se tournant vers son compagnon dont les sourcils relevés et le sourire ironique semblaient se moquer éperdument de son embarras.

– Rien ne m'a plus intéressé que votre manière d'arriver à vos fins, ma Dame. C'était du grand art et je m'y connais, croyez-moi !

Il s'inclina devant elle de manière théâtrale, une main posée sur le cœur :

– Vous feriez un remarquable diplomate ! Ce pauvre Errhan' Var' Anuur n'en est certainement pas encore revenu ! Mais, pardonnez à votre tour mon étonnement : votre désir concernant Garth me plonge dans la plus extrême perplexité. Je n'ai jamais rencontré quelqu'un ayant eu envie de revenir sur un lieu d'initiation… Personnellement, je n'en garde que des souvenirs pénibles qui me font froid dans le dos quand j'y repense. Or, vous ne me semblez pas vraiment correspondre au profil psychologique du « tigre assoiffé de sang » que suppose un intérêt aussi vif pour un tel endroit ?

Akkaat s'écarta de lui et, frôlant du bout d'une griffe le parapet qui se trouvait devant eux, lui répondit d'un air pincé.

– Je reconnais que ma démarche a quelque chose de dérangeant. Mais ne vous fiez pas aux apparences. Je n'ai pas plus de goût que vous pour les sites d'initiation. J'aimerais même que notre race puisse accéder à la maturité sans être obligée d'y accomplir les rites qui s'y déroulent ! C'est d'ailleurs parce que je me sens très éloignée de cette face sombre de notre évolution que j'éprouve tant d'intérêt pour cette planète. Sa population était réellement parvenue à un haut degré de civilisation avant l'annexion. Et contrairement à nous, ce niveau ne nécessitait pas le meurtre d'une grande partie de sa jeunesse !

Rorsh hocha la tête en fronçant les sourcils.

– Alors pourquoi vous rendre sur Garth ? Je ne pense pas que la manière d'accéder à l'âge adulte y soit plus évoluée que sur Soorith. Surtout depuis qu'un individu comme Zork' Rhul' Han' y officie ! Lors de mes missions passées, j'ai pu constater avec quelle cruauté il avait « pacifié » les planètes dont il avait la charge. Je puis vous assurer que l'odeur du sang répandu semble exercer sur lui une véritable fascination et qu'il ne s'est jamais privé d'en faire couler plus que le nécessaire !

– Ma requête est justement liée à sa nomination, reprit Akkaat à voix basse, après avoir jeté un coup d'œil circonspect autour d'eux pour s'assurer qu'ils étaient toujours seuls. Il court des bruits inquiétants sur des disparitions répétées parmi les humains. Apparemment, elles pourraient avoir un lien avec Garth. C'est pourquoi j'aimerais vérifier par moi-même si ces rumeurs ont un fond de vérité, en me rendant sur les lieux sous un prétexte quelconque !

– Vous ne voulez pas dire...

L'ambassadeur parut trop profondément choqué pour continuer sa phrase et laissa s'écouler quelques secondes avant de reprendre d'un air perplexe :

– D'un autre côté, s'il existe quelqu'un capable de détourner nos lois pour des motifs inavouables, c'est bien lui... Mais, promettez-moi une chose avant de vous rendre là-bas. Faites preuve de la plus extrême prudence ! Errhan' Var' Anuur ne me semble plus vraiment capable de juger correctement une situation de ce genre. Si vos craintes sont fondées, il ne vous sera d'aucun secours ! J'ai peur aussi que les Gardiennes du Temple ne se montrent pas vraiment enthousiastes à l'annonce de votre visite. Elles risquent au contraire de se montrer ouvertement hostiles. N'oublions pas qu'elles règnent en maîtres sur les lieux d'Initiation.

Ce qui ne peut que vous compliquer la tâche, et pourrait se révéler franchement dangereux. Car si des actions contre nature sont effectivement menées à cet endroit, elles ne peuvent l'ignorer. Ce qui implique qu'elles les cautionnent, d'une manière ou d'une autre. On peut donc en conclure qu'elles feront tout, absolument tout, pour que leur secret ne soit pas découvert !

– Ma position au sein de l'Ibr me confère une certaine immunité, cher ami. Je pense qu'elle suffira à garantir ma sécurité. De plus, je ne les crois pas capables de s'attaquer directement à un proche de l'empereur. Si tant est que je découvre effectivement des pratiques illicites ! Car je n'ai pour l'instant que de vagues soupçons, qui ne relèvent peut-être que de la simple paranoïa humaine.

Elle fit un pas vers lui et, relevant la tête pour capter son attention, poursuivit en le scrutant d'un œil acéré :

– À y réfléchir cependant, j'avoue que je préférerais être accompagnée. Ne serait-ce que pour faire diversion, si besoin est !

– Je ne peux qu'être d'accord sur ce point, et vous conseille de ne vous y rendre que si vous pouvez bénéficier d'un soutien efficace. Vous devez vous assurer l'aide d'une personne discrète, mais capable de vous tirer d'un mauvais pas, si on vous agresse. Personne ne peut débarquer sur un site comme Garth sans risquer sa vie s'il n'y est pas expressément invité !

Akkaat se rembrunit et sa bouche se crispa.

– Hélas ! je ne vois personne vers qui me tourner. Depuis mon veuvage, je vis seule et ne suis entourée que de mes domestiques. De surcroît, je ne vois pas qui serait disposé à braver le courroux des Gardiennes à cause d'une simple conviction. Vous êtes le premier à qui j'ose confier mes craintes !

Alors qu'elle prononçait ces derniers mots, son regard se fit plus intense :

– Rorsh' San, je ne vous connais pas encore, mais votre réputation et l'impression que je ressens à votre contact me portent à croire que vous avez de l'honneur. Je devine que vous êtes loin d'être un personnage falot... Vous serait-il possible de jouer le rôle de chaperon et de garde du corps, en acceptant de m'accompagner dans l'antre du loup ?

Un brin séductrice, elle posa une de ses mains sur son bras gauche et s'y agrippa comme pour souligner son manque de protection.

– Je suis consciente de vous prendre au dépourvu. Mais... j'ai désespérément besoin d'un allié dans cette affaire ! Je compte mettre à profit la visite de l'Empereur sur Salicorne pour accomplir mon projet durant la période de festivités qui s'annonce. Tout le monde sera bien trop occupé pour faire attention à mes agissements, et il sera bien difficile d'en rechercher les causes dans tout le charivari que produit un tel événement. Cependant, je ne suis pas idiote et reste consciente des risques que je prends. C'est pourquoi un soutien comme le vôtre serait inestimable !

– Votre proposition m'honore, ma Dame, rétorqua l'ambassadeur dont le regard se teintait d'espièglerie en voyant son manège. J'allais justement vous offrir mon aide ! J'avoue que je suis intrigué par ce que vous venez de me raconter. Et pour tout dire, rien ne m'excite autant que l'imprévu. La vie d'un diplomate est si prévisible...

Une main sur celle d'Akkaat, il lui murmura d'un ton suave :

– Humm, laissez-moi réfléchir... Je pourrais certainement me libérer de quelques obligations. Il devrait même être assez facile de me faire remplacer ! Les jeunes loups qui font partie de ma délégation et briguent mon poste se feront une joie de m'évincer, ne serait-ce que pour quelques heures... Je suis donc à votre disposition, Akkaat' Llam !

Soulagée de ne pas avoir à insister, l'ethnologue s'appuya plus étroitement contre son compagnon et lui sourit :

– Vous m'ôtez un grand poids, Rorsh San' ! il me semble maintenant que les choses seront moins difficiles. Je vous propose un dernier point : voulez-vous passer chez moi, après les cérémonies de cet après-midi ? Nous pourrions réfléchir ensemble sur la meilleure stratégie à suivre…

– J'accepte avec plaisir, votre Grâce ! Je crois en effet qu'il serait bon d'envisager toutes les possibilités avant de se lancer dans l'aventure ! Mais, ajouta-t-il, malicieux, nous devrions rejoindre nos hôtes maintenant. Sinon je crains que votre réputation n'ait à souffrir de notre long aparté ! Je vais vous présenter certains ambassadeurs d'Outremonde qui, vous pourrez le constater, sont certainement tout aussi étonnants que vos humains.

18

Fuite

Lorsque la résistance s'est organisée,
nos conditions de vie n'étaient pas pires qu'auparavant.
Mais les mentalités changeaient.
Les disparitions ne furent donc qu'un prétexte.

Extrait des « Sentiers de la Mémoire », Emrys le Sage.

Tirfo Thuin. Jour 8.

Ygrenne jeta un coup d'œil rapide sur la lande tout en laçant le haut de son bustier. Dehors, l'aube se levait à peine et le brouillard s'alanguissait encore le long des tourbières. D'un geste décidé, elle ouvrit la lucarne, laissant de grandes bouffées d'air vif entrer dans l'espace confiné du grenier.

Depuis le raid qui avait détruit leur village quelques jours plus tôt, tous les habitants de Laugharne s'étaient dispersés dans les autres bourgs de Tirfo Thuin. Urisk et ses proches avaient trouvé refuge chez l'instituteur qui avait proposé de les héberger. Leurs deux familles s'entassaient donc tant bien que mal dans les cinq pièces de la petite maison de pierres grises, à l'entrée de Kinross.

Après une discussion animée avec Sil et sa femme Tara, la jeune fille avait investi l'espace situé sous les combles avec une intense satisfaction. Dans ce nid d'aigle, elle pourrait au moins s'isoler de temps en temps, au contraire de tous les autres occupants de la maison qui devaient se partager l'exiguïté des chambres du premier étage.

Aidée de Caerphilly, elle avait aménagé sommairement un coin repos au milieu du bric-à-brac hétéroclite qui s'entassait sous le toit. Elle disposait désormais d'une paillasse bien à elle, d'une grande caisse en bois brut pour ranger ses affaires, et d'une chaise qui avait connu des jours meilleurs, mais pouvait encore servir de porte-manteau à défaut d'autre chose. Certes, l'ensemble ne payait pas de mine, mais elle s'y sentait chez elle.

Elle poussa un soupir de regret en pensant à tous ses trésors d'enfant qui gisaient quelque part, dans les cendres de leur ancienne maison. Parcelles de joies à jamais envolées, elle aurait voulu les préserver. Pour se souvenir, et trouver à leur contact la force qui lui manquait parfois, lorsqu'elle se laissait envahir par des idées sombres. Mais il ne servait à rien de s'apitoyer sur ce qui n'était plus, songea-t-elle, en saisissant sa cape pour quitter la chambre. Elle s'en sortait sans trop de dommages, alors que d'autres perdaient chaque jour bien plus que des souvenirs. Les disparitions qui ôtaient un père, un frère, un fils à leurs familles étaient autrement plus dramatiques.

Refoulant sa nostalgie, elle déboucha d'un pas résolu sur le palier. L'atmosphère qui y régnait avait la saveur piquante des petits matins frais, si caractéristiques des fins d'automne sur Tirfo Thuin. Elle s'infiltrait dans la maison recroquevillée sur elle-même, chassant la bulle de chaleur et de calme que les murs semblaient vouloir retenir. Prenant le temps de savourer ces derniers instants de solitude, elle s'engagea dans l'escalier alors que lui parvenait l'écho d'une conversation lointaine.

La cuisine devait être le théâtre d'un débat animé, se dit-elle, en sentant la bulle de calme éclater sous la pression du bruit qui gagnait les étages. La voix si chaleureuse de Caerphilly s'exprimait avec des accents passionnés qui témoignaient de l'importance du sujet abordé. Celle de son interlocuteur en revanche était plus sourde. Peut-être même volontairement voilée. Durant quelques secondes, elle balança entre le désir de prolonger cet instant de quiétude et l'envie de découvrir ce qui se tramait. Mais sa curiosité l'emporta, et c'est en dévalant les marches quatre à quatre qu'elle atterrit finalement au rez-de-chaussée, dans la grande salle où tout le monde se retrouvait pour partager les repas. Caerphilly, un pied sur la première marche du perron extérieur, semblait prête à sortir. Nulle trace en revanche de son interlocuteur…

Ygrenne réprima les questions qui lui brûlaient les lèvres : l'îlienne n'aimait pas être interrogée lorsqu'elle avait du travail sur la planche. Or, à voir les lourdes brassées de goémon qu'elle avait posées sur la table, on devinait le temps qu'elle allait maintenant consacrer à les trier. Ce n'était pas le moment le plus judicieux pour essayer de lui tirer les vers du nez !

Par contre, si je lui offre mon aide, elle me dira peut-être ce qui se passe, se dit-elle, en s'asseyant à la table du petit déjeuner après l'avoir embrassée.

Ce matin-là, les traits de l'îlienne étaient plus creusés que d'habitude. Les cernes qui soulignaient son regard brun doré trahissaient une lassitude qui n'avait rien à voir avec le ramassage du goémon. Ygrenne devina qu'elle était tourmentée, et cette pensée raviva sa curiosité.

Caerphilly revint vers elle, prit un bol pour y verser une louche de gruau, et le lui tendit en devançant ses questions.

– Les Dho' ont arrêté tous les hommes de Dunfair cette nuit et le village a été rasé…

– Tu crois que c'est toujours à cause de ce qui s'est passé à la forteresse, l'autre jour ? s'enquit la jeune fille d'un ton inquiet, en saisissant le bol d'un geste machinal.

L'esprit revanchard des guerrières Ashanti, qui laissaient rarement passer une occasion de rappeler aux humains qu'elles détenaient un droit de vie et de mort sur leur population, lui donnait à penser qu'elles s'étaient peut-être engagées dans une frénésie de représailles, en réponse à la démarche effectuée par Urisk. Qu'un esclave se soit permis de demander des comptes sur la disparition d'Ymir pouvait avoir été considéré comme un affront, dont les conséquences étaient difficiles à évaluer.

Jusqu'où peut aller leur soif de vengeance ? s'interrogea-t-elle, les yeux rivés sur Caerphilly qui haussait les épaules.

– Non, bien sûr que non ! Les membres du Conseil pensent qu'il s'agit malheureusement de quelque chose de beaucoup plus grave. Il semblerait que nous soyons entrés dans une nouvelle vague de répressions, comme il y en a eu autrefois…

La température si douillette de la cuisine parut brusquement chuter de plusieurs degrés. Ygrenne ne put se retenir de frissonner face à ces sous-entendus.

Elle avait entendu parler dans son enfance des grandes rafles qui avaient décimé la population deux siècles auparavant, la laissant exsangue et presque réduite des deux tiers. À l'idée qu'une telle chose puisse se reproduire, elle repoussa son bol, trop bouleversée pour avaler quoi que ce soit.

À cet instant, Emrys déboula en trombe dans la pièce, suivi de près par sa mère qui portait son petit frère sur l'une de ses hanches. Cette dernière paraissait d'une humeur massacrante.

– Calme-toi Emrys, et dépêche-toi de déjeuner au lieu de faire l'idiot. Tu vas finir par arriver en retard à l'école... Bonjour Ygrenne, dit-elle en prenant place à ses côtés. La soupe est-elle encore assez chaude pour Devi ?

– Je pense que oui. Veux-tu que je le fasse manger ?

– Ce ne serait pas de refus, jeune fille ! Mais, je crois que ta tante a un autre programme pour toi aujourd'hui, répondit la jeune mère en cherchant le regard de Caerphilly qui approuva :

– C'est vrai. J'ai besoin de toi Ygrenne ! Comme je te le disais tout à l'heure, le conseil s'est réuni hier soir et plusieurs mesures d'urgence ont été arrêtées. Il a été décidé que nos hommes fuiraient par petits groupes vers l'extrémité nord de l'île pour gagner la forêt des Gaedhills dans les jours qui viennent. Cette région située au pied de la chaîne montagneuse n'a jamais été véritablement explorée par les Ashanti, en raison des perturbations magnétiques qui endommagent leurs appareils, c'est pourquoi nous l'avons choisie. Les femmes, les enfants et les vieillards resteront ici, sans rien changer à leurs habitudes pour ne pas alerter les Dho'. Nous espérons qu'en agissant ainsi, leur départ ne se remarquera pas tout de suite...

– Mais pourquoi les faire partir ?

– Les Anciens pensent qu'il est grand temps d'organiser une sorte de résistance. Les jeunes ont donc pour mission d'établir un campement au cœur des Gaedhills. Ce sera la première d'une série de bases arrière où nous pourrons nous rassembler, et peut-être y fabriquer des armes. Nous ne pouvons plus nous laisser traquer et enlever comme ça, sans rien faire !

La voix de l'îlienne était chargée d'amertume et la passion qui enflammait son regard lui donna, l'espace d'une seconde, l'air d'une déesse assoiffée de vengeance.

Elle voudrait être un homme pour pouvoir se battre ! réalisa Ygrenne en un éclair. Elle se demanda si elle ne s'était pas toujours trompée sur le tempérament de son aînée : ce n'était pas seulement une femme avisée, dont la sagesse était prise en compte au sein de leur communauté. Son âme était celle d'une véritable combattante !

Tara, qui avait pris son petit garçon sur les genoux et commençait à le faire manger, la tira de ses réflexions.

– J'ai bien peur moi aussi que nous n'ayons plus d'autre choix… En portant le casse-croûte aux hommes sur le chantier de Laugharne tout à l'heure, j'ai appris que les drones avaient été multipliés. Ils sont massés au-dessus des bourgs situés à l'extrémité nord de l'île. À l'aube, un messager de Morund est venu nous avertir que d'autres se répandaient déjà sur le reste du territoire. Leur progression est rapide. Il y en aura bientôt partout… Il ne resterait que deux jours, tout au plus, avant que tout le littoral ne soit entièrement verrouillé !

Caerphilly se lava les mains dans le bac de l'évier et les sécha en jurant :

– Maudites machines ! Il va falloir chambouler tous nos plans !

Elle ôta son tablier et se dirigea vers la porte d'entrée.

– Dépêche-toi de finir ton déjeuner Ygrenne, et rejoins-moi dehors, veux-tu ? Mon stock de goémon doit être complété avant la fin de la matinée et j'ai rendez-vous avec Eamon qui se prépare à partir lui aussi…

À l'annonce du départ imminent du jeune homme, le cœur d'Ygrenne rata un battement et elle se sentit gagnée par la rancœur. Que n'aurait-elle donné pour pouvoir l'accompagner dans son périple ! Caerphilly n'avait pas tort, finalement : face au conflit qui s'annonçait, il valait mieux être un homme !

Refoulant son dépit, elle s'empressa d'avaler son lait, saisit au vol deux tranches de pain bis que lui tendait Tara, et attrapa sa cape avant de courir rejoindre sa tante. Panier au bras, celle-ci franchissait déjà le seuil de la maison en bougonnant.

– Tu as entendu ce que vient de nous dire Tara au sujet des drones ? Tout ce que nous craignions à propos des rafles semble sur le point de se réaliser ! Il ne nous reste plus qu'à prier pour ceux qui doivent partir. Il faut qu'ils puissent rejoindre les Gaedhills le plus vite possible.

Elle pressa l'allure et emprunta la première le chemin qui menait à la falaise et descendait vers les criques situées en contrebas.

Le sentier caillouteux accroché à la paroi verticale était étroit et battu par des vents violents. On n'entendait plus à cet endroit que les cris stridents des mouettes qui plongeaient dans les vagues moutonneuses, et le bruit de la houle qui frappait la grève de ses coups réguliers. Ygrenne resserra autour d'elle les pans de son vêtement et s'engagea à son tour sur le raidillon.

Elle aimait cette partie de l'île qui commençait à Kinross, car la côte y perdait le caractère uniforme des grandes étendues sableuses qu'on trouvait plus loin, du côté de Laugharne. Ici, les derniers contreforts montagneux venaient mourir en pentes abruptes dominant la mer et le relief y prenait des allures de falaises crayeuses, creusées çà et là par le ressac. Il en naissait d'improbables petites baies, dont la longueur et l'étroitesse rappelaient les doigts de ces sirènes qui griffaient la roche les soirs de tempête. Selon les légendes, c'était elles qui chevauchaient la houle et maniaient la foudre, pour arracher à la côte les joyaux somptueux dont elles ornaient leurs chevelures. Et dans ces failles nées de leurs caprices, on disait qu'on pouvait entendre leurs voix envoûtantes ricocher en cascade, les soirs de pleine lune.

Arrivée au bas de la falaise, Ygrenne s'apprêta à tourner à gauche vers la grève, mais Caerphilly l'arrêta d'un geste et l'entraîna dans la direction opposée, qui menait au cœur de la paroi rocheuse. À l'endroit où la crique prenait des allures de goulet d'étranglement.

Légèrement surprise, la jeune fille lui emboîta le pas, pensant qu'elle devait avoir entreposé ses algues dans un des innombrables trous qui perçaient la colline. Et effectivement, elles bifurquèrent bientôt dans une espèce de faille qui se perdait dans les plis de la roche. Les cris des oiseaux y étaient comme étouffés, dominés par le bruit de leurs pas crissant sur le sable.

Une silhouette familière, couronnée de cheveux blonds, se détachait plus loin sur la muraille de pierre. En reconnaissant Eamon, Ygrenne souleva ses jupes pour marcher plus vite tout en s'étonnant du lieu choisi pour le rendez-vous. Que faisait-il sur cette plage éloignée de la forêt ? pourquoi n'était-il pas déjà sur les sentiers qui menaient au nord de l'île ?

Perplexe, elle chercha à accrocher son regard et sentit sa gorge se nouer d'appréhension. Ne plus le revoir durant de longs mois était une perspective qu'elle n'avait jamais imaginée jusque-là. Depuis leur prime enfance, ils avaient toujours tout partagé : les aventures et les bêtises, les jeux et les secrets. Il était son héros, son compagnon de toujours, l'homme qu'elle voulait à ses côtés, si les dieux, le sort ou les licornes daignaient lui prêter vie ! De surcroît, depuis la découverte de ses véritables origines, il lui semblait que leurs rapports commençaient à changer. Même si elle n'était pas encore tout à fait sûre qu'il éprouve les mêmes sentiments qu'elle nourrissait à son égard (quelques regards échangés à la dérobée ne lui permettaient pas d'en avoir la certitude) elle ne ressentait plus cette honte qui accompagne toujours les amours défendus. Délivrée de ce tourment, elle ne fuyait plus sa présence et recherchait les occasions de partager des moments d'intimité avec lui. Mais il semblait que la chance n'était pas de leur côté ! S'il rejoignait les Gaedhills, ils seraient à des kilomètres l'un de l'autre et les occasions de se retrouver seraient rares, bien trop rares pour favoriser l'épanouissement de leur amour.

Alors qu'elle parvenait à ses côtés, elle se jura de garder un contact avec lui, même s'il fallait pour cela braver toutes les consignes de sécurité. Un sourire éclatant aux lèvres, Eamon l'embrassa sur la joue à sa manière habituelle, puis s'empressa au-devant de sa mère afin de l'aider à parcourir les derniers mètres.

À l'entrée de la faille située derrière lui, il alluma une lanterne dont la forte odeur de poisson leur fit plisser le nez, et s'engagea à l'intérieur du boyau étroit qui s'enfonçait au cœur de la roche. Les deux femmes le suivirent sur une dizaine de mètres, et débouchèrent dans une sorte de caverne à demi circulaire dont le plafond se perdait dans les ténèbres. Adossés au mur, deux sacs volumineux semblaient attendre un départ imminent.

Caerphilly se tourna vers Ygrenne qui, les yeux rivés sur les sacs, commençait à s'interroger sur le but réel de leur rencontre.

– Ma chérie, si je t'ai demandé de m'accompagner jusqu'ici, c'est parce que le Conseil pense que tu dois partir avec Eamon et rejoindre les Gaedhills avec lui. Nous espérions disposer de quelques heures de plus, mais ce que nous venons d'apprendre à propos du déplacement des drones remet tout en question. On ne peut plus attendre ! La caverne où nous sommes donne sur un passage qui traverse la colline en direction de la forêt. Au-delà, Eamon a reçu des instructions précises sur le chemin à suivre pour vous mettre en sécurité.

La jeune fille eut un hoquet de surprise. Elle se sentait partagée : même si la perspective de ne pas être séparée d'Eamon et de l'accompagner dans son périple la ravissait, elle ne pouvait envisager d'abandonner Caerphilly et Urisk d'un cœur léger. De plus, elle ne comprenait pas les raisons qui avaient motivé la décision du Conseil à son égard.

– Pourquoi devrais-je partir, moi aussi ? Je ne représente rien aux yeux des Dho' !

– Mais pour nous au contraire, tu représentes beaucoup, rétorqua Caerphilly d'un ton ferme. Comprends-moi, ma chérie : nous préférons t'éloigner pour l'instant. N'oublie pas que tu portes en toi tout l'espoir de notre peuple. Il n'est donc pas question que tu sois exposée plus que nécessaire. Ne nous berçons pas d'illusions : il y aura des représailles lorsqu'on s'apercevra qu'une partie de la population a disparu. Or, tu es le dernier lien qui nous unisse encore aux Licornes !

Ygrenne haussa les épaules pour souligner le peu de cas qu'elle faisait de cette remarque, mais se retint de parler en voyant le regard brûlant que lui lançait Eamon.

– Oh, je sais bien ce que tu vas me répondre ! poursuivit Caerphilly. Tu vas me dire que tout cela n'est qu'un conte de fées et qu'elles ont disparu à tout jamais. Mais nous pensons le contraire... Ces derniers jours, Sil a étudié une vieille carte où figure une piste intéressante, qui pourrait mener à Hy Breasail, le berceau de leur race.

Le souffle coupé par cette révélation, Ygrenne se sentit envahie d'une joie sans mélange et son esprit s'emballa. Ainsi les dieux l'avaient écoutée, se dit-elle, ils avaient répondu à ses prières ! Transportée à l'idée de pouvoir enfin rencontrer l'une de ces créatures mystérieuses, elle entendit à peine les explications de son aînée qui parlait de la découverte de la carte par Eamon lors de sa dernière expédition dans les ruines de Tyr Nan Og. Une carte qu'il n'avait pas remise à Akkaat, mais qu'il s'était empressé de transmettre à Sil. Lorsqu'elle reprit contact avec la réalité, Caerphilly insistait sur l'étude approfondie à laquelle s'étaient livrés les deux hommes, une fois le document sous les yeux.

– C'est ainsi qu'ils ont pu relever quelques points communs entre les chemins que nous empruntons à l'heure actuelle et ceux qui existaient avant l'invasion Ashanti. L'un d'entre eux mène jusqu'à un col qui paraît traverser la chaîne montagneuse des Gaedhills. Au-delà s'étendent les régions boisées de Bryn Ellylon, inexplorées depuis trois siècles, mais qui ont toujours été associées à Hy Breasail. À la demande du Conseil des Anciens, Eamon a mémorisé le tracé du chemin et devrait être capable de retrouver l'endroit où il commence.

– Alors c'est vrai ? Nous avons trouvé un chemin qui mène à Hy Breasail ? C'est presque trop beau pour y croire ! s'exclama Ygrenne d'un ton vibrant d'espoir, en se jetant au cou de Caerphilly pour l'embrasser.

– Tout doux, ma belle ! lui répondit cette dernière, émue aux larmes par la tendresse de son geste. Nous l'espérons, mais n'en sommes pas absolument sûrs ! C'est pour cette raison que vous devez vous rendre sur place pour voir ce qu'il en est. Dis-toi aussi que la décision de rester au village ou de partir avec Eamon ne fait pas grande différence. Le danger est partout... Les drones finiront bien par aller rôder du côté de la chaîne des Gaedhills. Votre seule chance est de l'atteindre avant qu'ils n'y arrivent ! Après, les champs magnétiques qui protègent la contrée la plus septentrionale de l'île ne leur permettront pas de vous repérer. Et si toutefois la piste ne donnait rien, vous pourrez toujours rejoindre le camp où doivent se rassembler les autres fugitifs. Vous y resteriez alors jusqu'à ce que la situation soit éclaircie... Je t'en prie ma chérie, il faut trouver ce chemin s'il existe, c'est peut-être la seule chance qui nous soit offerte. Tu dois partir !

Parmi les idées contradictoires qui se bousculaient dans la tête d'Ygrenne, l'une d'entre elles balaya les autres en ravivant ses craintes.

– Mais si je pars maintenant, sans explication, Dame Akkaat va alerter la garnison ! Elle m'avait bien précisé qu'elle me ferait porter un message, lorsqu'elle désirerait me voir revenir à la bibliothèque. Une fois les festivités données en l'honneur du Khan terminées, tu recevras certainement la visite d'une Dho'. Que lui répondras-tu alors ? Sans compter que mon absence pourrait donner lieu à une enquête, et vous faire courir un danger supplémentaire !

– J'ai déjà réfléchi à la manière de couper court à toute investigation te concernant. Dès demain nous allons annoncer ta « disparition », Urisk et moi, en prenant bien soin de montrer notre inquiétude. Tout le village se portera volontaire pour mener une battue dans la lande, afin de te retrouver. Ce qui ne risquera pas de se produire, bien entendu ! et lorsque l'émissaire de Dame Akkaat se présentera, nous lui affirmerons les larmes aux yeux, que malgré toutes nos recherches, nous ne savons pas ce que tu es devenue. Nous lui laisserons même entendre que nous redoutons un accident fatal ! Un peu plus tard, lorsque la garnison aura constaté que d'autres jeunes ont également disparu, des raids à plus grande échelle auront certainement lieu. Mais à ce moment-là vous aurez eu le temps de rejoindre la forêt des Gaedhills !

Voyant les yeux de la jeune fille s'embuer, elle la serra contre son cœur.

– Allons, tu sais que j'ai raison, ma chérie. Il ne faut plus tarder maintenant ! Embrasse-moi. Vite, avant que je sois incapable de retenir mes larmes, moi aussi !

Ygrenne l'étreignit avec force et lui murmura à l'oreille :

– Promets-moi une chose avant que nous nous séparions : prends bien soin de toi… Embrasse Urisk et tous les autres aussi. Dis-leur que je penserai à vous chaque jour !

La vieille femme se contenta de la serrer un peu plus fort puis embrassa son fils avant de rebrousser chemin. Le cœur serré, les deux jeunes gens la regardèrent atteindre la sortie et disparaître, chacun se demandant quand il lui serait donné de la revoir…

Puis Eamon aida Ygrenne à ajuster un des sacs sur son dos et se chargea du second. Il alluma une autre lanterne, la lui tendit, et se dirigea vers le fond de la grotte qui se fondait dans la pénombre. En avançant pour le rejoindre, la jeune fille découvrit le trésor que recelait la falaise : une concrétion calcaire transparente, qui cascadait depuis le plafond jusqu'au sol et masquait un pan entier de la muraille.

– C'est beau, n'est-ce pas ? murmura le jeune homme en levant sa lampe encore plus haut pour qu'elle puisse apprécier les jeux de couleurs dansant sur la glace. Regarde, lui dit-il d'un air mystérieux, en dirigeant sa lumière vers le côté, l'entrée du tunnel est juste derrière.

Serrant sa petite main dans la sienne, il contourna l'immense stalactite et l'entraîna dans le couloir obscur.

19

L'anneau

Les dons que je présentais dans mon enfance
ne sauraient être considérés comme la preuve
de mon appartenance à la Lignée Royale.
Ma magie ne venait pas des Immortelles.
Elle puisait aux sources même de l'Humanité,
dans ses origines mystérieuses.

Extrait des « Sentiers de la Mémoire », Emrys le Sage.

Emrys avala la dernière goutte de sa soupe et grimpa quatre à quatre les marches qui menaient à la chambre qu'il partageait avec Devi au premier étage de la maison. Sans même prendre la peine de vérifier si son contenu correspondait aux leçons du jour, il attrapa le sac de classe qu'il avait balancé à côté de son lit la veille au soir, et le jeta sur son épaule avant de refermer la porte donnant sur le palier. Il devait se dépêcher s'il voulait avoir une chance de rattraper Caerphilly et Ygrenne, avant de filer vers l'école. Il redescendit en courant jusqu'à la cuisine, mais sa mère l'obligea à ralentir en le retenant par la manche de son pull-over.

– À ce soir m'man ! s'écria-t-il, en espérant dissimuler suffisamment son excitation pour ne pas éveiller la suspicion maternelle.

À cet instant plus qu'à un autre, il souhaitait apparaître comme l'enfant sage dont sa mère rêvait. Mais elle était loin d'être idiote et possédait un don certain pour déchiffrer les signes avant-coureurs d'un mauvais coup fomenté par son fils. Afin de dérober son visage au regard perspicace qui le détaillait, il baissa la tête et s'efforça d'étouffer la tension qui le faisait vibrer.

– Emrys Mac Allister, écoute-moi bien ! - le ton de Tara avait les accents caractéristiques qui accompagnaient toujours un de ses sermons- il n'est plus question que tu t'éloignes du village à partir d'aujourd'hui. Tu as entendu ce que j'ai dit tout à l'heure au sujet des drones, n'est-ce pas ? La lande est plus dangereuse que jamais... Je veux que tu me promettes de ne plus chercher à t'y rendre seul !

– Juré m'man, j'irai plus !

La réponse avait fusé un peu trop vite. Il espéra pourtant déjouer la méfiance de sa mère en relevant la tête et en lui dédiant le plus désarmant de ses sourires.

Tara arbora un air soupçonneux comme si l'étonnante capitulation de son fils ne pouvait qu'être suspecte, mais lâcha néanmoins sa manche.

– Allez, file maintenant, ou tu seras vraiment en retard !

Le jeune garçon ne se le fit pas dire deux fois et franchit le seuil de la maison le cœur battant. Au bout de la route qui menait à la falaise, les silhouettes des deux femmes disparaissaient déjà. Il bifurqua dans cette direction et fit taire la petite voix de sa conscience en se disant qu'il ne lui faudrait que quelques minutes pour voir où se cachait Eamon. Pour la première fois de sa vie, n'avoir que treize ans le mettait en rage : il aurait tant aimé partir à l'aventure comme lui !

Il descendit prudemment jusqu'à la grève et se dirigea vers le fond de la crique avec curiosité. Jusqu'à présent, il n'avait jamais eu l'occasion d'aller beaucoup plus loin que le rivage où Caerphilly avait l'habitude de ramasser son goémon et n'avait jamais poussé son exploration au-delà de la petite plage.

Ce lieu l'impressionnait un peu lorsqu'il était plus jeune, car dès qu'on s'enfonçait au creux de la passe, on était cerné par des échos étranges qui faisaient dresser les cheveux sur la tête. Son père n'avait d'ailleurs guère eu besoin de lui rappeler que c'était les voix des marins disparus ou des sirènes qui s'élevaient ainsi pour chasser les indésirables. Et jusqu'à présent, il avait toujours respecté l'interdit qui concernait ce genre d'endroit.

Mais aujourd'hui tout était différent : Ygrenne n'était pas beaucoup plus âgée que lui et sa tante n'avait pourtant pas hésité à l'entraîner au-delà de la grève. Il ne devait donc pas y avoir vraiment de danger à se diriger vers le fond de la gorge, puisqu'une fille y avait été autorisée !

Lorsqu'il eut parcouru les premiers mètres, il découvrit la faille où s'étaient engagées les deux femmes, mais douta avant d'en franchir le seuil. Il y régnait une obscurité absolue et un froid glacial qui le rebutèrent et le firent reculer. Il préférait continuer son chemin à l'air libre, et découvrir jusqu'où la falaise s'était creusée. Peut-être que l'endroit pourrait devenir un repaire de choix où il pourrait donner libre cours à ses fantasmes sans que les aînés y trouvent à redire.

Il atteignit rapidement le fond du canyon qui se rétrécissait progressivement et se retrouva face à un cercle de pierres aux trois quarts fermé par douze rochers disposés de manière presque régulière. Leurs formes si particulières, effilées vers le haut, le firent frissonner.

Seuls les menhirs étaient ainsi disposés autrefois, pour former un anneau de pouvoir. Mais s'il s'agissait bien d'un anneau, il n'était pas complet et ne pouvait fonctionner. Il vit la treizième pierre qui gisait au sol, légèrement décalée par rapport à l'emplacement qu'elle aurait dû occuper et son esprit s'emballa. Peut-être était-ce à cause de cette anomalie que les adultes interdisaient aux enfants de se rendre dans la passe, car un cercle non fermé constituait un danger. Il se remémora certains propos échangés entre ses parents lorsqu'ils se croyaient hors de portée des oreilles indiscrètes de leur fils, et comprit pourquoi ils l'avaient menacé de sanctions sévères s'il lui prenait l'envie de désobéir. Tous les îliens savaient que la magie d'un anneau brisé pouvait se diffuser à l'extérieur et contaminer son environnement. Mais dans ce cas, se dit Emrys fasciné, pour quelle raison l'avait-on laissé ainsi ? Le cercle devait être reconstitué, il en ressentait l'impérieuse nécessité jusque dans la moelle de ses os !

Sans même s'en rendre compte, il fit un pas en avant, puis un autre, irrésistiblement attiré par l'espèce d'ondoiement qui entourait les pierres et, avant de réaliser ce qu'il était en train de faire, se retrouva aspiré à l'intérieur du cercle.

À peine eut-il dépassé la limite de la première pierre qu'il crût tomber dans un trou noir et ne pût résister à l'onde de choc qui le projeta contre la falaise. Un concert de voix stridentes se mit à hurler à ses oreilles et une puissance désordonnée l'assaillit de toutes parts. Effrayé, il s'agrippa à la paroi contre laquelle il était collé et essaya de ramper jusqu'à l'endroit où se trouvait la brèche. Mais la sauvagerie qui se déchaînait dans cet anneau brisé risquait de lui ôter la vie avant qu'il puisse l'atteindre.

Dans un sursaut de lucidité, il réalisa qu'il n'aurait jamais dû franchir la ligne de force engendrée par les pierres. Maintenant, il était piégé dans un univers qui n'appartenait plus tout à fait à ce monde et devait trouver un moyen de s'en extraire avant d'être déchiqueté par la puissance incontrôlable qui y rugissait. Luttant contre le souffle qui lacérait ses vêtements et déchirait son corps, il grignota lentement l'espace qui le séparait de la pierre couchée et l'atteignit alors que ses forces l'abandonnaient...

Caerphilly émergea à l'extérieur de la falaise au moment où Emrys sombrait dans l'inconscience. Alertée par le vacarme qui montait du fond de la passe, elle s'engagea dans cette direction, aperçut les cromlechs noyés dans les vents hurlants et le corps du jeune garçon recroquevillé à leur pied. Autour de lui, les éléments semblaient avoir basculé dans l'irrationnel.

Assaillie par les vagues de sable tourbillonnantes qui ralentissaient sa progression, elle se drapa dans sa cape et lutta pas à pas pour arriver à hauteur de la petite silhouette inerte. Lorsqu'elle s'en fut suffisamment rapprochée pour lui saisir les mains sans être happée à son tour par le cercle, elle s'échina à la tirer vers elle et se laissa choir à ses côtés, épuisée, lorsqu'elle sentit l'emprise magique abandonner sa proie.

Le visage de l'enfant était d'une pâleur mortelle et sous ce qu'il lui restait de vêtements, son corps n'était que contusions et ecchymoses. Elle sut tout de suite que ses soins ne suffiraient certainement pas à le faire revenir de l'empire des morts si son énergie vitale avait été entamée. Mais il était robuste. Elle espéra que sa flamme de vie ne s'était pas totalement éteinte...

Dès qu'elle eut repris son souffle, elle l'enveloppa dans sa cape et le traîna jusqu'à l'entrée de la crevasse d'où elle était sortie quelques instants plus tôt. Elle l'y déposa avec précaution et s'éloigna en toute hâte. Seule et chargée du corps inanimé, il ne lui serait pas possible de remonter jusqu'au village. Il lui fallait de l'aide.

20

Plan

Nous n'avons jamais vraiment su
quelle était la nature des relations entre Ashanti.
Le calcul, l'ambition, la crainte, la vengeance
semblaient être les seules bases de leurs alliances.
En fonction de ce que chaque partie pouvait en tirer,
mais toujours au détriment des plus faibles.

Extrait des « Sentiers de la Mémoire », Emrys le Sage.

Mag Mor. Jour 10.

Akkaat jeta un coup d'œil furtif sur son compagnon aux commandes de l'ornicab et sentit une bouffée de reconnaissance lui monter à la gorge. Grâce à Rorsh', tout avait été plus facile au cours de cette journée de festivités interminables. Elle avait même réussi à tenir parfaitement son rôle en assistant d'un œil impavide à toutes les cérémonies qui s'étaient succédé sans relâche jusqu'à cette heure tardive.

Mais sa nuque lui paraissait définitivement bloquée à force d'être restée tendue et les coins de sa bouche, figés sur un sourire hautain, lui faisaient un mal de chien.

Dieux, qu'elle était heureuse de ne plus faire partie de la cour Soorithienne ! À son âge, il lui aurait été impossible de supporter le protocole rigide qui avait empoisonné sa jeunesse. L'exil avait au moins ce côté agréable : il l'avait délivrée des contraintes qui avaient autrefois étouffé sa soif d'indépendance. Un tissu complexe d'obligations et de servitudes qu'elle n'avait jamais accepté, et qui l'avait finalement poussée à s'accoupler hors de son clan. Au mépris du scandale que son geste avait provoqué.

Faire partie de l'Ibr' imposait en effet à ses membres d'œuvrer à la stricte conservation d'un patrimoine génétique unique, autour duquel s'édifiait la hiérarchie du pouvoir Ashanti. Les Lois du Sang ne souffraient aucune compromission. Le Clan Bror', auquel elle appartenait à l'origine, dirigeait l'Empire depuis des temps immémoriaux. C'était pourquoi aucun de ses affiliés ne pouvait prétendre suivre ses propres voies sans compromettre l'avenir de la lignée tout entière.

Lorsqu'était venu pour elle le temps de l'accouplement, elle aurait dû suivre la voie imposée par sa naissance et choisir un de ses plus proches parents. Mais par bravade, elle avait fait fi des règles et avait choisi de s'unir à un mâle d'un clan mineur. Un clan qui n'appartenait même pas aux prestigieuses lignées des combattants d'élite. Ce clan Ser' dont on disait que son seul mérite consistait à gérer de façon tatillonne les territoires conquis par les plus braves.

Son acte lui avait valu le mépris unanime de sa caste qui avait vu dans son geste une révolte dangereuse. Au terme d'une mise en accusation publique dégradante, elle avait subi une stérilisation qui l'avait marquée à tout jamais dans son corps comme dans son orgueil.

Néanmoins, l'empereur avait fait preuve d'une grande mansuétude à son égard en choisissant de la bannir plutôt que de la livrer aux redoutables Gardiennes de la Loi. Et contre toute attente, lui avait même permis de conserver son rang et ses privilèges sur le lieu de son exil.

C'était la première fois qu'elle le revoyait depuis qu'elle avait posé le pied sur Salicorne, deux siècles et demi plus tôt... Il avait vieilli bien sûr, mais n'avait rien perdu de sa superbe. La marque du pouvoir absolu s'était simplement gravée sur ses traits virils et les avait coulés dans un masque d'inflexibilité qui en disait long sur le poids de sa charge.

Pourtant, quand son regard s'était posé sur elle, elle avait vu y fulgurer l'ombre de cette complicité qu'ils avaient partagée autrefois, lorsqu'ils s'ébattaient dans le carcan doré de l'Ibr', insouciants et encore libres d'imaginer leur destinée.

Il ne lui était plus hostile, ses yeux le lui avaient clairement dit lorsqu'elle s'était avancée pour le saluer. Il s'était même montré ostensiblement courtois envers elle. Proclamant aux yeux de tous leurs pairs que son statut de veuve lui permettait enfin de regagner le giron impérial.

Elle était heureuse d'avoir vécu son retour en grâce aux côtés de Rorsh dont l'esprit moqueur avait largement contribué à rendre ces mondanités moins pénibles qu'elle ne l'avait craint. Elle lui en était reconnaissante. Ses commentaires au vitriol lui avaient parfaitement restitué l'atmosphère sulfureuse de la Cour, où chacun se livrait au jeu subtil et dangereux des intrigues de couloirs. Grâce aux portraits sans concession qu'il lui avait brossés, elle avait même pu démêler l'écheveau des rivalités qui s'exerçaient désormais au sein du Pouvoir. Avec Rorsh, se surprit-elle à penser, la vie semblait à nouveau palpitante...

En arrivant sur le domaine au terme de cette longue journée, elle l'invita à se dégourdir les jambes et l'entraîna sur ses terres.

C'était l'heure où la brise nocturne charriait les senteurs lourdes accumulées aux heures les plus chaudes. Autour du palais, l'air bruissait de mille bruits feutrés et la faune tapie sous la mangrove commençait à sortir pour prendre possession du territoire. L'atmosphère se gorgeait peu à peu de ces odeurs propres à la chasse, faites de peur et de désir exsudés par les prédateurs et leurs proies. Akkaat sentit son sang courir plus vite.

– Dans le secteur qui s'étend au-delà du bayou, il y a assez de gibier pour satisfaire notre faim, s'exclama-t-elle, en voyant les narines de Rorsh palpiter d'excitation. Que diriez-vous d'une chasse à l'antilope pour clore notre journée ?

– Pourquoi pas ? Je ne me suis pas livré à un tel exercice depuis bien longtemps et j'avoue ne pas avoir une seule raison de refuser ce genre invitation. Les plats de viande de Yak marinés offerts par l'ambassade sont d'une insipidité affligeante !

À l'exemple d'Akkaat, il se dépouilla de sa tenue et la suivit dans le dédale des sentiers étroits qui menaient hors des futaies. Puis ils traversèrent la zone aride des cactées et débouchèrent sur un paysage de savane.

Adoptant la posture de chasse propre à leur espèce, ils survolèrent d'un regard avide les troupeaux qui venaient se désaltérer au point d'eau. Avertis par l'instinct de survie, les antilopes rousses et les yaks à poils longs s'agitèrent.

Akkaat lança le cri qui accompagne l'attaque traditionnelle : un long rugissement qui traduisait son plaisir et sa faim, auquel répondit le feulement assourdi de Rorsh.

La course commença par une foulée souple, qui s'accéléra progressivement jusqu'à atteindre le rythme soutenu des proies fuyant la proximité de leurs prédateurs. En quelques secondes, le couple rejoignit un groupe d'antilopes retardataires qui se dispersa à son approche.

Mais il était trop tard pour une jeune femelle gracile, dont le pelage prenait des teintes rosées sous les rayons lunaires. Elle était déjà cernée par ses poursuivants qui réduisaient peu à peu l'espace où elle se débattait.

Lorsque le cercle fut suffisamment étroit pour permettre l'assaut final, Akkaat bondit la première et vint planter ses griffes dans la gorge frémissante, aussitôt appuyée par l'attaque combinée de son compagnon qui atterrit lourdement sur le dos de leur victime.

L'échine se rompit d'un coup sourd et les deux Ashanti roulèrent à terre, entraînés par leur proie dont les yeux se voilaient à l'approche de la mort. Comme des fruits trop mûrs, les chairs éclatèrent. Le sang gicla en longues traînées brunâtres et l'air s'emplit de l'odeur puissante des entrailles répandues. Submergés par leur désir, les deux félins se livrèrent à la curée.

Quelques instants plus tard, repus et satisfaits, ils s'accouplèrent dans une étreinte sauvage et sans passion, à quelques mètres seulement des restes de leur festin. Puis ils se dirigèrent d'un pas nonchalant vers le point d'eau où la tiédeur de l'eau emporta les dernières pulsions de leur désir.

Aux premières lueurs du jour, ils prirent enfin le chemin du retour et s'arrêtèrent au bureau situé au rez-de-chaussée du palais. Akkaat s'approcha du tableau de commande qui clignotait dans la pénombre et activa l'Ordicom dont la voix gouailleuse ricocha sur les murs de la pièce :

– Noble Dame… San ?

– Rorsh Ser' Riis, notre ambassadeur Outremonde ! précisa l'Ashanti d'un ton léger. Elle s'écarta pour permettre à son compagnon de découvrir l'écran géant qui abritait l'IA et sourit en voyant son air appréciateur.

– Cher ami, je vous présente ZZ 32. Une créature exaspérante et prétentieuse, qui s'immisce trop souvent dans ma vie privée, mais dont les capacités hors du commun me sont devenues indispensables. Ce qui ne m'empêche pas de me demander régulièrement si je ne devrais pas regretter de l'avoir créée...

– Pfuitt ! Vous ne regrettez rien du tout ! affirma le timbre métallique de la machine, d'un ton débordant de fatuité. Vous tenez trop à cette originalité unique qui fait tout mon charme... Sans parler de l'étendue prodigieuse de mon intelligence qui dépasse, il faut bien le dire, celle de la plupart de vos congénères. Sans moi, avouez-le, vous auriez péri d'ennui sur ce caillou perdu aux franges de l'univers !

– Allons ZZ, épargne-nous ton couplet sur tes innombrables vertus, l'interrompit Akkaat en bâillant. Dis-nous plutôt ce que tu as appris sur le Domaine d'Errhan' Var' Annuur, l'administrateur en chef de Garth.

– Bien sûr ! soupira bruyamment l'Ordicom, en faisant mine de se résigner à contrecœur. Eh bien, il faut savoir qu'une partie des terres de ce continent désertique appartient effectivement au Clan Annuur'. C'est un domaine de quatre hectares, qui se situe derrière la Citadelle occupée par les Gardiennes de la Loi, et qui jouxte le Site d'Initiation. L'Administrateur y dispose d'un nombre impressionnant de serviteurs en tout genre, dont le volume paraît suivre ces derniers temps une courbe véritablement exponentielle. Au point que les bâtiments construits à l'origine pour les accueillir en sont devenus totalement inadaptés ! On construit donc beaucoup dans cette zone. On agrandit de manière spectaculaire. Mais en attendant la fin de ces grands travaux, Errhan' Van' Annuur en est réduit à parquer tout ce beau monde dans des enclos à peine dignes de recevoir des animaux de trait ! Conseillé en la matière par son brillant assistant, notre cher Zork' Rhul' Han, dont les terres et le palais s'étendent un peu plus au sud, à la limite du désert profond. Quant à savoir si ce dernier, ou même les Gardiennes, opèrent des « coupes sombres » dans cette population d'esclaves, on ne peut malheureusement qu'émettre des conjectures. La comptabilité en reste totalement opaque. Tout est soigneusement verrouillé et il m'a été impossible d'établir la moindre statistique à ce sujet !

– Rien de bien alarmant en somme, si je te comprends bien...

– Apparemment, non ! Mais ma curiosité naturelle m'a entraîné à fouiner du côté des archives concernant les Rites d'Initiation eux-mêmes. Là, les choses se compliquent... Il semblerait qu'on enterre également beaucoup sur Garth ! Or paradoxalement, le pourcentage de réussite des jeunes Ashanti aux épreuves d'Initiation est en hausse constante ! Alors, on peut se poser la question suivante : qui donc enterre-t-on avec tant de célérité ?

La voix de l'ordicom se tut et Akkaat ne put s'empêcher de s'inquiéter à l'évocation de tout ce qu'impliquait une telle interrogation. Perdue dans ses réflexions, elle demeura quelques minutes sans mot dire, puis Rorsh' rompit le silence :

– Il me vient une idée à propos de la visite que nous projetons de faire sur Garth, ma Dame. Je pourrais m'y rendre en tant qu'observateur, et vous, seriez chargée de me présenter aux Gardiennes de la Loi. Sous prétexte d'étudier leur manière d'obtenir ces résultats remarquables aux épreuves d'Initiation et en vue d'en étendre la méthode à l'ensemble des autres Sites...

– Oui, vous avez raison, approuva l'ethnologue, en s'effleurant le menton d'une griffe nerveuse, ça pourrait être une bonne entrée en matière ! Le faible taux d'échec qu'elles enregistrent, le nombre élevé de postulants qui réussissent à surmonter les épreuves, pourraient vraisemblablement susciter une étude officielle. D'autant plus qu'elles ont de quoi être fières d'un système qui leur permet d'afficher un tel succès ! Je pense que ça pourrait marcher... La seule inconnue reste la réponse qu'elles vont donner à notre requête. Accepteront-elles notre visite ? En théorie, elles exercent un droit absolu et inaliénable sur la gestion des Sites religieux et auront leur mot à dire, même si notre demande n'enfreint pas la légalité ! Quant au danger qu'elles représentent, il est inutile de vous le rappeler...

– Chère amie, laissez-moi m'occuper de certains détails. J'ai quelques petites idées qui pourraient nous être utiles... Dès demain, je veillerai à assurer nos arrières !

– Je m'en remets donc une fois de plus à vous, Rorsh. Nous nous reverrons dès que vos préparatifs seront au point. En attendant, j'essaierai d'obtenir un rendez-vous avec l'empereur : lui seul pourra nous permettre de nous lancer dans cette aventure.

L'Ambassadeur s'inclina courtoisement et prit congé.

Akkaat, toujours soucieuse, s'engagea lentement dans l'escalier qui montait à l'étage en pensant au mystère qui entourait Garth :

La petite humaine avait raison de s'inquiéter, elle a bien fait de me parler des disparitions ! Je la récompenserai lorsqu'elle reviendra travailler ! se dit-elle.

Mais dans l'immédiat, il n'était pas question de revenir au Centre Culturel et elle n'avait pas besoin de la jeune fille. Il fallait d'abord découvrir ce qui se tramait sur le Site des Initiations. Une tâche qui demandait de la circonspection, beaucoup de prudence, et du courage. Car si Rorsh' et elle échouaient, ils le paieraient certainement de leurs vies...

21

Avertissements

Le Khan se trouvait en butte à de nombreuses rivalités.
Contesté par certains membres des Clans les plus prestigieux,
il devait aussi lutter contre les Gardiennes de la Loi
qui désiraient sa chute.

Extrait des « Sentiers de la Mémoire », Emrys le Sage.

Mag Mor. Jour 12.

Un carton aux armes de la maison impériale trônait sur le plateau du petit déjeuner. Akkaat s'en saisit avant d'aller ouvrir la fenêtre de sa chambre. À l'extérieur, une chaleur lourde écrasait les parterres de fleurs dont les corolles assoiffées luttaient déjà pour survivre à une journée qui s'annonçait étouffante. Son regard survola cette masse luxuriante mais ne parvint pas à s'y attarder. Quelque chose l'inquiétait. Bien sûr, l'invitation qu'elle tenait à la main arrivait à point nommé : elle lui permettrait de s'entretenir avec l'empereur le jour même, sans avoir besoin de solliciter un rendez-vous. Mais une telle coïncidence était presque trop belle pour ne pas lui paraître suspecte. L'hypothèse d'une arrestation imminente lui traversa l'esprit.

S'agirait-il d'un piège ?

Que le Khan puisse être au courant de ses projets n'était pas le véritable objet de ses craintes, puisqu'elle avait besoin de son aval pour les réaliser. Mais devant la gravité des révélations qu'elle s'apprêtait à lui faire, quelqu'un pouvait avoir intérêt à la faire passer pour une espionne cherchant à déstabiliser l'empire. La paranoïa était inhérente à l'exercice du pouvoir, c'était bien connu. Un dirigeant vivait dans la crainte perpétuelle d'un complot visant à affaiblir son autorité. Or, ce qu'elle envisageait de faire pouvait être interprété comme une manœuvre destinée à briser l'équilibre des forces qui existaient entre le politique et le religieux. Les Gardiennes du Temple étaient presque aussi puissantes que l'empereur et avaient tôt fait d'éliminer tous ceux qui menaçaient leur autorité. La soupçonnaient-elles ? L'avaient-elles dénoncée comme étant un agent au service d'une puissance étrangère, chargé de salir leur réputation pour saper leur influence ?

Mais pour lancer une telle accusation, il fallait qu'un traître leur ait apporté des preuves...

Seul Rorsh est au courant, or il est impliqué dans cette histoire jusqu'au cou puisqu'il m'a écoutée et même encouragée à accepter son aide... Non, personne ne sait, je me fais des idées !

Durant quelques instants, elle resta perdue dans ses réflexions, les doigts crispés sur le rebord de la fenêtre, cherchant à deviner si cette invitation ne constituait pas simplement l'occasion rêvée de procéder à son incarcération. Mais, même si c'était le cas, il était bien trop tard pour tenter de se disculper. La réunion devait avoir lieu le midi même. Elle ne pouvait donc s'en remettre qu'à sa bonne étoile.

Pour exorciser sa peur et impressionner ceux qui pourraient se poser en adversaires, elle choisit de soigner sa mise et opta pour un certain décorum : combinaison de velours cramoisi, assorti d'une cape noire simplement éclairée par un col officier rebrodé d'or. Un ensemble à la fois strict et somptueux qui mettait en relief le côté le plus sombre de sa nature. Mais pour une fois, c'était précisément ce qu'elle recherchait. Aujourd'hui, elle devrait provoquer la méfiance de ses ennemis, tout en rappelant de façon éclatante son appartenance à la vieille aristocratie Ashanti qui possédait toujours un pouvoir considérable.

Légèrement réconfortée par l'aura de puissance que dégageait sa silhouette, elle se jugea enfin prête et sortit rapidement de la maison pour gagner l'héliport. Conduire serait salutaire et lui permettrait sans doute de calmer ses nerfs, se dit-elle, lorsqu'elle décolla en direction du sud.

Malgré, ou à cause de la présence de l'empereur sur Salicorne, les canaux de circulation aériens n'étaient pas surchargés. Elle prit donc plaisir à survoler Nazkat jusqu'au palais du gouverneur et atterrit sur le tarmac au moment de la relève de la garde. Lorsqu'elle ouvrit la porte de son appareil, un des officiers se précipita à sa rencontre et la salua avec ostentation :

– Akkaat' Llam' Ekktre' Bror. Veuillez me suivre s'il vous plaît, l'Empereur vous attend !

Rassurée par l'attitude de courtoise déférence que lui témoignait la Dho', Akkaat lui adressa un sourire plus appuyé que ne l'exigeait l'étiquette en de telles circonstances. Elle se doutait que cet écart pouvait être interprété par la guerrière comme un signe de sénilité précoce, mais elle s'en moquait. Le soulagement qu'elle ressentait à l'idée qu'on ne songeait pas à l'arrêter l'éloignait plus que jamais du protocole et de ses exigences. L'esprit plus serein, elle lui emboîta le pas et la suivit dans le dédale du palais jusqu'à la salle de réception.

Sur le palier, la Dho' s'écarta pour la laisser entrer et Akkaat jeta un coup d'œil sur l'agencement haut en couleur de l'immense pièce. Elle avait été entièrement redécorée depuis sa dernière visite, sans doute en l'honneur de l'Empereur. Tous les murs étaient ornés de fresques mobiles rappelant les plus grandes batailles de la conquête spatiale menée par le peuple Ashanti. Se détachant sur le plafond indigo représentant la voûte céleste, les corps fuselés des « Ailes de la mort » paraissaient prêts à poser leurs carcasses démesurées au sein même de l'assemblée réunie. Et aux quatre coins, des colonnes de lumière diffusaient cette clarté particulière qu'on ne rencontrait que sur Soorith-la-Blanche, leur planète natale.

Au centre de la salle, une imposante table était dressée pour le banquet. Couverte de pièces de venaison froides alternant avec des vasques où scintillait l'ambre rouge du sang des bêtes abattues pour la circonstance, elle était entourée par les sièges devant accueillir les invités. Bien que de facture somptueusement ouvragée, ces derniers se trouvaient dépassés en majesté par le trône du Khan Ekktre' Bror. Taillé dans un bloc d'émeraude en provenance de Soorith, son dossier était surmonté d'une gueule de lion largement ouverte, dont les crocs luisaient comme des épées affûtées. L'effet qu'il produisait était propre à marquer les esprits. Ici, semblait-il dire, se tient le plus grand monarque de l'univers !

En franchissant le seuil, Akkaat salua brièvement la vingtaine d'Ashanti qui s'y trouvaient déjà. Seuls quelques-uns d'entre eux s'autorisèrent à jeter un regard froid dans sa direction, mais aucun ne daigna s'approcher. Elle les connaissait pourtant tous, la plupart étant de proches parents avec lesquels elle avait partagé toute son enfance. Mais pas un seul n'était tombé sous le coup d'un bannissement comme celui qui l'avait écartée du pouvoir. Nul ne prit donc le risque de s'adresser directement à elle, tant que la portée de son influence politique n'était pas de nouveau clairement définie.

Fortement agacée par ce comportement qu'elle jugeait puéril, elle eut une grimace de dépit et, babines frémissantes, sentit croître une nouvelle inquiétude. Il n'y avait là que les membres de l'Ibr', l'organe le plus puissant de l'empire, dont le rassemblement restait suffisamment rare pour ne pas évoquer l'idée d'une crise imminente. Il se passait donc quelque chose de grave... Quelque chose qui n'avait certainement rien à voir avec ses propres desseins.

Peu désireuse de montrer son véritable état d'esprit, elle rejeta la tête en arrière dans un geste de défi et dévisagea lentement l'ensemble du groupe sans sourciller. Apercevant alors l'Empereur qui discutait à l'écart avec un officier, elle se dirigea vers lui. Il était entièrement vêtu de noir et son abondante crinière brune n'était éclairée que par un ruban d'or fin enserrant sa tête. À sa ceinture pendait un disrupteur de particules, recouvert d'or et de pierreries. Akkaat n'en avait jamais possédé, mais savait qu'il ne s'agissait pas d'une arme de parade. D'une simple pression du pouce sur sa crosse il pouvait créer une fracture dans le continuum spatio-temporel et envoyer dans le néant tout ce qu'il touchait de son rayon mortel. En voyant ce joyau de leur technologie, l'inquiétude d'Akkaat monta d'un cran et elle se demanda si l'Empereur se sentait particulièrement menacé ce jour-là.

Parvenue à sa hauteur, elle s'inclina devant lui en ployant le genou avec déférence. Aussitôt, le monarque interrompit sa conversation et l'invita à se relever en lui tendant la main.

– Heureux de te revoir enfin, ma sœur. Ta présence nous a grandement fait défaut toutes ces années. Comment te portes-tu ?

– On ne peut mieux mon Seigneur, merci ! répondit Akkaat, un sourire aux lèvres. Seule la course du temps se fait parfois sentir dans mes vieux os. Mais je n'ai pas à me plaindre de ma vie sur Salicorne : je me suis attachée à cette planète.

– C'est ce que je me suis laissé dire, en effet. T'exiler sur ce bout de terre, perdu au fin fond de l'univers n'était donc pas une si mauvaise idée après tout ! Des fouilles et des recherches occuperaient tout ton temps, m'a-t-on dit ? J'ai hâte d'en savoir plus.

Lui offrant son bras, il l'entraîna vers la table et la pria de s'asseoir à sa droite.

– Tu disposes de tout ton temps pour m'expliquer ce que tu fais. Et je compte également sur toi pour me raconter ce qui t'attire tant sur cette planète !

Une lueur indéchiffrable dans le regard, il invita les autres convives à rejoindre leurs sièges et tous s'installèrent tandis que les domestiques entraient, les bras chargés de plateaux regorgeant de victuailles.

Les carcasses de gibier fraîchement tué baignaient dans leur sang gorgé d'épices. Biches et antilopes, gnous et gazelles avaient été débités en morceaux juteux dont le fumet puissant attisait les sens. L'empereur s'empara du premier quartier de viande qui se trouvait à sa portée et y planta les crocs, invitant ses hôtes à imiter son geste.

Akkaat apprécia la qualité des bêtes qui avaient été sélectionnées et se délecta. Il ne s'agissait pas de Yaks d'élevage, dont la chair avait un goût beaucoup trop douceâtre pour figurer à la table de l'Empereur, mais de jeunes bêtes qu'on avait dû chasser au lever du jour afin d'en conserver toutes les saveurs sauvages.

Au fil du repas, les conversations plutôt guindées au départ, commencèrent s'animer et elle sentit ses pires craintes refluer. Les visages se faisaient plus avenants à mesure que sa faveur devenait évidente. À plusieurs reprises, elle surprit même un regard envieux posé sur elle, ce qui l'amena à s'interroger sur l'ordonnance des places autour de la table.

Les membres les plus influents de l'Ibr' : chefs d'escadrons, conseillers et ministres se trouvaient assis à la gauche du prince, par ordre de préséance. Les places les plus éloignées échouant aux seigneurs de moindre importance. Placée comme elle l'était, juste à sa droite, elle réalisa avec satisfaction qu'il était normal qu'on la jalouse et son soulagement s'accrut. Une telle marque d'estime ne signifiait qu'une chose.

Il ne m'a pas oubliée !

Bien au contraire, tout dans son attitude envers elle témoignait de son intérêt. Peut-être même avait-il vraiment regretté son absence... Songeuse et plus flattée qu'elle ne l'aurait avoué, elle laissa son regard errer sur l'assemblée et remarqua enfin le siège vacant à l'autre bout de la table.

Une autre personne avait donc été conviée mais ne s'était pas encore présentée.

Retard involontaire ou affront délibéré ? s'interrogea-t-elle avec perplexité, en se tournant vers l'Empereur dont le regard perspicace semblait avoir suivi le cheminement de sa pensée.

Il eut une sorte de sourire froid en croisant ses prunelles et continua sa discussion avec son voisin de gauche, sans qu'Akkaat puisse dire si son imagination lui jouait des tours ou si elle avait vu une lueur meurtrière s'allumer au fond de ses yeux.

Mais elle eut tôt fait d'oublier l'incident durant la conversation passionnée qu'ils partagèrent ensuite et la soirée se poursuivit agréablement jusqu'à une heure tardive. La fin du banquet s'approcha et les domestiques apportèrent les desserts : petits rongeurs confits dans leur graisse, volailles farcies et passereaux pochés défilèrent dans les assiettes jusqu'au moment où le claquement des portes qu'on ouvrait à la volée interrompit ce ballet culinaire. Sur le seuil se découpait une haute silhouette revêtue de la combinaison rouge sang portée par les Gardiennes de la Loi. La capuche de sa houppelande blanche, soigneusement rabattue sur le visage, ne permettait pas de mettre un nom sur l'inquiétante apparition. Mais tout dans son attitude hautaine transpirait le Pouvoir. L'inconnue s'avança d'un pas martial et Akkaat remarqua que sa stature, particulièrement imposante, même pour une Ashanti, la poussait à marcher les épaules légèrement courbées à la manière d'un oiseau de proie.

Parvenue aux côtés de l'empereur dont le visage impassible ne laissait rien paraître de ses sentiments, elle ôta sa capuche et repoussa les pans de sa cape d'un geste théâtral. Akkaat reconnut immédiatement la Supérieure du Temple, Ikkuut' Rhul' Hani, qui dirigeait l'Ordre du Temple, et frémit devant l'air méprisant qu'elle arborait. Une attitude dédaigneuse qui s'accentua encore lorsqu'elle s'inclina négligemment devant son souverain.

Elle devait avoir largement dépassé les deux siècles d'existence. Mais quelque chose d'indéfinissable dans son maintien indiquait qu'elle n'avait rien perdu de sa souplesse et de ses réflexes.

Une ennemie mortelle, se dit Akkaat en la dévisageant à la dérobée. Pour quiconque osait se dresser en travers de sa route. Seuls le visage couturé et la pâleur de sa crinière trahissaient son âge. Mais ce qui frappait par-dessus tout, c'était l'aura de cruauté qui émanait de sa personne. Elle en était certainement consciente et devait en jouer à loisir, car cette impression s'intensifia lorsqu'elle laissa son regard courir sur l'assemblée pour se fixer enfin sur le siège qui lui était réservé, aussi loin de l'empereur qu'il était possible de se tenir. Mal à l'aise, les trois quarts des invités préférèrent baisser le nez sur leur assiette alors que l'Empereur la priait froidement de s'asseoir :

– Maar Ikkuut', veuillez gagner votre place. Le banquet est déjà largement entamé mais il reste encore quelques douceurs...

La guerrière eut un haussement raide des épaules et, mâchoires serrées, rejoignit sa chaise. D'un geste brusque, elle s'empara de ses couverts en enveloppant le prince d'un regard indéfinissable.

Akkaat sentit une vague nausée lui monter à la gorge. Les mains de la guerrière étaient particulièrement impressionnantes : de véritables serres, puissantes et noueuses, que l'on devinait capables de broyer sans effort n'importe quelle proie. Et les griffes déployées, serties dans de l'acier creux rempli de venin, en faisaient des armes redoutables. Il était clair qu'elle devait y avoir recours sans hésitation, lorsque le poison était jugé préférable à tout autre mode d'élimination. Cette manière particulière de donner la mort faisait partie de la légende qui entourait l'Ordre. Akkaat ne put réprimer un frisson désagréable en pensant une fois de plus à ce qui l'attendrait, si d'aventure sa visite sur Garth était jugée indésirable.

Les conversations reprirent laborieusement sous l'impulsion du prince, mais le malaise persista. On parla bientôt des récentes conquêtes de la flotte spatiale dans le système de Véga et certains évoquèrent le délicat sujet de l'intégration des populations vaincues.

Les avis sur la question restaient partagés : la plupart doutaient de la nécessité réelle du système, mais une poignée d'irréductibles modernistes prônait au contraire les vertus d'une assimilation réussie. Insistant sur les promesses de pacification qu'elle contenait à long terme.

Le gouverneur était de ces derniers et révéla qu'il songeait lui-même à intégrer les humains de Tirfo Thuin dans un programme de grands travaux effectués jusque-là par des robots. Sur des chantiers où l'efficacité de ces derniers pouvait se discuter. À condition, ajouta-t-il, de nourrir convenablement les ouvriers et de leur imposer des cadences adaptées à leur constitution. Il conclut ses propos en affirmant qu'il avait déjà entamé des études sur le sujet et qu'il était favorable à une meilleure coopération avec cette race, au demeurant plus intelligente qu'on ne le supposait.

L'empereur écoutait avec intérêt ces idées novatrices et ne l'interrompit que pour demander qu'on lui présente un projet détaillé sur les possibilités d'emploi de cette population. Projet qu'il promit d'étudier avec le plus grand sérieux, dans la perspective de définir les nouvelles bases d'une cohabitation plus équilibrée entre les deux races. Akkaat allait applaudir à cette proposition, lorsqu'elle fut brutalement coupée dans son élan par une exclamation furieuse :

– Majesté !

Ikkuut' Rhul' Hani s'était dressée et chacun put contempler les crocs qui retroussaient sa bouche.

– Je m'élève contre ce projet qui vise à éroder graduellement notre pouvoir. Comment pensez-vous conserver votre emprise sur ces créatures, si vous remettez en cause le statut qui leur est réservé ? L'empire ne s'est érigé que grâce à la stricte application de lois suffisamment répressives pour maintenir tous les vaincus à leur place. Et ce système fonctionne parfaitement depuis des siècles ! Nos pères nous ont enseigné la voie de la sagesse en le développant... Voudriez-vous le remplacer par des expériences hasardeuses, qui pourraient déboucher sur le chaos ?

Poing fermé, elle martela le rebord de la table. Autour d'elle, plusieurs verres s'entrechoquèrent et celui de son voisin, l'héritier en titre d'une lointaine seigneurie Var', se brisa avec fracas.

– Croyez-moi Sire, je connais ces humains ! vitupéra la guerrière, en ponctuant son avis d'un grondement sourd. Ce sont des chiens à la nature perverse, qui ne demandent qu'à planter leurs crocs dans la main qui les nourrit...

– Calmez-vous, Maar Ikkuut' ! J'entends vos arguments... Mais vous rappelle que vous vous adressez à votre souverain et non à l'un de vos sbires ! Vous n'avez pas à me dicter ma conduite.

Le prince n'élevait pas la voix, mais les spasmes qui contractaient ses muscles en disaient long sur sa fureur.

– Pour lors, il n'est question que d'étudier certains aménagements propres à assurer une meilleure rentabilité du travail humain, cracha-t-il. Rien d'autre dans ce projet ne peut justifier une telle virulence de votre part. Ne m'obligez pas à vous censurer ! N'êtes-vous pas capable de comprendre qu'un empire ne devant sa stabilité qu'à l'usage de la force est un empire fragile, qui s'expose à voir son autorité remise en cause un jour ou l'autre ? Nous ne sommes quand même pas éternels !

Arc-boutée, les griffes plantées dans le bois de la table, la Supérieure l'interrompit d'un ton mordant :

– C'est pourtant cette force brutale qui a pérennisé l'Empire. C'est elle qui vous a placé là où vous êtes, Prince… Ne faites pas l'erreur de l'oublier !

Babines déformées par un rictus, elle s'approcha lentement de l'empereur sans cesser de le défier du regard. Alarmés par son attitude agressive, quatre convives se levèrent d'un même mouvement et vinrent encadrer leur souverain, une main posée sur la crosse de leur désintégrateur. Mais elle ne recula pas et se contenta de les toiser d'un air méprisant.

– Belle garde que vous avez-là, Khan Ekktre Bror' ! À l'image sans doute de ce que vous nous réservez !

Elle pointa un index accusateur en direction du souverain dont les griffes se contractaient de manière convulsive.

– Sans ce qui a fait notre grandeur, la pureté d'un sang qui coule encore dans les veines des meilleurs d'entre nous, vous n'êtes rien, Sire !

La guerrière déchaînée hurlait maintenant ses propos et son regard flambait de haine.

– Prenez garde à ce que vous déciderez, ou vous serez balayé !

Les hommes qui encadraient le monarque bondirent vers la guerrière, mais furent arrêtés d'un geste par leur souverain qui lança un regard lourd de menaces à cette dernière.

– Est-ce un défi, Maar Ikkuut' ? Dois-je comprendre que vous vous dressez contre votre Empereur ?

– Rien qu'un avertissement Sire. Un simple avertissement. Mais je vous enjoins de le prendre au sérieux ! Des forces nouvelles sont en train de se rassembler. Des forces vives, que vous devriez écouter au lieu de suivre les conseils lénifiants d'une bande de courtisans habitués à se remplir la panse.

Elle cracha son dédain en dévisageant chaque convive et émit une sorte de feulement rauque qui traduisait un mépris sans bornes.

L'Empereur riposta d'une voix cinglante :

– Je connais vos semblables, Ikkuut' Rhul' Hani, et toutes leurs théories sur l'hégémonie de la race. Mais l'exercice du pouvoir est entre *mes* mains et celles de *mon* Clan ! *Vos* compétences se limitent à la garde des Sites d'Initiation. Ne l'oubliez pas, vous non plus ! Je n'ai pas à recevoir de leçons sur la manière de gouverner mon empire. Votre attitude est inqualifiable et vous avez largement dépassé les limites de ma tolérance ! Il me serait désagréable de gâcher cette réunion en procédant à votre arrestation, mais si vous m'y obligez...

La phrase resta en suspens et l'ensemble des convives eut un même mouvement de recul horrifié. La prêtresse émit un sifflement venimeux mais se tassa brusquement.

– Maar Ikkuut, nous ne vous retenons pas ! reprit l'empereur d'un ton sans appel, en lui désignant la porte. Nous comprenons que les devoirs de votre charge exigent votre départ immédiat. Gardes ! aboya-t-il vers le couloir où un contingent patrouillait en permanence, veillez à ce que la Supérieure regagne sa commanderie sans tarder : vous êtes désormais affectés à sa protection. Jusqu'à nouvel ordre, il n'est pas question qu'elle quitte Garth sans mon autorisation !

Les soldats obéirent aussitôt et vinrent encadrer la guerrière qui franchit le seuil d'un pas raide, sans consentir à baisser le regard.

Lorsque la porte se fut refermée, Akkaat ne put s'empêcher de s'exclamer :

– Sire, vous venez de vous faire une ennemie mortelle. Prenez garde ! L'Ordre est puissant et possède de nombreux sympathisants au sein des clans majeurs.

Un concert d'avertissements et d'expressions inquiètes vint appuyer ses paroles, mais le souverain les balaya d'un revers de la main :

– Nous veillerons à maintenir ces femelles arrogantes dans le cadre strict de leurs attributions, n'ayez crainte ! Si elles osent comploter contre le Pouvoir, il se pourrait qu'elles le regrettent. L'Ordre des Gardiennes de la Loi n'a rien à gagner dans un conflit ouvert avec le Trône et je doute qu'il l'ignore ! Ceci est d'ailleurs valable pour tous ceux qui pourraient être tentés par la sédition…

Il laissa courir un regard inquisiteur sur l'ensemble de ses invités puis leur intima l'ordre de partir à l'exception d'Akkaat, à qui il demanda quelques minutes d'entretien supplémentaire. L'ethnologue sentit brusquement renaître les inquiétudes qu'elle nourrissait en début de journée et son échine se couvrit de sueur.

Pourquoi me retenir ainsi ? Aurait-il quelque chose à me reprocher ?

Autour d'elle, trop secoués pour émettre le moindre commentaire, les membres de l'Ibr' sortaient un à un sous le regard courroucé de leur souverain. Lorsque le dernier d'entre eux se fut éclipsé, Akkaat se tourna vers lui et, avec toute la déférence dont elle était capable, osa lui poser la question qui lui brûlait les lèvres :

– Sire, que venait-elle faire ici ? Et pourquoi une telle réunion ?

– Pour forcer mes adversaires à se dévoiler !

Il se mit à arpenter la salle d'un pas martial en relevant la tête de temps en temps pour planter son regard dans le sien.

– Mes espions m'ont appris qu'un complot était en train de se former. Quelques membres appartenant aux Clans les plus puissants en feraient partie et les Gardiennes de la Loi en seraient les instigatrices. Le retard délibéré de Ikkuut' Rhul' Hani et son intervention intempestive ne laissent que peu de doutes sur la véracité de ces rumeurs et sur les ambitions de l'Ordre. Le problème de l'intégration des races inférieures n'était qu'un appât agité sous son nez pour la faire réagir. Je peux d'ailleurs remercier chaudement le gouverneur d'avoir si habilement présenté la chose : elle est tombée droit dans le panneau ! Je sais maintenant à quoi m'en tenir... L'Ordre veut récupérer le pouvoir et placer à la tête de l'Empire une marionnette qu'il pourra manipuler à sa guise.

– Les membres de l'Ibr' sont-ils soupçonnés ? S'enquit Akkaat, d'un ton soucieux.

– Je ne crois pas qu'ils y trempent. Pas directement en tous cas. Aucun de ceux qui étaient ici aujourd'hui n'est prêt à risquer sa renommée et la puissance de son Clan dans une aventure aussi hasardeuse. D'autant que chacun sait quel danger représente l'Ordre : une fois sur le trône, personne ne pourra se sentir à l'abri de sa tyrannie ! Et puis, ils sont tous tellement empêtrés dans leurs luttes intestines, pour grignoter une parcelle d'influence, qu'ils en ont pratiquement perdu toute pugnacité. Non ! ce ne sont pas des recrues de choix pour le Temple... Juste des moutons, qui attendront de voir en faveur de qui le vent tournera pour prendre parti.

Gênée par l'expression de mépris qui accompagnait cette dernière remarque, Akkaat baissa la tête. Quelques secondes s'écoulèrent, puis elle reprit à voix basse :

– Sire, je dois vous avouer que notre entretien vient à point nommé pour moi. Je désirais justement vous entretenir d'une rumeur inquiétante qui circule parmi les humains. Une rumeur qui pourrait être en relation avec les activités de l'Ordre sur le site de Garth...

L'empereur s'immobilisa et la dévisagea d'un œil inquisiteur :

– Dis-moi ce que tu sais à ce sujet. J'aurai peut-être de mon côté certaines choses à t'apprendre...

Surprise par la réponse de l'Empereur et les sous-entendus qu'elle contenait, l'ethnologue réalisa en un éclair que rien n'échappait à l'attention du souverain : il se tenait au courant de tout ce qui se passait sur Salicorne. Ses espions avaient déjà dû l'alerter à propos du mystère qui entourait Garth. Elle se sentit presque soulagée par cette constatation, et l'esprit plus serein, se lança dans son explication :

– Il circule des bruits inquiétants sur des disparitions en masse au sein de la population humaine. Lorsque j'en ai eu connaissance, je n'ai d'abord pas voulu y croire. D'autant plus qu'on laissait entendre que ces dernières coïncidaient avec le départ de nos jeunes sur Garth. Mais plus tard, je suis revenue sur ma position lorsqu'il m'a été rapporté une certaine conversation. Lors d'un banquet donné sur le domaine du gouverneur, une des nôtres se serait ouvertement élevée contre des « procédés regrettables », impliquant des races inférieures. Des procédés qui auraient lieu au cours même de l'Initiation...

Mâchoires contractées, l'Empereur reprit sa marche de long en large, les bras croisés dans le dos et la mine concentrée, puis s'arrêta une fois encore devant Akkaat en hochant la tête.

– Je suis au courant de l'altercation. Mais jusqu'à présent le Temple s'est toujours opposé à toute investigation sur ce site qui reste, comme tu le sais, leur domaine exclusif : une prérogative garantie par la Loi de l'Empire que je ne peux malheureusement contourner sans me parjurer.

Akkaat acquiesça brièvement, sans oser l'interrompre.

– Bien entendu, j'ai envoyé des espions sur Garth, dès que j'ai eu vent de ces rumeurs, afin de découvrir ce que l'Ordre des Gardiennes me cache. Aucun n'en est revenu. Il s'agissait pourtant d'hommes bien entraînés, qui avaient tous des états de services irréprochables. Elles les ont certainement découverts et fait disparaître, sans qu'il me soit possible de protester ouvertement. Je soupçonne d'ailleurs la Mère de s'être volontairement livrée à cette mascarade tout à l'heure pour me faire savoir, en termes à peine voilés, qu'elle me défiait d'y faire allusion… Elle reste donc pour l'instant le maître du jeu !

Akkaat frissonna. Ce que l'Empereur venait de lui révéler sur la mort de ces espions confirmait ses pires craintes. Le plan qui devait les mener, elle et Rorsh', sur les lieux mêmes de l'Initiation, pouvait les faire tomber dans un piège d'où ils ne ressortiraient pas vivants ! Elle demeura silencieuse quelques secondes, trop secouée pour articuler un mot. Mais les enjeux en présence étaient bien trop présents à son esprit pour qu'elle puisse les oublier.

Il ne s'agit pas simplement de sauver quelques esclaves d'un sort funeste !

Faisant appel à toute la maîtrise dont elle était capable, elle s'inclina devant son souverain et lui dit :

– Sire, il y a peut-être un autre moyen. J'ai un projet à vous soumettre ! Depuis que j'ai eu connaissance de cette histoire, j'ai le sentiment que je dois de me rendre sur Garth. Je pourrais être accompagnée pour l'occasion de notre ministre des affaires étrangères, Rorsh' Ser' Riis, qui a bien voulu se porter volontaire pour m'escorter. Il s'agirait officiellement de satisfaire le caprice d'une vieille femme proche de la mort dont le souhait serait de revoir un site sacré avant de rendre l'âme !

Elle eut un grognement ironique et enchaîna :

– Quant à notre ambassadeur, il pourrait avoir pour mission d'étudier les méthodes employées sur Garth, afin d'en proposer l'extension aux autres lieux d'initiation.

L'empereur hocha la tête d'un air grave :

– Notre précieux Rorsh m'a fait part de votre plan. C'est un homme plein de ressources vois-tu, que j'ai déjà chargé de quelques missions délicates par le passé. Je sais donc que son aide te serait précieuse et, ce matin même, je souscrivais sans réserve à ce projet. Moyennant certaines précautions que nous devions prendre avant de vous lâcher dans la fosse aux lions. Mais ce plan me semble soudain beaucoup plus dangereux. À la lumière de ce qui vient de se passer ici, nous avons pu mesurer les véritables objectifs de l'Ordre. C'est pourquoi j'hésite à présent à vous donner le feu vert.

– Sire, je suis prête à prendre ce risque. Laissez-nous tenter l'aventure ! rétorqua Akkaat d'une voix vibrante, avant de poursuivre : si je vous ai dit que j'étais heureuse et apaisée maintenant, c'est parce j'arrive à un âge où les choses m'apparaissent avec plus de sérénité. Je vis ici depuis assez longtemps pour savoir que les humains ne sont pas des créatures ignorantes. Encore moins des animaux dont nous pourrions abuser, sans avoir à nous soucier du devenir de l'espèce. Si nous continuons à les traiter comme tels, nous pourrions un jour le regretter ! Et s'ils sont impliqués dans ce qui se passe sur Garth, nous devons le découvrir rapidement, avant qu'un soulèvement ne vienne mettre le feu aux poudres. L'inquiétude et les rumeurs courent déjà parmi eux, je m'en suis rendu compte ces jours-ci, et vous savez qu'il n'y a qu'un pas de la rumeur à la révolte !

Elle s'interrompit, une moue de dérision sur les lèvres.

– Oh ! Je sais bien qu'ils ne pourront jamais égaler notre niveau technologique et qu'en conséquence, il n'y a pas de danger immédiat. Mais comme vous l'avez suggéré tout à l'heure, il serait plus judicieux d'utiliser leurs compétences pour asseoir durablement notre présence ici au lieu de continuer à les traiter comme du bétail rétif. Toute cette surveillance coûte cher en hommes et en matériel et ne rapporte rien. Je crois au contraire qu'un projet d'intégration progressif, à des postes subalternes, serait une bonne manière de nous assurer une coopération de leur part. Ils pourraient être autorisés à développer leur culture sur leur île, et même y jouir d'une certaine autonomie, encadrée par nos soins. En contrepartie, nous pourrions peut-être exploiter avec plus de bonheur les terres du nord de Tirfo Thuin, qui restent encore mystérieuses et qu'aucun d'entre nous, machines comprises, n'a pu véritablement étudier depuis notre arrivée sur cette planète. Or, je sais de source sûre que les humains connaissent ces régions et les gisements qu'elles renferment.

L'empereur acquiesça en fronçant les sourcils.

– Hum ! Je vois que tu rejoins le point de vue du gouverneur sur ce sujet. Je te promets d'y réfléchir… Mais dans l'immédiat, il me semble plus urgent que jamais de découvrir ce qui se trame sur Garth !

Il soupira en passant une main sur son front soucieux.

– Ai-je pour autant le droit de te laisser courir ce risque ? Même si Rorsh peut t'épauler plus encore que tu ne l'imagines, il n'est pas faux de dire que tu peux y laisser la vie !

– Ma mort pourrait également servir vos desseins, Sire… Je fais partie de l'Ibr'. Je suis Llamashi, votre sœur-de-nid : elles ne peuvent m'éliminer sans avoir à vous rendre des comptes. Si je disparaissais, vous auriez le droit d'investir les lieux pour vous faire remettre ma dépouille !

– Je sais, je sais ! Ce que tu me proposes est bien tentant. Mais de ton côté, pourquoi m'offrir ton aide aussi spontanément ? Tu aurais pourtant toutes les raisons du monde de nourrir à mon égard plus de griefs que de reconnaissance depuis ton exil !

– Pardonnez-moi de vous dire cela mon Seigneur, mais il me semble qu'il y a en jeu plus que nos simples personnes dans cette histoire. Quelque chose me dit que l'avenir de notre race pourrait être remis en cause. Garth n'est pas un lieu comme les autres. Ce qui s'y passe en temps normal doit être préservé dans toute son intégrité. Nos mutations ne sont pas sans péril et si quelqu'un s'immisce dans le processus génétique, nous frôlerons alors le plus grand danger que notre espèce ait jamais eu à affronter jusqu'ici. Sans savoir si nous pourrions seulement nous en relever !

D'un geste spontané, elle mit un genou en terre :

– Je vous supplie de me donner votre autorisation, mon Seigneur. Je le dois à notre peuple, à nos illustres ancêtres et à ceux qui nous suivront !

Une lueur d'étonnement traversa le regard de l'empereur dont les babines se retroussèrent sur un rictus amusé.

– Je vois que l'âge n'a pas entamé ta combativité et qu'il serait vain d'essayer de te faire changer d'avis ! Lève-toi mon amie, je me rends à tes arguments.

Il lui tendit sa main et conclut :

– Il nous reste maintenant à discuter de certains détails avec le chef de mon état-major. Je veux m'assurer que tout ce qui peut être fait pour garantir ta sécurité sera mis en œuvre !

22

La nasse

La réputation des guerrières Dho'
était fondée sur leur férocité au combat.
Elles représentaient la quintessence de la nature Ashanti :
sous le masque rigide de l'inflexibilité militaire,
l'exaltation des instincts n'était pas maîtrisée.

Extrait des « Sentiers de la Mémoire », Emrys le Sage.

Mag Mor. Jour 13.

Les murs de la cellule où Ymir croupissait depuis son arrestation suintaient d'humidité malsaine et le tapis de mousse gluante qui rampait sur le sol lui ôtait toute possibilité de se redresser.

Il avait dû se rendre à l'évidence : l'anneau qui le rivait au sol était solidement ancré au centre de la pièce. Quant à la longueur de la chaîne qui aboutissait au lourd collier de cuivre enserrant son cou, elle était beaucoup trop courte pour lui permettre d'atteindre les parois où il rêvait d'appuyer son dos fatigué. Il en était réduit à alterner la station allongée dans ce magma visqueux et la position assise qu'il essayait de conserver jusqu'à ce que l'épuisement l'oblige à se rallonger encore.

Il était parfois agité de tremblements incoercibles et songeait que l'atmosphère glaciale des cachots aurait bientôt raison de sa résistance tant il se sentait fébrile. Ironie du sort ou volonté délibérée de la part de ses geôliers ? La prison où il moisissait, avec sans doute bien d'autres compagnons d'infortune, était en fait un très vieux complexe carcéral datant de l'époque où Salicorne était encore libre.

En effet, la garnison Ashanti s'était édifiée au-dessus d'un vaste dédale de cachots souterrains rongés par les siècles, sans qu'on ait jugé nécessaire ou souhaitable d'y apporter la moindre amélioration. L'état-major ayant certainement voulu rappeler aux relégués retenus dans cet enfer que les conditions de leur incarcération ne relevaient pas de leur technologie. Elles restaient le fidèle reflet de ce qui se pratiquait jadis, lorsque la planète était encore régie par des lois humaines.

Chaque jour, lorsque les premières lueurs de l'aube filtraient à travers les barreaux de la petite lucarne qui donnait sur la cour supérieure, il pensait qu'il ne survivrait pas à ces longues heures d'agonie qui diluaient le temps au point de lui faire oublier jusqu'au nom qu'il portait. Pourtant, lorsque la porte s'entrouvrait et qu'une main anonyme lui lançait un croûton de pain moisi ou un morceau de viande avariée, il ne pouvait s'empêcher de ramper vers cette maigre pitance qui le maintenait encore en vie.

À force de tirer sur la chaîne pour atteindre ce qui lui était dédaigneusement jeté, son cou n'était plus qu'une plaie vive qui le faisait atrocement souffrir et dans ses moments de lucidité, de plus en plus rares maintenant, il en était venu à désirer une infection rapide et mortelle qui mettrait fin à cette lente torture.

Une fois encore, alors qu'il émergeait d'une courte période de sommeil comateux, un rai de lumière pâle éclaira sa cellule et vint se poser sur ses yeux grands ouverts. En haut, dans la cour, il entendit un gradé hurler les premiers ordres de la journée et la garnison entière sembla lui répondre d'un seul et même tressaillement. Des groupes de soldats coururent d'un endroit à un autre, des portes claquèrent violemment et le moteur d'un ornithoptère se mit à vrombir dans l'attente d'un décollage imminent.

Dans quelques heures ou quelques minutes, suivant l'humeur ou la disponibilité des gardiens, il aurait quelque chose à se mettre sous la dent se dit-il nerveusement, alors même que son estomac se révoltait à la seule évocation d'une quelconque nourriture. Mais s'il ne mangeait pas, il savait qu'il n'aurait aucune chance de se rendormir tant les douleurs provoquées par la faim seraient fortes. Il se força donc à rester éveillé et se remit en position assise.

Contre toute attente, il entendit le bruit lointain des clés s'engageant dans les serrures des lourdes portes de fer, quelque part au fond de ce labyrinthe nauséabond où pourrissaient quelques dizaines de spécimens d'une humanité moribonde. Les cellules s'ouvrirent à la volée, les chaînes furent descellées et les prisonniers traînés un par un vers l'extérieur.

Le jeune homme eut un étourdissement lorsqu'il put enfin se tenir debout, mais parvint à éviter la chute. Comme d'autres prisonniers titubants et efflanqués, il fut poussé dans le couloir qui menait à la surface sans que son esprit parvienne à comprendre ce qui les attendait. La pâle lumière de l'aube agressa leurs regards habitués à la pénombre et, quand ils eurent enfin atteint la cour, tous restèrent un moment hébétés tandis que des larmes inondaient leurs joues.

Ils étaient bien une cinquantaine d'hommes à venir s'entasser les uns contre les autres, dans la promiscuité des corps puants et décharnés. Des gars relativement jeunes, dont la stature avait dû être imposante avant leur incarcération, mais qui n'étaient désormais plus que l'ombre de ce qu'ils avaient été.

Lorsqu'il fut certain que tous les prisonniers capables de se tenir debout étaient réunis, une de leurs geôlières sortit du poste de commandement et leur intima l'ordre de s'asseoir. Les hommes s'exécutèrent maladroitement, trop contents de pouvoir soulager leurs jambes encore flageolantes. Une dizaine de relégués attachés à l'intendance de la garnison vinrent alors leur distribuer le premier vrai gruau qui leur soit donné depuis des semaines.

Ce n'était pas ce qu'ils auraient préféré avaler, mais la pâtée tiédasse avait une consistance suffisamment épaisse pour calmer les souffrances de leur estomac torturé et ils se jetèrent dessus en silence. Puis les portes de la garnison s'ouvrirent en grand pour laisser entrer quatre véhicules de transport aéropropulsés. Ils y furent poussés sans ménagement par des soldats qui grimpèrent à côté d'eux et le convoi repartit vers le sud de la capitale.

Arrivés à la lisière de la ville, ils empruntèrent une voie secondaire contrôlée par les patrouilles Dho' et continuèrent à rouler vers la pointe sud de Mag Mor, où s'étendaient les zones les plus inhospitalières du continent.

Leur périple dura une quinzaine de jours, durant lesquels le convoi ne s'arrêta que pour permettre aux soldats qui les accompagnaient de prendre quelques heures de repos.

Lors de ces brèves haltes, les prisonniers demeuraient sous étroite surveillance, mais étaient convenablement nourris, ce qui leur fit espérer une amélioration de leur sort, malgré les rigueurs du climat qui augmentaient l'inconfort de leur transfert. Car si en journée la chaleur était à peine supportable dans les véhicules, du soir jusqu'à l'aube, les températures y descendaient bien en dessous de zéro.

Les paysages qu'ils traversaient devenaient de plus en plus arides au fur et à mesure de leur progression et Ymir songea, en voyant défiler ces plaines caillouteuses brûlées par le soleil, que ce long voyage répondait ironiquement à un de ses souhaits d'enfant : que ne s'était-il imaginé en effet, au sujet de ces contrées désertiques où nul humain n'avait pu se rendre depuis la reddition ? Dans ses rêves, elles étaient le siège d'un pouvoir oublié qui n'attendait qu'une occasion pour restaurer ce qui avait été détruit.

Mais les seuls vestiges du passé qu'ils croisèrent furent des villes et des bourgades en ruines, devenues repaires privilégiés pour les vautours qui survolaient inlassablement leurs décombres.

L'atmosphère de désolation qui s'en dégageait altéra définitivement son humeur et il s'enferma dans un mutisme farouche dont il devint impossible de le faire sortir. Son esprit commençait à prendre la mesure exacte de ce qui leur arrivait. Les Ashanti ne les déplaçaient certainement pas pour adoucir leurs conditions de vie…

Le but de ce long voyage lui échappait, mais il savait déjà qu'il était vain d'en attendre quelque chose de bon. Survivre à tout prix serait désormais son unique préoccupation : il se promit de lutter pied à pied contre tout ce qui pourrait menacer son existence, en attendant de pouvoir leur fausser compagnie si l'occasion se présentait.

À l'aube du quinzième jour, ils atteignirent enfin l'extrémité sud de Mag Mor et embarquèrent dans un orni de transport pour traverser le détroit qui séparait ce territoire d'une autre contrée dont les contreforts leur étaient inconnus.

Désorienté, Ymir laissa courir son regard sur ces nouveaux paysages écrasés de soleil et découvrit la sombre architecture d'une forteresse qui surplombait le détroit. Plus loin, au fond d'une vallée, il entrevit les frontières de deux domaines Ashanti. Sur le premier, le palais se trouvait à l'écart des baraquements réservés aux esclaves, mais ces derniers étaient si nombreux qu'ils formaient presque une petite cité. Le second comprenait également un palais, mais aussi une garnison Dho', et une arène sableuse que le jeune homme ne sut identifier.

23

L'attaque

La fuite vers les Gaedhills fut
un des moments forts de la vie d'Ygrenne.
Sa relation avec Eamon s'en trouva transformée.
Il devint l'homme sur lequel elle put s'appuyer.
Celui qui devait rester à ses côtés
jusqu'à la pleine réalisation de sa Destinée.

Extrait des « Sentiers de la Mémoire », Emrys le Sage.

Tirfo Thuin. Jour 13.

Eamon et Ygrenne passèrent cinq jours dans le labyrinthe qui reliait les falaises côtières à la forêt des Gaedhills. Creusé au moment de l'invasion Ashanti, il avait été soigneusement entretenu pour permettre aux îliens de gagner les bois en toute sécurité lorsqu'ils voulaient éviter la surveillance des drones. Trois failles naturelles, conséquences de mouvements géologiques anciens, y maintenaient une circulation de l'air suffisante pour ne pas suffoquer. Larges d'environ un empan et distantes de quelques kilomètres l'une de l'autre, ces fractures laissaient passer une pâle lueur venue de la surface, qui éclairait l'endroit où elles s'ouvraient dans le souterrain. Mais les trois quarts du temps, les deux jeunes gens durent se contenter de la lumière tremblotante diffusée par leurs lanternes pour se diriger dans l'obscurité. Ils s'arrêtèrent plusieurs fois en chemin, pour restaurer leurs forces et manger les provisions préparées à leur intention par Caerphilly. De loin en loin, brisés de fatigue, sans vraiment savoir si leur besoin coïncidait avec le cycle nocturne de la vie en surface, ils s'arrêtaient pour dormir. Ils s'installaient dans les niches creusées pour le repos dans les parois de la galerie, avant de se réfugier dans un sommeil agité, serrés l'un contre l'autre. Dans les minutes qui précédaient l'endormissement, ils commencèrent à renouer les fils de leur ancienne complicité en échangeant confidences et petits gestes de tendresse qui leur révélèrent la profondeur d'un attachement qu'ils n'osaient encore s'avouer clairement. Sans même s'en rendre compte, parce que la solitude et la proximité les rapprochaient chaque jour un peu plus, les racines de leur passion naissante s'enroulèrent autour de leurs cœurs aussi solidement que s'ils avaient prononcé des vœux irrévocables.

Au terme du cinquième jour, sales et désorientés, ils débouchèrent enfin dans le sous-bois derrière un bouquet d'épineux qui dissimulait l'entrée du souterrain. Après avoir arpenté ce couloir poussiéreux où ils avaient lutté contre une sensation croissante de claustrophobie, le vent frais qui fouetta leur visage les plongea dans un état euphorique, proche de l'ivresse.

L'après-midi touchait à sa fin et la luminosité était réduite sous la futaie, aussi employèrent-ils les dernières heures du jour à trouver un abri capable de les protéger du froid qui commençait à mordre en cette saison. Ils marchèrent encore un peu, heureux de se retrouver à l'air libre, et finirent par découvrir une sorte de creux assez spacieux pour qu'ils puissent s'y étendre, dans l'enchevêtrement des racines d'un hêtre plusieurs fois séculaire. Après avoir déployé leurs capes et déballé leurs sacs, ils terminèrent le reste des provisions données par Caerphilly et s'apprêtèrent à passer leur première nuit à la belle étoile. Le lendemain, Eamon devrait chasser. À l'heure où le petit gibier n'avait pas encore regagné la sécurité des terriers.

Aux premières lueurs de l'aube, un raclement obstiné déchira le silence. L'esprit à la dérive, Ygrenne entrouvrit les paupières et tourna lentement la tête vers l'endroit d'où venait le bruit. À quelques mètres seulement de leur bivouac, un sanglier fouaillait rageusement la terre à la recherche de ces grosses larves opalescentes qui achevaient leur lente maturation sous le couvert des feuilles. Une fraction de seconde la tête massive se redressa, et les petits yeux porcins se posèrent sur les deux formes allongées entre les racines du hêtre, partagés entre la crainte et la curiosité. Mais le désir attisé par l'afflux des phéromones qui montaient du sous-bois l'emporta sur la prudence. Ignorant les signaux d'alarme envoyés par son cortex, l'animal recommença à gratter le sol en poussant de petits grognements d'impatience.

Ygrenne sentit la main d'Eamon saisir discrètement la sienne et elle retint son souffle jusqu'au moment où le groin plongea entre les feuilles. Les bruits de mastication qui remplacèrent les grognements lui apprirent que l'animal avait enfin atteint l'objet de sa convoitise.

– Tiens-toi prête ! murmura Eamon à son oreille.

Elle acquiesça en silence et mobilisa toute son énergie en prévision du saut qu'il leur faudrait faire pour atteindre les branches les plus basses de l'arbre, avant que la bête ne soit sur eux... Mais contre toute attente, après avoir gratté le sol une dernière fois, le sanglier repu balança sa tête de gauche à droite de manière dédaigneuse et se détourna pour reprendre la direction du sud.

Lorsque sa masse trapue eut disparu sous le couvert des arbres, les deux jeunes gens bondirent sur leurs pieds.

– C'est un vieux mâle ! s'exclama Eamon en saisissant son sac à dos et en lui tendant le sien. Il faut filer d'ici ! Le reste de la horde n'est certainement pas très loin. Je n'aimerais pas me retrouver piégé à cet endroit pendant des heures si l'envie leur prenait de revenir !

– De toute façon, il vaut mieux s'enfoncer plus loin dans la forêt, pour que tu puisses nous trouver quelque chose à manger maintenant. On a pratiquement épuisé tout ce que ta mère nous avait préparé... Et pour tout te dire, je préférerais avoir un beau lièvre à cuire avant d'attaquer les sommets, parce que ce n'est pas là-haut qu'il y en aura !

La jeune fille montrait du doigt les pics dénudés qui délimitaient la frontière entre la partie habitée de Tirfo Thuin et les mystérieuses régions situées au-delà des Gaedhills.

– D'accord ! acquiesça Eamon. Mais on va marcher encore un peu, histoire de mettre de la distance entre les sangliers et nous. Ensuite seulement on fera une halte. Allez viens, ajouta-t-il d'une voix malicieuse, en lui attrapant la main. Promis, quand le jour sera complètement levé, j'essaierai de débusquer le lièvre dont tu rêves !

La jeune fille ajusta son sac sur ses épaules et lui emboîta le pas en souriant béatement. Ce voyage vers Hy Breasail, le berceau des licornes, lui apportait bien plus que la perspective d'une rencontre avec ces créatures de légende, censées lever la malédiction qui pesait sur elle. Il lui apportait le bonheur. Un bonheur qui se consolidait chaque minute, dans la plus grande simplicité, au fil de ces instants partagés avec celui qu'elle aimait.

La paix au cœur, ils marchèrent ainsi main dans la main une bonne partie de la matinée, sans entendre d'autres bruits que le chant des oiseaux dans les arbres et les glissements furtifs des petits rongeurs qui fuyaient à leur approche. Lorsqu'ils débouchèrent enfin sur une clairière tapissée de buissons d'Ilins, le soleil approchait du zénith.

En cette fin d'automne, les petits arbustes croulaient sous les fruits et le bleu tendre de leur chair était si intense qu'il en éclipsait le vert plus sombre de leurs feuilles. De l'endroit où ils se trouvaient, les deux jeunes gens ne distinguaient qu'une masse uniforme et mouvante, dont les reflets indigo faisaient irrésistiblement penser à quelques fonds marins.

– Fantastique ! s'écria Ygrenne, en se penchant vers les premières branches pour attraper une grappe et la tendre à Eamon.

Celui-ci en happa quelques grains et lui laissa déguster le reste, heureux de voir ses yeux étinceler de plaisir.

— Pendant que tu chasseras, lui dit-elle, je pourrais ramasser des baies. Qu'en penses-tu ?

Elle lécha ses doigts poisseux avec gourmandise et poussa un soupir de contentement.

— Je ne sais peut-être pas faire d'aussi bons Scorns que ta mère, mais je devrais au moins être capable de nous confectionner quelques galettes avec tous ces fruits !

– Mouais ! acquiesça le jeune homme, un rire coincé dans la gorge devant son air de convoitise. Ce serait judicieux, et puis cet endroit me paraît aussi bien qu'un autre pour bivouaquer.

Son regard plana un instant sur la clairière comme pour s'assurer qu'elle ne cachait aucun danger, puis il dénoua les lanières de son sac et le posa près du sien avant de se saisir de son arc et de son carquois.

– Je vais voir si je peux nous trouver quelque chose de plus consistant pour accompagner tes roulés, dit-il en s'éloignant. Mais je tâcherai de ne pas aller trop loin et de rester à portée de voix... Si quelque chose t'inquiète, n'hésite pas à crier !

Il se tourna une dernière fois vers elle et son cœur se serra. Accroupie au milieu des buissons d'Ilins, sa robe étalée autour d'elle en corolle, elle ressemblait à une fée des bois. Portant une main à ses lèvres, il lui envoya un baiser auquel elle répondit par un sourire lumineux qui lui donna envie de revenir sur ses pas.

Devinant qu'il était tourmenté à l'idée de la laisser derrière lui, seule et désarmée, la jeune fille s'empressa de le rassurer :

– Tu peux partir tranquille. Les animaux de cette forêt ne m'effraient pas autant que les drones, tu sais ! et pour l'instant, nous n'en avons vu aucun.

Eamon ne put s'empêcher de jeter un coup d'œil nerveux vers le coin de ciel bleu qui se découpait entre la cime des arbres, puis se détendit en constatant que rien ne venait en troubler la clarté matinale. Ajustant son arc sur son épaule, il s'enfonça dans les fourrés et disparut.

Ygrenne se lança avec enthousiasme dans la cueillette des baies en savourant l'atmosphère paisible qui régnait dans la clairière. Elle ramassa d'abord les plus gros fruits, les pressa pour en extraire le précieux nectar dont elle remplit leurs deux gourdes. Puis en disposa la pulpe au centre de larges feuilles qu'elle plia de manière à composer autant de rouleaux qu'il lui fut possible.

Les petits arbustes verts et bleus qui foisonnaient en fin d'été avaient cette particularité d'être entièrement comestibles. Leurs feuilles, comme leurs fruits, étaient traditionnellement utilisées dans de multiples recettes dont celle-ci était la plus rudimentaire.

Pour le moment, se dit-elle, en faisant la grimace devant les rouleaux aux formes bizarres qui s'entassaient devant elle, il n'était évidemment pas question de faire un gâteau. Mais, une fois séchées, ces improbables petites galettes leur seraient d'un grand secours si la chasse se révélait plus décevante que prévu. Surtout lorsqu'ils auraient atteint les sommets les plus arides de la chaîne montagneuse.

Elle travaillait avec rapidité et précision dans un sentiment de liberté totale qu'elle ne se rappelait pas avoir éprouvé jusque-là. Portée par une certitude nouvelle, elle en vint même à penser qu'au sein de ce monde végétal oublié des hommes, elle était enfin chez elle.

Elle avait pourtant aimé son enfance marine, bercée par le bruit incessant des flots qui mouraient sur la grève. Les paysages tourmentés du littoral déchiquetés par la violence des marées, l'odeur entêtante des algues brunes qui flottait obstinément sur la lande... Mais ici, dans la forêt menant aux Gaedhills, elle se savait au cœur de la planète, là où tout avait commencé des milliers d'années auparavant. Très loin dans son esprit, elle sentait une pression légère, une sorte d'appel ténu. Salicorne la saluait, l'invitait à poursuivre son voyage.

Une joie irrépressible la fit se redresser. Offrant son visage au soleil, elle se mit à tournoyer, lentement d'abord, puis de plus en plus vite, au rythme de ses pieds battant la cadence.

Elle était heureuse, légère, portée par le flot de la vie qui pulsait dans ses veines. Les mains tendues vers le ciel elle se mit à jouer avec la lumière qui tombait en cascade dans la clairière et la regarda envelopper sa silhouette puis s'enrouler autour de ses bras tel un serpent de feu. Le souffle coupé par son éclat, elle la vit courir sur sa peau et y dessiner de fines lanières dorées. Déconcertée par la sensation qu'un corps étranger s'incrustait dans sa chair, elle fit un bond en arrière pour retrouver l'ombre rassurante des arbres, mais les délicates volutes continuèrent à s'entrelacer jusqu'à former de véritables canons d'avant-bras. Lorsque les dernières courbes se rejoignirent, deux parures à l'aspect barbare encerclaient ses bras. Des bijoux que seuls les mages de guerre avaient portés autrefois et qu'Ygrenne n'eut aucun mal à reconnaître. Ils étaient au cœur des récits légendaires appartenant au passé des hommes. Des récits qui évoquaient d'anciennes guerres où de puissants sorciers, capables d'utiliser leur magie en plein cœur des batailles, remportaient d'éclatantes victoires.

Le cœur battant la chamade, la jeune fille resta immobile, comme hypnotisée, son regard ne cessant de voler de ses coudes au creux de ses paumes où brillaient maintenant deux têtes de licornes. Elle ferma les paupières pour tenter de rompre le charme en pensant qu'elle devait rêver ou carrément perdre la tête et se mit à trembler de tous ses membres.

– Oh !

L'exclamation la fit sursauter et la tira de son hébétude. Elle pivota avec prudence, persuadée que ses jambes ne pourraient plus la porter s'il se produisait encore quelque chose d'étrange, et découvrit Eamon. Campé à l'orée de la clairière, il la contemplait d'un air ébloui.

– Je ne sais pas ce qui s'est passé, bredouilla-t-elle d'une voix cassée par l'émotion. C'est... la lumière. Enfin, je crois que c'est elle qui m'a fait ça !

D'un pas mal assuré, elle se rapprocha en lui tendant ses bras. Le jeune homme laissa choir le gibier qu'il tenait et lui saisit les mains pour les retourner. Les têtes des licornes palpitaient dans les paumes de la jeune fille et les arabesques qui couraient le long de ses bras rayonnaient d'énergie. Eamon hoqueta de surprise.

– Des canons d'avant-bras ?

D'un geste plein de respect, il suivit les formes incrustées dans la chair de sa compagne et s'enquit d'un ton inquiet :

– Est-ce que ça fait mal ?

– Pas du tout ! Et peut-être est-ce pour cela que je n'arrive pas à y croire ! répondit Ygrenne en plissant le front. Est-ce que tu penses qu'ils sont vraiment réels ?

Avec tendresse, Eamon lui prit la main droite et la posa sur son bras gauche pour qu'elle puisse se rendre compte de leur existence. Il vit son regard s'agrandir et l'entendit murmurer :

– Ils restent souples mais, c'est sûr, ce n'est pas mon imagination qui me joue des tours, ce sont bien des canons d'avant-bras !

Avançant d'un pas, elle vint se blottir contre la poitrine d'Eamon et y enfouit son visage pour cacher son émoi. Le jeune homme lui passa un bras autour de la taille et, posant un doigt sous son menton, la poussa à le regarder :

– J'en ai déjà vu, Ygrenne… Et pas plus tard qu'il y a un mois !

Comme la jeune fille le fixait sans comprendre, il reprit :

– Je suis sûr que ce sont des parures identiques à celles qui figuraient sur une ancienne tapisserie ! Sil m'avait demandé de l'aider à la nettoyer avant de la remettre dans le coffre où le Conseil des Anciens conserve ce genre de reliques. Elle représentait une Reyne Licorne debout au sommet d'une colline, les bras tendus vers le ciel. Des flots de feu jaillissaient de ses bracelets de guerre et frappaient des hommes en armes situés en contrebas… Ceux que tu portes ressemblent en tout point aux siens, j'en jurerais !

Une lueur d'espoir traversa ses prunelles.

– Oh, Ygrenne ! crois-tu que les Immortelles nous aient enfin pardonné ? Que ce sont elles qui se manifestent ainsi ?

La jeune fille s'écarta légèrement en fronçant les sourcils puis lui posa deux doigts sur la bouche pour le faire taire. L'allusion à la Reyne Licorne ne la rassurait pas. Elle ne voulait pas penser à ce que cela pouvait signifier pour elle. Être auprès de lui était tout ce que son cœur désirait.

Remué par le contact de sa peau sur ses lèvres, le jeune homme la serra plus fort contre lui. Elle exhala un soupir de bonheur et lui répondit d'une toute petite voix :

– Je ne ressens rien de spécial, tu sais ! Juste une espèce de picotement sur la peau, à l'endroit où se sont formées les lanières, mais c'est tout ! Je ne sais pas si c'est un signe que m'adressent les licornes.

Saisissant la main qui s'attardait sur sa bouche, il l'embrassa avant de la poser contre son cœur. Sous sa paume Ygrenne en sentit les battements, puissants et rassurants à la fois. Elle se détendit tout à fait.

– Si tu as raison, alors ça veut dire que nous sommes sur la bonne piste ! Peut-être y a-t-il vraiment quelque chose à découvrir de l'autre côté de cette montagne ? Je me sens réellement bien ici, tu sais. Comme si c'était chez moi !

Elle laissa quelques secondes s'écouler et ajouta :

– J'ai l'impression qu'on m'attend. C'est quelque chose que je ressens au plus profond de moi, une espèce de tiraillement qui me pousse à avancer.

– Alors, il faut nous dépêcher. Il n'y a plus un instant à perdre, il faut nous remettre en marche !

La jeune fille hocha la tête et se dégagea de son étreinte à contrecœur. Pour se donner une contenance, elle se pencha sur les deux lièvres qui gisaient dans l'herbe :

– Oh, Eamon ! Quelles belles prises ! Je pense qu'on en aura bien assez pour tenir jusqu'au sommet !

– C'est aussi mon avis ! lui dit-il, en se baissant pour reprendre les dépouilles.

Lorsqu'il les releva pour les accrocher à sa ceinture, il lui adressa un sourire si rayonnant qu'elle sentit toutes ses craintes s'envoler. Après tout, peu importait la signification de ces étranges bracelets et ce qu'ils cachaient ! Tant qu'Eamon restait à ses côtés et la regardait comme il le faisait à cet instant, rien ne pouvait l'atteindre…

Le jeune homme désigna du menton l'endroit d'où il était venu et reprit :

– J'ai déniché un peu plus loin une espèce de cairn qui pourrait nous servir à les fumer. On a encore un peu de temps devant nous. Je pense qu'il faut en profiter !

Ygrenne s'empressa de le suivre jusqu'à une petite pyramide de pierres à demi écroulée qui trônait au milieu d'une trouée située à quelques mètres de la première. Après avoir dégagé l'endroit, les deux jeunes gens disposèrent la viande découpée en lanières au-dessus de l'âtre improvisé.

Quarante-huit heures plus tard, munis de leurs nouvelles provisions, ils entamaient leur véritable ascension vers les sommets.

La montée ne leur réserva d'abord aucune mauvaise surprise et au bout de quelques jours, ils atteignirent enfin la limite de la forêt. À cet endroit, plus aucun arbre ne masquait la masse impressionnante des grandes parois calcaires qui bouchaient l'horizon : la chaîne des Gaedhills s'étendait sur des kilomètres, aussi loin que pouvait porter le regard. Elle apparaissait comme une sorte de gigantesque muraille aux allures de rempart, dressé contre toute possibilité d'intrusion.

L'air en cette fin d'automne y était beaucoup plus vif que sous le couvert des arbres et Ygrenne ne put s'empêcher de penser que rien n'y était accueillant. En ce lieu battu par les vents, où seule la roche dominait, il lui semblait même perdre la tranquille assurance qui l'avait soutenue jusque-là.

Au loin, on n'apercevait que les pics les plus élevés couronnés de neige. C'est alors qu'elle comprit pourquoi les terres situées au-delà restaient encore inexplorées. Rien dans cet environnement sauvage et désolé ne suggérait une quelconque trace de vie. Bien au contraire, tout y semblait ouvertement hostile.

Elle se souvint de ce que lui avait dit Akkaat au sujet de cette montagne : les Ashanti eux-mêmes, malgré toute leur technologie, n'avaient pu s'y risquer sans dommage. Des ornis de reconnaissance s'y étaient écrasés après avoir perdu tous leurs repères et, parmi toutes les équipes envoyées par voie terrestre, aucune n'en était revenue... Restaient quelques vues prises par satellite qui ne révélaient qu'un amas forestier impénétrable, troué çà et là de grandes étendues d'eau !

Pour se rassurer, elle se retourna un instant vers le sud et la plaine qu'ils venaient de quitter. Puis elle scruta l'horizon pour tenter d'apercevoir Kinross. Le village semblait noyé dans un nuage plus épais que la brume.

– N'est-ce pas de la fumée là-bas, près de Kinross ?

Le jeune homme se rapprocha et regarda dans la direction qu'elle lui montrait.

– Oui, soupira-t-il, je crois que tu as raison. Une nouvelle attaque a dû avoir lieu !

Pointant son doigt vers l'Est, il ajouta :

– Il y a aussi de la fumée par-là, regarde !

– D'autres villages ?

— Scorfield, Chariss... J'en ai bien peur... Et c'est loin d'être fini, je pense. Viens ! dit-il d'un air sombre. Il faut nous presser maintenant. Les drones n'en resteront pas là ! Ils doivent avoir découvert la fuite de nos hommes et vont ratisser plus large. Je suis sûr qu'ils ne tarderont plus à venir jusqu'ici. Je préférerais avoir trouvé la passe avant leur arrivée, car je n'ai aucune envie de finir rôti comme une grouse !

Poussés par l'urgence, ils reprirent leur montée vers le sommet et marchèrent encore une partie de l'après-midi avant que le jeune homme ne jette un nouveau coup d'œil inquiet vers le sud. Au-delà de la limite forestière, là où commençait la lande, il aperçut des points lumineux qui se déplaçaient trop rapidement pour pouvoir les attribuer à des phénomènes naturels. Il tendit le bras dans cette direction et s'écria d'une voix tendue :

– Les drones ! Ils doivent être une bonne vingtaine ! Et à l'allure où ils progressent, je dirais qu'il nous reste environ une heure à peine pour nous trouver un abri.

La jeune fille balaya du regard la pente caillouteuse qui s'étendait devant eux sans y trouver de quoi la rassurer. Quelques rares buissons s'y accrochaient de loin en loin, se dit-elle en sentant monter en elle une peur insidieuse, mais aucun d'entre eux ne pourrait leur offrir le moindre refuge... Les rayons mortels auraient tôt fait de les embraser comme de vulgaires ballots de paille ! Elle blêmit et se tourna vers Eamon qui scrutait le sommet d'un air absorbé.

– Si nous marchons plus vite, nous pourrons peut-être atteindre ces drôles de crevasses ! lui dit-il en désignant les anfractuosités qui griffaient la paroi rocheuse à l'aplomb de leur position.

– Mais on ne voit pas d'ici si elles sont assez profondes pour nous protéger, Eamon ! Qu'est-ce qu'on fera si ce ne sont que de faux creux ?

Elle eut comme un hoquet qui étouffa sa voix :

– Combien de temps nous faudra-t-il pour y arriver ? Les drones vont nous voir maintenant que nous sommes à découvert !

– Nous n'avons pourtant pas d'autre choix : il faut atteindre le pied de la falaise le plus vite possible pour en avoir le cœur net !

Il évalua rapidement la distance qu'il leur restait à parcourir et reprit :

– Pour ce qui est du temps, on devrait pouvoir y être en moins d'une heure. Quant aux drones, bien sûr qu'ils nous verront ! Mais si nous pouvons nous glisser derrière la roche avant qu'ils soient sur nous, je doute que les lasers soient assez puissants pour nous atteindre... Et puis, c'est la seule option qui nous reste ! Allez, donne-moi ton sac et avançons !

Il lui tendit la main pour l'aider à monter plus vite et elle s'y accrocha avec l'énergie du désespoir. Elle sentait la sueur inonder son visage et le sang battre à ses tempes sous l'effet de la peur et des efforts qu'elle faisait pour surmonter sa fatigue.

À partir de cet instant, ils accentuèrent leur allure en gardant le regard rivé sur la haute muraille qui se rapprochait peu à peu et s'entraidèrent dans les passages rendus plus difficiles par l'instabilité des cailloux qui roulaient sous leurs pieds. Ygrenne buta plusieurs fois en menaçant de tomber et Eamon dut ralentir pour l'aider à rétablir son équilibre. Mais jamais ils ne s'arrêtèrent pour jeter un regard en arrière.

Une demi-heure plus tard, ils commencèrent à mieux distinguer les failles qui s'ouvraient dans la roche. La plupart n'étaient en fait que des plis de la pierre, creusés par les vents et la pluie. Aucun d'entre eux ne paraissait suffisamment profond pour les abriter des rayons mortels qui allaient fondre sur eux...

La jeune fille ne put retenir un gémissement.

Eamon se tourna vers la forêt en contrebas et regarda les sphères argentées qui en émergeaient une à une, comme autant de visages grimaçant sur un fond sombre.

– Cette fois-ci, prononça-t-il à mi-voix, ils nous ont repérés !

Il reprit le bras de sa compagne et la tira vers le haut, dans une ultime tentative pour accélérer leur cadence.

– Dépêche-toi, Ygrenne. Ils arrivent ! Ne regarde plus la falaise ! Tu perds ton temps à y chercher un trou... Il faut absolument se rapprocher pour voir ce qu'elle nous réserve !

Haletants sous l'effort, ils parcoururent les derniers mètres en se soutenant l'un l'autre, tandis que des pierres ne cessaient de rouler autour d'eux, provoquant en contrebas de véritables avalanches qui obligèrent les drones à s'écarter de la pente.

Alors qu'ils atteignaient enfin la base de la paroi et cherchaient un endroit pour se cacher, les premiers tirs frappèrent la montagne à quelques pas de l'endroit où ils se trouvaient.

– N'arrête pas de bouger ! cria Eamon, tandis que s'élevait le bourdonnement menaçant des sphères. Va sur la gauche, la pierre a l'air d'être plus creuse dans ce coin !

Ils se ruèrent dans la direction la plus exposée aux intempéries, là où les plis de la roche y étaient effectivement plus marqués qu'ailleurs. Mais il n'y avait là aucune faille réelle et rien d'assez profond pour les abriter tout à fait. Le jeune homme choisit à la hâte un trou relativement petit, qui présentait l'avantage d'être à peu près dissimulé par un rocher. Se résignant à se coucher à même le sol, il pressa Ygrenne dans le giron de la paroi et la protégea de son propre corps qui resta le plus exposé. Ramassé sur lui-même pour tenter de se glisser presque entièrement derrière le bloc de pierre, il espéra offrir à l'ennemi le moins de surface possible.

La jeune fille se retrouva écrasée par le poids d'Eamon alors que les tirs se rapprochaient. Elle sentait la chaleur de son corps contre le sien, leurs souffles adopter le même rythme saccadé et enfouit son visage au creux des larges épaules qui la couvraient de leur ombre.

Alors qu'elle frôlait la panique, un calme presque surnaturel l'envahit. Unie à celui qu'elle aimait, elle se sentit prête à affronter le pire. Prête à faire le grand saut vers l'inconnu, puisqu'il était à ses côtés. Elle glissa ses bras autour de son torse, il s'empara de ses mains et les porta à ses lèvres. Elle l'entendit crier son nom dans le fracas des pierres qui explosaient autour d'eux et la passion déferla en elle comme une vague, annihilant toute pensée.

Durant ce premier assaut, le feu nourri de l'adversaire ne fut jamais assez précis pour les toucher. Les drones étaient gênés par le brouillard grisâtre qui noyait le paysage dans une semi-pénombre. Puis les tirs cessèrent, lorsque la nuit s'installa vraiment.

L'oreille attentive aux bruits qui s'estompaient autour d'eux, Eamon se dégagea lentement des bras d'Ygrenne et lui murmura à voix basse :

– Il faut qu'on bouge, maintenant, pour nous trouver un nouvel abri. Celui-ci ne tiendra pas longtemps lorsque les tirs reprendront !

Ygrenne, que la rupture du contact avec Eamon plongeait dans le froid, se sentit percutée par la violence de l'attaque qu'ils venaient de subir. Une violence que son esprit avait occultée, mais qui ressurgissait en cet instant d'accalmie. Elle se mit à trembler et bénit l'obscurité qui dissimulait sa peur. Ce n'était pas le moment de craquer ! Maudissant sa faiblesse, elle se mordit les lèvres.

– D’accord, on y va !

– Reste bien près de moi !

Les deux jeunes gens changèrent de place en rampant, de façon à ne plus se trouver dans l’angle direct des lasers. Puis ils se redressèrent lentement pour éviter de provoquer de nouvelles chutes de pierres et continuèrent à marcher en silence, les mains plaquées contre la roche pour être sûrs de longer la falaise.

Ygrenne avançait devant Eamon qui préférait fermer la marche en portant les sacs. Ils veillèrent à ne jamais s’éloigner l’un de l’autre, de peur de trébucher ou de se perdre dans le noir, et progressèrent ainsi durant la plus grande partie de la nuit, ignorant s’ils se dirigeaient vers un abri ou s’ils s’en écartaient inexorablement.

Au fil des heures, la jeune fille ne sentit plus ses doigts, blessés d’avoir trop effleuré les aspérités de la falaise et ses jambes commencèrent à ne plus la porter. Puis les premières lueurs d’un jour blafard éclaircirent l’horizon et elle songea avec angoisse à la prochaine attaque.

Mais, comme il était plus facile de distinguer le paysage, ils poursuivirent leur avancée tâtonnante avec moins d’efforts, le regard toujours rivé sur les hauteurs, en espérant tomber enfin sur un passage.

Alors que le soleil éclairait enfin la paroi, ils réalisèrent qu’ils se trouvaient hors de vue des drones, ayant sans doute franchi un coude formé par la paroi durant la nuit.

Nous sommes sur un autre versant, se dit Ygrenne, en ralentissant pour scruter ce nouveau côté de la falaise.

À l’instant où, découragée, elle s’apprêtait à reprendre sa marche, ses yeux furent attirés par une fracture qui découpait la muraille à quelques mètres d’eux.

– Eamon ! Regarde, par là !

Sans tout à fait y croire, le jeune homme se précipita vers elle et, passant un bras sous son coude pour lui saisir la main, accéléra le pas jusqu'à l'endroit qu'elle venait de découvrir.

Le jour se levait enfin lorsqu'ils atteignirent la passe. Ce n'était qu'un défilé étroit, encombré de rochers de toutes tailles qui rendraient leur progression plus difficile encore, mais il serait suffisant pour leur assurer une véritable protection dès qu'ils en auraient franchi le premier tournant.

Rassemblant leurs dernières forces, ils escaladèrent les décombres et disparurent dans les méandres de la faille.

24

Sept

Les Immortelles nous ignoraient depuis trois siècles.
Si elles continuaient à protéger Salicorne,
elles ne souhaitaient pas renouveler l'Alliance.
Ce ne fut qu'au terme d'âpres discussions
qu'elles acceptèrent de contacter Ygrenne.
Lorsque la destruction de Salicorne
fut sur le point de s'accomplir.

Extrait des « Sentiers de la Mémoire », Emrys le Sage.

– Nous avons déjà pris bien trop de risques avec ces humains, nous devons renoncer à renouer le lien !

– Tu ne sais pas ce que tu dis, Thalie. Renoncer, c'est mourir… Tu le sais parfaitement !

– Je ne suis pas d'accord, Mélété. Tu n'as jamais voulu prendre le risque de les laisser s'entretuer, mais je pense que tu as tort. Si tu l'avais fait, je reste persuadée que leur race se serait simplement éteinte, au bout de quelques générations... Faute de combattants, sans doute !

La voix acidulée ponctua ses paroles d'un rire moqueur, immédiatement interrompu par le tranchant d'une autre voix sans âge :

– Il ne s'agit pas d'un de tes innombrables jeux, Thalie ! Cesse donc pour une fois de considérer la vie comme une partie d'échecs... Mélété a raison, quoiqu'il nous en coûte, nous devons sauver Salicorne !

– Je n'ai jamais *parlé d'abandonner Salicorne dans leurs sales petites mains, Mnémé ! Seulement de les abandonner, eux !*

– Je te rappelle Thalie, que nous avons suivi cette ligne de conduite il y a près d'un millénaire, quand ils sont arrivés sur la planète, mais tout ce que nous y avons gagné alors s'est traduit par des destructions sans nombre. Dois-je te faire la liste de tout ce qui s'est perdu ? De tout ce que nous ne remplacerons jamais ? Si nous n'étions pas intervenues, à l'heure qu'il est, tout ce que nous aimons aurait disparu.

– Parce que selon toi, la situation actuelle est bien meilleure ? Laisse-moi rire ! Force est de constater au contraire que notre intervention ne les a pas rendus plus sages. Et maintenant, ils ont même attiré d'autres brutes, plus sanguinaires encore, qui ravagent la planète et les dépassent en cruauté !

– Tu es injuste Thalie, coupa une voix nouvelle au timbre chaleureux, rien d'autre que la cupidité n'a attiré les Ashanti sur Salicorne. Et si les humains sont devenus leurs esclaves, c'est parce que nous *les avons abandonnés, il y a trois siècles...*

– Ah ! Épargne-nous tes sermons en faveur de tes protégés, Clio ! J'en ai plus qu'assez de t'entendre chanter leurs louanges ! Les humains ne sont que des créatures mesquines, qui n'ont jamais su apprécier l'alliance que nous avions conclue avec eux. Reconnais plutôt qu'ils l'ont piétinée, sans même se rendre compte de la chance qui leur était offerte ! Je suis

convaincue, mes sœurs, que nous devons renforcer notre sécurité. En restant ici, sur Hy Breasail, et en continuant à ignorer ce qui se passe ailleurs ! Je vote donc contre la reprise de toute nouvelle forme d'alliance !

– Je suis d'accord avec Thalie, nous devons conserver notre neutralité jusqu'à ce que la race humaine ait entièrement disparu, ensuite nous nous intéresserons aux Ashanti. La manipulation de leurs cerveaux primaires ne devrait pas poser de grandes difficultés. En attendant, il est inutile de risquer notre avenir en revenant au projet initial. Il a été rendu caduc dès l'instant où les hommes nous ont désobéi !

Celle qui venait d'intervenir possédait une voix profonde et grave dont le timbre exprimait un mépris glacé qui résonna comme une sentence.

– En conséquence, je me range aux côtés de Thalie. Je vote contre !

Mélété soupira :

– Je prends note de ton désaccord Calliopé. Et toi Uranie, qu'en penses-tu ?

– Les chemins du futur m'ont fait entrevoir d'autres perspectives : une nouvelle possibilité de réaliser le grand Dessein est apparue dans la Trame. Possibilité liée à la petite humaine appartenant à la Lignée Royale. Mais, si nous voulons activer sa réalisation, nous devrons nous impliquer dans le Lien à un niveau beaucoup plus élevé qu'auparavant et les risques en seront décuplés… La dernière d'entre nous, celle qui va bientôt naître, devrait devenir l'unique réceptacle de nos esprits après l'Appariement. Le Pouvoir ainsi concentré serait alors pratiquement sans limites.

– Tu insinues qu'il nous faudrait renoncer à notre individualité pour devenir une seule et même entité, et ensuite fusionner avec l'humaine ? rétorqua Calliopé, d'un ton scandalisé. Tu ne peux réellement *pas avoir une telle idée en tête, n'est-ce pas Uranie ?*

– Nous refusons toute idée de fusion, s'exclamèrent deux autres voix qu'on n'avait pas entendues jusque-là. Si la réalisation du grand Dessein doit obligatoirement passer par là, plutôt mourir avec Salicorne !

– J'ai bien entendu vos arguments, mes sœurs, reprit Mélété d'un ton pincé. Quatre d'entre nous se prononcent contre ce qui vient de nous être suggéré. En revanche, Mnémé, Clio et moi-même envisageons cette ultime tentative pour réaliser notre grand projet, quelles qu'en soient les conséquences. Nous restons convaincues que si nous ne tentons rien, Salicorne n'existera bientôt plus. Malgré le pouvoir dont nous disposons aujourd'hui, nous disparaîtrons avec elle. N'oubliez pas mes sœurs, que la puissance de la technologie Ashanti s'est encore accrue au cours de ces trois derniers siècles. D'après ce que j'ai appris récemment, ils ont même la réputation de stériliser tous les mondes dont ils ont épuisé les ressources ! Je dois ajouter enfin que, contrairement à ce que vous pensez, la fusion ne se ferait pas à notre détriment. Notre essence, fortifiée par l'unicité, restera intacte et pourrait même revenir à l'état antérieur si besoin est. Le risque majeur n'existerait que pour la jeune fille. Elle seule en effet, serait susceptible d'y perdre toute humanité. En revanche, si l'expérience réussit, je vous rappelle que nous accéderions enfin à une double nature. Notre puissance psychique actuelle, accrue des capacités humaines, nous rendrait pratiquement invincibles !

– Je reste sur mon veto, affirma Calliopé d'un ton sans réplique. Partager une même conscience avec un être humain ne m'a jamais paru être un état enviable. Souvenez-vous de toutes celles qui nous ont précédées et qui ont perdu leur immortalité à cause de cette union !

– Mais la nature humaine possède une autre forme d'immortalité : elle se reproduit et se multiplie. Chose qui nous est impossible ! Au contraire des humains, nous restons dépendantes de l'alchimie des Eaux Lustrales qui nous donnent la vie. Et comme nous pouvons le constater depuis le jour où nous avons rompu le Lien, notre nombre diminue sans cesse. Les sources se tarissent. Bientôt, il n'en existera plus… Celle qui doit naître pourrait même être la dernière de notre espèce. Serons-nous assez puissantes pour combattre les dangers qui viennent de l'espace ? Nos

capacités, si étendues soient-elles, ne suffisent plus mes sœurs. L'univers est à nos portes… Rappelez-vous aussi que certains humains disposent d'une ancienne magie propre à leur espèce. Des dons que nous pourrions exploiter pour vaincre ceux qui nous menacent. Car si Salicorne disparaît, nous disparaîtrons avec elle !

– Plutôt mourir ! réaffirma Calliopé, murée dans son refus.

– Combien de temps nous resterait-il avant le départ des Ashanti et la stérilisation de la planète ? s'enquirent les autres, d'un ton plus hésitant.

– Compte tenu de la vitesse à laquelle ils épuisent toutes les ressources, on peut envisager une telle éventualité pour la fin de ce siècle… Et encore, si la cadence ne s'accélère pas ! De nombreux secteurs ont été pillés… Dois-je souligner aussi que certaines sources, parmi les plus anciennes, se tarissent ? Inutile de se voiler la face : si l'eau disparaît, le reste ne tardera pas à suivre le même chemin !

Un conciliabule aux accents passionnés succéda à ce discours au terme duquel une sorte de compromis fut adopté. Mélété reprit la parole et conclut l'entretien :

– Merci à celles qui nous laissent tenter cette dernière chance. Calliopé, j'espère que d'ici l'Appariement, tu te seras rangée à nos côtés. Notre meilleure chance réside dans la concentration du Pouvoir et tu nous es indispensable. Réfléchis, il te reste encore un peu de temps ! Mais quand l'Appel aura été lancé, il nous faudra connaître ta réponse définitive. À quoi te servirait-il de t'isoler ? La stérilisation de Salicorne n'épargnera aucune d'entre nous. La lutte pour la survie de notre monde vaut bien le sauvetage de ces humains qui en font désormais partie, que tu le veuilles ou non !

Un long sifflement de dépit fut la seule réponse à sa question.

25

Jeux

Les jeux du cirque eurent une conséquence inattendue :
Ils contribuèrent à la naissance
d'un corps de combattants d'élite.
En formant ainsi des humains au métier de gladiateur,
les Ashanti ignoraient qu'ils
œuvraient à leur propre destruction.

Extrait des « Sentiers de la Mémoire », Emrys le Sage.

Garth. Jour 20.

Le ciel était chauffé à blanc et la chaleur épaisse qui régnait dans l'arène devenait plus suffocante de minute en minute. Sur les gradins, les Ashanti s'étaient levés et se gorgeaient de la vue du sang qui transformait le sable en une boue écarlate, gluante et nauséabonde.

La vingtaine d'îliens entraînés depuis des jours à se battre et à bien mourir n'avait pas démérité. Les jeux avaient répondu à l'attente des Maîtres et la lente mélopée qu'entonnait maintenant l'assemblée était le chant de l'hallali précédant la curée.

Il ne restait plus qu'un seul couple de combattants dans l'arène que l'on vidait de ses derniers cadavres. Deux hommes aux muscles impressionnants, dont la carrure pouvait presque rivaliser avec celle d'un Ashanti. Leur détermination et leur courage les avaient portés jusqu'à cet ultime engagement où se jouait leur avenir. Au terme de cette longue journée, où chacun d'entre eux avait tué jusqu'à l'épuisement pour assurer sa survie, le vainqueur quitterait enfin les Secutorii, ces lieux d'entraînement où ils avaient été formés. Les Thraces, ces créatures reptiliennes chargées de leur enseignement, l'emmèneraient rejoindre l'élite guerrière qui jouissait d'un statut privilégié. Élite qui ne se produisait plus que dans des combats privés où, disait-on, la vie des meilleurs était préservée.

Le chant sombre courait maintenant de rangée en rangée et allait crescendo. Il volait de gorge en gorge, paraissant se nourrir de l'odeur puissante de la sueur et du sang qui saturait l'atmosphère.

Porté par le rythme funèbre qui galvanisait ses dernières forces, Ymir rassembla toute son énergie et salua son adversaire, le poing droit serré au niveau du cœur. Le masque de cuir qui cachait leurs traits respectifs préservait l'identité de chacun. Ignorance salutaire, qui leur permettait de se battre sans arrière-pensée et se trouvait renforcée par la règle interdisant tout échange verbal entre les combattants. La silhouette massive qui lui faisait face ne lui évoquait d'ailleurs aucun souvenir précis et il fut soulagé de ne pas reconnaître l'homme qu'il allait maintenant affronter.

À l'issue de ces longues heures de lutte intense, où les forces et la concentration avaient été mises à rude épreuve, les deux gladiateurs ne ressentaient plus qu'une immense lassitude. Ymir comprit qu'il lui faudrait vaincre alors qu'il lui restait encore une chance de mourir en guerrier ou de donner la mort d'une manière propre. La Sica, ce petit sabre court qu'ils serraient dans leur main droite, accordait cette fin honorable et rapide.

Il détestait avoir recours à l'étranglement qui prolongeait l'agonie et n'y avait été contraint qu'une fois seulement, dans un combat où il avait bien cru mourir. Mais les dieux avaient été de son côté ce jour-là. Ses grosses mains de pêcheur avaient broyé le cou de son adversaire dans une dernière étreinte mortelle qui l'avait laissé pantelant et hagard, taraudé par l'idée d'avoir tué comme un vulgaire assassin.

Car les combats dans l'arène n'étaient supportables que s'ils leur permettaient de mourir dignement, à l'instar des chevaliers d'autrefois qui s'affrontaient pour l'honneur. Ici, plus question de chevalerie et d'honneur à restaurer, bien sûr... Ils n'étaient que des esclaves, soigneusement dressés à divertir leurs maîtres ! Et pourtant, la corporation des gladiateurs avait mis en place un nouveau code, dans lequel la fierté n'était pas absente. La façon d'infliger la mort ou de la recevoir en constituait le cœur.

Chaque combattant cherchait avant tout à vaincre dignement, en évitant tous les coups tordus qui l'auraient assimilé aux meurtriers de bas étage. Certes, la mort était la seule issue, mais elle n'était plus l'horreur gratuite née d'un funeste hasard. Elle devenait l'acte de mansuétude accordé aux mourants qui s'étaient vaillamment battus en respectant les lois d'une lutte honorable.

La strangulation, bien qu'acceptée par l'ensemble de la corporation comme un des moyens ultimes, n'était pas compatible avec l'honneur aux yeux d'Ymir. Elle restait un acte barbare, qui ne dégradait pas seulement la victime, mais aussi le vainqueur, ravalé brutalement au rang de leurs tortionnaires.

Bien décidé à ne pas en être réduit à une telle extrémité, il assura fermement la position de son pied droit en ignorant la morsure brûlante du sable de l'arène. De la main gauche, il brandit la Parma, cette sorte de petit bouclier rond qui le protégeait des coups les plus violents.

La foule massée dans les tribunes se tut, irrésistiblement attirée par l'odeur de la mort. Un silence pesant remplaça le chant funèbre alors qu'il mobilisait toute son énergie dans un dernier assaut.

De sa main droite, il fit virevolter le petit coutelas. La lame dorée entama aussitôt sa danse macabre et fendit l'air à plusieurs reprises dans un rapide mouvement de va-et-vient tandis qu'il chargeait. Son adversaire, désarçonné par la violence d'une attaque qu'il n'avait pas su anticiper, recula en titubant et lâcha son bouclier.

Ymir sut immédiatement que la victoire était à portée de sa main. Il lui suffisait maintenant de plonger dans la brèche qui laissait son rival sans défense et tout serait dit... Le cœur étreint par une peine indéfinissable, il adressa aux dieux une prière muette, les suppliant d'accueillir l'homme qui lui faisait face. Puis il hurla son dépit et sa haine des Ashanti avant de pousser son avantage.

Contrairement à ses prévisions, son bras ne rencontra que le vide. Son adversaire avait roulé au sol à la dernière minute et se redressait à quelques centimètres de lui, ahanant sous l'effort qu'il imposait à son corps. Espérant le cueillir avant qu'il ait recouvré tout son équilibre, Ymir se rua une nouvelle fois à l'assaut en effectuant de petits bonds autour du guerrier désormais attentif à ses moindres gestes.

Ils entamèrent alors une danse mortelle, chacun virevoltant autour de l'autre, dans un nuage de poussière qui retombait sur leurs silhouettes comme un linceul.

Dans une ultime tentative destinée à surprendre son rival, l'homme choisit de rompre la cadence et s'arrêta brutalement. Un hurlement aux lèvres, il se projeta en avant, coutelas dressé. Mais Ymir esquiva son geste d'une pirouette alors qu'emporté par son élan, l'autre trébuchait. Main fermement crispée sur le manche de sa lame, Ymir parvint à sectionner sa carotide et il s'effondra à ses pieds. L'assistance, debout sur les gradins, rugit de plaisir.

Ymir mit un genou en terre et se pencha sur son compagnon vaincu. D'une voix enrouée par la fatigue il prononça la phrase rituelle de remerciement qui saluait sa bravoure et lui ferma les yeux.

Lorsqu'il se releva pour saluer le public ainsi qu'il le devait, le vacarme qui emplissait le cirque de ses échos le percuta violemment. Puis les rugissements furent remplacés par la même mélopée qui avait accompagné ces longues heures de combat. Ses accents, exaltant la mort, la fureur, et le sang répandu, plongèrent rapidement les Ashanti dans un état proche de l'hystérie.

Il détourna le regard de cette folie collective et regagna lentement le bord de l'arène en s'interrogeant sur les rumeurs de massacres qui circulaient à propos de ce qui se passait après le spectacle. Aucun relégué n'avait jamais participé aux festivités qui étaient organisées en dehors du cirque. Mais les nombreuses flaques d'un sang trop noir pour être humain parlaient d'elles-mêmes : des orgies sanglantes avaient lieu au crépuscule, après les derniers combats. Lorsque les îliens se retrouvaient parqués dans leurs baraquements.

26

Intrigues

Parmi tous les Ashanti que nous ayons eu à combattre,
Zork Rhul' Han fut certainement le pire.
Son esprit pervers l'avait entraîné à des exactions
révoltantes dont le commerce de chair humaine
n'était qu'un moindre exemple.

Extrait des « Sentiers de la Mémoire », Emrys le Sage.

Le vainqueur des jeux se retirait lentement de l'arène, la tête haute malgré ses multiples blessures.

C'était un des meilleurs combattants que Zork ait pu voir jusqu'à présent et ferait certainement une excellente recrue pour Garth. L'Ashanti se frotta les mains d'un air satisfait, en songeant que la Mère ne pourrait que se féliciter du choix qui avait présidé à son recrutement.

Dans son rôle de rabatteur de chair humaine, il était le meilleur, il le savait, et ce dernier combat venait de l'illustrer une fois de plus.

La créature était si bien proportionnée, si combative aussi, qu'il eut le plus grand mal à contrôler les pulsions que le spectacle avait éveillées en lui. Il se tortilla nerveusement sur le banc où il était assis et dut lutter contre l'envie de planter ses griffes dans le bras de son voisin, tant il se sentait dévoré par le désir presque douloureux de dépecer sa proie. Un peu de salive vint mouiller la fourrure de son menton et il déglutit en se tournant rapidement sur la gauche pour éviter le regard perçant que la Mère posait sur lui. Il savait qu'elle interprétait à l'instant même la moindre de ses réactions.

Pour dissiper le malaise que cette inquisition faisait naître en lui, il se leva et joignit ses hurlements aux cris qui résonnaient encore dans le cirque. Un sentiment de puissance l'exalta et le goût du pouvoir déferla en lui comme un torrent tumultueux.

Pour l'instant, se dit-il en récupérant enfin le contrôle de ses sens, il avait besoin des Gardiennes de la Loi et de leur confrérie. Pour l'instant seulement, la Mère le tenait sous sa coupe. Mais le jour viendrait où il pourrait se dégager de l'étroite surveillance dont il faisait l'objet et ce jour n'était plus éloigné, elle l'ignorait encore. Il ricana et poussa un hurlement encore plus puissant qui masqua sa rage.

Non ! Il n'était pas question de rester plus longtemps sous le joug de ces femelles hystériques entièrement dévouées à la grandeur de leur Ordre.

Ikkuut Rhul' Hani croyait l'avoir maté définitivement, mais il n'en était rien ! Il se fichait éperdument de sa Quête et de la sélection raciale qui en découlait. Lui, tout ce qu'il voulait, c'est qu'elle l'aide à renverser le Khan. Les combats de l'arène n'étaient qu'un prétexte pour s'assurer de son soutien.

Mais celui-ci était conditionnel, elle le lui avait clairement dit. Plus question de souiller l'honneur du Clan par un comportement dégradant...

Dégradant ! Il ne put s'empêcher de faire crisser ses griffes sur le bois des gradins à la seule évocation de sa déchéance.

Sales bigotes arrogantes qui se permettent de juger mon mode de vie et intriguent sournoisement pour convaincre le Khan de mon indignité !

Mais il devait se méfier. La Mère avait une influence considérable, et pas seulement sur le Clan Rhul'. Le Khan lui-même était obligé de la ménager. Elle était l'expression du Pouvoir religieux et avait la haute main sur la reproduction de l'espèce. Une puissance presque supérieure à celle de l'empereur.

Il en eut le vertige.

Patience ! se morigéna-t-il, il devait encore composer avec elle, mais plus pour très longtemps. Le plan pour renverser l'empereur était maintenant au point. Ils n'attendaient plus qu'une circonstance favorable pour l'appliquer.

Reportant son attention sur l'arène où la foule des spectateurs se dirigeait vers le portail de sortie, il tenta de rejeter l'indicible malaise qui s'imposait à lui. Ikkuut' Rhul' Hani avait un but différent du sien et ne comptait pas le laisser régner à sa guise. Elle voulait faire de lui un pantin dont elle tirerait les ficelles dans l'ombre, s'assurant ainsi la mainmise sur le Pouvoir dans sa totalité. Le temporel et le religieux enfin réunis dans une seule main... Le rêve de multiples générations de fanatiques qu'elle et ses semblables nourrissaient depuis des siècles !

Mais il lui réservait une surprise de taille... Il frissonna d'un plaisir anticipé en songeant à ce jour prochain où il pourrait enfin lui rabattre son caquet. Non, il n'avait pas abattu toutes ses cartes. Malgré les espions qui l'entouraient, jusque sur son propre territoire, il gardait un atout majeur qui anéantirait leurs misérables projets.

Il monta dans son ornicab sans oser tourner la tête. Sachant qu'elle était là, quelque part dans son dos, à lancer un ordre pour qu'on le prenne immédiatement en filature et s'assurer qu'il regagne bien son domaine où la surveillance se faisait plus étroite encore.

Maudites femelles !

Il s'installa confortablement dans son siège à mémoire de forme et une grimace de satisfaction malsaine déforma un instant ses traits : ce soir, personne ne pourrait le suivre. Cela faisait des mois qu'il trompait ainsi leur surveillance, en utilisant le labyrinthe situé sous son palais pour y cacher ses plus sombres activités. Et ces chiennes ne s'en étaient même pas aperçues ! Il s'esclaffa bruyamment en songeant à son adresse machiavélique.

Il était le meilleur, vraiment, et c'était bien pour cette raison que le Pouvoir devait lui revenir. Il était fait pour régner : sa prodigieuse intelligence ne se suffisait plus de cette existence étriquée où on le confinait injustement.

Par deux fois déjà dans le passé, le Clan Rhul' avait dirigé l'Impérium. Aujourd'hui ce serait lui, Zork, celui que tous avaient rejeté, qui lui offrirait une nouvelle gloire. Il les verrait ramper à ses pieds en sollicitant sa mansuétude, mais leur ferait payer leur trahison au centuple ! Leurs os iraient blanchir sous le soleil brûlant de Garth…

Noyées dans le flot dévorant de sa haine, ses pensées revinrent au moment présent. Dans quelques heures, à la nuit tombée, il pourrait s'adonner sans retenue à ses plaisirs pour compenser sa frustration.

Perversion, déchéance, avaient-ils dit, en le condamnant à l'exil.

Il poussa un juron ordurier qui résonna dans le cockpit. Le pilote, interloqué, se tourna vers lui d'un air interrogateur. Mais il lui renvoya un regard brûlant d'un tel mépris que l'homme jugea préférable de ravaler sa curiosité pour se concentrer sur la conduite de son engin.

Qui étaient-ils pour s'arroger le droit de le juger ? Que connaissaient-ils de l'ivresse sexuelle procurée par le mélange des races ? Bien sûr, il n'avait pas encore mis la main sur le joyau rare : l'humaine qui répondrait à tous ses désirs sans succomber à ses ardeurs. Il ne leur laisserait plus jamais le loisir de l'en priver ! Il serait bientôt le maître de la galaxie et pourrait même faire partager ses goûts à des êtres qui lui ressemblaient. Des êtres qui ne pouvaient s'exprimer aujourd'hui, mais dont il connaissait l'existence.

Patience, patience ! se répétait-il encore, alors que l'ornicab se posait sur l'aire d'atterrissage.

Il se composa une attitude hautaine et compassée puis descendit de l'appareil pour gagner l'intérieur de son palais.

26

La passe

Le chemin vers Bryn Ellylon constitua une épreuve : les Immortelles restaient volontairement en retrait, comme si elles testaient la force morale d'Ygrenne, alors que l'hiver menaçait de rendre impraticable l'accession au sommet des Gaedhills.

Extrait des « Sentiers de la Mémoire », Emrys le Sage.

Tirfo Thuin. Jour 20.

Le chemin qu'ils avaient emprunté n'avait cessé de se rétrécir au cours de leur progression. Il n'était maintenant rien de plus qu'une espèce de corridor étroit, surplombé par la masse imposante des hautes falaises grisâtres.

Leur marche vers le sommet de la chaîne restait difficile, ralentie par les nombreux éboulis qu'ils devaient escalader, le cœur serré à l'idée que le passage puisse s'arrêter d'un coup, au détour du prochain tournant. Jour après jour, leur vue du ciel s'était amenuisée. Ils n'en apercevaient plus qu'un mince ruban clair, flottant très loin au-dessus de leur tête. Au cœur de ce monde minéral, ils avaient l'impression de se dissoudre, écrasés par la grandeur du site, et la bise qui gémissait en permanence à leurs oreilles finissait de les démoraliser.

Adossé à la masse qui obstruait une nouvelle fois le passage, Eamon jura d'une voix sourde :

– Bon sang, si c'est comme ça jusqu'au sommet Ygrenne, je crois bien que nous n'y arriverons pas avant le printemps prochain !

– Ne parle pas de malheur. Nos provisions auront disparu bien avant ! répondit la jeune fille, en jetant un regard angoissé vers les nuages qui s'entassaient au-dessus du canyon. Je ne vois pas comment on pourrait survivre dans un endroit pareil, si nous n'avons plus rien à manger !

Le jeune homme se laissa tomber au sol, les jambes coupées par le découragement, et se passa une main dans les cheveux d'un geste las.

– Je n'ai aucune idée du chemin qu'il nous reste à faire pour atteindre le bout de ce col ! Mais il me semble que ces trois derniers jours, nous n'avons pas dû faire plus de six kilomètres… Le sommet est encore loin. Sans compter que je ne sais même pas si nous arriverons à escalader ce rocher. Regarde, dit-il en passant sa main sur la surface rugueuse : une paroi presque lisse, sans aucune prise !

Il appuya sa tête contre la pierre et fixa Ygrenne en soupirant.

– Je me demande si nous ne ferions pas mieux de rebrousser chemin tant qu'il nous reste encore quelque chose à nous mettre sous la dent. On pourrait peut-être s'abriter dans la forêt tout l'hiver, jusqu'à la fonte des neiges, et tenter de revenir dès que les températures seront plus douces. Qu'est-ce que tu en dis ?

– Non, je ne suis pas d'accord ! rétorqua Ygrenne avec une grimace. Que fais-tu des drones ? Sans parler des patrouilles Dho' qui doivent déjà écumer les environs. Je suis sûre que les bois sont maintenant aussi dangereux que la plaine. Tous les retardataires qui auront le malheur de s'y trouver se feront prendre comme des rats !

Eamon demeura quelques secondes sans réaction, les yeux rivés sur elle, cherchant des mots pour la convaincre de se ranger à son avis, et fut saisi par l'allure pitoyable qui était la sienne. Le cœur serré, il nota les nombreux signes qui trahissaient son épuisement : les ombres violettes qui cernaient ses yeux gris, le creux trop prononcé de ses joues et l'extrême minceur de sa silhouette qui flottait dans sa robe de laine brune.

Depuis combien de jours n'avons-nous pas mangé et dormi correctement ? À ce rythme-là, nous ne tiendrons plus longtemps !

Pour la première fois de sa vie, il se sentait totalement démuni face à une situation qui le dépassait et ce sentiment d'impuissance le mettait en rage. Il grinça des dents en serrant les poings, puis se reprit afin de ne pas montrer son désarroi.

– D'accord ! Qu'est-ce que tu proposes alors, pour nous faire aller plus vite ?

Il se redressa et, pointant du doigt le rocher qui les gênait, poursuivit d'un air désabusé :

– Même si on arrive à franchir ce fichu machin, il faudrait pulvériser tous les blocs de pierre qu'on va trouver au-delà dans un minimum de temps, pour avoir une chance d'atteindre le sommet avant de se faire piéger par l'hiver. À voir l'état du ciel et la température qui chute chaque jour un peu plus, la neige n'est plus très loin, c'est certain ! Quelle chance alors avons-nous de sortir de la passe avant qu'elle n'arrive ? Aucune. À moins que nous soyons plus près du but que je ne le pense, mais j'en doute !

– Chuut ! lui répondit Ygrenne en se glissant entre ses bras pour le réconforter.

– Oh, Ygrenne ! s'écria-t-il avec gravité, si les Dieux me demandaient maintenant un prix pour garantir ton passage, je leur donnerais volontiers ma vie en échange de la tienne ! Mais m'entendront-ils ?

Il la serra à l'étouffer et elle se sentit défaillir. Elle adorait les gestes empreints d'amour qu'il lui prodiguait désormais ouvertement, mais ne parvenait pas à croire que ce bonheur tout neuf, presque trop beau, pourrait durer. Un sentiment indéfinissable, proche de la prescience, la faisait douter de pouvoir en jouir dans toute sa plénitude à l'avenir. Son destin n'était pas si simple.

Je suis maudite Eamon, tu ne dois pas m'aimer ! avait-elle envie de crier, alors même qu'elle ne désirait rien d'autre que rester à jamais blottie entre ses bras. Mais elle ne prononcerait pas de telles paroles, elle ne lui dirait rien de ses doutes et de sa peur, tant elle avait envie d'oublier ce qu'elle était, dans la chaleur de ses bras.

– Ne dis pas des choses pareilles ! lui répondit-elle d'un ton vibrant. Comment peux-tu imaginer une seule seconde que je puisse accepter un tel marché ? Nous sortirons de ce canyon ensemble, comme nous y sommes entrés. Et si, malgré tous nos efforts, nous devions y rester coincés, nous affronterons ce qui nous attend main dans la main, tu m'entends ?

Un éclat farouche dans les yeux, elle s'abandonna à son étreinte, se laissant submerger par le besoin de prolonger le contact de leurs deux corps soudés l'un à l'autre. Et lorsqu'il s'écarta légèrement pour capter son regard, il put y lire le même désir qui le faisait trembler.

– Lorsque nous serons sortis de cet enfer, murmura-t-il en effleurant ses lèvres, pourras-tu envisager de m'épouser ? Moi, un simple pêcheur ?

– Oh, Eamon, devenir ta femme est mon vœu le plus cher ! Je veux croire que rien ne pourra m'en empêcher, soupira-t-elle, en répondant à son baiser avec passion.

Le temps parut se figer autour de la jeune femme et sa conscience se mit à dériver dans un océan de douceur. Durant ces quelques brèves secondes où elle fut déconnectée de la réalité, elle oublia le monde et se sentit revivre. Mais, lorsque l'illusion se dissipa, toutes ses craintes revinrent en force. Sentant qu'elle se raidissait entre ses bras, Eamon desserra son étreinte et la scruta d'un air inquiet.

– Je veux faire ma vie avec toi, réaffirma Ygrenne, la gorge nouée par l'émotion. Mais il ne me reste plus beaucoup de temps pour lever la malédiction qui pèse sur moi. Si je n'y parviens pas, seras-tu prêt de ton côté, à épouser une femme qui pourrait mourir le jour de ses vingt ans ? En ne laissant derrière elle qu'une enfant marquée pour tout souvenir ? Car c'est peut-être ce qui m'attend en fait : une brève union, qui me permettra seulement de perpétuer « ma Lignée », et la mort au bout du chemin !

– Nous ne laisserons pas une telle chose se produire, je te le promets ! la coupa Eamon, d'un ton farouche. Nous arriverons au terme de cette aventure et forcerons les Licornes à nous écouter ! Je suis persuadé que si nous gardons la foi, la balance du destin finira par pencher en notre faveur !

D'un geste tendre, il lui passa une main dans les cheveux pour dégager son visage et l'embrassa sur le front en chuchotant :

– On va commencer par grimper au-dessus du rocher et voir ce que devient le chemin. Après on avisera !

Poussés par le même sentiment d'urgence, les deux jeunes gens se mirent à entasser des pierres les unes au-dessus des autres. Puis, lorsqu'Eamon put agripper le bord supérieur du rocher qui leur barrait le passage, il se hissa jusqu'à son sommet et se pencha vers sa compagne pour l'aider à le rejoindre.

À califourchon sur la pierre, il lui montra l'horizon en soupirant de soulagement.

– Ça m'a l'air un peu moins encombré à partir d'ici, on va pouvoir avancer plus vite. Mais je crois quand même que tu ferais bien de prier pour qu'il en soit ainsi jusqu'au bout, toi qui as des accointances avec le ciel !

Ygrenne ricana doucement :

– Pour l'instant, je crains bien que les dieux ne soient pas encore tout à fait prêts à m'écouter !

Elle leva les mains à hauteur de ses yeux, comme pour s'assurer que la marque des licornes s'y trouvait toujours, et les manches de sa robe retombèrent mollement sur ses coudes. Les fils dorés de ses canons d'avant-bras se mirent à scintiller.

– Si seulement ces espèces de parures pouvaient nous servir à quelque chose !

Eamon lui prit les mains et la regarda au fond des yeux.

– Tu te souviens de ce que je t'ai dit au sujet de la scène qui figurait sur la tapisserie. Celle où la reine terrasse ses ennemis grâce à la puissance de ces gantelets ? Je me demande s'ils ne pourraient pas nous aider à pulvériser toutes les roches qui nous entourent…

Ygrenne se tortilla pour se dégager et répliqua d'un ton acide :

– D'accord, Eamon Mac Dougal, éclaire ma lanterne ! Est-ce qu'il suffit que je fasse un vœu ? Que je donne un ordre ou que j'émette une pensée ? Qu'est-ce que tu préfères au juste ?

Le jeune homme ne put s'empêcher de sourire en voyant la flamme qui faisait étinceler son regard et fit mine de reculer devant sa menace.

– Ne t'énerve pas ! promis, je vais y réfléchir. Tu sais combien je peux me montrer inventif lorsque ça en vaut la peine !

Glissant de l'autre côté du rocher, lui tendit les bras et elle s'y laissa tomber en gloussant, toute rancœur oubliée.

Jusqu'à la tombée du jour, ils purent enfin avancer sans trop de mal et ne s'arrêtèrent que lorsque la luminosité fut trop faible pour leur permettre de continuer.

27

Garth

Zork Rhul' Han était un déviant parmi son espèce.
Ses pairs s'en méfiaient et condamnaient ses multiples excès.
Les hommes voyaient en lui l'archétype du prédateur,
mais nul n'a réellement su ce qu'il était vraiment :
un être aux fantasmes abjects et aux ambitions démesurées.

Extrait des « Sentiers de la Mémoire », Emrys le Sage.

Garth. Jour 26.

Zork émergea de son abrutissement et jeta un regard hébété sur le désordre qui régnait dans la chambre, au terme d'une nuit de débauche et de folie. Le sol, le lit, et même les murs étaient maculés de débris divers : restes de nourriture, vaisselle brisée, lambeaux de vêtements tachés de sang. Mais il grimaça surtout à cause de la puanteur qui imprégnait la pièce. De lourds effluves, charriant l'odeur des fluides corporels mélangés aux divers breuvages qu'il avait régurgités en atteignant l'ultime stade de sa démence.

Il se dégagea maladroitement de la couche où il gisait encore et se dirigea en titubant vers la porte qui donnait sur le couloir. Dans l'angle du mur, son regard se posa sur la silhouette désarticulée de la femme qui baignait dans une mare de sang, sans pouvoir se rappeler si elle avait succombé pendant ses assauts ou s'il l'avait achevée ensuite.

Si peu d'humaines survivent à l'accouplement ! se répéta-t-il les sourcils froncés, en repoussant négligemment une jambe qui lui barrait le passage.

La main sur la poignée de la porte, il se tourna une dernière fois vers le théâtre de ses ébats puis s'engagea dans le couloir exigu qui menait à l'escalier, l'esprit préoccupé par la nouvelle chasse qu'il allait lancer.

L'idée du risque qu'il encourait en programmant si tôt la prochaine battue lui donna un regain d'énergie et son cœur s'emballa sous une incontrôlable bouffée de désir. Il savait pourtant qu'il aurait dû attendre plus longtemps pour éviter d'éveiller les soupçons, mais sa déviance était si accusée désormais qu'il se sentait incapable d'y mettre un terme, malgré le lourd tribut qu'elle exigeait en chair fraîche.

Une pensée saugrenue mais fascinante lui traversa l'esprit tandis qu'il refermait soigneusement la porte derrière lui :

Que dirait la Mère si elle savait ?

Il s'esclaffa bruyamment et se passa une langue gourmande sur les lèvres, avant de se rembrunir en imaginant la silhouette menaçante campée devant lui.

Elle me démembrerait lentement et se repaîtrait de mes entrailles avant de m'arracher le cœur !

À l'évocation de la lente agonie que cela supposait, un long frisson d'horreur lui secoua l'échine. Il ne put s'empêcher de jeter un regard fébrile sur les ombres tapies dans le corridor sombre.

Mais elle n'en saura rien ! se reprit-il aussitôt, en redressant les épaules comme pour se libérer d'un poids imaginaire.

Les multiples précautions dont il entourait ses incursions dans cet endroit secret, l'avaient préservé jusque-là et le préserveraient encore, même s'il faisait un jour l'objet d'une enquête… Car personne ne connaissait le dédale de souterrains qui transformait le terrain sous le palais en un vaste labyrinthe. Personne, à part le muet chargé de nettoyer les lieux et d'enterrer les cadavres.

Mais lui, ne pourrait rien dire, quand bien même l'aurait-on écorché vif ! D'un mouvement brusque de la tête, il rejeta définitivement la silhouette inquiétante qui planait encore dans son esprit et poussa un grognement de satisfaction en remontant lentement vers la surface.

Une fois dans ses appartements, il entreprit de faire disparaître les derniers miasmes qui s'accrochaient encore à ses pas et s'habilla avec recherche avant de ressortir d'un pas nerveux. Il devait maintenant s'occuper de récupérer le plus rapidement possible le vainqueur des Jeux pour l'emmener sur Garth où il serait confié aux Gardiennes du Temple.

Dehors, l'air était déjà lourd.

Il réalisa immédiatement que l'atmosphère n'allait pas tarder à devenir irrespirable. Garth était la région la plus désertique de cette planète et son climat s'apparentait à celui de Soorith : une chaleur suffocante en journée y alternait avec des températures glaciales au cœur de la nuit. Des écarts qui n'altéraient en rien la constitution d'une race telle que la leur, mais représentaient un inconvénient pour les humains qui les supportaient mal. Une telle fragilité lui paraissait être une preuve supplémentaire de leur infériorité. Mais en l'occurrence, ce jour-là, il savait qu'il avait commis une lourde erreur en ne livrant pas la créature aux premières lueurs du jour.

La Mère ne manquerait certainement pas de souligner son incurie dans cette affaire ; or, il n'était jamais bon de provoquer sa colère !

Elle tenait par-dessus tout à la bonne condition physique de son cheptel et risquait de lui faire payer très cher cette incartade. Une seule fois, au début de leur accord, il s'était montré négligent et lui avait livré un individu au bord de l'asphyxie. Même après plusieurs jours de repos, l'homme n'avait pas récupéré suffisamment pour affronter les épreuves qui l'attendaient. Il avait succombé trop tôt.

Zork frissonna en se remémorant la réaction de la supérieure : une riposte qui avait été à la mesure de sa déception et s'était imprimée cruellement dans ses chairs. Il en porterait toujours la cicatrice qui mutilait son épaule droite.

Une sourde angoisse lui monta à la gorge. Il ne lui restait plus qu'à utiliser son propre orni pour transporter la créature, en espérant que le temps ainsi gagné compenserait les effets d'un voyage accompli aux heures les plus chaudes de la journée. En forçant l'allure, il atteindrait probablement la cour intérieure de la citadelle avant que le soleil ne soit à son zénith.

Dans l'état d'angoisse où il était, le trajet vers le quartier des esclaves, une longue suite de bâtiments grisâtres surveillés jour et nuit, lui parut beaucoup trop long. Et lorsqu'il enfonça les lourdes portes de fer du baraquement où il devait se rendre, il était si tendu que son intrusion intempestive ne fit que souligner ce que son comportement avait d'étrange.

Le groupe de quatre humains qui s'était retourné à son entrée se redressa pourtant avec nonchalance et coula un regard circonspect vers l'endroit où il se tenait. Un instant désarçonné par cette attitude désinvolte qui contrastait violemment avec son propre énervement, il se sentit envahi d'une haine brûlante et afficha plus de morgue que nécessaire pour aboyer l'ordre de transfert de l'homme qu'il était venu chercher.

Ce dernier fit un pas en avant et saisit un sac d'effets personnels qui gisait au pied du mur avant de serrer brièvement l'épaule de ses compagnons en guise d'adieu. Puis il s'avança posément vers Zork et le suivit à l'extérieur sans se départir de son calme.

S'il fut surpris par le mode de transport qu'on lui offrait, il n'en laissa rien paraître et Zork prit cette réaction comme un défi supplémentaire porté à son autorité. Sentant croître son animosité envers cet humain qui était loin d'adopter l'attitude de reconnaissance à laquelle il s'attendait, il le poussa brutalement à l'arrière de la cabine et prit les commandes de l'appareil en direction du Temple en jurant.

Mais l'homme se redressa et s'assit bien droit, le dos appuyé contre la paroi du fond. Son visage affichait un mépris tranquille qui fit exploser l'Ashanti dont le poing massif vint s'écraser contre le tableau de bord. L'appareil fit une embardée qu'il maîtrisa à grand-peine. Une brutale envie d'en finir avec cette créature insolente lui brouilla la vue et il dut déglutir pour recouvrer un semblant de calme.

Ils arrivaient au-dessus du Temple qui se dressait en sentinelle aux portes du désert. Sa tension reflua alors qu'un sourire mauvais étirait ses babines : rien de ce qu'il aurait pu infliger à la créature ne pouvait égaler ce qui l'attendait sur Garth, au creux des dunes de sable qui ondulaient à l'infini derrière les murs de la citadelle.

Sa vengeance s'accomplissait déjà.

Une gardienne portant l'uniforme blanc et rouge des moines-soldats courut à sa rencontre lorsqu'il se posa dans la cour intérieure de la commanderie et se chargea de l'humain tandis qu'il se dirigeait vers le bureau de la Mère.

La porte de la grande salle du premier étage était ouverte et la prêtresse lui tournait le dos. Elle regardait à l'extérieur et Zork eut tout le loisir de constater qu'elle jouissait d'une vue imprenable sur le terrain d'atterrissage.

– Est-ce une heure appropriée pour le transport de l'humain ? siffla-t-elle, en se retournant brusquement, le regard dilaté par la fureur. Nos accords ont toujours stipulé des livraisons aux aurores et il est presque midi, Zork' !

Engoncée dans une combinaison noire rebrodée de fils rouges qui paraissaient couler sur son corps tels des ruisseaux de sang, elle s'avança lentement vers lui, les crocs dénudés. Esquissant un mouvement de recul qu'il tenta de dissimuler en s'inclinant maladroitement devant elle, il s'entendit répondre d'une voix déformée par la terreur :

– L'humain n'a pas souffert, Maar' Ikkuut ! Je l'ai transporté dans mon propre appareil. Un ennui de dernière minute ne m'a pas permis d...

La supérieure le gifla si violemment que sa lèvre supérieure éclata. Le goût métallique du sang inonda sa bouche alors qu'elle l'apostrophait avec mépris :

– Suffit ! Vos *ennuis* ne m'intéressent pas. Vous avez assez de domestiques pour les régler à votre place ! Je ne crois pas un mot de ce que vous dites. Et d'ailleurs, la question n'est pas là. Si vous n'êtes pas capable de remplir la tâche que le Temple vous a confiée, nous trouverons quelqu'un d'autre ! Mais priez que nous n'ayons pas à en arriver là, car vous m'en rendrez compte personnellement !

Elle le toisa d'un air menaçant en retroussant plus largement ses babines :

– Me suis-je bien fait comprendre ?

Avant qu'il puisse répondre, elle s'avança encore d'un pas et lui saisit le bras gauche en le tordant. Les griffes d'acier vinrent se ficher profondément dans sa chair.

Il tenta de réprimer le cri sourd qui lui montait aux lèvres tout en cédant à un mouvement de panique intérieure : les longs tubes creux qui déchiraient sa peau ne servaient pas uniquement à déverser les substances létales destinées à tuer. Il savait qu'ils étaient également bourrés de capteurs chimiques qui renvoyaient au cerveau de leur propriétaire un ensemble de données inappréciables sur la proie dont ils violaient l'intégrité. Apanage des Gardiennes de la Loi, ces attributs contribuaient à renforcer la peur que suscitait leur Ordre.

À l'idée que son orgie nocturne puisse avoir laissé des traces trop révélatrices sur ses pratiques sexuelles, une violente nausée lui tordit les entrailles et son esprit affolé sombra dans un puits noir.

Il n'émergea de son inconscience que quelques minutes plus tard, sous l'effet de la douleur qui élançait son bras et se rendit compte qu'il était tombé à terre.

Mais elle l'avait lâché et il était encore en vie !

Le soulagement qu'il ressentit alors lui donna une brutale envie d'uriner sur place et il dut lutter contre son organisme épuisé pour éviter cette ultime humiliation. Au prix d'un effort considérable, il releva la tête et réussit à se contenir.

Depuis le seuil de la porte où il s'était écroulé, il pouvait voir la supérieure. Indifférente à son sort, elle était assise à la longue table située au centre de la pièce, et penchée sur ses dossiers, ne lui prêtait plus aucune attention. Il se recroquevilla un instant sur les dalles glacées en haletant puis, plaquant une main sur son bras sanguinolent, entreprit de se redresser.

Alors qu'il se remettait péniblement debout, elle lui décocha un dernier regard qui sembla percer toutes ses défenses :

– Ma patience est à bout, Zork' ! Dites-vous qu'il ne vous sera donné aucune autre occasion de me tromper. Et ne croyez pas que vous pourrez accéder à l'Impériature sans avoir fourni des preuves de votre loyauté envers le Temple. Les expériences génétiques menées ici sont plus importantes que votre misérable destin. Si vous devenez trop encombrant pour nous, nous n'hésiterons pas à vous éliminer. Tenez-le-vous pour dit !

Elle pointa vers lui un doigt accusateur et conclut d'une voix cinglante :

– Pour l'instant encore, vous pouvez nous servir ! C'est pour cette unique raison que je vous épargne une fois de plus, mais prenez garde de ne plus m'offenser… Maintenant, débarrassez-moi le plancher avant que je ne change d'avis !

Sans pouvoir entièrement maîtriser le tremblement qui secouait ses épaules, Zork s'inclina devant la haute silhouette et se précipita dans le couloir.

Maudite, maudite, trois fois maudite ! se répéta-t-il inlassablement, alors qu'il se traînait le long des corridors vidés de toute présence.

Son bras lui faisait atrocement mal et il se sentait si épuisé que n'importe quelle aide lui aurait été utile. Mais aucune guerrière ne daigna se porter à son secours et le retour vers la cour extérieure en fut d'autant plus laborieux.

Lorsqu'il put enfin reprendre les commandes de son appareil, sa rage revint, plus puissante que jamais.

Aucune femelle n'a le droit de me traiter ainsi, moi le futur Empereur ! Je ne la laisserai pas interférer dans mes projets. Il faudra la tuer plus tôt que prévu, c'est tout… Quelques jours encore à patienter pour que l'Ordre accomplisse sa part du marché et élimine le Khan.

Ensuite, je leur ferai voir qui est le maître !

28

Préparatifs

La Commanderie de Garth était
le centre du pouvoir religieux sur Salicorne.
N'y entraient que des guerrières triées sur le volet
qui embrassaient la vie dépouillée des moines-soldats.
Fleuron de l'Empire, l'Ordre du Temple
n'en restait pas moins son talon d'Achille,
car sa puissance menaçait le pouvoir politique
qui devait le ménager.

Extrait des « Sentiers de la Mémoire », Emrys le Sage.

Mag Mor. Jour 28.

L'orni avait décollé de Nazkat au petit jour et arrivait maintenant en vue de la garnison barrant la route terrestre vers l'extrémité sud de Mag Mor et le détroit qui séparait ce territoire de Garth. Les terres désertiques de ce continent ultime étaient le fief historique des Gardiennes de la Loi qui y régnaient en maîtres. Et seuls les clans Annuur' et Rhul' y possédaient des domaines qui jouxtaient le Site d'Initiation.

Dans cette région, les riches prairies du nord n'étaient plus qu'un souvenir. Le paysage avait progressivement abandonné ses couleurs vertes et blondes pour se draper dans les ocres poussiéreux des terres centrales, plus sèches et balayées par les vents. Akkaat jetait un œil morne sur les contreforts désolés de la meseta qui s'étirait en contrebas et songeait que la nature s'harmonisait ici parfaitement avec ses occupants. Farouche et inhospitalière, à l'image de la cité guerrière qu'elle abritait.

Car c'était là, au cœur de cette barrière rocheuse que résidait le véritable pouvoir militaire. Sur ces quelques kilomètres carrés où était rassemblée la plus grande concentration Dho' de toute la planète. Le périmètre occupé par les baraquements était d'ailleurs si étendu que, vue du ciel, la garnison paraissait boucher presque entièrement la langue de terre caillouteuse qui s'étrécissait jusqu'à la côte sud.

Sur le flan Est de la base se trouvaient les bâtiments réservés à l'accueil des visiteurs : trois hautes tours noires tranchant sur le paysage de cette région désertique et dans lesquelles, une fois par an, se retrouvaient les aspirants à l'Initiation qui préparaient leur départ pour Garth.

Akkaat sentit sa gorge se contracter à l'idée de ce qui les attendait sur les terres situées au-delà du détroit et s'arracha à la contemplation de la base militaire pour se tourner vers l'Ashanti aux côtés de Rorsh. Il s'agissait d'un jeune mâle arrogant, au faciès anguleux, répondant au nom de Llaasi'. Un lointain parent fraîchement sorti de l'Ibr'.

Aux dires de l'ambassadeur, il figurait bien sur la liste des prétendants au trône, sans toutefois que son rang y soit clairement défini.

Sans doute faisait-il partie de ces nombreux rejetons qui piaffaient d'impatience dans l'ombre du Tout Puissant et dont elle ignorait jusqu'à l'existence quarante-huit heures plus tôt. Mais il restait un prétendant qui, à l'instar des autres, pouvait être choisi pour l'investiture suprême si le souverain en décidait ainsi.

Pour l'heure, il était à la fois leur protégé et leur alibi dans ce périple qui devait les emmener sur Garth. Officiellement en effet, ces deux dernières semaines avaient été déterminantes pour l'avenir du jeune prince : le Khan paraissait s'en être brusquement entiché et il se murmurait, dans les allées du pouvoir, que le monarque envisageait sérieusement d'en faire son Dauphin.

La faveur impériale avait eu l'effet escompté : il n'existait plus désormais aucun endroit dans la galaxie qui ait échappé à l'onde de choc provoquée par une telle décision. Déjà, les mâles qui occupaient des fonctions importantes au sein de l'État avaient violemment protesté, arguant de la jeunesse et de l'incompétence de leur cadet. Mais le monarque s'était borné à ignorer la fronde, muré dans un silence sibyllin qui laissait le champ libre à toutes les suppositions. Le jeune homme cristallisait donc maintenant autour de sa personne une charge de haine que bien peu auraient supportée.

Un poids qui ne semblait pourtant pas l'affecter outre mesure, songea-t-elle avec perplexité, en se demandant si ce comportement témoignait d'une réelle force d'âme, cachant un caractère bien trempé, ou s'il ne s'agissait que d'une forme de naïveté frisant l'imbécillité.

Mais idiot ou non, il se retrouvait désormais au cœur d'une affaire dont il ne pouvait apprécier l'étendue, tout en endossant malgré lui le rôle peu enviable de l'appât… Un appât qu'ils allaient complaisamment agiter sous le nez de l'ennemi, en espérant que ce dernier se découvrirait assez pour révéler ses plans ! Elle soupira en scrutant le jeune mâle et se demanda un instant si elle avait présenté ce même visage contracté, où se disputaient l'orgueil et la crainte, lorsqu'elle était partie pour sa propre Initiation.

Parce qu'il était prince de sang, elle et Rorsh' l'accompagnaient officiellement jusqu'à Garth où une autre mission bien plus complexe les attendait : trouver des preuves irréfutables concernant les agissements du Temple.

Pendant qu'ils se livreraient à leurs dangereuses recherches, le jeune Ashanti accomplirait le rituel le plus important de son existence. Une semaine plus tard, elle le savait, il reviendrait sur cette base en guerrier ou ne serait plus qu'une carcasse pourrissante que se disputeraient les charognards.

La gorge nouée, elle interrompit le fil de ses pensées et se concentra sur la manœuvre d'atterrissage qu'amorçait le pilote. De toute façon, il n'était plus possible de revenir en arrière… Quant à la survie du prince, elle ne dépendait hélas que de lui-même !

La main sur la porte de la cabine, elle attendit que l'appareil se fût posé puis l'ouvrit d'un geste nerveux, avant de se diriger avec ses compagnons, vers le poste de commandement où devait se trouver le chef de la garnison.

Sobrement revêtue le la traditionnelle combinaison noire portée par les Dho', la Thu Han Pian' Var était une guerrière puissante et élancée, dont les pupilles fendues irradiaient la maîtrise de soi. Elle les gratifia d'une poigne énergique tandis que son regard acéré les jaugeait un par un.

– Prince Llaasi, Akkaat' Llam', monsieur l'Ambassadeur ! Veuillez vous asseoir, je vous prie, s'exclama-t-elle en désignant les trois sièges disposés en arc de cercle devant son bureau. J'ai préféré avoir cette conversation dès votre arrivée pour que nous puissions faire le point sur les mesures qui ont été arrêtées par Sa Majesté et moi-même, concernant votre mission sur Garth.

– Nous vous écoutons commandant ! répondit Akkaat qui, en tant que Llamashi et sœur-de-nid de l'Empereur, s'installa la première en face de la guerrière.

La Thu' Han lui adressa un bref salut de la tête comme pour approuver son respect des règles de préséance, puis se tourna vers le jeune Llaasi qui prenait place près de l'ethnologue.

– Prince, commença-t-elle, vous allez vous rendre à l'infirmerie de la base où un médecin vous prendra en charge. L'empereur a décidé de vous faire bénéficier d'un tout nouveau traitement mis au point par les plus grands chercheurs de Soorith. Un traitement qui a déjà été testé confidentiellement, et qui devrait révolutionner les conditions de notre mutation dans l'avenir.

La guerrière marqua un temps d'arrêt et les regarda tour à tour longuement avant de poursuivre :

– Il est inutile de vous rappeler que nos scientifiques essayent, depuis des années, de modifier certaines particularités de notre génétique, n'est-ce pas ?

Akkaat s'accorda quelques secondes de réflexion pour revenir sur ce qui constituait *l'exception* Ashanti en la matière.

Pour leur race, il n'existait pas de période de *transition* entre l'enfance et l'âge adulte. L'accession à la maturité se faisait brutalement, en l'espace de quelques heures ou quelques jours suivant les cas. Durant cette phase trop brève, où leur physique atteignait sa pleine puissance, leur psychisme en revanche, subissait de profondes altérations. Il s'ensuivait des débordements d'une violence inouïe et une soif de meurtre inextinguible. Leurs chercheurs avaient tenté d'expliquer cette pulsion, et en étaient venus à la considérer comme une sorte de « marqueur » biologique. Dont l'unique fonction était de garantir la préservation de l'espèce face à des conditions de vie extrêmes. Soorith n'était pas un monde propice au développement de la vie. Naître sur son sol était un pari risqué, que seuls les plus forts pouvaient espérer remporter !

– Évidemment Thu' Han', lui répondit Akkaat, nous savons que nos plus grands laboratoires cherchent la clé qui nous permettrait de mieux contrôler notre évolution.

Rorsh compléta cette affirmation en grimaçant.

– Nous espérons tous qu'un jour nous pourrons atteindre l'âge adulte sans que chaque année, les deux tiers de notre jeunesse se fassent massacrer par leurs propres frères ! Une boucherie légalisée qui est à peine compensée par l'extraordinaire fécondité de nos mères.

– C'est bien là le véritable problème ! concéda la Thu' Han'. Un problème qui n'a jamais été résolu, malgré les nombreuses expériences menées en laboratoire pour trouver une substance capable de réduire l'agressivité. Car si jusque-là, cette dernière ne trouvait plus d'exutoire, elle se retournait contre l'individu et le faisait sombrer dans une folie irréversible...

Akkaat, que ce rappel à ce qu'elle considérait comme une malédiction mettait mal à l'aise, ne put s'empêcher de rajouter :

– Ceux qui perdent ainsi leur intégrité mentale constituent la lie de notre civilisation et font courir un danger mortel à l'ensemble de leurs pairs. Nous ne le savons que trop, Thu' Han', c'est pourquoi ils combattent et meurent dans des sites surveillés comme Garth, afin que seuls les sains d'esprit survivent. La malédiction qui pèse sur notre race ne peut laisser aucun d'entre nous indifférent !

Elle eut un petit rire sans joie et poursuivit :

– Condamner un peuple de guerriers à s'entretuer pour échapper à la folie, n'est-ce pas le plus mauvais tour que les dieux puissent lui réserver ? Quelle ironie de leur part, n'est-ce pas ? Mais dans toute noirceur, on peut quand même trouver du bon, allez-vous me dire : au moins cette méthode empirique et radicale permet-elle d'éliminer les plus instables d'entre nous… Il n'y a malheureusement là rien dont nous puissions nous enorgueillir, hélas !

– Ce n'est pas le côté le plus reluisant de notre espèce en effet ! admit la gradée. Mais les expériences qui se poursuivent depuis des années semblent enfin sur le point d'aboutir. C'est ce que je suis chargée de vous révéler. Un traitement en cours de vérification vient de donner des résultats étonnants. C'est celui que va recevoir le jeune prince. Il permet de réduire considérablement les déchaînements de violence qui accompagnent le passage à l'âge adulte. Les effets paraissent durables et les volontaires qui l'ont testé n'en ressentent que des bénéfices. L'instinct n'est pas touché, la puissance non plus… Mais par-dessus tout, les facultés mentales sont conservées dans toute leur intégrité !

Akkaat saisit les accoudoirs de son fauteuil et se pencha en avant comme si elle s'apprêtait à bondir.

– Êtes-vous en train de nous dire que nous sommes enfin parvenus au seuil d'une ère nouvelle qui permettra de contrôler nos pulsions les plus meurtrières ?

– C'est cela, Akkaat Llam' ! Tous les tests sont positifs. Il ne nous reste plus qu'à l'expérimenter « in vivo ». Dans les conditions mêmes du passage sur un Site d'Initiation. C'est la mission que vous devrez remplir, jeune prince. Mais, je crois que l'Empereur vous a déjà expliqué l'enjeu de votre présence sur Garth ! ajouta-t-elle, en fixant le visage du jeune mâle qui s'illuminait d'orgueil.

Les babines de la Thu' Han se retroussèrent légèrement, comme si la fierté du prince correspondait à ce qu'elle attendait de lui, puis elle se tourna vers ses deux autres visiteurs.

– Quant à vous monsieur l'Ambassadeur, et vous ma Dame, il vous incombera de découvrir si des espèces inférieures sont effectivement utilisées sur Garth à des fins criminelles. Le Khan m'a chargée de vous remettre ce pli, poursuivit-elle en leur tendant un sauf-conduit frappé du sceau impérial. Il vous permettra d'accompagner le prince dans tous ses déplacements. La Mère ne pourra pas s'opposer à une telle requête sans passer ouvertement pour une rebelle.

– Et si elle s'y refusait malgré tout ? s'exclama l'Ambassadeur, qui se tenait de l'autre côté du prince.

– Alors nous investirons le Temple par la force et proclamerons sa félonie aux yeux de tous. Nous sommes en état d'alerte maximum sur cette base. Tout sera fait pour assurer votre sécurité. Les autres sites d'Initiation font déjà l'objet d'une surveillance étroite depuis plusieurs semaines : au moindre geste de soutien aux renégates, ils seront également investis et leurs dirigeantes exécutées sans délai. L'Empereur a pris toutes les dispositions en ce sens. L'Ordre sera déchu de tous ses droits si sa félonie est avérée...

Akkaat s'empara du document qu'elle lui tendait puis, après l'avoir déroulé et vérifié, s'exclama d'un ton dubitatif :

– Comment pourrons-nous vous prévenir si les choses tournent mal ?

– Une petite intervention chirurgicale nous permettra de surveiller toutes vos actions. Une nanite va vous être implantée derrière la rétine. C'est une méthode fiable, que nos espions utilisent depuis des décennies et grâce à laquelle on pourra réagir au moindre signe d'agressivité porté à votre égard. Des appareils décolleront sur-le-champ pour vous porter secours si vous êtes menacés. Il ne nous suffira que de quelques minutes pour arriver sur les lieux. Ne vous inquiétez pas !

Un sourire aux lèvres, Akkaat se leva et tendit sa main à la guerrière.

– Bien commandant. Je crois qu'il ne nous reste plus qu'à faire confiance aux mains expertes de vos médecins !

29

Six

Les hommes ignoraient qu'il existait
des dissensions parmi les Immortelles.
Le cours des guerres futures en aurait peut-être été changé
s'ils l'avaient appris avant de partir au combat.
Car le courage s'affaiblit
sous le poids de trop grandes incertitudes.

Extrait des « Sentiers de la Mémoire », Emrys le Sage.

– La petite humaine a besoin de notre aide, mes sœurs, il n'est plus temps de tergiverser ! Elle est maintenant coincée dans la passe et ne pourra pas s'en sortir si nous n'intervenons pas !

– Je suis d'accord avec toi Clio, nous devons le faire maintenant ou bien l'Appariement ne pourra avoir lieu cette fois encore !

– Mnémé, qu'en dis-tu ?

– Je réfléchis Thalie ! Bien sûr qu'il faut intervenir, je n'en doute pas une seconde ! Mais je pense également aux conséquences d'une décision qui serait prise à six et exclurait Calliopé. Vous savez que, depuis notre dernier entretien, il m'a été impossible de me connecter à son esprit. Toutes ses barrières mentales restent levées en permanence… Une attitude dangereuse, qui ne me dit rien qui vaille !

La voix désenchantée d'Uranie s'éleva :

– Mnémé a raison mes sœurs ! En nous lançant dans cette aventure sans avoir l'accord de Calliopé nous courons au-devant de graves ennuis, je le crains ! La trame du Temps se complique ces dernières semaines… J'ai le plus grand mal à démêler les fils des différents futurs qui s'entrelacent autour de la jeune fille. Tout ce qu'il m'est possible de vous dire, c'est que nombre d'entre eux découlent de notre décision d'intervenir ou non. Et si certains me restent totalement obscurs, d'autres en revanche sont suffisamment clairs dans leurs retombées funestes, pour vous affirmer que l'absence de Calliopé pourrait être lourde de conséquences.

Un long soupir s'étira dans l'espace et la voix de Thalie s'interposa :

– Vous savez quelles étaient mes réticences lors de notre dernière réunion et n'avez pas oublié que je m'étais prononcée contre le projet de renouveler l'Alliance, moi aussi. Tes arguments Uranie, et surtout ceux de Mélété, m'ont finalement convaincue de poursuivre l'aventure… Or, lorsque nous nous sommes séparées, je suis restée pendant un moment unie à l'esprit de Calliopé : la violence de son amertume m'a suffoquée. La rage qui la consumait orientait ses pensées vers la Grande Barrière et le Mont Perdu…

Des exclamations inquiètes s'entrecroisèrent.

– Pourquoi ne pas nous en avoir informées plus tôt Thalie ? Nous aurions pu essayer d'apaiser son courroux et la dissuader de nourrir de telles idées !

– Pourrait-elle envisager de se retirer dans cet endroit sinistre ?

– Je ne pense pas vraiment à un genre de retraite, croyez-moi ! rétorqua la doyenne d'un ton préoccupé. Si vraiment elle veut se lancer dans une

vengeance, le Mont Perdu pourrait lui fournir des armes autrement plus dangereuses que celles que les Ashanti et toute leur technologie peuvent nous opposer ! Rappelez-vous que c'est l'endroit où fut emprisonnée la Rouge !

– Je ne voudrais pas assombrir encore un peu plus l'atmosphère de notre réunion, mes sœurs, l'interrompit Uranie d'une voix coupante, mais il me semble primordial d'envisager le pire : Calliopé est l'une des plus puissantes d'entre nous. Si par malheur, elle arrivait à libérer l'esprit de la Maudite, alors la destinée de Salicorne et de tous ses habitants sans exception, pourrait bien se réduire à néant !

– Mais pourrait-elle le faire ? Les fils du Temps ont-ils laissé entrevoir une telle perspective ?

L'énergie s'intensifia autour d'Uranie. Son esprit eut un mouvement de recul devant les ondes de peur que dégageait maintenant l'atmosphère, mais sa voix conserva son calme lorsqu'elle répondit :

– Je n'ai vu qu'un seul fil, d'un rouge suffisamment sombre pour évoquer les ruisseaux de sang que la Maudite pourrait répandre, mais il m'a été impossible d'en situer exactement le point de départ sur la Trame. C'est pourquoi je n'ai pas fait le rapprochement avec l'attitude de Calliopé ! Et pour tout vous dire, je ne la crois pas assez folle pour vouloir réveiller le mal qui dort au Mont Perdu. C'est tout simplement inimaginable !

– Hélas, puisqu'on ne peut pas savoir si elle le fera ou non, je propose par mesure de prudence de considérer cette perspective comme potentiellement réalisable. Même si je ne vois pas comment Calliopé à elle seule pourrait réunir assez de puissance pour briser le Dôme ! s'écria Thalie avec une certaine rancœur.

– Tout cela ne nous dit pas si nous devons intervenir maintenant en faveur de la petite humaine, reprit la voix chaude de Mélété. Personnellement, je préférerais le faire dès aujourd'hui. Car si Calliopé choisit la voie de la vengeance, il devient encore plus urgent de réaliser la

fusion de nos esprits avec cette jeune fille et avec Celle d'entre nous qui doit naître. Croyez-moi, nous n'aurons pas trop de toute cette concentration de puissance pour faire face aux dangers qui se dressent devant nous !

L'esprit de Mnémé s'écarta des autres mais sa voix se fit plus forte :

– Je pense que nous devons nous rallier à ce point de vue avisé, mes sœurs ! Car l'heure n'est plus aux tergiversations frileuses : nous devons nous préparer au pire. Dans l'immédiat, je propose que nous laissions Clio se charger du contact avec la jeune Ygrenne afin que l'Appariement puisse avoir lieu le plus rapidement possible. Mais en ce qui concerne la fusion de nos esprits, puisqu'il semble que nous soyons désormais d'accord sur son principe, n'oublions pas qu'il nous reste encore à recueillir le plein assentiment de cette jeune femme ! Rien ne se fera si elle s'y refuse. C'est une des tâches qui nous incombe et ce ne sera certes pas la plus aisée ! Je propose aussi que Thalie fasse d'autres tentatives pour contacter Calliopé. Il faut apaiser son courroux ou s'assurer au moins de sa neutralité.

30

Résurrection

Malgré les légendes qui ont couru à propos de mes talents,
Je n'en ai possédé que fort peu dans mon enfance.
Et aucun n'aurait été assez puissant
pour me permettre de défier les Ashanti.

Extrait des « Sentiers de la Mémoire », Emrys le Sage.

Tirfo Thuin. Jour 28.

L'univers où il avait basculé était étrange, peuplé de voix aux accents feutrés et de silhouettes évanescentes qui semblaient surgir tout droit des légendes anciennes qui parlaient d'un espace éthérique où les âmes des Anciens côtoyaient les dieux. Bien que son esprit ait du mal à comprendre pourquoi il en était ainsi, ces êtres nimbés de lumière s'adressaient à lui comme s'il était l'un des leurs. Mais il y avait plus incroyable : il dérivait dans le cosmos avec autant de facilité que lorsqu'il chevauchait les longs rubans tressés par l'atmosphère, quelque part dans le monde d'en bas. Et dans l'espace infini qui était maintenant son aire de jeux, Salicorne n'était plus qu'une perle verte et bleue accrochée au firmament, perdue parmi des milliards d'autres perles.

– Pourquoi veux-tu y retourner Emrys ? N'es-tu pas heureux ici, près de nous ? entendit-il murmurer.

Il lui sembla se tortiller, mal à l'aise, sans savoir si son propre corps avait désormais le même aspect immatériel que ceux qui l'entouraient, et ne put répondre à la question. Il ressentait pourtant une espèce d'urgence à revenir sur sa terre d'origine, mais n'aurait su dire pourquoi, tant le bien-être qu'il éprouvait à cet instant émoussait toute autre émotion.

– Tu peux y retourner Emrys, reprit le murmure. Mais ton retour aura un prix : tu ne redeviendras pas celui que tu étais ! Saisis-tu ce que cela veut dire ? Ta solitude sera grande et ton savoir t'écartera de la voie commune.

La conscience de tout ce qu'il pouvait maintenant appréhender et accomplir le submergea : une fraction de seconde, il eut l'impression d'étouffer sous son poids. Mais l'urgence de son retour ne s'estompa nullement, au contraire : dans un éclair de lucidité, il sut que sa présence serait déterminante dans le conflit qui allait se déclencher dans l'autre monde.

– Effectivement, tu pourrais aider les tiens ! Mais es-tu prêt à te sacrifier ? Il n'y aura pas de possibilité de retour avant si longtemps Emrys, que tu pourrais bien oublier le chemin qui mène jusqu'à nous. Bien peu de mortels ont eu la chance de nous connaître. Et pense au risque que tu vas prendre, si tu choisis de repartir maintenant. Là-bas, tu deviendras un grand mage, mais tu seras craint, et bien souvent haï. Les hommes ne t'accorderont nulle confiance. Ils se méfieront de toi.

Songe aussi que l'usage des forces qui nous entourent est complexe, même si tu en connais maintenant la plupart des rouages. La masse d'énergie que tu devras manipuler pour les mettre en œuvre prélèvera son dû à la source de ta vie et l'altérera, malgré le nombre élevé de siècles qui te seront concédés. Tu changeras, inexorablement.

– Que voulez-vous dire ?

– Plus tu vieilliras, plus ta puissante s'accroîtra. Mais les choix qui s'offriront à toi seront autant de pièges où ton intégrité morale pourra sombrer. Peu de mages peuvent rester insensibles aux sirènes du Pouvoir. Nombre d'entre eux y ont succombé dans le passé. Oubliant ainsi les intentions louables qui étaient les leurs, à l'origine.

– Comme celles de servir le bien commun, de n'œuvrer que pour le bonheur des hommes ?

– Oui, Emrys ! La magie est une formidable source de Pouvoir pour qui sait la manipuler. Mais c'est également un puits insondable de corruption. L'esprit d'un être humain, aussi doué soit-il, n'est pas toujours assez fort pour repousser la tentation de dominer ses semblables. De grands mages se sont ainsi transformés en tyrans sanguinaires dans les temps anciens. Poussés par la soif inextinguible d'étendre leur puissance, ils ont détruit des mondes, asservi des peuples, corrompu la nature jusqu'à en fausser l'harmonie initiale. Tu n'as pas à prendre un tel risque ! Tu peux simplement choisir de rester parmi nous et accomplir l'œuvre que les Dieux nous ont confiée.

– Une œuvre ?

– Une œuvre majeure, qui consiste à ensemencer les mondes encore vierges de toute civilisation. Nous y apportons les germes de la vie et l'aidons à s'y développer jusqu'au seuil de la conscience...

Un regret infini étreignit Emrys alors qu'il réalisait que, quel que soit son choix, rester ou retourner en arrière, il n'en retirerait aucune certitude quant à la justesse de sa décision. L'envie de rester dans cet

« au-delà » noyé de lumière parut d'abord l'emporter sur toute autre considération. Le fil qui le reliait à son ancienne vie s'estompa jusqu'à devenir si ténu qu'il crut l'avoir rompu. Mais une légère vibration l'agita à la dernière minute et l'écho d'une plainte percuta sa conscience.

Le sentiment de commettre une trahison l'écrasa : il ne pouvait abandonner les siens ! Tant de vies pourraient être sauvées s'il revenait en arrière.

– Nous ne discuterons pas ton choix, Emrys, reprit le murmure. Tu es libre de réintégrer ton corps si tu le désires vraiment. Dans ce cas, le fil de ton existence ne se rompra plus avant que tu n'en aies déroulé le fuseau entier. Et parce que tu auras besoin d'un grand courage pour accomplir ta tâche, nous t'aiderons. Il suffira que tu nous invoques pour que nous venions te conseiller, chaque fois que tu en auras besoin.

Alors qu'il prenait enfin la décision de reprendre sa vie en mains, un grand souffle balaya l'espace autour d'Emrys tandis qu'une légère brume brouillait ses perceptions. Il bascula dans un plan de conscience différent, qui lui fit perdre tout contact avec l'éther.

Quelque part dans son être, une gêne commença à poindre, enfla jusqu'à devenir un flot de douleur continue qui l'empêcha de garder une pensée cohérente.

Perçant le brouillard où il se débattait, le timbre de sa mère lui parvint. Rauque, écorché, suppliant.

– Emrys ! Emrys... Ô Dieux, je vous en conjure, laissez-le revenir !

Le souffle coupé par la souffrance qui déchirait son corps, le jeune garçon entrouvrit les paupières en gémissant.

– M'man ?

31

Le temple

La commanderie de Garth se livrait à des expériences
qui firent trembler l'Empire sur ses bases.
En bouleversant le processus des mutations de l'espèce,
elle influait sur son devenir,
sans savoir si le bénéfice espéré
justifiait les risques encourus.

Extrait des « Sentiers de la Mémoire », Emrys le Sage.

Garth. Jour 28.

La salle capitulaire bruissait de murmures hostiles : la réunion du conseil supérieur de la Commanderie venait d'être interrompue de manière scandaleuse aux yeux de ses participantes.

L'intrus qui réclamait audience était un émissaire envoyé par le Khan. Il exigeait d'être reçu sans délai et se dirigeait déjà vers le cœur de la citadelle où l'ensemble de la communauté était rassemblée sous la houlette de la Mère. Encadré par deux gardes armées, il franchit le seuil de l'immense salle surplombée d'une voûte à liernes et tiercerons. Vaguement inspirée des transepts qu'on trouvait dans certains édifices religieux érigés sur de lointaines galaxies, elle n'était pourtant pas le cadre de cérémonies à caractère sacré. Majestueuse et glaciale, elle ressemblait au ventre d'un vaisseau spatial où toutes les guerrières pouvaient se réunir en masse. L'envoyé du Khan en remonta l'allée centrale sous l'œil courroucé de ses occupantes qui grondaient à son passage, et parvint en face du Haut Siège occupé par la Mère. Dressé sur un socle pour dominer l'auditoire, il était presque aussi imposant que le trône du Khan mais sculpté dans une obsidienne d'un noir abyssal. La Supérieure s'y tenait le dos bien droit, sa houppelande blanche tranchant sur le rouge sanglant de sa combinaison. L'émissaire ne s'inclina pas devant elle et un feulement sourd monta de la nef en réponse à l'affront qu'il commettait. Mais il garda la tête haute, comme pour souligner qu'il agissait au nom d'une autorité égale à la sienne, et se contenta de tendre la main pour lui remettre un tube de graphène frappé aux armes impériales. La vieille guerrière s'en empara en l'apostrophant d'un ton cinglant.

– Sortez sur-le-champ, soldat, avant que je ne vous fasse mettre aux arrêts ! Votre intrusion en ce lieu est une offense ! Faites savoir à votre maître qu'à l'avenir, s'il a un message à m'adresser, il devra d'abord solliciter un entretien en empruntant la voie hiérarchique. Entre ces murs, il n'a aucun droit de m'imposer une visite sans la soumettre à mon accord préalable !

Un éclair de haine traversa le regard de l'émissaire dont la main se resserra sur la crosse de son arme, mais il recula d'un pas.

– Vos propos seront fidèlement rapportés à notre souverain Maar' Ikkuut' ! Mais je doute qu'il les prenne en considération. Sa charge lui laisse peu de temps à consacrer à ce genre de formalité. L'envoi d'une demande par un circuit officiel dont la lenteur est bien connue, ne saurait faire entrave à sa volonté.

– Seriez-vous en train de me défier ? rugit la Mère, en se penchant au-dessus de son interlocuteur pour l'intimider.

Le guerrier redressa les épaules, la main toujours posée sur son désintégrateur, et ne cilla pas.

– Nullement. Je me contente d'émettre un fait. Mais puisque vous m'avez donné l'ordre de me retirer, je ne vous encombrerai pas plus longtemps de ma présence. L'Empereur ne m'a chargé que d'une mission : vous remettre ce pli qui n'attend aucune réponse de votre part.

Mâchoires serrées, il tourna les talons et se dirigea vers la sortie d'un pas raide sous une explosion de sifflets haineux, de feulements rageurs et de gestes de défi. Mais d'un mouvement péremptoire de la main, la supérieure fit taire ses comparses et il fut raccompagné manu militari jusqu'à l'héliport.

Dès que la porte se fut refermée sur sa silhouette, Ikkuut' Rhul' Hani clôtura la session et la pièce se vida dans un silence de plomb.

Les mains tremblantes d'exaspération, elle rompit les sceaux, déroula la mince feuille de carbone et prit connaissance de son message : ordre lui était donné de recevoir le prince Llaasi' et sa suite.

Profondément outrée par le défi implicite lancé à son autorité, elle sentit monter en elle le flot d'une colère brûlante qui l'incita à refuser tout accès au temple.

– Misérable cloporte qui ose se dire empereur, s'exclama-t-elle à voix haute, crois-tu être de taille à me défier ?

Dans un accès de rage, elle piétina la missive avant de se reprendre en songeant au côté cocasse de la situation. L'Initiation du prince n'était qu'un prétexte, c'était évident ! On venait l'espionner.

Mais le Plan était désormais au point. Rien ni personne ne pourrait en différer l'échéance ! Dans quelques jours à peine, le Khan serait définitivement neutralisé. Le pouvoir tomberait comme un fruit mûr entre les mains de l'Ordre, donc entre les siennes... À cette pensée réjouissante, elle fut secouée d'un rire narquois et se dit qu'elle pourrait même s'offrir le luxe de tout révéler à cette bande d'idiots qui venait la narguer aussi ouvertement. Les laisserait-elle repartir sains et saufs pour qu'ils puissent faire leur rapport à ce minable petit monarque ou enverrait-elle leurs carcasses pourrir au creux des dunes ? Là était la seule question !

Mais, se dit-elle avec délectation, *j'aurai tout le temps de jouer avec eux avant de prendre ma décision.*

Au moment où elle quittait la pièce pour donner des ordres concernant l'arrivée de ces hôtes encombrants, l'orni qui transportait le jeune prince et sa suite se posait sur l'aire d'atterrissage réservée aux étrangers. Au bas de la colline où se dressait la citadelle.

Akkaat en descendit la première, immédiatement suivie par Rorsh' qui affichait sa désinvolture habituelle. Seul le jeune prince sembla perdre un peu de sa superbe en touchant le sol de Garth. Deux gardes du corps discrètement armés leur emboîtèrent le pas, comme pour bien démontrer au Temple le caractère pacifiste de la visite qu'ils effectuaient au nom de l'Empire. Une fois au complet, le petit groupe se dirigea d'un pas rapide vers le pied de la colline qui surplombait l'aérodrome et leva les yeux vers la forteresse.

Au sommet de ce piton granitique et désolé, l'Ordre avait érigé une véritable cité fortifiée calquée sur les anciennes citadelles Soorithiennes. Elle n'offrait aux regards que des murailles sombres et des tours rébarbatives. L'allure menaçante de la forteresse semblait être en elle-même un avertissement muet adressé aux visiteurs indésirables et ils en saisirent immédiatement toute la portée.

Après avoir largement ironisé sur le côté « accueillant » du site, Rorsh' s'engagea sur le sentier étroit qui menait au sommet. Les autres lui emboîtèrent le pas en essayant de dissimuler leurs craintes sous des ricanements complices. Le mauvais état du chemin caillouteux, encombré d'éboulis, ne leur permit qu'une lente ascension de la pente, en file indienne. Deux bonnes heures de marche sous un soleil de plomb et une chaleur torride leur furent donc nécessaires pour atteindre le haut de cette butte inhospitalière.

Lorsqu'ils débouchèrent enfin sur l'esplanade supérieure, la menace que représentait le Temple avait acquis une dimension nouvelle. Face à eux, les remparts de la citadelle bouchaient tout l'horizon. Il n'y avait là aucune échappatoire pour l'imprudent qui osait s'attarder en ces lieux : nul autre choix que ce raidillon improbable offrant une sécurité trompeuse, et le vide où il lui serait facile de tomber...

Alors qu'ils s'éloignaient du précipice, la porte de la forteresse s'entrebâilla pour livrer passage à une guerrière revêtue de l'habit traditionnel de son ordre. Une combinaison rouge surmontée d'une longue cape blanche, fermée au col par une fibule en forme de serpent.

La froideur de son regard trahissait l'état d'esprit dans lequel on les accueillait et Akkaat en mesura toute l'hostilité. Murée dans un silence éloquent, la sœur les précéda au cœur de la citadelle jusqu'à la salle d'armes où leurs gardes du corps furent sommés de demeurer. Puis elle les conduisit au premier étage où se trouvait le bureau de la Supérieure et les y abandonna sans même leur proposer un siège.

Ikkuut' Rhul' Hani n'en franchit le seuil qu'une demi-heure plus tard, au terme d'une attente qui n'avait fait qu'augmenter leur exaspération et leur malaise, malgré la relative fraîcheur de la pièce.

Leur état ne put échapper à leur hôtesse lorsqu'elle prit enfin place derrière son bureau. Nonchalamment adossée au siège qui leur faisait face, elle se donna néanmoins le temps de les détailler un par un, avant d'arrêter son regard brillant de malveillance sur Akkaat.

– Llamashi ! commença-t-elle en ignorant délibérément le titre officiel de son interlocutrice pour ne retenir que son appartenance à l'Ibr'.

En choisissant de rabaisser un Premier-né au rang de simple compagnon de nid, elle avait parfaitement conscience de l'injure qu'elle lui faisait. Tout dans son attitude insolente prouvait qu'elle la mettait au défi de riposter, espérant créer dès leur arrivée, l'occasion rêvée de les abattre.

– Inutile de jouer au plus fin avec moi ! poursuivit-elle d'un ton sarcastique, qu'est-ce qui vous amène réellement sur Garth ?

– Maar Ikkuut', répliqua Akkaat d'une voix calme, ignorant délibérément l'affront qui lui était fait, je vous présente le prince Llaasi'. Notre empereur fonde de grands espoirs sur sa personne, au point d'envisager d'en faire son successeur... Je suis chargée de surveiller son initiation. L'ambassadeur Rorsh' Ser' Riis ne m'accompagne qu'en tant qu'observateur. Il a pour mission d'étudier les méthodes que vous appliquez ici, afin de voir s'il serait possible de les étendre à l'ensemble des autres Sites d'Initiation. Un protocole permettant d'économiser quatre-vingt-dix pour cent des vies qui vous sont confiées semble être une performance si extraordinaire qu'il serait inouï de la laisser dans l'ombre, ne croyez-vous pas ?

Une lueur meurtrière s'alluma dans les yeux de la Supérieure qui se contenta de ricaner :

– Ainsi, vous désirez *vraiment* vous rendre à l'intérieur des terres pour assister à l'épreuve de ce jeune homme ?

Un sourire carnassier retroussa ses lèvres alors que ses traits se détendaient, comme si une idée amusante lui traversait l'esprit :

– Pourquoi pas après tout ? Sœur Imma ! hurla-t-elle, en se tournant vers une des gardes qui se trouvaient à la porte du bureau, veillez à ce que le prince monte dans le véhicule qui va partir d'ici quelques minutes.

Le visage du jeune homme se vida de toute couleur, mais il se leva sans broncher et gagna le fond de la pièce où il fut pris en charge. Rorsh ne put s'empêcher de réagir violemment à l'ordre qui venait d'être donné et se porta en avant.

– Avec tout le respect que je vous dois, Maar' Ikkuut', vous ne pensez pas *sérieusement* à le lâcher au cœur des dunes maintenant ? Dans l'état d'épuisement où il se trouve et avec la chaleur qui règne encore à l'extérieur !

– Si nos méthodes sont si extraordinaires, San', rétorqua la mère, un éclair de triomphe dans le regard, vous ne devriez nourrir aucune crainte à son sujet. N'est-ce pas l'occasion rêvée pour les étudier ? D'ailleurs, je vais moi-même vous accompagner jusqu'à l'endroit où va commencer son initiation. Vous serez ainsi tout à fait à même d'en apprécier le bon déroulement, croyez-moi !

Sans leur laisser le temps de répliquer, elle se leva, passa devant eux sans leur accorder le moindre regard et sortit en trombe de la pièce comme si leur présence lui était devenue insupportable. Interloqués par son attitude, Rorsh et Akkaat restèrent quelques secondes sans voix puis se ruèrent à sa suite.

– Maar' Ikkuut', pourrions-nous au moins remettre cette visite à demain matin ? s'écria Rorsh' d'un ton amer. Nous venons à peine d'arriver et aimerions nous rafraîchir un peu avant d'entreprendre un tel exercice !

Du fond du corridor, la femme se retourna d'un seul bloc et l'éclat de ses canines brilla dans la pénombre :

– Allons, ne me dites pas qu'à votre âge, vous ne pouvez même plus parcourir quelques dizaines de mètres sous le soleil sans risquer l'épuisement ! Où est donc passée la résistance légendaire de notre espèce ? S'est-elle tant émoussée au contact de cette planète que vous ne puissiez relever un défi aussi dérisoire ? Pensez à l'aridité de Soorith et à votre propre initiation... Je suis sûre que cela suffira à ranimer votre ardeur !

Akkaat ne put réprimer un frisson d'horreur en entendant ces paroles. Durant quelques secondes, les images sanglantes du passé dansèrent devant ses yeux.

Elle revit le visage torturé de son frère tourné vers elle, sa bouche aux lèvres déchirées la suppliant de mettre fin à ses souffrances. La ronde infernale des charognards qui se repaissaient des cadavres entassés sur le sol. Les dunes de Soorith-la-Blanche, brûlées par le soleil. Les sommets où se battaient de jeunes aspirants luttant contre la folie ou s'entretuant pour la survie.

Mais par-dessus tout, elle se souvint du goût âcre du fiel qui s'était répandu dans sa bouche. Du profond dégoût qu'elle avait ressenti envers elle-même et ses propres crimes. Au terme d'une journée de démence où sa raison l'avait abandonnée !

Rorsh dut percevoir son malaise car il se rapprocha et lui serra la main d'un geste amical, tout en lui murmurant :

– Akkaat' ma chère, ne vous laissez pas impressionner par ces menaces. Souvenez-vous qu'il ne peut rien nous arriver. Les officiers de la garnison de Mag Mor nous surveillent en permanence. Ils ne la laisseront pas aller trop loin. Gardons notre sang-froid ! Je suis sûr que nous n'aurons pas à attendre trop longtemps pour rassembler les preuves dont nous avons besoin.

La supérieure, qui allait s'engager dans l'escalier menant au rez-de-chaussée, éclata d'un rire sauvage :

– Inutile de me faire perdre mon temps plus longtemps ! Me croyez-vous vraiment dupe de vos simagrées ? Il est largement l'heure d'abattre vos cartes ! Vous vouliez m'espionner ? Eh bien, ce que vous allez voir maintenant vaut largement le déplacement ! Le jeune Llaasi' ne va pas tarder à rejoindre ses frères de sang. Vous pourrez alors constater de vos yeux l'efficacité de nos méthodes de survie. Puisque c'est *officiellement* pour cette raison que vous êtes venus jusqu'ici, n'est-ce pas ?

Rorsh et Akkaat accélérèrent leur allure pour ne pas se laisser distancer et dévalèrent l'escalier à sa suite, sans toutefois la rattraper avant qu'elle ne débouche sur la cour intérieure. Un véhicule tout terrain les y attendait déjà. La mère leur ordonna sèchement d'y monter puis prit elle-même place aux commandes avant de démarrer.

Quelques kilomètres plus loin, alors qu'ils atteignaient les premiers contreforts désertiques, elle arrêta l'engin, en descendit rapidement et pria ses hôtes de l'accompagner sur le sentier qui conduisait au site.

Drapée dans sa houppelande blanche qui claquait au vent en soulevant des nuages de sable, elle les précéda d'un pas martial, sans même prendre la peine de se retourner une seule fois vers eux. Au sommet de la première butte, le visage tourné vers l'horizon, elle ne reprit la parole que lorsqu'ils l'eurent enfin rejointe, en nage et désorientés. Le bras tendu vers les dunes moutonnantes, elle leur indiqua les vallons où, depuis l'aube, combattaient les Pressentis.

Les yeux écarquillés, Akkaat survola les zones situées à leurs pieds, là où il lui semblait apercevoir de vagues silhouettes ondoyant dans la chaleur.

– Sont-ils déjà en train de combattre ? murmura-t-elle d'un ton où perçait un malaise infini.

Elle *sentait* à cet instant précis que quelque chose d'insensé était sur le point de se produire.

– Qui sont ces créatures que l'on aperçoit, là-bas, dans les creux ? renchérit Rorsh d'un air scandalisé, en pointant le doigt vers la zone que fixait Akkaat. Leur morphologie ne me semble pas du tout être comparable à la nôtre !

La voix durcie par la colère, il se tourna vers la supérieure et fit un pas vers elle en l'apostrophant :

– Que faites-vous *exactement* ici, Maar Ikkuut' ? À quelles honteuses pratiques vous livrez-vous ? Au nom de tous les dieux, je vous somme de vous expliquer !

Un feulement menaçant s'échappa des lèvres serrées de la guerrière et une lueur dangereuse éclaira ses pupilles.

– Qui pensez-vous être, pour m'interroger de la sorte ? Vous vouliez découvrir la méthode qui nous permet d'économiser tant de vies, n'est-ce pas ? Eh bien, la voilà ! Suivez-moi maintenant, nous allons nous rapprocher pour jouir du spectacle ! Le prince doit être arrivé.

Sans attendre leur réponse, elle s'engagea dans la pente qui menait au pied de la butte et remonta en courant le versant suivant. Arrivée à son sommet, elle leur montra le véhicule qui s'immobilisait en contrebas. Une vingtaine de jeunes Ashanti, dangereusement excités par l'afflux d'hormones qui se déversait dans leur sang, en descendit en hurlant. Parmi eux, seul le jeune prince paraissait garder son calme.

Un peu plus loin, dans la partie la plus encaissée du vallon, on pouvait distinguer un groupe d'humains ramassés sur eux-mêmes. La plupart portaient de graves blessures, témoignages des multiples attaques qu'ils avaient déjà essuyées depuis l'aube. Leur attitude farouche et la détermination qu'on pouvait lire sur leurs traits ravagés ne compensaient en rien le handicap de leur taille, sans parler de leur état général qui ne pouvait en aucun cas rivaliser avec la fraîcheur des jeunes recrues qu'on leur envoyait.

Akkaat pensa aux révélations d'Ygrenne à propos des disparitions d'humains et ne put retenir un cri d'indignation en voyant les nouveaux arrivants courir vers leurs proies. S'arrachant au spectacle révoltant qui se déroulait sous leurs yeux, elle invectiva la femme qui se tenait à son côté :

– Au nom de l'Empereur que je représente ici, arrêtez immédiatement ce massacre Maar' Ikkuut' ! Il déshonore notre race et représente un danger mortel pour l'avenir. Vous ne pouvez l'ignorer…

– De quel danger parlez-vous Llamashi ? répondit la Supérieure d'un ton dédaigneux, je ne vois rien ici qui puisse susciter tant de colère ! L'initiation de ces jeunes se déroule enfin de manière satisfaisante. Seul un dixième d'entre eux cherchera encore à se retourner contre ses propres frères, après avoir combattu les humains que nous leur opposons. Ces derniers ont été sélectionnés et entraînés par nos soins durant des mois en vue de ces combats. Croyez-moi, ils sont suffisamment aguerris pour que la lutte soit équitable !

– Et que faites-vous des jeunes qui vont basculer dans la folie ? De ceux dont l'équilibre mental restera à jamais marqué par l'instabilité ? La sélection qui s'opère depuis les origines est certes cruelle, mais elle a au moins pour avantage de ne laisser survivre que ceux dont l'intégrité mentale a résisté aux épreuves ! Sous prétexte d'épargner un maximum de vies, vous laissez repartir des individus qui ne sont pas allés jusqu'au bout de leur transformation. Ils seront donc de dangereux compagnons pour leur Clan ! De futurs bouchers, des criminels de la pire espèce, parfaitement incontrôlables !

– Ceux que vous appelez de « dangereux criminels » ne seront jamais que la fidèle réplique de ce que nous étions autrefois, Llamashi' : des Tout-Puissants, capables de soumettre des galaxies entières !

Toutes griffes dehors, la prêtresse interrompit sa diatribe et se jeta sur son interlocutrice, encore trop bouleversée par ce qu'elle venait de voir pour parer son attaque.

Mais Rorsh s'interposa. Tête baissée, il fonça sur la Supérieure afin de la déséquilibrer. Sous le coup de cette contre-attaque inattendue, cette dernière fit un bond de côté pour éviter le choc, mais son pied droit dérapa sur le sable qui s'effondra sous son poids. Sa silhouette massive pivota sur elle-même dans une ultime tentative pour se redresser, avec pour seul effet d'accélérer l'effritement d'un pan entier de la dune qui céda et l'emporta dans sa chute.

Sans lui laisser le temps de reprendre pied, Rorsh et sa compagne bondirent à sa suite et parvinrent au pied de la butte avant qu'elle puisse se dégager entièrement du sable qui l'ensevelissait. Mû par la haine qu'elle lui inspirait, Rorsh' lui enfonça le talon de sa botte dans les côtes et lui arracha le désintégrateur qu'elle portait à sa ceinture. Alors qu'il le pointait vers son visage ruisselant de sable, elle le maudit :

– Où que vous puissiez aller, San', nous vous retrouverons et vous éliminerons ! Vous ne saurez jamais où se tapiront les assassins que nous lancerons à vos trousses. Tremblez, traître à votre race, car il n'y aura plus désormais dans toute la galaxie une place où vous cacher. À compter de ce jour, vous êtes un mort en sursis ! Quant à vous, Llamashi', dit-elle, en se tournant vers Akkaat, pensez-vous vraiment que votre empereur pourra me retenir dans ses geôles assez longtemps pour faire capoter mes projets ? Si vous pensez qu'il vous suffit de me remettre entre ses griffes pour éviter sa chute, alors vous êtes encore plus naïve que ce que je ne l'imaginais. Sa fin est proche et la vôtre aussi !

L'ethnologue eut un sourire narquois.

– Ne gaspillez pas vos dernières minutes de liberté en tentant de nous effrayer Ikkuut' Rhul' Hani. Vos menaces n'ont pas plus de consistance que ce sable qui se dérobe sous vos pieds. Le vent les dispersera aussi vite que vous les avez prononcées ! Vous ne nous faites pas peur. Le Temple devra rendre des comptes à son suzerain et vous, vous serez jugée pour haute trahison !

Le flot d'invectives qui s'échappa des lèvres de la supérieure fut noyé dans le vrombissement assourdissant des ornis venus du continent pour investir la forteresse.

Quelques secondes plus tard, la Thu' Han' Pian' Var posait son appareil à leur côté et donnait des ordres pour qu'on évacue leur prisonnière vers Mag Mor. Puis elle se tourna vers eux en s'inclinant.

– Votre Seigneurie, Rorsh' San ! L'empire peut s'enorgueillir de vous compter parmi ses membres. Grâce à votre courageuse intervention, l'Ordre est affaibli et notre combat en sera heureusement facilité. Certes, la bataille promet d'être rude, car les commanderies ne se laisseront certainement pas vaincre sans opposer une farouche résistance, mais la désignation d'une nouvelle Supérieure pourrait nous épargner bien des combats inutiles. Sans Ikkuut' Rhul' Hani pour coordonner son action, la rébellion sera plus vulnérable. Nous saurons en profiter. Mais, je ne vais pas vous retenir plus longtemps, conclut-elle, notre souverain vous attend. Mon orni va vous emmener directement à Nazkat où vous pourrez lui faire votre rapport !

– Et les humains qui sont encore sur Garth ? s'enquit Akkaat d'un ton inquiet.

– Ils seront relâchés, soignés, et rendus à leurs familles dès que la citadelle aura déposé les armes. Ne vous inquiétez pas, Votre Grâce, j'y veillerai personnellement !

Après un dernier salut, Akkaat et Rorsh montèrent dans l'appareil qui les attendait pour redécoller et ce dernier prit assez de hauteur pour leur donner une vue d'ensemble du Site. Des éclairs de feu tirés par des ornis de combat commençaient à zébrer le ciel au-dessus de la citadelle.

En contrebas, l'officier qu'ils venaient de quitter courait pour rejoindre ses troupes qui s'amassaient au pied des murailles de pierres grises.

32

Trahisons

Parmi toutes les armes qu'employa
Zork' Rhul' Han contre ses pairs,
Nasik fut la plus dangereuse qu'il eut à manipuler.
Car le Métamorphe n'avait jamais accepté sa servitude
et n'attendait qu'une circonstance favorable pour se venger.

Extrait des « Sentiers de la Mémoire », Emrys le Sage.

Alors que les combats s'intensifiaient autour de la Citadelle, le palais de Zork, situé trois kilomètres plus loin, recevait une visite que le maître des lieux ne désirait pas.

– Qu'attendez-vous Seigneur, pour détruire les Secutorii ? s'exclama la guerrière d'un ton arrogant en franchissant la porte de la salle d'armes. Sous la capuche de la houppelande blanche encadrant sa crinière grisonnante, Zork reconnut le visage hautain de Sœur Portia, bras droit d'Ikkuut' Rhul' Hani, gardienne des clés du Temple. Presque aussi puissante que sa supérieure, elle secondait cette dernière à la tête de la Commanderie depuis presque deux siècles et la remplaçait lorsque c'était nécessaire.

Irrité par l'intrusion intempestive de la prêtresse qui piétinait son orgueil en s'adressant à lui comme à un subalterne, Zork réussit pourtant à la gratifier d'un sourire cauteleux, qui masqua son énervement.

Ainsi, ce que son espion venait de lui apprendre était vrai ! si les arènes devaient disparaître, c'était parce qu'il y avait un ennui...

La vieille peau se retrouve prisonnière du Khan !

Il en ressentit des picotements de plaisir : le chemin vers le pouvoir se dégageait plus simplement qu'il ne l'avait espéré... C'était presque trop beau ! Il ne put retenir un gloussement, qu'il fit adroitement passer pour une manifestation de contrariété en se mordant les lèvres, et posa un regard sournois sur le visage couturé de cicatrices qui lui faisait face.

– Il était inutile de venir, ma sœur. Je m'apprêtais à le faire !

Il enfonça négligemment son pouce dans le panneau de commandes situé à sa gauche en se disant que son apparente obéissance serait largement commentée au sein des commanderies. Pour quelques heures encore, il devait leur donner l'impression qu'elles contrôlaient toujours la situation. Le temps d'alerter les autres membres de la conspiration qui lui étaient entièrement dévoués.

L'Empire allait bientôt plonger dans le chaos !

Une seconde plus tard, on entendit une déflagration dont l'onde de choc se répercuta sur les murs du palais en les faisant trembler. Mais la prêtresse n'afficha qu'une moue d'approbation dédaigneuse qui augmenta sa rage. Incapable de se contenir, il laissa échapper un feulement sourd.

– Faites preuve d'un peu plus de maîtrise Zork, lui conseilla cette dernière, ou vous n'accéderez jamais à l'Impériature ! Et n'écoutez pas les rumeurs qui courent au sujet de la Mère : sa libération n'est qu'une question d'heures. Le palais du gouverneur est sur le point d'être investi par nos troupes. D'autres ordres vous parviendront dans quelques jours, lorsque les choses se seront un peu éclaircies et que la commanderie se sera débarrassée des intrus qui espèrent s'en rendre maîtres. D'ici là, faites profil bas, et ne donnez pas matière à éveiller les soupçons...

Elle s'inclina à peine, le dos raide, et regagna la sortie sans même lui accorder un dernier regard.

Lorsque sa silhouette eut disparu dans le couloir, Zork laissa éclater sa frustration et écrasa un poing rageur dans le rideau qui dissimulait le fond de la pièce.

– Nasik ! éructa-t-il, alors que son espion en sortait et se précipitait pour s'incliner devant lui. Suis-la et ne la lâche pas d'un pouce ! Je veux connaître tous ses faits et gestes : ce qu'elle dit et fait, les gens qu'elle rencontre et les lieux où elle se rend !

Il se saisit d'une bourse pendue à sa ceinture et la lança à la créature qui s'empressa de la faire disparaître sous sa cape.

– Ensuite, tue-la ! Le Temple m'a suffisamment humilié. Il est temps de lui faire comprendre qui est le véritable maître du jeu...

Un éclair fulgura dans les yeux de l'humanoïde, mais il s'inclina sans que rien d'autre n'apparaisse sur son visage sans expression.

– Bien Seigneur. Vos ordres seront exécutés, murmura-t-il, avant de s'éclipser aussi silencieusement qu'il était apparu.

Zork eut un sourire mauvais. En matière d'espionnage et de coups tordus, Nasik était le meilleur auxiliaire dont on pouvait rêver. Métamorphe accompli, originaire de la nébuleuse de Dante, il avait appartenu à la très dangereuse secte des Assaïssyns avant d'atterrir dans ses griffes, à la suite d'un étrange concours de circonstances. S'attacher les services permanents d'un membre de cette secte redoutable avait été une de ses plus grandes victoires et il la considérait comme une preuve supplémentaire de son génie. Jamais personne à sa connaissance n'avait en effet osé asservir une créature de son espèce, tant les risques d'y laisser la vie étaient élevés. Seuls les tout puissants Maîtres de l'Univers faisaient appel aux compétences de ces virtuoses du crime, mais uniquement pour des missions ponctuelles qui leur coûtaient une fortune. Car les habitants de Dante 95 étaient réputés pour leur avidité. Leurs exigences dépassaient largement les possibilités financières de l'Ashanti : il ne disposait pas d'une richesse suffisante. En tout cas, pas encore...

Mais le métamorphe avait joué de malchance lorsqu'il avait malencontreusement croisé la route de Zork au siècle précédent. Ce dernier jouissait alors de toute son autorité et se trouvait en mission sur une planète de la constellation d'Orion. Une nuit, un de ses bataillons lui avait amené une créature agonisante, qu'il avait aussitôt reconnue comme étant un membre de la secte des Assaïssyns.

Aux portes de la mort en effet, la forme qu'ils adoptaient pour tromper leurs victimes n'était pas permanente. Il avait donc assisté aux transformations qui avaient modifié l'apparence de l'humanoïde et avait immédiatement deviné le parti qu'il pourrait tirer d'une telle situation si, par chance, il pouvait le maintenir en vie. Il avait donc fait venir son médecin personnel qui avait réussi l'impossible, puisque la créature avait survécu. Cependant son état physique restait précaire et son esprit était plongé dans un coma profond.

Ce que Zork ignorait à l'époque, c'est qu'elle n'était que le clone de Nasik. Il avait pourtant bien entendu parler de cette particularité exigée par la création des métamorphes qui, disait-on, ne pouvaient exister qu'en couple. Mais leur existence même donnait lieu à tant de rumeurs, qu'il avait longtemps douté de la véracité de cette affirmation. Sans doute parce qu'il lui était difficile de croire qu'une race née pour tuer puisse être à la merci d'une telle faiblesse.

Le talon d'Achille de ses créatures résidait en effet dans leur incapacité à vivre sans leur double : si l'une mourait, l'autre ne tardait pas à perdre toutes ses facultés. Elle se retrouvait alors à la merci de n'importe quelle vengeance exercée par les ennemis qu'elle s'était faits tout au long de sa sanglante carrière.

De surcroît, la confrérie des Assaïssyns ne pratiquait pas l'entraide. Ceux de ses membres qui perdaient leurs pouvoirs ne pouvaient compter sur elle pour les protéger lorsque le pire arrivait. Ils ne devenaient alors rien de plus que des parias, que n'importe quel inconnu pouvait traquer.

Piégé, Nasik n'avait pu qu'accepter le marché proposé par Zork : en contrepartie des soins prodigués à son clone, il travaillerait désormais pour lui.

Si l'Ashanti croyait avoir définitivement asservi son espion, il n'en était rien. Ce dernier ne faisait que ronger son frein et tentait par tous les moyens de découvrir l'endroit où l'on retenait cette autre partie de lui-même : son « plus-que-frère ».

Grâce au sixième sens que lui conférait leur clonage, il savait qu'il était toujours en vie, si on pouvait nommer ainsi l'état végétatif dans lequel il se trouvait. Il espérait néanmoins qu'un jour, une occasion lui serait offerte de le délivrer ou de mourir en essayant. Mais jusqu'à présent ses recherches n'avaient rien donné. Zork était le seul à savoir où il était caché et, malgré les multiples filatures auxquelles s'était livré Nasik, son secret n'avait pas été éventé.

L'Ashanti jeta un dernier regard vers le rideau derrière lequel le tueur avait disparu, puis s'approcha du mur gauche de la salle et fit coulisser un tableau en trompe-l'œil qui masquait une petite porte. Il y introduisit la clé qu'il portait toujours en pendentif sous sa combinaison et actionna le mécanisme qui en déclenchait l'ouverture. Une vingtaine de rouleaux de graphène, soigneusement dissimulés aux regards, attendaient dans la cavité. Il les caressa presque amoureusement avant de les sortir un à un et les déposa sur la table qui lui servait de bureau. Ses yeux s'allumèrent d'une lueur malsaine à l'idée du chaos qu'ils allaient semer.

Rien ne pourra plus jamais être comme avant !

Quel que soit l'avenir de la rébellion, la puissance Ashanti serait si fortement ébranlée que l'Empire vacillerait sur ses bases. Ensuite, avec l'appui des forces qu'il avait pu réunir, il ne suffirait que de quelques semaines pour qu'il se rende maître de la galaxie, n'en déplaise au Temple…

Rasséréné par ces perspectives de gloire, Zork se dirigea vers le couloir et donna l'ordre de faire venir le capitaine de sa garde. Lorsque ce dernier l'eut rejoint, il referma soigneusement les portes derrière eux et lui montra les tubes d'un air triomphant.

– Choisissez quelques hommes de confiance capitaine, et distribuez-leur les rouleaux. Le grand jour est arrivé ! Il est temps de prévenir nos alliés. Tout ce que nous avons si minutieusement préparé en vue d'un tel moment va enfin se réaliser.

Le soldat eut un sourire complice et s'inclina légèrement.

– Vos ordres seront exécutés à la lettre, mon Seigneur. Puis-je vous dire combien je me réjouis de pouvoir contribuer à votre victoire ?

Zork hocha la tête d'un air suffisant en se demandant s'il serait obligé de récompenser cet homme de terrain dans un avenir proche.

Si toutefois il réchappe à la boucherie qui se prépare !

Les combats interstellaires broyaient systématiquement les unités placées aux avant-postes et le vaisseau Xhanarken, sous les ordres du capitaine, serait la tête de pont de leur attaque contre les forces impériales. Il y avait peu de chances pour qu'il s'en sorte indemne. L'encourager maintenant pouvait donc se révéler d'une grande utilité dans l'immédiat et n'hypothéquait en rien l'avenir.

– Lorsque je serai sur le trône, je saurai me souvenir de votre fidélité.

L'Ashanti se saisit des minces tubes de carbone en le saluant avec déférence et recula vers la sortie.

– Merci Monseigneur. Croyez bien que je me tiendrai à vos côtés lorsqu'il le faudra !

Ne sachant comment interpréter le sens de ces dernières paroles, Zork ne put s'empêcher de lui jeter un coup d'œil méfiant et grommela :

– Bien, bien, nous verrons cela plus tard ! Maintenant, faites préparer mon orni pour que je puisse rejoindre une navette se rendant sur Soorith. Nous nous y retrouverons dans huit jours, comme prévu. Lorsque nos alliés y seront arrivés.

33

Métamorphose

Lorsque je revins du pays des ombres,
je testai mes nouveaux pouvoirs sans discernement,
en oubliant le prix qu'il me faudrait payer en retour.
Pourtant, les Anciens avaient été très clairs :
je ne pouvais les utiliser sans risquer ma vie
à moins d'en maîtriser tous les arcanes.

Extrait des « Sentiers de la Mémoire », Emrys le Sage.

Tirfo Thuin. Jour 29.

Le vieux chêne fumait encore. Son tronc, carbonisé jusqu'aux racines, présentait une plaie béante qui montrait l'endroit où les lasers avaient frappé avant qu'il ne s'embrase. Fantôme de ce qu'elle avait été, sa fière silhouette avait quelque chose de pathétique et de dérisoire dans la pâle lumière de l'aube. Une destruction supplémentaire qui n'avait pas lieu d'être et lui fit monter les larmes aux yeux. Les hulottes n'avaient eu aucune chance d'en réchapper ! Les lamentations désespérées de leur mère qui tournoyait autour de la carcasse calcinée du vieux géant en étaient la meilleure preuve.

Une colère froide envahit l'esprit d'Emrys : quelle raison pouvait-on avancer pour justifier un tel acte ? La nature répandait indistinctement ses bienfaits sur tous ceux qui vivaient sur la planète, y compris sur les Ashanti qui ne pensaient en retour qu'à la détruire.

En écho à la rage qui montait en lui, le vent se leva sur la lande et les nuages qui se trouvaient jusque-là amassés au-dessus de la bande côtière commencèrent à gagner l'intérieur des terres. Au loin, le grondement du tonnerre se fit entendre.

Emrys jeta un regard dur vers l'horizon qui s'obscurcissait et laissa le flot de sa haine l'envahir. La boule qui étreignait sa gorge libéra un cri qui résonna comme un avertissement et un éclair zébra le ciel au-dessus de sa tête.

Il tendit un bras et sa main se referma sur la flèche incandescente au moment où elle s'abattait au sol. Alors, les pieds fermement ancrés dans la terre, il fit le vide dans son esprit et se concentra sur une vision de la forteresse Ashanti. Au bout de ses doigts, le feu s'épaississait en tourbillonnant et devint une colonne qui s'éleva vers le ciel. L'incantation franchit ses lèvres presque sans même qu'il en ait conscience :

– Anweald fethan ge fordon fionds !

Le ciel se déchira et la colonne commença à vaciller sur sa base avant de bondir en direction de l'Est. En quelques secondes, toute la partie orientale de Tirfo Thuin s'illumina avant d'être secouée par un tremblement dont les ondes se répercutèrent jusqu'à l'endroit où se trouvait le jeune garçon.

Vidé de toute énergie, il chancela violemment. Ses jambes se dérobaient sous lui mais une part de son esprit exultait :

Ils ne pourront plus se livrer au saccage de Salicorne sans en payer le prix !

Il était temps qu'il utilise ses nouveaux pouvoirs. Sa terre et son peuple en avaient besoin.

Il avait choisi de revenir du séjour des morts et avait attendu qu'un signe lui soit donné. La mort de l'arbre vénérable n'était rien à l'échelle de l'univers, mais à ses yeux, elle représentait le crime de trop. Il s'affaissa sur le sol le temps que son malaise se dissipe. Il devrait probablement dormir toute la journée pour que ses forces se reconstituent, mais il s'en moquait !

Lorsqu'il se sentit suffisamment fort pour tenir debout et faire quelques pas, il se releva et entreprit de rejoindre Kinross par la lande. Les nuages dans le ciel commençaient à se déliter.

Il réajusta sa cape sur ses épaules et sentit qu'il ne serait pas vraiment seul tout au long du chemin. La présence des Anciens l'enveloppait, même s'il percevait leur réprobation.

– *Cette manifestation de pouvoir isolée ne saurait se répéter dans l'immédiat, Emrys ! Le temps de la guerre n'est pas encore venu. Avant qu'elle n'éclate, tu dois consacrer les quelques mois qui te restent à l'étude et au développement de tes capacités. Les Immortelles et la nouvelle reine auront besoin de toute ta puissance pour combattre les Ashanti !*

– *Une nouvelle reine ? De qui parlez-vous ?*

– *Ygrenne de Laugharne deviendra bientôt votre nouvelle Reyne Licorne et tes pouvoirs lui seront indispensables pour délivrer votre monde du joug de l'esclavage. Tu dois te tenir prêt !*

– *Mais comment apprendre à maîtriser toute cette puissance ?*

– *Nous t'avons dit que nous ne t'abandonnerions pas. Rejoins la forêt des Gaedhills le plus vite possible et tu comprendras !*

Partir et quitter les siens ? Le cœur du jeune garçon se serra et il comprit qu'il était maintenant à un carrefour de son existence. Il n'y avait pas de possibilité de retour : son enfance avait pris fin au centre du Cromlech, lorsqu'il avait franchi le cercle des pierres dressées. Une sensation de froid s'empara de son âme et il frissonna. Il ne lui restait plus qu'à dire adieu à sa famille et à tenter de lui faire comprendre.

Le chemin vers la maison lui parut plus long qu'il ne l'était et lorsqu'il franchit le seuil de la bâtisse grise, son épuisement s'était encore accru. Tara, qui s'apprêtait à partir, s'alarma en voyant son visage creusé et se précipita pour l'aider à monter dans sa chambre.

– Qu'est-ce que tu as fait Emrys ? Tu n'aurais pas dû sortir… Ce n'est pas raisonnable de battre la campagne ainsi. Tu es à peine sorti de ton long coma !

Emrys acquiesça en grimaçant et se laissa conduire vers sa chambre sans protester : il lui était impossible de garder plus longtemps les yeux ouverts. Il s'effondra sur son lit au moment où l'inconscience s'emparait de son esprit.

Tara tira les rideaux et referma la porte derrière elle en maugréant contre l'insouciance des jeunes qui n'en faisaient qu'à leur tête, mais il ne l'entendait plus. Il glissait déjà dans le monde ouaté du sommeil et n'en émergea qu'une vingtaine d'heures plus tard, tenaillé par une faim de loup. Un broc d'eau, un pain de savon et une serviette avaient été déposés sur la table de toilette à côté de son lit. Il se dépêcha de se laver et d'enfiler les vêtements propres qui attendaient sur une chaise.

Sa faim était telle que la tête lui tournait mais il réussit à la contenir, le temps de faire quelques préparatifs supplémentaires avant de descendre. En prévision de son départ qu'il voulait le plus rapide possible pour éviter de s'attendrir, il sortit le grand sac de toile qu'il prenait lorsqu'il accompagnait son père en randonnée et y fourra tout ce dont il aurait besoin les jours suivants, lorsqu'il aurait quitté Kinross. Puis il jeta un dernier coup d'œil sur la chambre de son enfance, conscient qu'il n'y reviendrait pas.

Son corps était peut-être encore celui d'un jeune adolescent, mais son esprit n'avait plus d'âge. La perspective d'abandonner tout ce qui avait rempli son existence jusque-là ne lui arracha qu'une grimace nostalgique.

Son avenir n'était plus ici.

Lorsqu'il ouvrit la porte de la cuisine quelques secondes plus tard, il déposa son sac dans un coin et s'avança pour embrasser sa mère qui, sourcils froncés, lui rendit à peine son bonjour :

– Tu ne penses pas vraiment entreprendre une randonnée *maintenant*, n'est-ce pas Emrys ? Je doute que ton père soit d'accord et je peux te dire que, même s'il te le proposait, je m'y opposerais formellement !

– Il faut pourtant que je parte m'man. Je n'ai pas le choix !

– Qu'est-ce tu racontes ? De quel choix parles-tu ? Allez, ne fais pas l'enfant. Assieds-toi maintenant, et mange. Je ne veux plus t'entendre jusqu'à ce que tu aies fini ton déjeuner.

Elle sortit un bol du placard, le poussa vers lui alors qu'il prenait sa place habituelle et le remplit d'une louche de lait de chèvre. Puis elle lui fit passer une assiette débordante de grosses tranches de pain bis qu'il commença à tartiner de confiture.

Ces gestes simples, habituels, étaient peut-être ceux qu'il regretterait le plus à l'avenir, se dit-il, en savourant la douceur de cet instant. Ils lui rappelleraient toujours l'état d'innocence qui avait baigné son enfance, la chaleur de son foyer et le regard bienveillant de sa mère.

Son cœur se serra à l'idée du mal qu'il allait lui causer en lui faisant part de sa décision et sa volonté vacilla un instant. Devait-il précipiter les choses ? Ses parents venaient de traverser une épreuve douloureuse et avaient cru le perdre. Était-ce juste alors de leur annoncer qu'il voulait partir maintenant ? N'aurait-il pas dû attendre encore un peu ?

Mais les paroles des sages revinrent à son oreille : la guerre allait bientôt éclater. Il devait se préparer. En développant ses pouvoirs, il serait à même de les protéger. Bien plus qu'il ne pourrait le faire en restant auprès d'eux… Rasséréné par l'évidence de son raisonnement, il se jeta à l'eau :

– Je ne vous ai pas tout dit à propos du Cromlech, M'man !

Tara fixa son fils d'un air soupçonneux puis se tourna vers la fenêtre comme si elle ne souhaitait pas en entendre plus.

Devinant que sa mère ne lâcherait pas un pouce de terrain dans la discussion qui allait suivre, Emrys la laissa encaisser l'information, avala les dernières bouchées de pain, puis reprit doucement :

– L'anneau n'a pas seulement failli me tuer, tu sais, il m'a transporté dans l'au-delà.

Sa mère se retourna d'un bloc et le fixa sans mot dire. Il percevait sa peur et sa colère poindre sous le masque de froideur qu'elle tentait de lui opposer et devina qu'elle se sentait perdue.

– J'ai été en contact avec les Anciens. Je les ai vus et ils m'ont proposé une sorte de pacte : je pouvais rester à leur côté ou choisir de revenir ici-bas, mais à condition d'y remplir une mission.

Le visage de Tara se décomposa :

– Qu'est-ce que tu as fait, Emrys ?

– C'est le seul choix qu'on m'a proposé, m'man. Il a fallu que je me décide !

– Puis-je savoir au moins en quoi consiste cette « soi-disant » mission ?

Emrys ne répondit pas tout de suite, mais posa ses mains à plat sur la table et ferma les yeux. La fenêtre de la petite cuisine s'ouvrit à la volée et le vent s'engouffra dans la pièce avant d'y tourbillonner furieusement, ouvrant les placards, bousculant les chaises, arrachant les rideaux. Tara plaqua ses mains sur ses oreilles et ses yeux se dilatèrent.

– Ils m'ont donné des pouvoirs m'man, ajouta-t-il en fermant les mains tandis que le calme revenait dans la cuisine. Mais je dois apprendre à les maîtriser car ils pourraient me détruire. Tu vois, c'est un peu comme la puissance de la mer : elle peut nous conduire jusqu'au bout de la terre, mais reste dangereuse et doit être domptée avant qu'on puisse s'y fier. Manipuler les forces de la nature demande un entraînement, et les Anciens me pressent de partir pour commencer mon éducation. Je dois rejoindre les Gaedhills, *maintenant*, m'ont-ils dit. C'est là que je dois recevoir mon enseignement. Je ne sais pas encore en quoi il va consister ni combien de temps il durera, mais ils m'ont dit que la guerre n'allait pas tarder à éclater et que je dois être prêt.

Le cœur déchiré, Tara comprit que les dieux s'étaient joués d'elle et ne lui avaient rendu son enfant que pour mieux le lui reprendre. Il n'était plus ce petit garçon impulsif et malicieux qu'elle adorait malgré son tempérament frondeur et impulsif ! *Ils* le lui avaient volé pour disposer de sa vie ! Une colère froide l'envahit et elle serra les mâchoires pour ne pas laisser échapper un blasphème. Qu'avait-elle donc fait pour mériter d'être séparée à jamais de son fils ? Car dans son esprit bouleversé, elle devinait que, même s'il lui était donné de le revoir, il serait plus éloigné d'elle que ne pouvaient l'être les étoiles dans le ciel. *Ils* l'avaient transformé, modelé, *recréé* selon leur bon vouloir. Avec une indifférence souveraine, en le coupant de ses racines, en piétinant son cœur de mère. La révolte qu'elle ressentait lui brouilla la vue un instant, avant d'être balayée par un sentiment de sombre résignation. Il ne servait à rien de se rebeller contre les dieux et Emrys n'avait pas plus de prise sur sa destinée qu'elle n'en avait sur la sienne ! Les humains n'étaient que des jouets entre leurs mains, des marionnettes dont ils actionnaient les fils avant de les sectionner lorsqu'ils s'en lassaient. Les yeux remplis de larmes amères, elle s'efforça de recouvrir un semblant de calme et attendit que le nœud dans sa poitrine se desserre avant de reprendre la parole d'un ton chargé d'amertume :

– C'est donc pour ça que tu as fait ton sac ?

– Oui. J'ai compris hier que je ne pouvais pas utiliser mes pouvoirs sans discernement. Je venais de m'en servir parce que j'étais très en colère, mais ça m'a complètement vidé de mes forces. J'aurais pu en mourir, tu sais. Je l'ai senti.

Tara s'avança vers lui et le prit dans ses bras. Une larme coula sur sa joue, mais sa voix ne trembla pas lorsqu'elle lui murmura :

– Alors, fais ce que tu dois, mon grand. Mais n'oublie jamais que tu as une famille qui t'aime !

Elle déposa un baiser sur ses cheveux et rajouta :

– Fais-moi une dernière faveur, attends au moins que ton père revienne pour partir. Tu dois lui expliquer tout ce que tu viens de me dire. Et puis, il te proposera certainement de t'accompagner un bout de chemin.

– D'accord, m'man ! Je finis mon déjeuner et on ira le rejoindre.

34

Bryn Ellylon

Le vif argent faisait partie de nos légendes :
on disait que c'était le sang des Licornes
et qu'y tremper les doigts guérissait tous les maux.

Extrait des « Sentiers de la Mémoire », Emrys le Sage.

Tirfo Thuin. Jour 29

Ygrenne dérivait dans le songe. Après trois longues journées épuisantes, durant lesquelles ils s'étaient efforcés tant bien que mal de se frayer un chemin vers le sommet du col, elle s'était écroulée auprès d'Eamon contre la roche froide du canyon, et avait sombré dans un sommeil agité dont elle n'arrivait pas à émerger.

Il y avait le Regard, magnétique, où dansaient les flammes. Et il y avait la Voix, cristalline et sauvage, qui murmurait ces mots qu'elle ne comprenait pas :

– *Cherche le sang des licornes qui coule sur la pierre. Il est la clé !*

Son esprit se rebella en entendant la phrase qui revenait en boucle et vrillait ses tympans.

Le sang des licornes ? Toute cette histoire est faite de sang ! Le sang des Dédiées, le sang des Sacrifiés… Une telle effusion ne cessera-t-elle jamais ?

Un gémissement perça les ténèbres. Qui l'avait poussé ?

La réponse heurta sa conscience au moment où elle formulait la question : il venait de son corps, allongé sur la pierre. De son corps pétrifié par un froid plus glacial que l'hiver.

Il lui fallait ouvrir les yeux. Elle devait les ouvrir… Avant qu'il ne soit trop tard, avant que le gel n'atteigne son cœur. Mais la brume qui la séparait de la réalité était si épaisse qu'elle l'enveloppait comme un linceul. Le souffle de la vie ralentissait dans sa poitrine et devint si ténu qu'elle sentit le Vide du néant s'ouvrir devant elle.

Le Vide, c'était l'oubli, l'extinction de toute souffrance…

Un frémissement dans son esprit la fit reculer.

L'univers des songes est un sombre labyrinthe, où l'esprit des plus faibles peut se perdre à jamais.

Elle était plongée dans un sommeil mortel.

– Il faut te réveiller Ygrenne, ou tu mourras ici, avec Eamon !

La Voix se faisait pressante et les flammes du Regard brasier.

– Ygrenne ! Réveille-toi… Ygrenne !

Quelqu'un la secouait, quelque part, très loin. Son corps protesta et la brume du rêve s'effilocha : elle devenait moins opaque, moins dense. Une dernière fois, elle tendit son esprit et se propulsa en avant.

La barrière du songe vacilla.

Deux bras vigoureux l'empoignèrent et elle sortit du néant.

La clarté lunaire inondait la passe. Elle était allongée sur le sol et le visage livide d'Eamon était penché sur elle. La voyant enfin ouvrir les yeux, le jeune homme exhala un soupir puis la pressa contre lui pour la réchauffer.

– Tu m'as fait si peur, Ygrenne. Tu étais si froide ! Durant une minute, j'ai même cru que je n'arriverais pas à te faire revenir...

Trop ému pour exprimer son soulagement à voix haute, il se mit à l'embrasser sur le front, les yeux, les joues, jusqu'à ce qu'elle réponde à ses baisers et s'accroche à lui pour se remettre en position assise.

Avec des gestes empreints de tendresse et en la couvant du regard, il l'aida à s'emmitoufler plus étroitement dans sa cape et lui rabattit sa capuche sur la tête avant de l'inciter à se lever.

La jeune fille mit sa main dans la sienne et la chaleur de sa peau finit de dissiper les derniers miasmes du songe. Elle se redressa en titubant légèrement.

– Je me sentais piégée dans un autre monde, sans savoir comment m'en sortir ! murmura-t-elle en s'appuyant sur lui.

Il est facile de mourir, se dit-elle, en chassant l'impression désagréable que lui laissait cette nouvelle expérience. *Il suffit de ne plus penser et de se laisser glisser !*

Pourtant, elle n'avait jamais été complètement seule. Une présence l'avait guidée, l'avait forcée à réagir.

– C'est la voix qui m'a gardée en vie !

– La voix ?

Eamon la regarda d'un air inquiet en fronçant les sourcils.

– Ne sois pas si anxieux, je n'hallucine pas ! se défendit Ygrenne.

Elle leva le menton et plongea son regard dans le sien.

– Là où j'étais, j'entendais une voix qui ne cessait de me répéter que je devais chercher le sang des licornes. Elle disait qu'il était la clé. Mais aussi, que si je ne le trouvais pas assez vite, nous mourrions toi et moi, dans ce fichu canyon.

– Le sang des licornes ? N'est-ce pas le vif-argent qu'on appelait comme ça autrefois ?

– Le vif-argent ! Oui, c'est cela, tu as raison ! Ta mère nous en a parlé une fois, il y a très longtemps, quand nous étions petits. C'était dans ce conte où il était question de feu sorcier et de sortilèges : je n'ai jamais su ce que cela voulait dire au juste, mais je me souviens de l'excitation que j'avais ressentie à ce moment-là ! Tu te souviens de cette histoire ?

Eamon plissa le front et le bleu de ses yeux se mit à pétiller.

– Non. Tu sais, les contes à cette époque, je considérais que c'était des histoires de petites filles. Moi, tout ce qui m'intéressait, c'était plutôt les récits d'aventure !

– Des histoires de filles ?

Ygrenne s'étrangla à moitié.

– Voilà bien une réflexion masculine !

Eamon baissa la tête et se dandina d'un pied sur l'autre alors qu'un sourire espiègle retroussait le coin de sa bouche.

– Oui, bon… C'est vrai qu'à cet âge-là, je n'étais pas spécialement intelligent. Mais avoue que j'ai changé, non ? Je ne me moque plus *du tout* des filles maintenant !

Ygrenne se retint de pouffer de rire devant son air penaud, mais se drapa dans sa dignité.

– Eh bien, Eamon Mac Dougal, prouve-moi ta bonne volonté. La voix m'a dit que le vif argent coulait sur la pierre ! Épate-moi en le trouvant le premier, et je te pardonnerai peut-être…

Le jeune homme lui jeta un regard en biais et, la voyant lutter pour garder son sérieux, désigna la portion du chemin qui leur restait à parcourir.

– Alors, nous devrions commencer par chercher tout autour de nous. Si ta voix a mentionné le vif argent d'une manière aussi claire, il ne peut pas être très loin parce que le canyon est de nouveau obstrué à cent mètres. Sans un miracle maintenant, je ne crois pas que nous pourrons nous en sortir !

Comme pour lui donner raison, la clarté lunaire perça les nuages et vint éclairer le défilé de sa lueur blafarde. Convaincus que les dieux leur adressaient un signe, les deux jeunes gens avancèrent à pas lents sur le sentier en scrutant les moindres sillons creusés dans la falaise. À peu de chose près, tous se ressemblaient. Seules leur taille et leur profondeur différaient, mais aucun ne secrétait la moindre parcelle d'humidité. Au détour d'un virage, alors qu'ils commençaient à désespérer, ils aperçurent enfin l'éclat insolite d'une petite saillie qui bourgeonnait à flanc de paroi. De grosses gouttes nacrées y perlaient et ruisselaient jusqu'au sol. Ygrenne s'en approcha, presque avec timidité, et effleura la substance poisseuse.

– Le sang des Licornes ! chuchota-t-elle, alors que ses paumes s'enflammaient à son contact.

De ses poignets à ses coudes, ses canons d'avant-bras se mirent à luire d'un éclat aveuglant. Surprise, elle poussa un cri et referma ses paumes. Les flammes se résorbèrent, tout en continuant à tourbillonner sous sa chair, de la pointe de ses doigts à la saignée de ses coudes.

Eamon lui saisit les poignets et, en regardant le serpent de feu suivre les courbes des psellions, une idée germa dans son esprit.

– Regarde ces pulsations, Ygrenne ! Tes bracelets se sont gorgés d'énergie au contact du vif argent. On dirait qu'ils en contiennent même tellement qu'ils sont prêts à déborder !

Les yeux écarquillés, la jeune fille scruta ses mains et ses bras et se mit à les bouger de gauche à droite puis de bas en haut. La lumière qui en émanait tressautait au rythme de ses mouvements, comme si elle ne demandait qu'à s'en échapper.

– Je suis presque sûr qu'ils ont assez de puissance pour que tu puisses t'en servir, reprit Eamon d'un ton convaincu. Essaie de rapprocher tes mains l'une de l'autre en gardant tes paumes entrouvertes. Juste pour voir, d'accord ?

Ygrenne acquiesça tout en émettant quelques réserves :

– Tu crois que c'est sans danger ?

– Certainement. N'oublie pas qu'il s'agit d'un phénomène qui t'appartient. S'il fait partie de toi, il ne peut pas te nuire !

Paumes ouvertes en coupe, la jeune fille tenta de joindre ses mains en se concentrant sur la couche d'air qui s'épaississait entre ses doigts. Quelques étincelles se mirent à crépiter, comme si l'atmosphère se chargeait d'électricité et des flammèches jaillirent.

Eamon l'encouragea à poursuivre d'une voix excitée.

– Tu y es ! Tends les bras maintenant, et cible un endroit précis devant toi !

Comme Ygrenne focalisait son regard sur une roche à quelques mètres d'elle, les flammèches se contorsionnèrent au creux de ses mains et un serpent de feu apparut. L'atmosphère ondoya sous la pression de l'énergie qui le faisait vaciller.

À l'instant où elle bandait sa volonté, Ygrenne sentit que son corps s'embrasait et se drapait d'une armure flamboyante. L'énergie montait en elle comme une vague, au rythme des pulsations de son cœur.

Craignant qu'elle ne se blesse, Eamon se porta en avant pour lui venir en aide, puis recula d'un pas en voyant l'air extatique qui illuminait ses traits. Sa métamorphose ne la faisait pas souffrir, c'était évident ! Libéré de ses inquiétudes, il lui adressa un sourire éclatant auquel elle répondit par un petit rire de plaisir.

Abandonnant toute crainte, Ygrenne tendit les bras vers les roches qui obstruaient la passe. Au bout de ses doigts, le serpent se mit à brasiller et, gorgé de l'énergie qu'elle déversait en lui, fonça vers le monticule rocheux. La pierre rougeoya à son contact puis explosa dans un fracas assourdissant.

Aiguillonnée par l'enthousiasme d'Eamon qui la poussait à renouveler l'expérience, Ygrenne s'avança dans le canyon d'un pas résolu. Entre ses doigts, le serpent s'était mué en ruisseau de feu et continuait son œuvre de destruction en fracassant les obstacles qui se trouvaient sur leur passage.

Un kilomètre plus loin, ils atteignirent enfin un endroit assez dégagé pour qu'ils puissent s'y arrêter. Epuisée par l'effort qu'elle venait de fournir, la jeune femme baissa les bras et le flot du feu sorcier se tarit lorsqu'elle referma les mains pour se tourner vers Eamon. L'énergie qui avait entouré son corps comme une armure s'estompa, et elle s'affaissa contre lui en soupirant de bonheur.

– Tu as réussi, tu as réussi ! s'écria-t-il dans un éclat de rire, en la prenant par la taille pour la faire tournoyer. On va enfin pouvoir sortir d'ici !

Débordante d'une joie sans mélange, Ygrenne pencha la tête vers son visage et lui effleura les lèvres. Eamon se mit à trembler violemment et, emporté par la passion, l'embrassa avec fougue.

Trois jours plus tard, alors que les premiers flocons de neige commençaient à tomber, ils franchirent la dernière crête et découvrirent le paysage qui s'étendait de l'autre côté de la montagne.

– Ygrenne, regarde !

Un bras passé autour des épaules de sa bien-aimée, Eamon désignait l'étendue verdoyante en contre-bas.

– Crois-tu qu'il s'agisse de Bryn Ellylon ?

La jeune fille laissa son regard courir sur la masse impressionnante que formaient les arbres et laissa échapper un soupir de délivrance :

– Bryn Ellylon, oui, je le sens jusque dans la moelle de mes os... Enfin ! J'ai bien cru qu'on n'y arriverait jamais !

– Moi aussi. Il était plus que temps ! Nous n'aurions pas survécu deux jours de plus dans le blizzard qui va s'engouffrer maintenant dans le canyon !

En quelques minutes à peine, la neige se mit à tomber à gros flocons et le paysage qu'ils laissaient derrière eux se trouva noyé sous des rideaux blanchâtres.

– Allez viens, reprit-il tendrement en lui prenant la main, il faut nous dépêcher de descendre avant que le soleil ne se couche. Sinon il faudra se résigner à dormir dans la neige et nous ne sommes pas vraiment équipés pour !

Ils forcèrent une nouvelle fois leur allure et entamèrent le long chemin qu'il leur restait encore à parcourir jusqu'à l'orée de la forêt en contrebas.

35

Hy Breasail

Ygrenne découvrit qu'Hy Breasail n'était pas
Seulement l'île aux licornes, mais le lieu des Origines
où la trame de l'Univers tisse la destinée des créatures
qui doivent naître à la vie.

Extrait des « Sentiers de la Mémoire », Emrys le Sage.

Lorsqu'ils atteignirent enfin Bryn Ellylon, l'obscurité envahissait le sous-bois. À cette altitude un peu plus basse, le blizzard ne soufflait plus en rafales furieuses comme dans le défilé, mais la mainmise de l'hiver s'étendait sur la forêt qui prenait des allures de cathédrale pétrifiée. Le moindre craquement des feuilles durcies par le givre y résonnait comme un outrage, et la qualité du silence était telle que les deux jeunes gens y pénétrèrent presque timidement, sans échanger un mot.

Pour ne pas risquer de s'égarer dans la pénombre, Eamon préféra ne pas s'aventurer trop loin et choisit d'établir leur campement près de la piste qu'ils venaient de quitter, à l'abri d'une butte de terre légèrement creusée sur un côté. Ils y étendirent leurs capes et mangèrent les derniers rouleaux d'Ilins qu'il leur restait, puis se blottirent dans les bras l'un de l'autre avant de sombrer dans le sommeil.

Ygrenne n'ouvrit un œil que le lendemain à l'aube, lorsqu'elle sentit qu'Eamon s'affairait à ses côtés. Le jeune homme commençait déjà à rassembler leurs affaires et à boucler leurs sacs.

– Tu as bien dormi ? lui dit-il, en lui faisant passer une des gourdes pour qu'elle puisse se rafraîchir. Regarde, le ciel s'est éclairci d'un seul coup et les nuages ont l'air de vouloir rester accrochés sur les sommets !

La jeune fille jeta un œil maussade sur la chaîne montagneuse couronnée d'une épaisse masse grisâtre et ne put s'empêcher de frissonner en resserrant les pans de sa cape autour de sa poitrine.

– Je préfère être ici plutôt qu'en haut, tu sais ! Même si la différence de température est à peine perceptible. Ces dernières nuits ont été plus qu'horribles…

– C'est derrière nous maintenant, n'y pense plus !

Il lui sourit et se pencha pour l'embrasser avant de saisir son arc.

– Je vais voir si je peux attraper quelque chose de consistant à nous mettre sous la dent. Il nous reste encore pas mal de chemin à faire jusqu'à l'endroit indiqué par Sil et il ne s'agirait pas de mourir de faim maintenant, juste après avoir failli mourir de froid !

Ygrenne se leva en secouant les plis de sa robe froissée et voulut s'élancer à sa suite, mais il se retourna, un doigt posé sur la bouche.

– Chut ! Reste en arrière s'il te plaît. Je n'attraperai rien si on fait autant de bruit !

La jeune fille haussa les épaules en maugréant qu'il n'avait pas besoin de lui préciser une chose aussi évidente, mais ralentit peu à peu son allure pour le laisser prendre de l'avance.

Lorsque le bruit de ses pas se fut estompé sous la futaie, elle eut envie de s'arrêter un peu et s'appuya contre le tronc d'un chêne vénérable dont les branches noueuses partaient à l'assaut du ciel.

Elle ressentait à nouveau ce curieux sentiment de liberté qui l'avait envahie au début de leur voyage, et prit le temps d'en savourer la douce insouciance.

Mag Mor et ses dangers étaient bien loin de cette région mystérieusement préservée, elle pouvait presque les oublier. Son regard survola l'espace occupé par le vieil arbre et la puissance tranquille qu'il dégageait lui rappela la bienveillance tutélaire des anciennes divinités. Il s'agissait peut-être d'un de ces Vigilants dont on disait qu'ils avaient le pouvoir de protéger la terre de Salicorne et les sanctuaires comme Bryn Ellylon.

C'est un Vigilant, oui. Tu n'aurais pas pu entrer dans la forêt s'il ne l'avait voulu, mon enfant !

Les mots retentirent dans son esprit avec puissance.

La Voix paraissait si proche qu'Ygrenne se retourna en sursautant.

La licorne se tenait derrière elle et raclait le sol de son antérieur droit pour attirer son attention.

L'atmosphère autour d'elle s'était subtilement transformée, comme si son apparition avait le pouvoir d'ouvrir une brèche entre deux mondes, et la jeune femme douta un instant de ses sens tant sa présence lui parut irréelle.

Elle n'était pas très grande, à peine plus qu'une biche, et en aucun cas on n'aurait pu la confondre avec un cheval ou un poney. Sa silhouette délicate aux membres fuselés, sa robe d'une blancheur iridescente, mais surtout l'aura de puissance qu'irradiait son regard, révélaient l'origine magique de son espèce.

À l'instant où les grands yeux mordorés se posèrent sur elle, Ygrenne sentit toutes ses interrogations voler en éclat.

– N'aies pas peur ! je suis Clio. C'est moi que tu as entraperçue dans les rues de Nazkat, l'autre jour.

La jeune fille essaya de déglutir mais sa gorge lui parut soudain trop sèche. Quelque part au fond de son larynx, une boule dure comprimait ses cordes vocales et la rendait muette. Elle ferma les yeux, prit le temps de se calmer, puis formula mentalement la seule question qui hantait ses pensées.

– Êtes-vous ma licorne ?

Un rire cristallin vibra dans son esprit.

– Non Ygrenne, ce n'est pas moi, mais je dois t'amener près d'elle maintenant. L'heure est venue pour toi de recevoir l'Onction !

– L'Onction ? répéta Ygrenne sans comprendre.

– Tu es une Dédiée Ygrenne. La première depuis bien longtemps... Celle que les dieux ont choisie pour intervenir dans la Trame du Destin. En toi coule le Vieux Sang, dont la puissance se renouvelle chaque fois que se renoue l'Alliance entre les Licornes et ta Lignée.

Ygrenne sentit son esprit s'emballer :

– L'Alliance va enfin se renouveler ?

– Oui, l'Alliance va être conclue une fois encore, malgré la trahison de ta race... Il y a trois siècles, nous l'avions brisée parce que cette décision nous semblait être la meilleure. Mais la rupture du Lien a réclamé un prix exorbitant pour notre espèce et, dans la dépense d'énergie qu'il a fallu rassembler pour bouleverser les Lois de ce monde, nous avons perdu le pouvoir de procréer. Désormais notre race ne peut se reproduire que grâce à la magie des Eaux Lustrales. Et toute manipulation du Pouvoir à cette échelle nécessite un lourd tribut ! Notre puissance s'altère alors que nous sommes sur le point d'affronter un conflit sans précédent.

Le cœur d'Ygrenne se gonfla d'espérance.

– Allez-vous combattre les Ashanti ?

– Oui, nous allons effectivement les combattre ! Ces prédateurs venus du fond des âges, épuisent la planète et projettent de la stériliser avant de

se diriger vers un autre monde à conquérir. Face à un tel danger, nous ne pouvons plus rester en retrait ! C'est pourquoi nous avons décidé de renouer le Lien. Tu es l'Enfant de la Promesse, Ygrenne, celle dont parlait la Prophétie.

La licorne trépigna en raclant le sol d'un sabot impatient.

– Mais je n'ai pas le temps de t'en dire plus pour le moment. Je dois t'emmener au Killarney. Celle qui va naître a besoin de ta présence pour activer l'Imprégnation, la fusion de vos deux esprits…

Ygrenne ne put s'empêcher de frissonner à cette idée et son visage se vida de toute couleur.

– Ne sois pas effrayée, mon enfant ! L'Appariement est source de grandes joies pour celles qui fusionnent. Fais-moi confiance et suis-moi… Il faut rejoindre ton compagnon maintenant, car nous aurons également besoin de lui !

– Eamon peut nous accompagner ?

La jeune fille sentit le soulagement balayer ses craintes : quoi qu'il advienne, elle ne serait pas seule. Et soutenue par l'homme qu'elle aimait, elle n'avait rien à redouter…

– Il aura un rôle à jouer dans les événements qui s'annoncent et doit être préparé à accomplir la mission qui lui sera confiée, précisa Clio. Mais, comme il n'appartient pas à la Lignée, je ne puis me connecter avec son esprit. Tu devras donc le convaincre de nous suivre !

La licorne se cabra légèrement devant Ygrenne et, après lui avoir jeté un dernier regard, s'élança à travers bois jusqu'à l'endroit où Eamon rassemblait ses prises de chasse.

Au bruit de leurs pas, le jeune homme releva la tête et les découvrit. Les deux lièvres qu'il tenait en main tombèrent sur le sol, mais il ne fit aucun geste pour les ramasser et chercha le regard d'Ygrenne dont le visage était comme illuminé de l'intérieur. Écrasé par la solennité du moment et la puissance qui émanait de la licorne, le sentiment de sa propre insignifiance lui parut ouvrir un abîme qui, s'il n'y prenait garde, pourrait à tout jamais le séparer de sa bien-aimée. L'esprit paralysé à l'idée qu'il s'agissait peut-être d'une prémonition, il n'osa faire le moindre geste et retint son souffle.

Ygrenne comprit qu'il se passait quelque chose d'insolite en le voyant se décomposer.

– Voici Clio, Eamon ! s'écria-t-elle avec chaleur, en courant à sa rencontre. Nous n'avons rien à craindre ! Elle est simplement venue nous chercher pour nous conduire jusqu'au Killarney.

– Tous les deux ? questionna le jeune homme d'un air incrédule.

– Mais oui, tous les deux. Elle a même ajouté que c'était très important !

Comme l'abîme se refermait sous ses pieds, le jeune homme posa enfin les yeux sur la licorne qui semblait attendre un signe de sa part. Il mit un genou en terre et s'inclina.

– Je suis votre serviteur, Licorne !

– Dis-lui qu'il n'a pas à se prosterner ainsi devant moi, mais qu'il doit nous accompagner sans poser de questions !

– Elle te demande simplement de nous accompagner, Eamon. Pas de te soumettre...

Le jeune homme se releva en rougissant et rejoignit Ygrenne qui glissa sa main dans la sienne avant de la serrer pour se donner du courage. Comprenant qu'elle était aussi inquiète que lui, il se pencha vers elle et murmura à son oreille :

– Rien ni personne ne pourra nous séparer, Ygrenne, je t'en fais le serment !

Elle lui adressa un sourire puis se tourna vers Clio qui grattait de nouveau le sol avec impatience.

– Il n'est plus temps de s'adonner aux confidences, jeune fille !

D'un léger signe de tête qui les invitait à la suivre, elle désigna le cœur de la forêt et bondit pour leur ouvrir la voie.

36

L'appariement

La transformation d'Ygrenne fut saluée par la nature.
L'orage se mit à gronder sur Tirfo Thuin
et la foudre illumina les Gaedhills.
Je me souviens encore aujourd'hui
avoir senti mon cœur bondir de joie.

Extrait des « Sentiers de la mémoire », Emrys le Sage.

Ygrenne et Eamon suivirent Clio une grande partie de la matinée, s'enfonçant toujours plus loin dans le sous-bois, et ne s'arrêtèrent qu'après avoir atteint le sommet d'une colline surplombant un lac aux proportions majestueuses. Comme posée sur ses eaux claires, une presqu'île couronnée de nuages en émergeait. Malgré la distance, ils pouvaient en sentir la puissante magie débordant d'une vie primitive et sauvage.

La licorne plongea son regard dans les yeux d'Ygrenne et devança sa question.

– *Voici le lac Killarney et Hy Breasail, le berceau de notre race. C'est ici que pousse l'Arbre Cosmique, source de toute magie et grand dispensateur de Vie. Bien peu d'humains ont eu l'honneur de contempler ce lieu, mon enfant. Les anciennes Dédiées, bien sûr... Mais depuis trois siècles, nul représentant de ta race n'a pu s'approcher de Bryn Ellylon, et encore moins fouler ce sanctuaire !*

– Hy Breasail ! répéta Ygrenne à voix haute, en serrant un peu plus fort la main d'Eamon.

Le jeune homme poussa un soupir extasié en voyant la majesté qui se dégageait de l'île. Un arbre gigantesque en occupait le centre. Ses racines s'enfonçaient dans le sol en une étreinte vigoureuse et ses branches, ruisselantes de magie, partaient à l'assaut du ciel pour capter l'énergie du cosmos.

Salicorne n'est pas une planète comme les autres réalisa-t-il en un éclair, alors qu'il se remémorait les légendes relatant la création du monde. *C'est le Lieu des Origines où s'organise la structure de l'Univers. Les Ashanti ignorent qu'ils ont remis en cause son équilibre en la profanant. Nous devons les arrêter avant qu'il ne soit trop tard !*

Clio tourna la tête vers Ygrenne puis, d'un bond aérien, franchit la distance qui la séparait du pied de la colline et disparut dans la lumière.

Les deux jeunes gens se hâtèrent de la rejoindre en empruntant le sentier qui courait sur le flanc de la butte et se retrouvèrent face au Bosquet Sacré qui entourait l'Arbre Primordial. Une barrière d'énergie le protégeait et ils se sentirent immergés dans sa puissance.

Eamon se baissa pour saisir une poignée de terre et la laissa glisser entre ses doigts.

– Je n'arrive pas à croire que nous ayons atteint notre but ! murmura-t-il. Il me semble que rien de tout ça n'est réel et que je vais me réveiller d'une minute à l'autre !

– Non, nous ne rêvons pas, Eamon, rétorqua Ygrenne, les yeux braqués devant elle. Regarde !

Émergeant du Bosquet, Clio revenait vers eux, accompagnée de cinq autres licornes.

Toutes présentaient le même port de tête altier et ce regard pénétrant qui semblait voir au-delà des apparences, mais quelque chose de subtil dans l'aura qu'elles dégageaient permettait néanmoins de les différencier.

La plus âgée d'entre elles était particulièrement impressionnante. Ses grands yeux dorés étaient des puits sans fond d'où irradiait la Sagesse. Eamon devina, à l'instant où elle s'avançait à leur rencontre, qu'ils se trouvaient face à un être appartenant au monde de l'Éther.

Impressionnés, ils s'inclinèrent devant elle et Ygrenne ressentit comme un frémissement aux limites de sa conscience. La voix chaleureuse de la créature s'insinuait dans son esprit à la manière d'un souffle.

– Nous sommes heureuses de faire ta connaissance, mon enfant. Merci d'avoir répondu à notre appel. Je suis Mnémé !

Ygrenne esquissa une petite révérence.

– Nous sommes vos obligés Mnémé. Merci de nous avoir guidés jusqu'ici !

– Nous nous trouvons actuellement à la croisée des chemins, petite humaine. C'est pour cette seule raison que nous vous avons conviés à nous rejoindre. Il s'agit d'une période unique et hasardeuse, qui risque d'annihiler toute possibilité d'expansion de la création. Nous sommes, mes sœurs et moi, les gardiennes du Bosquet Sacré où vit l'Arbre Primordial qui nourrit l'Univers. Il nous a créées pour remplir ce rôle et nous l'avons tenu jusqu'à maintenant sans faillir. Mais depuis peu, certaines formes de vie sont sur le point de rompre l'équilibre sur lequel reposent ses bases.

– Vous voulez parler des Ashanti, n'est-ce pas ?

– Oui, il s'agit bien d'eux, en effet. Si nous les laissons faire, l'Arbre ne pourra plus engendrer la vie. La tapisserie des mondes sera engloutie et

le Néant remplacera la création. Notre race, comme toutes les autres, est menacée d'extinction. Si nous voulons y échapper, nous devons renouveler les liens qui nous unissaient à ton peuple. Salicorne est réellement le centre de l'univers et il n'y a rien de plus important que sa protection. Tu peux devenir l'instrument qui nous permettra de faire face au danger, si tu le désires. La dernière d'entre nous est sur le point d'apparaître et pour que l'Alliance soit renouée, tu dois lui être appariée. Mais tu restes libre de refuser le rôle que le destin te réserve !

La jeune fille secoua la tête avec gravité et pressa la main d'Eamon pour se donner confiance. Quoi qu'on attende d'elle, elle devait se montrer à la hauteur. Le sort des humains reposait sur ses épaules.

– Je crois comprendre ce qui se passerait si l'appariement n'avait pas lieu. Je ferai tout mon possible pour que Salicorne et tous ceux que j'aime ne disparaissent pas.

Un éclair de satisfaction traversa le regard de Mnémé.

– Je salue ton courage Ygrenne ! la fusion des esprits va donc se réaliser puisque tu y consens. Mais avant, tu dois savoir que Le Killarney n'est pas un lac comme les autres. Il renferme les Eaux Lustrales qui nous donnent la vie. La magie qui opère à chaque naissance d'une licorne est dangereuse. Durant tout le rituel, ton cœur devra rester confiant et ton courage intact. Le choc risque d'être grand pour toi. Cherche le regard de ta licorne dès l'instant où elle s'éveillera et plonge dans ses yeux avec audace. Tu dois être la première chose qu'elle apercevra en ouvrant les paupières. Car c'est à cet instant seulement que vos esprits pourront fusionner. Quoi qu'il se passe ensuite, quoi que tu ressentes, ne fléchis pas… Pour être tout à fait honnête, sache que seule l'âme d'une véritable Reyne-Licorne peut survivre à l'imprégnation !

Ygrenne blêmit mais s'efforça de garder la tête haute. En voyant son visage perdre toute couleur, Eamon comprit que quelque chose la bouleversait. Instinctivement, il vint coller son épaule contre la sienne en espérant qu'à son contact, elle trouverait du réconfort. Néanmoins, s'il en fut ainsi, elle n'en montra rien et continua à fixer la licorne.

– *Je ne doute pas de ta force d'âme, petite. Je sais que tu te montreras digne de tes nobles ancêtres. N'oublie pas que le Vieux Sang coule dans tes veines et que sa puissance est grande ! Fais-toi confiance maintenant. Entre dans le lac !*

L'espace autour de l'île commença à crépiter sous un afflux d'énergie sans précédent. Le tonnerre se mit à gronder au loin et l'atmosphère se pétrifia.

Abandonnant sa cape sur la rive pour ne garder que sa robe de laine, Ygrenne lâcha la main de son compagnon et, après lui avoir jeté un regard débordant d'amour, gagna le bord du lac. Eamon la regarda s'éloigner les poings serrés, luttant pour ne pas se précipiter à ses côtés. Alors qu'elle se tournait vers lui une dernière fois, il lui adressa un sourire lumineux. Redressant les épaules, elle prit une longue inspiration et pénétra résolument dans les eaux glacées du Killarney.

Droit devant elle, une nappe de vapeur blanche commençait à tourbillonner à la surface du lac en prenant de l'épaisseur. Poussée par les voix qui la pressaient de s'en approcher, elle s'avança vers le centre du nuage et aperçut la jeune licorne. Diaphane et d'une blancheur sans égale, elle paraissait dormir, la tête lovée entre les pattes.

Au-dessus du lac, l'air se gorgea de magie et les eaux se mirent à battre le rivage avec violence.

Un élan irrépressible souleva Ygrenne. Elle se porta en avant et la fine tête blanche se dressa. Le regard mordoré parut s'agrandir lorsque leurs yeux se rencontrèrent et la jeune femme sentit un flux désordonné envahir son esprit. Durant quelques secondes, elle fut submergée par des idées contradictoires qui oscillaient entre le refus et la révolte, sans qu'elle puisse déterminer si ces pensées lui appartenaient en propre.

Un tourbillon furieux de sensations incohérentes ébranla sa conscience qui se rétracta sous la pression de l'entité qui fusionnait avec elle.

Puis un nom retentit dans son esprit :

Thyoné !

La corne translucide se baissa à hauteur de son front et se ficha d'un coup sec entre ses deux yeux. Sous la violence du choc, la jeune fille s'arc-bouta pour ne pas sombrer et ne réussit à maintenir son équilibre qu'au prix d'un immense effort de volonté. Mais la jeune licorne reculait déjà, interrompant le contact.

Séparées physiquement, elles conservaient malgré tout le lien intime qui venait de se créer et percevaient ce que chacune ressentait de son côté. En quelques secondes, ce qui faisait d'elles des êtres uniques se transforma définitivement pour devenir la somme de leurs deux âmes confondues.

Parce qu'elle appartenait désormais à deux mondes, Ygrenne pouvait sentir la puissance des autres esprits qui bénissaient leur union : elle en discernait l'écho qui se répandait dans l'espace comme pour en avertir l'ensemble de la planète.

L'alliance venait d'être renouée.

37

Reyne Licorne

Qu'est devenue Ygrenne au terme de son voyage,
en foulant la terre d'Hy Breasail, l'île sacrée des licornes ?
Aujourd'hui encore, je ne peux me prononcer
tant sa transformation fut profonde.

Extrait des « Sentiers de la Mémoire », Emrys le Sage.

Ygrenne reprenait lentement la maîtrise de ses sens. Son cœur exultait : jamais elle ne s'était sentie aussi vivante, complète, bouillonnante d'énergie. La présence de Thyoné était légère. Il n'y avait plus aucune confusion dans son esprit : ses pensées étaient toujours les siennes. Mais elle percevait sa compagne sur deux plans distincts : elle la voyait physiquement, lorsqu'elle posait les yeux sur elle, et la *ressentait* dans sa conscience. La fusion de leurs deux essences n'était pas un viol de sa personnalité, mais une extension qui lui permettait d'avoir une perception nouvelle de ce qui l'entourait. Elle était désormais capable de saisir la véritable nature de toute chose, de manière instinctive. Et il y avait bien plus : elle réalisait qu'elle ne serait plus jamais seule. D'une manière unique, inégalée. Ce qu'elle partageait avec Thyoné se situait au-delà de cette communion partagée par des jumeaux, au-delà de la fièvre amoureuse qui embrase le corps et l'esprit des amants. C'était l'union parfaite de deux âmes sœurs que tout être humain rêve de connaître un jour. L'esprit en fête, elle adressa un sourire mental à sa jeune compagne et se tourna vers la rive du lac pour revenir vers Eamon. Mais la voix grave de Mélété l'en dissuada.

– *Ygrenne, sache que nous ne nous sommes pas simplement réunies pour saluer la naissance d'une nouvelle Reyne-Licorne. Aussi considérable que soit cet événement, il n'exigeait pas d'autre présence physique que la mienne. Ce sont les temps que nous vivons qui rendent indispensable l'assistance de mes sœurs. Car l'Appariement qui vient d'avoir lieu avec Thyoné ne suffira pas à te donner assez de pouvoir pour sauver Salicorne et ton peuple. C'est pourquoi tu vas maintenant devoir faire un choix lourd de conséquences. La technologie Ashanti et les armes qu'elle utilise ne peuvent être vaincues par une seule d'entre nous, prise isolément, ni même par deux ou trois réunies... Pour que le combat soit équitable, tes capacités, comme les nôtres, doivent être décuplées à un tout autre niveau !*

L'affirmation de *Mélété* creva la bulle dans laquelle Ygrenne s'était sentie flotter jusque-là. La douce certitude d'avoir atteint la plénitude de son être cédait la place à une nouvelle inquiétude. Si son union avec Thyoné ne suffisait pas à lui donner assez de puissance pour vaincre leurs ennemis, existait-il un autre moyen pour y parvenir ? Désorientée à l'idée que son long voyage vers Hy Breasail ne débouche finalement que sur une demi-réussite, insuffisante pour garantir la libération de Salicorne, elle tendit son esprit vers celui de Mélété et la questionna avec véhémence :

– Mais comment puis-je acquérir plus de puissance ?

– Il n'existe qu'un seul moyen, mon enfant : nous devons toutes fusionner avec toi. Cela peut te sembler simple en théorie, puisque tu viens de réaliser cette première fusion avec succès, mais il n'en est rien. L'absorption d'essences multiples dans un seul être n'a jamais été tentée jusqu'à présent et comporte bien des risques ! En faisant cela, nous perdrons notre enveloppe physique et toute possibilité de vivre de manière indépendante. C'est un immense sacrifice que nous consentons. Aucune d'entre nous ne l'accepte avec plaisir, mais nous sommes prêtes à le faire pour sauvegarder Salicorne et l'équilibre de l'Univers. Par contre, en ce qui te concerne, les conséquences sont plus difficiles à évaluer. Nous nous trouvons devant une expérience sans précédent, au cours de laquelle tu pourrais perdre quelque chose d'essentiel à ta nature : une partie de ton humanité !

Alors que jusque-là, la température des eaux du Killarney ne l'avait pas affectée, Ygrenne ressentit la morsure glacée transpercer son cœur. Elle se raidit et ferma les yeux pour repousser l'angoisse qui montait en elle.

– Mon humanité ? Que voulez-vous dire ?

– Qu'en fusionnant avec nous, tu dépasseras ta condition actuelle pour devenir un être hybride aux pouvoirs inconnus. Mais il n'est pas dit que ta part humaine puisse préserver toute son intégrité au cours d'une telle mutation ! Tu conserveras sans doute ton apparence physique, mais ton changement intérieur sera si grand que la capacité d'aimer, inhérente au genre humain, pourrait disparaître au profit de la Sagesse qui te sera accordée.

– Vous ne connaissez pas l'amour ?

– Nous ressentons une profonde empathie envers les autres créatures, mais l'amour, au sens où vous l'entendez, nous est totalement étranger. C'est pourquoi il est difficile de savoir si ce côté de ta nature sera épargné.

– Il serait donc possible que je ne sois plus du tout humaine ?

– Ce n'est pas ce que je veux dire. Tu en garderas probablement l'essentiel : le pouvoir de la pensée, les sensations apportées par ton corps, certaines émotions qui sont communes à nos deux races. Mais la faculté d'aimer ne fait pas partie de notre héritage génétique. La Sagesse, qui est la source même de notre pouvoir, ne peut coexister avec les passions. Or l'amour en est une des plus puissantes. C'est un feu qui embrase, consume, jusqu'à annihiler toute raison dans certains cas. Lors de cette nouvelle fusion, ton esprit sera renforcé au-delà de ce que tu peux imaginer. Et face à toute forme de sentiment susceptible de l'altérer ou de l'affaiblir, il pourrait réagir de façon violente, en se rendant volontairement imperméable à tout ce qu'il pourrait considérer comme une menace envers son intégrité.

Tel le noyé sur le point de sombrer qui cherche désespérément son salut, Ygrenne tendit son regard vers Eamon et, alors qu'elle rencontrait ses yeux, elle s'entendit supplier :

– N'existe-t-il donc aucun autre moyen de sauver Salicorne et mon peuple ?

– S'il en existe d'autres, nous ne les connaissons pas, Ygrenne. Je suis désolée !

Le cœur d'Ygrenne se mit à ralentir, comme s'il peinait à soutenir son rythme. Au plus profond d'elle-même, une révolte prenait forme et contrecarrait l'idée de cette fusion contre nature. Ce qu'elle venait de vivre avec Thyoné n'avait pas réclamé un tribut aussi lourd que ce qui lui était suggéré. Elle n'était pas prête à ce genre de sacrifice. Rien ne pouvait justifier l'oblitération d'une partie de sa personnalité. Et, par- dessus tout, elle ne voulait pas risquer *d'oublier* ce qui l'unissait à Eamon. Il était sa raison de vivre, la source où elle puisait, celui qu'elle voulait à ses côtés jusqu'à la fin de ses jours. Vivre sans amour ce n'était pas vraiment vivre à ses yeux. Et même si le lien qui l'unissait désormais à la jeune licorne lui apportait des joies qui en promettaient bien d'autres, rien ne remplacerait jamais ce qu'elle partageait avec son bien-aimé.

Elle se sentit écrasée par le poids de la décision qu'elle devait prendre et un gémissement franchit ses lèvres tant elle était écartelée.

La voix de la raison pesait lourd dans la balance : le sort de Salicorne dépendait de sa réponse. Privilégier son amour était certes légitime, mais aussi profondément égoïste. Ce faisant, elle condamnait à mort ce monde qu'elle aimait, et tous ceux qui comptaient sur elle pour trouver la force de se battre.

Seul un monstre dépourvu de conscience pouvait agir ainsi et tourner le dos à ses semblables...

La guerre qui allait éclater ne laisserait sans doute aucun survivant parmi les humains, sauf si une puissance capable d'arrêter les Ashanti se dressait enfin contre eux.

Avait-elle vraiment le choix ?

La liberté n'est qu'une illusion lorsqu'on détient le pouvoir de vie et de mort à une telle échelle ! comprit-elle, alors que son cœur se brisait.

Une larme qu'elle ne retint pas roula sur sa joue.

– Il me semble qu'il n'y a pas d'*alternative, n'est-ce pas ? Si je veux donner une chance à mon peuple...*

Alors, avant de perdre tout courage et d'une voix sans timbre, elle prononça les mots qui noyaient sa révolte. Eamon devrait comprendre sa décision lorsqu'elle pourrait lui expliquer ce qui l'avait motivée. Mais surtout, elle voulait croire que leur amour était suffisamment profond pour qu'aucune sagesse ne puisse l'effacer.

– J'accepte !

– Avant que nous commencions la fusion, sache que nous te rendons hommage ! Fais-nous confiance et laisse ton esprit ouvert. Ce ne sera pas douloureux.

Ygrenne acquiesça et salua mentalement Thyoné et les autres licornes, puis libéra sa conscience de toute pensée importune.

Un souffle puissant traversa l'espace et une violente secousse ébranla l'île entière.

Eamon, qui était tombé à genoux lorsque Ygrenne était parvenue au centre du lac, sentit que quelque chose d'irréversible allait s'accomplir.

À ses côtés, les licornes disparaissaient une à une.

Il tenta de se lever et de courir vers celle qu'il aimait, mais son corps se retrouva plaqué au sol par une force implacable. La puissance des esprits rassemblés déchira le voile qui le maintenait jusque-là dans l'ignorance et il put enfin en percevoir les desseins, alors que le serment était prononcé.

– *Ygrenne, soit le réceptacle de notre essence commune. En t'unissant à notre nature, tu deviendras la plus puissante Reyne-Licorne que ce monde ait connu. Acceptes-tu cette nouvelle Alliance et les devoirs qui s'y rattachent ?*

Ygrenne renouvela son accord et ses mots retentirent au-dessus des Eaux Lustrales :

– Sur mon Âme et sur ma Vie, j'accepte l'Alliance et ce qu'elle m'impose.

À cet instant, elle sentit sa conscience se déchirer sous la pression des entités qui s'immisçaient en elle. Durant quelques secondes, il lui sembla qu'elle touchait aux racines de l'univers et qu'elle pouvait se projeter jusqu'aux limites du Temps.

Un torrent de puissance la fit tressaillir de la tête aux pieds.

Les Eaux du Killarney se mirent à tourbillonner et elle disparut, submergée par les flots.

Sur la rive, Eamon hurla son nom…

Lorsqu'elle récupéra la maîtrise de ses sens, Ygrenne palpa ses jambes et ses bras, comme pour s'assurer de la pleine réalité de son existence. Son apparence physique ne semblait pas être altérée. Puis elle passa la main sur son front et sentit la Corne.

Elle partait d'un point situé entre ses deux yeux, bombait légèrement son front jusqu'à la racine de ses cheveux et se dressait de quelques centimètres au-dessus de sa tête.

La fusion ne l'avait donc pas seulement transformée intérieurement : elle portait désormais une corne embryonnaire qui témoignait de son hybridation.

Son regard se porta sur la rive du lac et s'attarda sur la silhouette ramassée sur elle-même qu'elle y découvrit.

C'était un jeune humain dont le regard bouleversé la suivit jusqu'à ce qu'elle rejoigne la rive.

Aux limites de sa conscience, un souvenir palpita faiblement : il s'appelait Eamon, et avait partagé un lien avec elle.

Les Dieux s'étaient aussi emparés des fils de son destin et les avaient inclus dans la Trame du futur.

Fidèle parmi les plus fidèles, elle sut au plus profond d'elle-même qu'il resterait à ses côtés jusqu'à la mort et mènerait ses armées à la guerre quand le temps viendrait.

Glossaire

Ashanti : Peuple de prédateurs extraterrestres, ayant des points communs avec les félidés dont ils ont conservé quelques caractéristiques physiques. Grâce à leurs avancées technologiques et leur maîtrise du vol intergalactique, ils ont établi leur domination sur l'ensemble de l'univers et ont édifié un empire considérable.

Soorith : planète-mère des Ashanti.

Les Clans : ils constituent le socle de la société Ashanti. L'ensemble de ces clans forme une structure pyramidale. La puissance d'un clan dépend des capacités guerrières de ses membres et des victoires qu'ils ont accumulées au sein de l'armée, au cours de la conquête spatiale. Ils s'apparentent à la famille ou à la tribu. Les plus prestigieux d'entre eux sont les clans qui ont participé à la Dispersion de la race et à son implantation à travers l'Univers.

Khan : Titre honorifique donné au souverain de l'empire Ashanti.

L'Ibr' : Organe suprême du pouvoir Ashanti, également appelé le « **nid** » impérial d'où sont issus l'empereur et ses conseillers.

Llamashi : Titre uniquement octroyé à certains membres de l'Ibr'. Frères de nid de l'Empereur, ils jouissent de grands privilèges au sein de l'Empire (le titre est parfois contracté lorsqu'on s'adresse à l'un d'entre eux et devient : Llam').

Le pouvoir militaire Ashanti : entièrement dévoué à l'empereur, il exerce une suprématie dans la colonisation des mondes et y fait régner l'ordre.

Thu Han' : un des plus hauts grades de l'armée, correspondant au chef de bataillon ou au Capitaine. Les Thu' Han peuvent avoir autant de pouvoir que les Commandants et assumer les mêmes responsabilités si l'Empereur en a décidé ainsi.

Le grade de **Général** n'est donné qu'aux guerriers ayant accumulé le plus grand nombre de victoires lors de la conquête spatiale, aux commandes des **Ailes de la Mort**, fleurons des astronefs de combat Ashanti.

Les Dho' : ensemble des soldats constitués en bataillons.

Parce que sur leur monde d'origine la chasse était menée par les femelles, plus rapides, aussi puissantes et plus cruelles que les mâles de leur espèce, les bataillons Ashanti ne comprennent que des guerrières.

Les grades de Commandant et de Général sont les seuls qui soient indifféremment attribués aux mâles et aux femelles dans l'armée.

Les Gardiennes de la Loi. Organisation séparée du pouvoir politique dont elle reste indépendante. Elle est constituée de guerrières d'élite vivant au sein de Commanderies (des forteresses que l'on apparente parfois à des Temples, en référence à l'aura de mystère qui entoure les buts réels de cette secte). Elle est dirigée par une Supérieure, également appelée Mère par l'ensemble de ses pairs et de ses affidés.

La Dispersion : Espace de l'Univers où s'étend l'expansion Ashanti.

Nas' : Terme employé par les Ashanti pour désigner leurs esclaves.

Kha' : essence immatérielle qui se rapprocherait de l'âme selon les codes moraux Ashanti ou de la forme la plus élevée de l'honneur.

San' : terme de politesse employé généralement pour s'adresser à un civil.

Remerciements

Merci à tous les membres de ma famille, mes filles en particulier, qui ont vu naître le monde de Salicorne sous ma plume et m'ont encouragée à poursuivre mon exploration sur cette terre de magie. Merci à mes premiers lecteurs : Légendiaire, Kaline, Katia, Bernadette et bien d'autres, jeunes et moins jeunes, amis ou connaissances, qui ont eu la patience des explorateurs, assez d'imagination et d'ouverture d'esprit pour lire et relire ce qui n'était alors qu'une ébauche de roman.

Je tiens également à exprimer ma gratitude à toute l'équipe des éditions Alter Réal, particulièrement à Violaine et à Meg pour l'aide qu'elles m'ont apportée. Sans leurs précieux conseils, leur infinie patience mais surtout leur confiance, Salicorne, petite planète de la constellation d'Andromède, n'aurait jamais été découverte.

ZOOM sur l'auteur

Françoise Berr

Ce sont des romans comme « le meilleur des mondes » d'Aldous Huxley, « Dune » de F. Herbert mais aussi« la Ballade de Pern » d'Ann MC Caffrey ou le « cycle des aventuriers de la mer » de Robin Hobb qui ont inspiré Françoise Berr. Après avoir écrit quelques nouvelles et un recueil de poésies durant ses études, elle met son désir d'écrire entre parenthèses pour travailler et éduquer ses enfants. Mais l'envie de reprendre la plume est toujours là, intacte, et dans un coin de son esprit un projet ambitieux commence à prendre forme : celui d'écrire un véritable roman, mêlant ces deux genres littéraires qui la passionne : la SF et la Fantasy. Au fil du temps, le roman se construit, prend le titre de « Salicorne » et devient une trilogie qui paraît maintenant aux Éditions Alter Real.

Suivez son actualité sur son compte facebook : https://www.facebook.com/francoise.berr

Sortie du tome 2 en 2019.

Vous aimerez aussi

Mise en page : Le Cercle digital
Illustration : Thierry Nicolson

www.editions-alter-real.fr

ISBN : 9782378120160
Dépôt légal : juin 2018
Imprimé en France.

Imprimé en France
FROC030641120419
20931FR00008B/54/P

9 782378 120160